TARA JONES

Le CONTRAT

TOME 1 & 2

Roman

Hugo Poche

NEW ROMANCE®

PROLOGUE

J'étais ce que l'on nomme une privilégiée. Je dépensais en quelques heures ce que beaucoup peinent à gagner en un mois de dur labeur. Et j'étais persuadée qu'il en serait toujours ainsi. Pourquoi en aurait-il été autrement d'ailleurs ?

Pourtant, tout s'est écroulé un jour, comme un vulgaire château de cartes. Les créanciers, les huissiers, le fisc…

Il ne nous reste plus rien

Aujourd'hui, si je le veux, je peux tout changer. Il me suffit de signer ce contrat de mariage et de devenir l'épouse de… mais on se moque bien de son patronyme, la seule chose qui compte à l'heure actuelle, c'est que mon… futur époux est un richissime homme d'affaires. Dans les faits, je présume que « prostituée » serait le qualificatif de circonstance. Car si je signe, je lui serais dévouée comme toute bonne épouse se doit de l'être… en échange d'argent.

Je n'ai pourtant pas d'autre choix. Je dois le faire.

Je suis Angeline Beaumont…

CHAPITRE 1

Depuis plusieurs mois déjà, mon père n'était plus le même, et si je n'avais pas été aussi insouciante, aussi aveugle, tellement égocentrique… sans doute m'en serais-je aperçue bien plus tôt !? Aurais-je pu alors, à défaut de l'aider, au moins le décharger un peu de ses tracas ? Physiquement, il avait perdu beaucoup de poids, et les cernes sombres sous ses yeux rougis trahissaient les nombreuses nuits blanches, passées à tenter de sauver son usine de la faillite.

Aujourd'hui, son état me semble bien pire encore. Jamais, je ne l'ai vu aussi abattu. Si je peux lui exprimer autrement que par des mots un centième de l'amour qu'il m'inspire, si je peux à mon tour le soutenir et lui venir en aide, si je peux être autre chose que sa petite fille chérie, insouciante, folle, égoïste… il n'y a pas à hésiter. Depuis ma naissance, je ne fais que recevoir.

C'est à mon tour de donner…

Mais suis-je vraiment prête à vendre mon corps et à sacrifier ma liberté pour préserver mon train de vie ?

Les cris de la voisine parviennent jusqu'à mes oreilles, et j'ai beau essayer de les occulter, je sais que c'est impossible. Ici, les murs laissent tout passer. Les disputes, les cris de jouissance, les odeurs, les vies… On ne peut rien cacher à ses voisins, sauf à oublier de respirer, de parler, d'aimer, de vivre. J'ai cet endroit en horreur. Suis-je un monstre de ne pouvoir renoncer au luxe, à l'espace, à l'argent, aux belles choses, aux mets délicats ? Suis-je un monstre de ne pouvoir supporter la pauvreté ? Je pose la liasse de papier sur mes genoux. J'en connais presque chaque ligne par cœur. Tout a été soigneusement pesé et évalué :

<u>LES PARTIES SONT CONVENUES
DE CE QUI SUIT :</u>

1. L'objectif fondamental de ce contrat est de s'assurer que M. Lancaster et Mlle Beaumont sont convenus et reconnaissent que tout ce qui aura lieu dans le cadre de ce contrat sera consensuel et confidentiel.

2. Mlle Beaumont percevra la somme de 250 000 euros par année de mariage.

3. Mlle Beaumont ne pourra engager une procédure de divorce avant cinq ans de mariage révolus. Toutefois, dans le cas où elle se résoudrait à cette éventualité avant la date sus-citée, toutes les sommes qu'elle aurait perçues précédemment seraient à restituer à M. Lancaster.

4. Toutes les dépenses de Mlle Beaumont seront à la charge de M. Lancaster durant leurs années de mariage.

5. Mlle Beaumont suivra M. Lancaster dans ses déplacements en France et à l'étranger, s'il en manifeste le désir.

6. Mlle Beaumont s'engage à remplir son devoir d'épouse. Elle ne pourra se refuser à son devoir conjugal plus d'une fois par semaine, hormis en cas de maladie ou d'accident.

7. Les deux parties garantissent, certificat médical à l'appui, qu'ils ne souffrent d'aucune maladie sexuellement transmissible, y compris le VIH, l'herpès et l'hépatite.

8. Mlle Beaumont s'engage à une fidélité totale envers M. Lancaster.

9. Durant la première année de mariage seulement, Mlle Beaumont sera sous pilule contraceptive, ou toute autre méthode qui pourrait s'avérer préférable pour sa santé.

10. Il est formellement interdit à Mlle Beaumont, dans le cas où elle serait enceinte, d'avoir recours à l'avortement.

11. Dans le cas d'un divorce, engagé par l'une ou l'autre des parties, M. Lancaster aura la garde exclusive des enfants issus de cette union…

J'ai un pathétique sourire à la lecture de ce paragraphe. Chaque nouvelle exigence de Lancaster m'exhorte à le maudire, et chaque clause de ce contrat est une raison supplémentaire de le détester, de le haïr. Alors j'en viens moi aussi à me haïr et à me détester. Quelle abomination, quelle rancœur vais-je planter au plus profond de moi en les acceptant toutes ?

J'inspire profondément, puis je paraphe chaque page et appose mon nom sur la dernière. Cependant, jusqu'à la signature définitive chez l'avocat, devant témoins, je peux encore faire marche arrière. Ensuite, ma vie sera liée à cet homme.

Ce parfait inconnu.

CHAPITRE 2

Je jette un œil sur la clientèle du Bar Flûte, un endroit cosy où nous avions l'habitude de nous retrouver « avant », et où j'ai accepté de retrouver Justine, ce soir. Je finis par me détendre en constatant que je ne reconnais personne. Je n'ai aucune envie de croiser une ancienne connaissance.

J'ai toujours aimé ce lieu, chic et feutré, genre loft new-yorkais, avec sa mezzanine et son ambiance lounge. Les petits espaces intimes sont parfaits pour y venir en couple et on y déguste les meilleurs champagnes. Justine avale une gorgée de son cocktail, mais il est clair qu'elle ne croit pas un mot de l'histoire que je viens de lui raconter. Je connais ce regard : celui du pitbull qui vient de fermer les mâchoires sur un beau morceau de viande. Elle ne lâchera pas…

– D'accord, et je présume que… Merde ! c'est quoi déjà son nom ?

– Geoffrey… Geoffrey Lancaster, murmuré-je faiblement en me tortillant sur mon siège.

– Oui ! Eh bien, ce Geoffrey que tu connais depuis à peine quinze jours doit être un sacré coup pour que tu envisages de l'épouser aussi soudainement…

– Ce n'est pas ça, Justine…

– Ouais, un véritable coup de foudre ! me coupe-t-elle en parlant encore plus fort. Mais dis-moi, qu'est-ce qu'il te fait de si particulier pour que tu aies complètement perdu la tête ?! Merde ! Angeline, tu te rends bien compte que même si c'est le coup du siècle, ce n'est pas une raison suffisante pour l'épouser. Non… ?!

Sa constatation goguenarde m'agace un peu. Je sens que cela va être plus compliqué que prévu. Le rendez-vous chez l'avocat est déjà fixé, et si je signe, le mariage suivra dans la foulée. Ma décision est irrévocable, mais j'ai besoin que Justine et Sarah soient présentes à mon mariage. Il faut qu'elles soient là. Toutes les deux ! Pour le moment, il faut que j'arrive à convaincre Justine de la véracité de cette rencontre « coup de foudre » et qui tombe pour le moins à pic.

– Angie, dis-moi ce qui se passe, s'il te plaît.

– Je viens de te le dire, répliqué-je, pourtant persuadée que – comme d'habitude – elle ne lâchera pas l'affaire. Il n'y a rien d'autre à ajouter, si ce n'est que je veux absolument que tu sois avec moi le jour de mon mariage.

La bouche pincée, elle secoue la tête, faisant voler en éclat la perfection de son brushing, puis ses ongles minutieusement manucurés se mettent à frapper la table en cadence avec la musique. Enfin, elle se décide à me répondre :

– Si tu arrêtes de me prendre pour une demeurée et que tu me dis la vérité – parce qu'en tant que meilleure amie, il me semble que j'y ai droit –, eh bien… d'accord, je serai présente à ton mariage.

Justine ne m'a jamais fait faux bond. Elle est mon roc. Les convenances, les codes de notre petit milieu, elle a tout envoyé promener, et son carnet d'adresses s'en est trouvé allégé presque autant que le mien. Ne mérite-t-elle pas la vérité ?

– Je suis désolée, Angeline, vraiment ! Mais si tu ne me juges pas digne de ta confiance, je ne vois vraiment pas ce que je fais là.

D'un bond, elle se lève et fouille dans son sac, sort un billet de cent euros qu'elle dépose négligemment sur la table, me regarde, attend encore, puis devant mon mutisme persistant, hausse les épaules et tourne les talons. J'ai déjà tant perdu… pas elle, je ne le supporterai pas. Je me lève et la rattrape juste avant qu'elle ne franchisse la porte de l'établissement.

– Tu sais que tu es chiante, dis-je en la prenant dans mes bras. Vraiment chiante !

– Il paraît que c'est ce qui fait mon charme.

– S'il y a bien une personne sur terre en qui j'ai une confiance absolue, c'est bien toi. Et bien sûr, Sarah.

Nous retournons nous asseoir à notre table. Depuis des jours, j'ai au fond de moi un sentiment qui grandit, qui insidieusement me ronge et m'oppresse :

la honte. Justine est plus que ma meilleure amie. Elle connaît tout de moi. Mais avouer ce que je m'apprête à faire – même à elle – est littéralement au-dessus de mes forces. Je fais signe au serveur et commande deux vodkas. J'attends qu'il revienne avec nos consommations pour avaler d'un trait mon verre. Le goût m'irrite mais me donne juste assez de courage pour tout lui avouer.

– Voilà la vérité toute nue. Et si tu me demandes comment est mon futur époux, mis à part qu'il est outrageusement riche… Eh bien, je n'en ai aucune idée. Je ne l'ai pas encore vu.

Justine reste sans voix, les yeux écarquillés. Il lui faut quelques minutes pour comprendre et assimiler ce que je viens de lui révéler, et quand enfin, elle en saisit toute l'horreur, elle avale son verre d'un trait et se lève. Un sanglot reste coincé dans ma gorge. Elle va partir, je le sens, je le sais… Puis-je lui en vouloir ? Non, car j'aurais peut-être fait la même chose à sa place. Qui peut savoir ? J'attends qu'elle prenne son sac et qu'elle me tourne le dos. Elle est debout, magnifique, ses cheveux d'un noir profond encadrant un visage fin et délicat, et comme toujours, elle porte la tenue d'un grand créateur. Aujourd'hui, c'est une petite robe noire au décolleté très sage, mais assez courte pour ne rien cacher de ses jambes fines juchées sur des escarpins Louboutin. Pour venir la rejoindre, j'ai traversé tout Paris et pris les transports en commun. J'ai donc préféré me chausser de converses et me vêtir d'un jean – principalement en prévision du trajet de retour, à une heure assez avancée de la soirée. De petites choses, à première vue insignifiantes, mais qui font déjà toute la différence entre nous. Justine rentrera en taxi sans s'inquiéter du prix de la course. Moi, en métro, en pensant que la soirée lui a coûté au moins deux cents euros. Le seul travail que j'ai pu dénicher est un emploi de serveuse, payé au SMIC plus les pourboires, dans un café pas très loin de mon logement.

– Putain ! finit-elle par lâcher, toujours debout devant moi.

– Oui, en un mot, tu as magnifiquement tout résumé…

CHAPITRE 3

Je n'ai pas fini ma phrase qu'elle me tourne le dos et détale si vite qu'elle en oublie son sac. Quand je la vois revenir, je reste imperturbable. À la perte de mes soi-disant amies, c'est mon orgueil qui a été blessé. Rien de dramatique. Mais Justine… c'est mon cœur qui va souffrir.

– J'ai commandé une bouteille, dit-elle en s'affalant à nouveau en face de moi.

– Quoi ?!

– Je ne sais pas laquelle de nous deux en a le plus besoin, mais il est certain qu'on en a besoin, Angie.

Elle saisit ma main.

– À quoi pensais-tu ? Tu as cru que j'allais te planter là ? Que j'allais te juger et te tourner le dos ?

– Principalement, que je ne vaux pas grand-chose, pour accepter de…

– Ne dis pas de conneries !

La bouteille arrive sur un plateau d'argent, escortée du même serveur stéréotypé. Justine me tend un verre, et nous trinquons à nous avant d'avaler l'élixir cul sec.

– Bon... maintenant, explique-moi comment il est possible que tu n'aies encore jamais vu ce type. Parce que je t'avoue que j'ai du mal à comprendre !?

– Quand Papa m'a expliqué notre situation, j'ai pensé qu'il me suffirait d'aller plaider ma cause et de demander un délai... quelque chose de ce genre. Je n'avais pas de plan... J'étais d'une stupidité et d'une naïveté affolante ! J'ai appris qu'il pourrait bénéficier d'un échéancier... à condition que la société dont la créance était la plus importante donne son accord. Alors, je suis allée à son siège, et j'ai demandé à voir le PDG...

– Et tu l'as vu ?

– Tu rêves... ?! Mais je suis revenue, chaque jour, pendant une semaine, du matin jusqu'à la fermeture des bureaux. Le vendredi, une secrétaire à qui je devais faire pitié, m'a demandé ce que je voulais exactement, et comme je n'en étais plus à une humiliation près, je lui ai tout raconté. Elle m'a assuré qu'elle en parlerait à son patron, mais que ce n'était pas la peine de revenir. Tu te doutes bien que je ne l'ai pas écoutée. Une autre semaine est passée... et le vendredi suivant, elle est venue m'accueillir avec une enveloppe. C'était le contrat.

– D'accord, d'accord... murmure-t-elle, pensive. Tu as le contrat avec toi ?

J'ai tellement peur que mon père ne tombe dessus qu'il est toujours dans mon sac. J'extrais donc l'enveloppe que je lui tends. Elle le lit avec attention, puis de sa main libre, compose un numéro sur son portable.

– Qui appelles-tu ?

– À ton avis ?! Si tu dois signer ce truc, autant mettre toutes les chances de ton côté.

Sarah… la seule de nous trois à avoir fait des études dites « sérieuses ». J'ai préféré me tourner vers ma passion pour les fringues et obtenir un diplôme de styliste, quant à Justine, elle est décoratrice d'intérieur. Autant dire que ni elle ni moi n'avons trouvé de travail dans nos secteurs respectifs – à part quelques CDD, grâce aux relations de nos parents. La fortune de mon père ne nécessitait pas que je trouve un job à tout prix, et je dois bien avouer que je ne cherchais pas beaucoup non plus… Sarah, quant à elle, s'est dirigée vers le droit. Elle a toujours été la plus studieuse de notre trio, et surtout la plus ambitieuse.

Pendant que Justine lui fait un compte rendu des plus précis, j'avale un autre shoot de vodka avant de venir coller mon oreille à l'appareil qu'elle me tend.

– Tu comptais m'en parler quand, Angie… ?

– Eh bien… Je t'en parle, là…

– Ne joue pas à ça avec moi ! me coupe-t-elle, agacée. Je t'ai appelée il a deux jours et tu ne m'as rien dit ! Rien… À moi…

Sa voix s'est adoucie sur le dernier mot. Elle m'en veut de mon silence, c'est tout. J'ai presque envie de pleurer.

– J'ai honte. Si tu savais à quel point je me fais horreur…

– Écoute-moi bien, Angie… Tu sais ce que je pense de l'amour !

Justine, collée contre moi pour ne rien manquer de la conversation, éclate de rire et lui lance :

– Une histoire à deux balles ! On ne connaît que trop la grande romantique que tu es…

– Quand on voit le nombre des divorces, et le temps que tient un mariage en moyenne, faut arrêter de croire au Père Noël, les filles ! Réveillez-vous ! Au final, un bon contrat entre deux personnes – consentantes, bien sûr – a autant de chances, si ce n'est plus, de durer dans le temps qu'une histoire passionnelle. Donc, Angie, si tu penses que tu peux et veux le faire, je suis derrière toi. Ne va pas croire qu'après dix ans de mariage, le type au ventre bedonnant, qui ronfle tous les soirs, qui pue l'alcool et j'en passe, colle encore de grands frissons d'extase à sa femme

Je reste soufflée.

– Merde, Sarah… tu es d'un cynisme, parfois ! s'insurge Justine.

– La seule chose qui les empêche d'envoyer leur mari au diable, c'est la peur de perdre ce qu'elles ont. Que ce soit un appart dans le seizième ou même un bouge en pleine banlieue. Crois-moi… !

La plupart savent bien qu'elles ne s'en tireront pas avec un pactole aussi fastueux que le tien. Il n'y a qu'à voir le succès du site SugarDaddy !

– Elle marque un point, là ! reconnaît Justine avec un clin d'œil. Enfin, pourquoi un trentenaire, archi-milliardaire en prime, proposerait-il un contrat pareil… Merde ! C'est vrai, quoi… ! Qu'est-ce qu'il peut bien cacher… ? Ça pourrait être pas mal de savoir ce que LUI retire de cette « association »… non ?!

– Si tu savais… cela fait des jours que je me pose la question !

– Les filles… qu'est-ce que ça changerait ? riposte Sarah, toujours aussi pragmatique. On s'en fout de ses raisons. On se doute quand même un peu que monsieur Lancaster n'est pas un… bref, c'est sûrement pas un Adonis. L'important, c'est que ce contrat tombe au bon moment, n'est-ce pas, Angie ? Ses motivations pourraient-elles t'empêcher de signer ?

– Non, tu as raison… tout ce que je sais, moi, c'est que je ne vois pas d'autre moyen de nous en sortir. Je n'ai aucune autre option, si je veux continuer à…

Je n'ai pas besoin d'en dire plus. Je sais qu'elles ont compris toutes les deux.

– Je sais, ma puce… dit Sarah d'une voix pleine de tendresse. Si tu t'en sens capable, alors envoie-moi le contrat et je m'en occupe illico. Bisous d'amour les filles.

– Si ça se trouve, ton futur mari est peut-être une bombe atomique, murmure Justine quand elle a raccroché, juste pour me réconforter en me serrant contre elle. Et bientôt, tu seras mariée à Geoffrey… de Peyrac.

Angélique, marquise des anges… Si j'ai été baptisée Angeline, c'est en partie à cause de la passion que ma mère portait à cette saga littéraire, écrite par Anne Golon. Je ne me plains pas… cela aurait pu être pire. À dix ans, nous sommes tombées toutes les trois sous le charme de son adaptation au petit écran. À notre décharge, nous étions des gamines. Adolescentes, nous avons partagé des fous rires monstrueux à chaque rediffusion, mais ne pouvions nous empêcher de les regarder en rêvant au prince charmant. Évidemment, Sarah se foutait de nous.

CHAPITRE 4

Je cligne plusieurs fois des paupières, et les souvenirs commencent à parvenir à ce qui me reste de cerveau, pile là où un groupe de métal rock s'en donne à cœur joie. Un gémissement s'échappe de mes lèvres. J'ai la gorge sèche et la langue pâteuse… un verre d'eau ! Oui, il me faut un verre d'eau. Mais pour cela, il faudrait déjà que j'arrive à me lever. Justine a tenu à fêter dignement ma dernière soirée avant mon rendez-vous chez l'avocat…

Oh merde ! La signature définitive…

D'un bond, je m'assieds dans mon lit, ouvre les yeux, alors que les murs tanguent dangereusement autour de moi. Je pose un pied au sol, puis l'autre. Je ferme les yeux à nouveau et je reste immobile le temps que tout s'arrête de tournoyer… Je me dis que fêter ma dernière nuit de liberté n'était sans doute pas la meilleure des idées. Je me souviens à peine de mon retour… Ahaaaa si, un grand blond… craquant… gentil… et… et… je préfère oublier le reste. J'ouvre les yeux et à travers une brume opaque, j'entrevois les chiffres sur le cadran de ma montre : dix heures trente !

Merde !!

Je fouille dans mon sac à la recherche de mon portable. Dans un tapotement fébrile, je compose le numéro de Justine, pour tomber sur sa messagerie. Chancelante, je me traîne jusqu'à la salle de bains en m'appuyant sur les murs. J'ai tout juste le temps d'envoyer un SMS à mon amie avant que les mojitos ingurgités au cours de cette nuit agitée finissent au fond de la cuvette des toilettes… C'est promis, c'est la dernière fois que je me paye une cuite pareille !

Trente minutes plus tard, après une douche froide, une dose de caféine à réveiller un mort et deux cachets d'aspirine, je commence à me sentir… un peu mieux ? À la va-vite, j'attrape les premières fringues qui me tombent sous la main. J'enfile sans y penser un slim noir, un tee-shirt fuchsia et des converses de la même couleur. Ma tension grimpe en flèche. Le ventre noué, je tente un dernier appel – après la quinzaine ignorés, et autant de SMS restés sans réponses – tout en saisissant mon sac et des lunettes de soleil. Je ne prends même pas la peine de me maquiller. Plus le temps.

– Justine, réponds !

Je cours à toute vitesse en direction de la station de taxis – trop tard, beaucoup trop tard, pour y aller en métro – en priant pour qu'il y en ait un. Je lâche un soupir de soulagement quand je me rends compte que je suis la seule cliente. C'est peut-être mon jour de chance après tout… ou pas.

Quelques minutes plus tard, le véhicule fonce vers les beaux quartiers de la capitale. Au bout d'une énième tentative infructueuse pour contacter Justine, une véritable panique menace de me faire perdre les pédales. Elle ne me ferait pas un coup pareil ?! *Non ? Non !* S'est-elle au moins réveillée ? A-t-elle même entendu son réveil ? C'est pas vrai ! Justine est mon témoin, et si elle n'est pas là… je ne suis pas certaine de pouvoir aller jusqu'au bout. Je flippe complètement, ça y est !

Je jette un œil sur ma montre, et en voyant l'heure, je me demande si mes craintes sont fondées. J'ai déjà quasiment une heure de retard. Il est fort probable que… mon futur mari ne soit même plus là à m'espérer. Les changements que Sarah a négociés dans le contrat ont déjà failli tout faire capoter, pourtant je ne peux que me féliciter de sa pugnacité. Elle a ainsi réussi à m'accorder une journée supplémentaire où je n'aurai pas l'obligation de combler les désirs de monsieur Lancaster. Et ne sachant pas à quoi je dois m'attendre venant de lui, ces vingt-quatre heures de plus sont une bénédiction. En revanche, elle n'a rien pu faire quant à la clause de fidélité absolue.

– Vu ce que va te rapporter ce mariage, on ne peut pas lui en vouloir d'exiger d'être le seul à profiter de tes charmes. Mais j'ai obtenu la même clause de son côté, a-t-elle dit en éclatant de rire au téléphone quelques jours plus tôt. J'ai aussi fait rajouter quelques annexes stipulant que des pratiques sexuelles hors normes n'étaient pas envisageables…

Quand le taxi s'arrête enfin au 27 avenue Marceau, j'ai unc heure trente de retard. Je lève les yeux sur l'immeuble haussmannien, typique du seizième arrondissement de Paris. La plaque dorée de l'avocat m'apprend que ses bureaux se trouvent au deuxième étage. Je prends une profonde inspiration et pénètre dans le hall spacieux. Ignorant l'ascenseur, je me dirige vers l'escalier. L'épaisseur du tapis amortit mes pas… J'ai encore le temps de composer trois fois le numéro de Justine avant de me retrouver devant la double porte. En vain ! Elle ne répond toujours pas… Est-ce un signe ? Devrais-je le suivre ? J'ai retourné tout ça dans ma tête un nombre incalculable de fois pour en arriver toujours au même constat : ce mariage est la seule solution ! Je n'ai aucun moyen de rendre à ma famille sa prospérité d'antan, si ce n'est de pousser cette porte et signer ce contrat…

Je ne tiens vraiment pas la grande forme… J'ai chaud… Je frissonne… J'ai les mains moites…

D'un index tremblant, j'appuie sur la sonnette.

CHAPITRE 5

La porte s'ouvre. D'une voix à peine audible, je donne mon nom à la jeune femme blonde, vêtue d'un tailleur classique, qui me fait face.

– Par ici, me dit-elle aussitôt en m'invitant à la suivre. Je suis l'assistante de Maître Gattas…

Elle se retourne vers moi et, après un rapide coup d'œil à ma tenue, ajoute :

– Le cabinet a été fermé à la clientèle pour la journée… sur demande de monsieur Lancaster.

Je me demande pourquoi, mais ne dis rien et me contente de lui emboîter le pas en me sentant de plus en plus mal à l'aise. Elle est certainement au courant des termes du contrat… de toutes les clauses…

– C'est une requête assez inhabituelle, continue-t-elle. Et je dois vous avouer que vu l'heure, nous ne vous attendions plus.

Le reproche est à peine déguisé. Je sais que ma tenue ne plaide pas en ma faveur. Avec une toilette plus appropriée, elle ne se permettrait sans doute pas la moindre remarque. Dans les beaux quartiers de la capitale, c'est bien connu, l'habit fait le moine. Mais trop honteuse et nauséeuse pour la remettre à sa place, je reste silencieuse. Le couloir sombre semble faire des kilomètres, et quand enfin elle frappe à une porte, l'ouvre et s'efface pour me laisser entrer, je lâche un soupir. J'ai les jambes tellement flageolantes que je ne suis pas certaine qu'elles vont me soutenir encore longtemps.

– Tu as dormi, toi ? Comment ça va ? me questionne Justine en se précipitant vers moi et en ôtant mes lunettes. Aïe… Tu as une tête à faire peur.

Dieu merci, elle est là ! Aussitôt, sa présence me redonne un peu d'énergie et me réconforte.

– Ça se voit tant que ça ?

– De loin, tu pourrais faire illusion. Mais alors, de près… !

– Je sais. J'ai des cernes de quinze kilomètres de long. Tu es au courant que j'arrive pile poil au bout d'une semaine de travail ? Avec un peu moins de vingt heures de sommeil, cumulées sur cinq jours. Ceci étant, je suis top canon… dans la catégorie Zombie !

– Ne dis pas trop de bêtises, OK… murmure-t-elle sur le ton de la confidence, en me serrant affectueusement contre elle, avant de marmonner entre ses dents serrées : tu sais qu'on peut encore prendre la poudre d'escampette. Tu peux encore renoncer. Tu n'as vraiment pas l'air en forme…

Un toussotement discret met fin à notre petite conversation, et me fait sursauter.

– Mademoiselle Beaumont ! Je suis enchanté de faire votre connaissance.

Je lui tends la main en bafouillant la formule d'usage et balaye la pièce d'un regard. Elle est vide. Je ne sais pas si je dois me sentir soulagée ou accablée. Suis-je arrivée trop tard ? Monsieur Lancaster a-t-il changé d'avis à mon sujet ? Ce contrat est ma seule porte de sortie, et s'il ne souhaite plus l'honorer, je n'ai aucune autre option. Mon salaire de serveuse nous permet tout juste de survivre. Et je ne pourrais pas indéfiniment compter sur l'aide financière de mes amies. Elles ont déjà fait tellement, je ne veux pas arriver au stade où leur amitié se transformera en pitié. Je n'ai pas le temps d'analyser pleinement mes sentiments confus, qu'il m'avise que la signature est toujours à l'ordre du jour, si je suis disposée.

– Je le suis, répliqué-je en prenant place dans le fauteuil qu'il me désigne. Je suis navrée pour mon retard, et plus encore pour ne pas avoir pu vous en informer, mais votre carte était restée à la maison.

– Ne le soyez pas, m'assure-t-il avec un sourire et en me tendant les papiers. Votre amie m'a agréablement diverti en me racontant tout un tas d'anecdotes sur les nuits parisiennes. Je dois avouer que je ne me suis jamais autant amusé. Justine a un talent certain pour dépeindre les travers de ses contemporains. Il ne vous reste plus qu'à parapher chaque page et signer la dernière. Après quoi, Justine fera de même.

J'attrape le stylo sur le bureau et regarde mon amie. Pendant que l'avocat s'entretient avec son client au téléphone – c'est du moins ce que je suppose – j'observe les initiales : G.L et A.K apposées sur les feuilles. Des doutes m'assaillent… ne suis-je pas en train de commettre la plus grosse erreur de ma vie ? Suis-je vraiment capable de… – *Holà, j'ai la tête qui tourne encore un peu...* – Ça paraît si simple… juste une petite signature… et pourtant, ensuite, rien ne sera plus comme avant ! J'ai la sensation d'être au bord d'un gouffre… d'un précipice… Ma main est au-dessus des feuilles, hésitante, tremblante… La voix de l'avocat me semble lointaine… Cinq ans, ce n'est pas si long… Qu'est-ce que c'est cinq ans dans une vie ? Après tout, je ne signe pas pour un séjour en prison quand même ! J'inspire en me répétant que, de toute manière, c'est ma seule échappatoire… et je me jette à l'eau. Une fois ma tâche accomplie, je glisse tous les exemplaires du contrat vers Justine.

– À ton tour.

– Tu es sûre ? questionne-t-elle une fois encore.

– Certaine !

Elle me sourit, puis paraphe chaque page et signe sous le regard vigilant de l'avocat. Dès qu'elle a terminé, il récupère le tout et se saisit de son téléphone. L'échange entre eux me laisse à peine le temps de demander à mon amie si elle a vu mon futur époux. Non… À part l'assistante et l'avocat, elle n'a croisé personne. Avec une grimace des plus comiques, elle me chuchote que je risque de me retrouver mariée avec Quasimodo. Je secoue la tête en lui soufflant que tant que je ne suis pas au lit avec un Alien, tout ira bien…

– L'avocate qui s'est chargée de vous représenter a, si je me souviens bien, ajouté une clause de cet ordre-là, intervient Maître Gattas sur le ton de la plaisanterie. Je vous avoue qu'elle ne m'a pas simplifié la tâche avec toutes ses annexes et nouvelles demandes ! Mais nous avons réussi à faire en sorte que les deux parties soient satisfaites, et c'est le principal ! Il est tout à fait naturel, dans ce type de… transactions, de se faire assister par une personne compétente, afin de protéger ses intérêts au mieux. Et je peux vous assurer que Maître Vidal s'est révélée une redoutable avocate.

Trois coups secs frappés à la porte nous font sursauter. Justine et moi nous retournons d'un même élan. Un frisson me traverse le corps alors que la porte s'ouvre avec une lenteur effarante. Mes mains sont moites. Soudain, il me semble qu'il fait affreusement chaud, à moins que ce ne soit l'alcool ingurgité la nuit dernière qui me monte encore à la tête. Mon cœur s'emballe. Je suffoque. Je tressaille. Une chose est sûre, je ne suis pas au mieux de ma forme. Je me focalise sur ma respiration. Inspirer profondément. Expirer lentement…

Inspirer… Expirer…

Alors… à quoi ressemblez-vous Geoffrey Lancaster ?

CHAPITRE 6

J'entends des pas, la voix de l'avocat qui s'adresse à son client et au témoin. Impossible de reculer désormais ! Je suis venue de mon plein gré, et j'ai signé sans contrainte. Mais au moment de découvrir l'homme qui… – qui m'a achetée, n'ayons pas peur des mots –, j'ai un réflexe incongru, stupide, totalement involontaire mais plus fort que moi. Je ferme les yeux. Mon attitude est puérile, pourtant, il m'est impossible d'ouvrir les paupières et de me confronter à la réalité. De me confronter à lui…

Aucun bruit, pas même les sons habituels de l'agitation parisienne ne parviennent à troubler la chape de plomb qui s'est subitement abattue sur la pièce. Le plus flippant est de ne pas entendre Justine répondre aux présentations d'usage. Je n'ose imaginer ce qui l'en empêche. Est-il donc si monstrueux ? Les exigences, puis les menaces de Sarah pour obtenir une photo se sont heurtées à un refus catégorique et sans appel de Geoffrey Lancaster.

Sans les voir, je sais que tous ceux présents dans la pièce doivent avoir maintenant leur regard braqué sur moi et attendent que je me comporte comme une adulte responsable – et non comme une gamine… mais je ne peux pas ! Mes paupières, mes jambes et mes bras pèsent une tonne. Mon estomac, aussi lourd que du plomb, est descendu à grande vitesse dans mes baskets… c'est pire que le grand huit !

– Angeline ?

La voix de Justine est étrange, là… non ? Ou est-ce tout simplement l'état dans lequel je suis qui me donne ce sentiment ?

– S'il te plaît, Angeline, dis quelque chose ! Tu commences à me faire peur, là…

– Mmm… Marquise, cinquante ou ovni ? balbutié-je, les yeux toujours clos.

Mon attitude, déjà des plus surprenantes, et les mots que je viens de prononcer ne vont pas améliorer la première impression, certainement négative, que monsieur Lancaster est en train de se faire de sa nouvelle épouse. Je sais qu'elle comprend mes paroles sibyllines, et connaissant ses goûts en matière de gent masculine, je peux lui faire confiance. Elle tarde à me répondre, et son mutisme me donne des sueurs froides. Mon estomac remonte brusquement… pour s'arrêter – Dieu merci ! – à mes lèvres. Je déglutis péniblement. Je ne me sens vraiment pas bien du tout, du tout. D'autant que Justine est toujours en mode aphone. Pourquoi ne répond-elle pas ?

– MARQUISE, CINQUANTE OU OVNI ?!

L'un des deux hommes demande à quoi l'on joue… sa voix… *ai-je déjà entendu cette voix ?* L'avocat me somme, sur un ton néanmoins assez doux, d'ouvrir les yeux. Ordre auquel je refuse obstinément de me plier. Une idée saugrenue traverse mon esprit. La panique que je ressens est induite par ce que je vais découvrir. Si j'étais aveugle, ce serait plus facile… Je délire complètement, mais peut-être qu'avec des lunettes aux verres très, très, très foncés…

– Cinquante ! lance soudain Justine.

– Cinquante ?

Si elle dit « cinquante », je n'ai peut-être plus besoin de lunettes, alors ? Plus du tout, même !

– Marquise aussi… continue-t-elle.

– MARQUISE ?! Comment ça, marquise ?! Dans quel sens le « MARQUISE » !?

Mon estomac vient de faire un double salto. Je tente d'imaginer un « cinquante » avec une marquise, et franchement, je n'y arrive pas. Pas du tout !

– NOM D'UN CHIEN ! jure subitement une voix grave et sèche qui me donne la chair de poule. Vous vous foutez de moi ou quoi ?!

– CROSSFIRE ! hurlons-nous simultanément devant ce ton autoritaire, en songeant à monsieur Noir Danger et avant d'exploser de rire.

Je garde encore les yeux fermés… le temps que dure mon fou rire, nerveux, très nerveux, mais qui a le mérite de me détendre un peu. C'est sûr, il va croire que je suis bonne pour l'asile. Parmi tous les tests médicaux qu'il a demandés, il a oublié – à moins que Sarah ait mis son grain de sel – de faire pratiquer des tests psychologiques… ce qu'il doit regretter à coup sûr, maintenant.

Justine est la première à retrouver son calme. Dans un silence assourdissant – et des plus embarrassants – je prends une profonde inspiration. Je me redresse lentement et ouvre enfin les paupières…

CHAPITRE 7

Justine a tenu à ce que je profite de ma dernière nuit. Celle où j'avais encore le droit de disposer librement de mon corps sans rendre de compte à personne, où je pouvais m'offrir le luxe d'accorder – ou pas – mes faveurs à un homme que je choisirais, toute seule.

Et le géant blond, juste là, devant moi, fait ressurgir des images… Une main – la mienne – se faufilant sous une chemise – la sienne –, puis descendant plus bas et s'arrêtant sur la braguette d'un jean – le sien. Une main – la sienne, cette fois – se glissant doucement sous une robe – la mienne ! Le reste, je ne m'en souviens plus ! Noyé sous les mojitos d'hier… et la honte de l'instant présent.

– Dois-je regretter de ne pas avoir demandé un examen de votre santé mentale ?!

Le ton cinglant me sort de ma torpeur. Le sourire facétieux sur le visage de l'inconnu de la nuit dernière me souffle soudain une réponse évidente quant à la gêne et au silence de Justine lors des présentations : le blond n'est pas mon futur époux, mais le témoin ! C'est un cauchemar ! Combien y avait-il de probabilités pour que je tombe sur le témoin ?! Je me tourne alors vers la voix et… je reste quelques secondes, minutes – heures ? – la bouche ouverte comme une carpe, avant de lâcher :

– Un… BBS[1] ?!

De la pointe de ses souliers de designer italien jusqu'à ses cheveux bruns décoiffés, il respire l'énergie, la force et la virilité à l'état brut. Est-ce sa chemise blanche, sans cravate et dont la couleur tranche avec sa peau hâlée, qui lui donne ce côté sexy ? Ou bien cette attitude arrogante ? Ou ses lunettes ? Ou encore ce visage dur à la mâchoire carrée, ce nez pas vraiment parfait et qui a dû être cassé ?! Un vrai Bad Boy Sexy ! Et avec une bouche… Oh, cette bouche ! Des lèvres aux ondulations sensuelles, dont on a envie de suivre les courbes avec les doigts…

– Je dirais que certaines corrections vont être nécessaires avant d'envisager un HE[2], souligne Justine avec sérieux mais les yeux pétillants.

Je plonge alors mes yeux – cernés, rougis, pas maquillés – dans des iris d'un bleu aussi sombre qu'une orageuse nuit d'été – très orageuse, la

1. BBS : *Bad Boy Sexy*

2. HE : *Happy End*

nuit d'été –, qui semblent vouloir me pétrifier sur place… Un frisson glacial me transperce. La tête me tourne un peu. Je porte la main à mon front. Brûlant ! Je ne me sens toujours pas bien, et j'ai la désagréable sensation que ça empire. Mon corps tressaille des pieds à la tête.

– Vous comprenez la question, ou avez-vous besoin de votre avocate, cette fois encore ?

– Oh… je… je…

– Et incapable de nous offrir une phrase compréhensible ! Une vraie poupée Barbie !

Il fait chaud, trop chaud. Je sens que je vais tourner de l'œil…

Et soudain, je régurgite les derniers mojitos de ma nuit de folie. Lancaster fait un bond en arrière. Super réflexe ! qui empêche ainsi son costume gris anthracite – fait sur mesure et dont mon œil exercé reconnaît la coupe impeccable – de faire un passage au pressing. En revanche, ses chaussures n'ont pas cette chance…

– BORDEL !!! Mais c'est une vraie calamité !

Je lui lance un regard ulcéré. D'accord ! Comme première rencontre, on a vu mieux. Mais un peu de compassion, est-ce trop demander ?! Heureusement, je me sens déjà un peu mieux, et du coup, *Monsieur* commence à me porter sérieusement sur les nerfs… et pas qu'un peu !

– La *poupée Barbie* vous conseille d'aller changer de costume ! Et pourquoi pas d'endosser celui de Ken à la place de celui du CONNARD ARROGANT DE PREMIÈRE !

– Ça va aller, Angie ? demande Justine en s'interposant entre nous. Tu as besoin de quelque chose ?

– Un verre d'eau, merci, dis-je avant de filer aux toilettes pour me rafraîchir.

Lorsque je reviens quelques minutes plus tard, d'un pas légèrement moins chancelant, une main bienveillante me glisse un siège sur lequel je m'écroule. Le témoin semble toujours victime d'un fou rire irrépressible… Au moins, il y en a un qui trouve ça drôle ! Lancaster quant à lui continue de tempêter comme un forcené, à tel point que je sens une affreuse migraine poindre le bout de son nez et aboie à mon tour :

– Vous ne pourriez pas hurler plus doucement à la fin ?!

Silence total, quelques secondes avant que son témoin, Aïdan, n'explose de rire – encore ! Lancaster se tourne brusquement vers moi. Là, il est en colère. Non, rectification, il est… furieux ! Les bras le long du corps, il se précipite dans ma direction. S'il croit qu'il me fait peur ! Quoique… un peu quand même. Je me redresse dans le fauteuil puis me lève pour lui faire face. Pourquoi n'ai-je pas mis mes Louboutin ? Parce que là, avec mes baskets, ma tête lui arrive à peine à l'épaule. Zut ! Ce connard arrogant – sexy d'accord, mais connard arrogant quand même – est vraiment grand et baraqué !

– Quoi ?! Quoi ?! *Monsieur* n'a pas l'habitude d'entendre ses quatre vérités ? *Monsieur* n'apprécie pas ? Eh bien, juste entre nous, la *Barbie* n'a rien contre les excuses, elle est même toute disposée à en recevoir de votre part !

CHAPITRE 8

Même pincée, les lèvres fermées… la bouche de monsieur Lancaster agit sur moi comme un véritable aimant. Toutefois, je remarque aussi ce rictus de mépris qu'elle affiche. Pour les excuses, je crois que je vais devoir attendre longtemps… très longtemps.

– Dans la catégorie du top 10 des tue-l'amour à la première rencontre, vous gagneriez la palme d'or. Heureusement, il ne s'agit nullement de ça entre nous, me lance-t-il, acerbe, puis se dirigeant vers son avocat, il ajoute : J'estime être en droit d'exiger des tests supplémentaires, et s'il s'avérait qu'elle souffre d'une défaillance mentale quelconque, le contrat serait caduc ! Je sais que cela ne fait pas partir des milliers d'articles inutiles de ce foutu contrat, mais… débrouillez-vous !

Son témoin lui fait soudain remarquer qu'une rupture du contrat est totalement inenvisageable.

– Une des nombreuses clauses rajoutées par l'avocate de mademoiselle stipule que, si tu venais à rompre le contrat, alors qu'elle en a respecté tous les termes, tu serais dans l'obligation de lui verser la somme de…

Il s'interrompt pour feuilleter les pages, puis ayant trouvé ce qu'il cherchait, termine avec un petit sourire en coin :

– Tu devrais à mademoiselle Beaumont la coquette somme d'un million d'euros, en n'oubliant pas le calcul au prorata de chaque journée passée depuis la signature, ce qui est finalement un très petit détail, vu que cela fait à peine quelques minutes que vous avez signé.

Justine laisse échapper un petit cri de surprise. Abasourdie par ce que je viens d'entendre, je m'écroule à nouveau sur le siège. Un… million… d'euros ?! OMG !!

Comment Sarah a-t-elle fait ?! Je n'ai pas tout lu, elle ne cessait de rajouter de nouvelles clauses. Au début, elle me donnait des explications mais, remarquant mon peu d'intérêt, elle s'est finalement contentée de me dire que je ne regretterais pas de lui avoir confié ce job et que je n'avais aucun souci à me faire concernant la défense de mes intérêts. Mais là… Elle m'épate !

– Tu trouves la situation comique, Aïdan ? Ce contrat, qui ne comptait que quelques pages au départ, est devenu un véritable pavé dès que cette maudite avocate s'en est mêlée !

– Je dois reconnaître que je passe un moment surprenant. Mais avoue que tu as aussi apporté ta contribution à ce *pavé*, comme tu dis.

– Tu fais chier, Aïdan !

Je me relève, toujours un peu patraque, mais la colère qui bouillonne en moi me galvanise. Peut-être aussi autre chose, mais je préfère éviter de trop réfléchir à ce *quelque chose d'autre*.

– La *Barbie* vous informe qu'elle accepte les chèques, et qu'elle vous fait grâce de l'heure entamée, dis-je avec un grand sourire. Après tout, on ne va pas chipoter comme des marchands de tapis, n'est-ce pas ?!

Lancaster se retourne brusquement vers moi. Il s'approche trop vite, trop près, et je ne peux m'empêcher de reculer d'un pas. Tout à l'heure, trop absorbée par sa bouche, je n'ai pas remarqué la cicatrice qui part de sa tempe et trace une ligne nette tout le long de sa joue. J'ai un frisson incontrôlable qu'il détecte aussitôt. Je le vois à une imperceptible crispation de ses traits.

– La prochaine fois que nous serons en présence l'un de l'autre, vous porterez une robe, murmure-t-il à quelques millimètres de mon oreille. Et surtout, *surtout*, n'oubliez pas que le sexe fait partie intégrante du contrat. C'est une clause non négociable, et que vous honorerez chaque fois que j'en exprimerai le désir. Ça ne devrait pas être trop compliqué pour vous, n'est-ce pas ?

Je sens son souffle chaud sur ma peau.

Puis, sans attendre la moindre réponse, il quitte la pièce. Totalement perturbée et mortifiée, je passe une main tremblante sur mon visage. De rage, je serre les dents et tente d'apaiser mon esprit en tumulte. Brusquement, je prends conscience qu'il serait tout de même judicieux que je lise ce contrat dans sa totalité. Mieux vaut être prudente…

– Je vous avoue que c'est une grande première pour moi ! s'exclame le géant blond à ma droite. Voir Geoffrey être le dindon de cette farce est quelque chose que je n'aurais jamais imaginé. Au fait, je suis enchanté de vous… revoir.

– Ce qui s'est passé hier ne concerne nullement votre ami, intervient Justine en fusillant Aïdan du regard. Rien n'était encore signé, et Angeline était libre de faire ce qu'elle voulait.

– Et croyez bien qu'hier, j'en ai été le plus heureux des hommes, *puis se tournant vers moi avec un sourire facétieux, il ajoute* : on a déjà détecté des antécédents de folie dans votre famille ?

Son attitude est sympathique, et pour je ne sais quelle raison, je suis persuadée qu'il ne dira rien à son *ami* à propos de notre rencontre.

– Si se marier avec un parfait inconnu n'est pas un signe distinctif de folie, alors je suis parfaitement saine d'esprit.

– Dans ce cas, nous nous reverrons très vite, car en plus d'être l'un des témoins de Geoffrey à votre mariage, je suis également son meilleur ami. À bientôt.

Et après un petit signe de la main, il sort le rejoindre.

Je n'en reviens toujours pas que Sarah – *ma* Sarah ! – ait pu négocier une clause pareille, enfin pas la clause en elle-même, mais le montant de la pénalité en cas de rupture : un million d'euros ! Ce qui me donne un million de raisons de déchiffrer chaque page, chaque ligne. Impossible que Lancaster soit resté stoïque et ait accepté une telle clause sans exiger de contrepartie. Je suis soudain prise de tremblements rien que d'y songer.

L'avocat m'a donné les clés d'un appartement très bien situé – et où nous pouvons loger, mon père et moi, jusqu'au jour du mariage –, ainsi qu'une carte de crédit. *Gold* !

Alors, pourquoi ai-je ce drôle de goût amer dans la bouche ?

Pourquoi ai-je l'estomac qui joue toujours au yoyo, les mains moites, le cœur au bord des lèvres, les jambes flageolantes, chaud, froid ? Pourquoi je me sens si mal, alors que Lancaster… mon futur époux, cet Adonis avec qui je vais partager cinq ans de ma vie… Putain, cinq ans ! Cinq ans de nuits avec lui…

Parce que je ne sais pas pourquoi il m'a proposé ce contrat…

Lancaster fait clairement partie des très rares élus possédant une beauté à couper le souffle, agrémentée d'un charisme qui, si vous n'étiez pas encore totalement conquise, finirait de vous achever, et pour terminer en apothéose, disposant d'une aisance financière leur permettant de se payer tous leurs caprices. Même sa cicatrice ne parvient pas à le défigurer. Non, tout au contraire, elle provoque un frisson de peur, mais aussi d'autre chose…

Dans la vie réelle, ce qui m'arrive… ça n'arrive jamais… *JAMAIS* !

Alors, il est où le piège ?!

CHAPITRE 9

Mon père est installé sur le canapé avec le journal sur les genoux, je m'assois à ses côtés et lui prends la main. Il a tant changé en quelques mois, tellement vieilli.

Il a besoin de moi… et je suis terrifiée.

– Et ton rendez-vous chez l'avocat… Tout s'est déroulé comme vous le souhaitiez ?

– Oui, tout s'est passé comme prévu.

Il me sourit, et sa main frêle et délicate soulève une mèche de mes cheveux pour la coincer derrière mon oreille.

– Il serait bon que nous prévoyons un repas avec mon futur gendre, tu ne crois pas ? Celui qui a ravi le cœur de mon petit ange en si peu de temps et qui, tel un preux chevalier, vole au secours de sa belle en détresse. Après tout, je ne l'ai pas rencontré plus d'une ou deux fois au moment de la signature pour le rachat…

Pour mon père, Geoffrey et moi, ce fut le coup de foudre dès le premier regard sur mon lieu de travail.

Il fallait bien accréditer le fait que tout se passe si rapidement. Le hasard avait fait que ce preux chevalier était aussi celui qui avait racheté à mon père, son entreprise en faillite… La totale quoi ! Le seul point qui le contrariait était cet empressement que nous mettions à vouloir nous marier. Pour le reste, il me semble qu'il m'avait crue.

– Oui, bien sûr, Papa ! dis-je, affolée en songeant qu'il souhaite certainement faire plus ample connaissance avant la cérémonie. Je… je vais voir avec Geoffrey, mais je crains qu'il ne soit très occupé ces prochains jours, à cause de toutes ces affaires à régler avant le mariage, tu sais… En attendant, il nous propose de nous installer dans l'un de ses appartements.

– Je comprends, dit-il en jetant un regard désabusé autour de nous. Je lui suis reconnaissant de prendre soin de toi. Toutefois, je ne peux réprimer certaines appréhensions et tu les connais. Tu es tellement impulsive, et j'ai peur que vous alliez trop vite, beaucoup trop vite. Tu es amoureuse, tu es sûre ?! Vraiment amoureuse ?

Ce n'est pas le moment de faiblir. Il est hors de question que mon père se doute de quoi que ce soit. Cela le détruirait et signerait sa perte.

– Tu penses que je pourrais épouser un homme sans être amoureuse !? *Devant son regard inquisiteur, je rajoute précipitamment et avec toute la conviction dont je suis capable* : oui, Papa ! Bien sûr que je suis amoureuse.

À son attitude, je sais qu'il me croit. Le soulagement m'envahit, vite remplacé par une vague de honte.

– Dans ce cas, je suis très heureux. Et j'ai hâte de le rencontrer moi aussi, dans des circonstances plus agréables que les précédentes.

Je préfère interrompre notre conversation en prétextant devoir me préparer pour mon travail, et filer dans la salle de bains. J'ai envie de vomir. Je ne connais rien de Geoffrey Lancaster. Absolument rien. Si ce n'est qu'il est en position de faire une proposition aussi aberrante et monstrueuse que les moyens financiers dont il dispose, qu'il a des yeux bleu sombre, un visage d'une rare beauté – même avec une cicatrice – et qu'il émane de lui une virilité capable de vous foudroyer sur place.

Ah… et que c'est un connard et un arrogant !

Face au miroir ébréché, je me maquille légèrement puis je relève mes cheveux pour en faire un chignon, d'où s'échappent déjà quelques boucles indisciplinées… quand un bip m'annonce l'arrivée d'un message sur mon portable. Je jette un œil en pensant qu'il vient de Justine ou de Sarah.

Où êtes-vous ? G L.

Je fronce les sourcils, en songeant qu'il ne s'embarrasse même pas d'une formule de politesse, et je tape :

Pourquoi ?

Je vous ai posé une question ! G L.

Moi aussi !

Monsieur Lancaster a beau avoir payé le prix fort, un minimum de savoir-vivre ne serait pas de trop.

OÙ ÊTES-VOUS ?!? G L.

POURQUOI ?!?

Une serviette nouée autour de la poitrine, je file dans ma chambre pour revêtir ma tenue de combat : jean, tee-shirt et converses.

LISEZ CE PUTAIN DE CONTRAT !!! G L.

Cet échange, des plus harmonieux, me laisse entrevoir que ce connard tout-puissant attend que je lui sois soumise, prête à obéir au premier ordre en bonne esclave dévouée et sans contester son autorité. Il peut toujours rêver !

AVEZ-VOUS LU LE CONTRAT ?!? G L.

J'attrape mon sac, mes clés puis, après avoir embrassé mon père, je file à la station de métro. Sarah a obtenu que notre première relation sexuelle n'ait lieu que lors de la nuit de noces, et si jamais il enfreignait cette clause, non seulement il aurait droit à une pénalité d'un million d'euros mais le contrat serait caduc… Merci Sarah ! Toutefois, s'il le désire – l'ordonne, terme plus approprié en regard de son caractère ! –, je ne peux refuser de le voir.

Mon travail me tire une belle épine du pied. J'ai l'intention de donner mon préavis à Éric dès ce soir ; cependant, nul besoin que Lancaster soit au courant. C'est l'excuse idéale ! En sortant du métro, j'attrape mon portable et jette un œil à mes messages.

Lancaster :

ÊTES-VOUS CAPABLE
DE COMPRENDRE CE PUTAIN
DE CONTRAT ?!?!

BORDEL !!! VOUS ALLEZ
ME RÉPONDRE, OUI !?!?

JE VOUS CONSEILLE FORTEMENT
DE RÉPONDRE !!!

Justine :

Tu crois encore possible de rajouter
une clause dans le contrat,
pour que j'assure la relève
pendant tes nuits de repos ? ;)
On se voit demain ? J'TM

Sarah :

Juju m'a dit que le crapaud
est à tomber ! Je veux tout savoir…
Bisous d'amour.

Un sourire radieux aux lèvres, j'éteins mon portable et franchis la porte du Bar des Potes. Au boulot !

CHAPITRE 10

Je file directement dans le bureau qui nous sert à la fois de vestiaire et de fumoir durant nos pauses. Je range mon sac, accroche ma veste et passe le petit tablier noir en coton – mon *uniforme* pour ce soir –, puis je retourne en salle. La musique est déjà très forte. Ce bar de quartier affiche complet tous les vendredis et samedis soirs, grâce aux concerts à sensation qu'il organise. Ici, deux mondes se distinguent, qui ne se rencontrent jamais. La clientèle de la semaine est plus âgée, tranquille, alors que celle du week-end est à l'image des groupes qu'elle plébiscite – jeune et déchaînée.

Mais Éric, *The Boss,* et Tony, son videur, veillent sur nous, les serveuses.

Plateau en main, je file en salle, sers les boissons et encaisse l'addition. *Au Bar des Potes, si on est potes, c'est parce qu'on règle de suite.* Je me dirige vers une autre table pour prendre une nouvelle commande.

À peine vingt-deux heures, et j'ai déjà mal aux pieds !

– Une pause clope avant le grand rush ?

– Oui, ça serait sympa, Céline, avoué-je en jetant un regard à Éric, qui me donne son accord d'un petit signe de tête. Je crois que ça va être plein à craquer ce soir.

Nous nous faufilons à travers la foule pour rejoindre le bureau. Céline me tend une cigarette, et je me laisse tomber sur le fauteuil pendant qu'elle s'installe sur le canapé.

– J'ai les pieds en compote, dis-je en soupirant. Et la soirée est loin d'être finie. Comment tu fais pour être en pleine forme ?

– C'est juste une question d'habitude. Tu bossais dans quoi avant ?

J'aspire une longue bouffée de nicotine, histoire de réfléchir à une réponse pas trop éloignée de la vérité.

– J'étais styliste chez Dior.

– La vache ! Ça devait être supercool !

– Oui, c'était chouette, mais c'était un CDD…

– Je comprends mieux ta façon de t'habiller maintenant. Au début, on a pensé avec les filles que tu te la pétais un peu. En fait, c'est à cause de ton boulot. Ils t'ont filé des fringues quand ton CDD s'est terminé, c'est ça ?

– Un peu… mais pas des tonnes, non plus !

– Tu m'étonnes ! Les plus friqués, c'est souvent les plus radins.

Je manque m'étouffer avec la fumée de ma cigarette. Céline me donne une grande tape dans le dos et éclate de rire, la voix du Boss nous parvient dans l'interphone :

– La pause est terminée, les filles ! Ce soir, c'est vous deux qui portez les ceintures de tequila, alors chauffez-moi la baraque !

Pendant que j'ajuste la ceinture à ma taille et le petit sac sur mon dos, Céline rectifie son maquillage. *La ceinture* est une attraction au même titre que les groupes de musiciens. Un tuyau en caoutchouc muni d'une gâchette est relié à un sac étanche rempli d'alcool. Autour de la ceinture, telle une cartouchière, de minuscules verres. Un verre, un euro. Mais ce qui remporte le plus de succès, c'est le pistolet. Pour cinq euros, la serveuse se positionne debout entre les jambes du client – assis et la bouche grande ouverte – et lui balance un jet de tequila. Autant dire que pour créer l'ambiance, il n'y a pas mieux ! Les clients adorent – pour les filles entre leurs cuisses –, les filles adorent – pour les pourboires dans leur poche –, et Éric adore – pour les billets dans sa caisse.

Quand nous retournons en salle, les musiciens sont déjà sur scène.

– Qui veut un baiser de la mort ? hurle Céline en pointant son pistolet sur la foule.

Et c'est parti ! Entre les cris et la déflagration des décibels sur l'estrade, on ne peut déjà presque plus s'entendre…

– Par ici, ma beauté !

Je m'approche d'un groupe et lance :

– Baiser de la mort ou shoot ?

– BAISER DE LA MORT !!

J'encaisse puis me place entre les jambes du plus rapide. On dirait un adolescent, et si je n'étais pas certaine que Tony l'a déjà fait à l'entrée, j'exigerais sa carte d'identité.

– Prêt ?

– Tu peux y aller ! me répond-il avec un clin d'œil, en posant une main sur ma cuisse.

Pas le temps de réfléchir : je lui balance le jet de tequila. Surpris, il sursaute et recule. La moitié du liquide s'écoule sur son visage. Ses amis sont tordus de rire, et j'enchaîne avec eux.

Et c'est ainsi, pendant plus de trente minutes. Pas une seconde pour souffler. Vidée, je retourne au comptoir réapprovisionner mon sac. Je jette un regard à mon reflet dans le miroir du bar et constate que mon chignon part dans tous les sens. Mon tee-shirt blanc me colle à la peau à tel point que je pourrais gagner un concours de tee-shirts mouillés, et ce n'est pas mon mini-tablier qui cachera grand-chose… J'essaie de m'arranger un peu, quand j'aperçois un sourire coquin qui étire les lèvres d'Éric.

– Tu es superbe ! me crie-t-il pour se faire entendre. Et ne te fais pas de soucis, Tony et moi, on a toujours un œil sur vous deux.

Mon sac rempli, je retourne dans l'arène. J'aperçois un jeune hystérique, entouré de ses amis, qui me fait signe de le rejoindre à sa table. C'est alors qu'une main derrière moi me retient par la ceinture de mon jean. J'adresse un sourire navré au jeune homme, et me tourne vers le client plus proche qui vient de m'attraper.

Et là… *C'est un cauchemar ?!?*

– Pour moi, ce sera un shoot ! réclame un géant blond enjoué.

– Et pour moi… un baiser de la mort.

Rectification… C'est un double cauchemar !

Lancaster et Aïdan ?!?

Au Bar des potes ?!

CHAPITRE 11

Comment Lancaster a-t-il obtenu l'adresse de mon travail ?

Son avocat ne dispose que de mon numéro de téléphone et de mon adresse personnelle. Rien de plus ! Imperturbable, je sers le shoot de tequila à Aïdan. Même en jean et tee-shirt, on ne voit qu'eux.

Respire, Angeline !

Je fixe un point obscur au fond de la salle.

Respire, Angeline ! Ne le regarde pas.

Que vient-il faire ici avec son meilleur ami ?! Meilleur ami qui est aussi son témoin, et accessoirement, l'homme avec lequel…

Respire, Angeline... Respire !

Les yeux baissés, je me place entre les jambes de Geoffrey, je lève le bras, le regarde…

Ohhh... cette bouche... ses lèvres... je... je... Purée, j'ai beaucoup trop chaud d'un coup...

…et j'appuie. Voilà, c'est fini ! Aussitôt, je baisse à nouveau la tête et m'apprête à repartir quand ses cuisses se referment… sur les miennes.

Merde !

– On a pas encore fini, Barbie, assène-t-il en me tendant quatre billets de cent euros. J'en ai pour un moment avec ça, non ?!

Je suis pétrifiée. Je jette un œil au bar. Éric est débordé et ne me prête aucune attention. Céline passe avec un clin d'œil et lève son pouce. Aucune aide à attendre de son côté.

Calme-toi, Angeline... Il ne t'a pas sauté dessus, non ?! Il ne fait rien de plus que tous les autres types dans cette salle, et tu maîtrises parfaitement la situation. Tout est sous contrôle...

Un fin duvet de barbe assombrit son visage. Je ne veux surtout pas croiser son regard, ni sa bouche. Son tee-shirt noir me semble un bon compromis. *Non, mauvaise idée...*

Respire, Angeline...

...des abdos se dessinent avec une précision diabolique sous le tissu...

Ressssspire...

...bras musclés... épaules de nageur...

Ressssspire...

Des gouttes de sueur coulent sur mon front. Je remplis une nouvelle fois le verre d'Aïdan et parviens enfin à poser la question qui me brûle les lèvres :

– Que faites-vous ici ?

Bravo ! Ma voix est naturelle, mes mains ne tremblent pas. Je maîtrise totalement la situation. Tout est sous contrôle.

En revanche, la climatisation est hors-service, non ?!

– Je n'ai pas l'habitude de laisser mes investissements se balader dans la nature sans les tenir à l'œil, répond Geoffrey en posant ses mains sur mes hanches. Surtout quand l'un d'eux est à haut risque…

Ohoooo… La chaleur de ses mains transperce l'étoffe de mon jean. Je les sens presque sur ma peau. Je vais me liquéfier, finir à ses pieds telle une flaque d'eau.

– J'ai soif !

Son ton est cinglant. Une bouffée de chaleur me monte au visage. Ses mains me marquent au fer rouge. Je me concentre et le bras tendu, je vise. Il avale, et je fixe le mouvement de sa pomme d'Adam. Puis sa langue passe sur ses lèvres… lentement… pour lécher jusqu'à la dernière goutte de tequila… Oh My God ! Je pense qu'elle pourrait faire de même sur mes petites gouttes de sueur…

– J'aimerais que vous compreniez bien les bases de notre contrat, Barbie, gronde-t-il en me tirant brusquement vers lui.

Un choc. La collision de deux corps. Le mien, le sien. Mes mains posées à plat sur son torse, et le reste, plaqué, serré contre lui…

Une sirène retentit, qui m'annonce un danger imminent…

– Vous êtes à moi ! continue-t-il, sa bouche frôlant mon visage. Ne vous avisez plus *jamais* de ne pas répondre !

Ses bras m'emprisonnent… je veux juste qu'il me serre encore plus fort… plus près…

– Vous êtes à *ma* disposition ! Chaque heure, chaque minute, chaque seconde du jour *et* de la nuit, martèle-t-il encore de sa voix sourde.

Et moi, je veux *mes* mains sous *son* tee-shirt, toucher sa peau, la goûter…

– Est-ce assez clair ?

À chaque respiration, je m'enfouis un peu plus en lui. Mais ce n'est pas encore assez… mon cerveau est déconnecté… seul mon corps est vivant, terriblement vivant, et désespérément assoiffé, affamé de cet homme…

– Est-ce assez clair, Barbie ?!?

Hein ? Quoi ?! Est-ce assez... QUI ?!? Non, mais qu'est-ce qui m'arrive, là !?!

Brusquement, la musique et les voix autour de moi refont surface. L'endroit où je suis, mon travail… les clients… qu'est-ce qui s'est passé ? Qu'ai-je fait ?

– Je… je… pensais que…

– Je ne vous demande pas de penser, me coupe-t-il en laissant glisser ses yeux jusqu'à ma poitrine écrasée contre lui. Contentez-vous de me satisfaire… et ce sera déjà bien !

Je me sens humiliée. Son petit sourire comblé et arrogant me confirme qu'il a perçu mon trouble, alors que lui est resté totalement stoïque. Froid. Détaché. Parfaitement maître de lui.

Et ça me met soudain dans une rage folle. Je bous littéralement, autant par sa proximité que par la fureur que ses paroles ont déclenchée. Je pousse fermement sur mes mains pour reprendre une position verticale – *Non, mais quel con !* – et lui envoie une giclée – une looooongue giclée – de tequila sur le visage, le tee-shirt et le jean. Je lui en file largement pour ces quatre cents euros !

Les jeunes de la table voisine applaudissent à tout va. Aïdan est hilare – *ça commence à devenir une habitude...* – et se frappe les cuisses des deux mains. Quant à Geoffrey… oups ! il est furieux.

Bien fait, connard !

– Ne vous avisez *jamais* de reposer les mains sur moi, ici ! *Est-ce assez clair ?!* La prochaine fois, vous aurez directement affaire à Tony, et il vous rendra à votre ami dans votre état premier : celui d'une petite *merde* fossilisée !

– Ça va, Angie ?! me demande justement Tony, apparu comme par enchantement à mes côtés. Un problème ?!

– C'est bon, Tony. Je vais bien, tout est sous contrôle. Merci…

Et je m'éclipse en moins d'une seconde.

Tout est sous contrôle ?

Ah oui... Vraiment ?!

CHAPITRE 12

L'avantage avec ce boulot, c'est qu'il n'exige pas une grande concentration. Je peux ainsi réfléchir tranquille.

Point numéro 1 : ce type est le roi des connards au pays des emmerdeurs !

Point numéro 2 : il m'a achetée. J'ai beau retourner ça dans tous les sens… c'est un fait.

Point numéro 3 : mon corps a été envoûté, possédé… a subi une pulsion incontrôlable et totalement indépendante de ma volonté. *TOTALEMENT !*

Point numéro 4 : je ne vais certainement pas me laisser pourrir la vie par quelques malheureuses cellules de mon organisme, microscopiques en plus, subitement débordantes d'énergie et en plein délire ! Si… ?!

Point numéro 5 : le roi des connards etc. pense avoir acheté un toutou qui va obéir à son maître, une esclave qui se soumettra au doigt et à l'œil ? Je ne suis ni l'un, ni l'autre ! Monsieur va vite se rendre compte qu'en fin de compte, son investissement à haut risque est à… *très* haut risque !

Et soudain, je me sens de meilleure humeur.

Lancaster ne me lâche pas du regard, même de loin. Je continue mon travail sur le qui-vive en m'attendant à le voir débarquer à tout moment. Mais il reste à sa table. Il est presque minuit, le groupe ne va pas tarder à faire un petit break.

Enfin, la cloche retentit derrière le bar : signal qui m'indique que je peux rejoindre les vestiaires pour une pause de cinq minutes. Je dépose mon sac de tequila et ma recette au bar, sous l'air étonné – et comblé – d'Éric.

– Angie ! Fais-moi cette recette tous les week-ends, et je t'épouse ! s'exclame-t-il en rangeant les billets dans la caisse. Ça mérite bien dix minutes de plus pour ta pause.

– Génial ! Mes pieds t'en sont infiniment reconnaissants.

– Pour ce qui est de l'épouser, ce ne sera malheureusement pas possible… annonce une voix grave dans mon dos. Je me présente Geoffrey Lancaster, son futur époux.

Il se place derrière moi, tend une main par-dessus mon épaule à mon boss dérouté, et de l'autre, enlace ma taille en déposant un baiser sur mes cheveux. Je me retrouve donc coincée entre lui et le bar. Là, tout de suite… je lui fracasserais volontiers une bouteille sur le crâne, mais je me contente d'étouffer un cri de rage et de serrer les poings… tout en m'évertuant à dompter l'insurrection d'un bataillon de petites Vénus en folie…

– Je plaisantais… répond Éric en lui serrant amicalement la main, et lui montrant son alliance au passage. Angie ne m'avait pas annoncé la bonne nouvelle. Toutes mes félicitations à vous deux !

– Je lui ai fait ma demande aujourd'hui. Elle est encore sous le choc, et je suis sûr qu'elle se demande encore si ce n'est pas un rêve… n'est-ce pas, *Barbie* ?

– Barbie ?! s'étrangle Éric.

Je vais le tuer…

Mon patron me dévisage avec une énorme envie de rire.

Respire, Angeline…

– Qui a dit que les hommes n'étaient pas romantiques, hein ?! grincé-je.

– Et vous avez déjà fixé une date pour le mariage ?

Je me crispe. Sans me laisser le temps d'ouvrir la bouche, Lancaster répond :

– Oui, dans deux mois. À ce sujet… avec les préparatifs – surtout en si peu de temps –, Angeline et moi avons pensé que ce serait bien si ce soir était sa dernière nuit de travail, lance-t-il sûr de lui et avec un sourire complice à Éric. Je sais que c'est rapide et soudain, mais si vous avez la moindre difficulté à trouver une remplaçante, n'hésitez pas à m'appeler !

Il sort une carte de visite qu'il lui tend. J'avais l'intention de donner ma démission, mais qu'il en prenne l'initiative – seul, et sans même me consulter ! – achève de me mettre hors de moi. Et puis, il fout tous mes plans en l'air ! Moi qui pensais me servir de mon boulot pour éviter de le voir trop souvent jusqu'au mariage… là, c'est raté !

C'est sûr ! JE. VAIS. LE. TUER !

– Je peux très bien me charger de l'organisation du mariage dans la journée et continuer à travailler le soir, argué-je en fronçant les sourcils. Au moins le temps de te laisser te retourner, Éric…

La pression sur ma taille s'intensifie fortement, mais je continue sur ma lancée :

– Crois-moi, ça ne me dérange pas du to…

– Angie ! Tu n'imagines pas la charge de boulot – mais aussi de pression – que ça représente, m'interrompt Éric. Et je suis bien placé pour le savoir ! J'ai cru que j'allais devenir fou pour le mien, et franchement, Sandrine n'était pas loin de craquer, elle aussi. Ce sera mon cadeau de mariage, en quelque sorte. Ne te fais aucun souci pour moi, ta place ne restera pas libre plus d'une journée.

– Je vous dois une fière chandelle, Éric. Je me voyais mal me charger de tout… tout seul. Et j'apprécie à sa juste valeur votre cadeau.

– Ne me remerciez pas ! Ce serait stupide d'engager quelqu'un pour organiser votre mariage si vous pouvez vous en charger tous les deux…

– On ne se rend pas compte des dépenses que ça entraîne, continue Éric, mais on serait prêt à dépenser des sommes folles quand on a trouvé sa tendre moitié, n'est-ce pas ?!

Le pauvre, s'il savait…

– N'est-ce pas, Barbie ?! rétorque Lancaster.

Sa bouche est à nouveau à quelques centimètres à peine de mon oreille. Sa joue contre la mienne. Peau contre peau. J'ai un frisson. Puis soudain, il mordille le lobe de mon oreille, tout doucement une première fois…

Je crispe mes poings quand il mord plus fort et murmure :

– Tout va bien, Barbie ? Je te sens nerveuse… !?

Il se redresse, un sourire de vainqueur sur le visage, et avec une voix rauque, il ajoute :

– Vous avez absolument raison, on serait même prêt à dépenser des millions !

Ils se tapent la main comme deux vieux potes et éclatent de rire.

Rectification bis. JE. VAIS. LES. TUER… TOUS. LES. DEUX !

– Bon… même si c'est ma dernière nuit de boulot, j'ai encore quelques heures à assurer, non ?! Et ma pause est presque terminée. Alors… *Je balance un coup de coude dans l'estomac de Lancaster et me dégage prestement,* je vais vous laisser continuer à faire copain/copain et rejoindre Céline en salle de pause.

Je me faufile entre les clients, et une fois arrivée dans le bureau, je m'effondre dans le fauteuil, la tête entre les mains.

Je ne le supporte déjà plus au bout de quelques heures ! Et mon corps, lui – ce traître ! –, n'a qu'une envie, un seul désir… et plus il s'amplifie… plus le dégoût de moi-même s'intensifie.

Alors, comment vais-je tenir cinq ans ?!

CHAPITRE 13

À la fin de mon service, Lancaster m'attend sur le trottoir. Seul. Il est plus de deux heures du matin, je suis fatiguée et je n'ai aucune envie de discuter avec lui. D'un pas lent, le visage fermé, je me dirige vers lui.

– Vous avez décidé quelque chose de particulier pour cette fin de soirée ou je peux disposer… ?

Je suis obligée de lever la tête pour croiser son regard. Sans prendre la peine de me répondre, il saisit mon bras et me force à le suivre dans la rue. En silence, nous marchons jusqu'à son véhicule, garé quelques rues plus loin. Le bip de l'ouverture des portes résonne dans la nuit. Je me glisse sur le siège passager et regarde droit devant moi. Une odeur de pain d'épice et de caramel flotte dans l'habitacle, associée à celle, plus subtile, d'un parfum masculin aux notes d'ambre et de musc. Je sursaute quand sa main frôle mon genou pour ouvrir la boîte à gant.

– Calmez-vous ! Je ne vais pas vous sauter dessus dans la voiture, bougonne-t-il en extirpant un cigarillo.

Je pourrais lui répondre que c'est tout à fait possible… après tout, je ne sais rien de lui – ou si peu –, mais je me contente de hausser les épaules. Je veux en finir au plus vite et rentrer chez moi. Il allume son cigarillo, inspire profondément puis exhale une longue bouffée d'où se dégage un arôme caramélisé. Agacée, je plonge la main dans mon sac et marmonne :

– Vous auriez pu me demander si je n'étais pas incommodée, non ?

– Est-ce le cas ?

Aussitôt, ma main ressort du sac, et avec une totale mauvaise foi, je réponds :

– Oui, ça me rend malade.

Pour affirmer un peu plus mes paroles, je prends une mine dégoûtée… et me traite d'imbécile en silence. Il m'observe attentivement quelques secondes, puis rétorque en démarrant :

– Il faudra vous y habituer, alors. Parce que je n'ai pas l'intention d'arrêter.

À quoi est-ce que je m'attendais ? Peut-être à un minimum de délicatesse, de gentillesse…

– Vous êtes infect !

– À ça aussi, il faudra vous habituer, Barbie.

Et alors qu'il éclate de rire, une envie énorme me submerge : celle de le lui faire bouffer, son cigare ! D'un autre côté, pourquoi ai-je sorti une idiotie pareille ?! Quand on sait que toutes mes tentatives pour arrêter de fumer se sont soldées par un échec…

Merde ! Merde ! Et Merde !

Mon irritation grimpe de minute en minute. Heureusement, le trajet dure peu de temps, et dès qu'il stoppe devant chez moi, je me précipite sur la portière.

– Pas si vite, dit-il. Nous devons discuter.

– Une autre fois.

J'ai beau m'acharner sur la poignée, elle ne s'ouvre pas. Furieuse, je me retourne vers lui :

– Auriez-vous l'amabilité de débloquer le système de fermeture ?!

Il recule son siège et s'installe confortablement.

– Non… En tout cas, pas avant que nous ayons discuté, Barbie.

– ARRÊTEZ DE M'APPELER BARBIE !!!

– Vous avez un problème avec ça ? Vous n'avez jamais joué à la poupée Barbie dans votre enfance ? Vous n'avez jamais voulu lui ressembler ? Pourtant, chaque jour où vous êtes venue dans mes bureaux, vous en restituiez une image saisissante.

Je prends une profonde inspiration et, comprenant que je n'échapperai pas à cette discussion, je m'installe confortablement. Pendant quelques minutes, je fais abstraction de tout, même de Lancaster, et quand je suis un peu plus calme, moins tendue, je me tourne vers lui.

– Vous m'avez observée chaque jour ?

De profil, son nez cassé se dessine avec plus de précision et lui donne un air farouche qui contraste avec la sensualité de sa bouche. Il a fermé les yeux. Il est immobile, son torse se soulève à peine. Il me fait penser à… un fauve. Magnifique, sauvage et cruel.

– Vous avez été une agréable distraction, murmure-t-il, les yeux toujours clos, et j'étais loin de penser que vous seriez aussi tenace. Venir tous les jours, du matin au soir, pendant deux semaines…

– Pourquoi cette proposition ? Vous ne devez pas manquer de prétendantes avec vos moyens financiers.

– Quand mon assistante m'a rapporté vos propos – et surtout que vous étiez prête à tout –, j'ai voulu savoir ce que signifiait ce « prête à tout ». Jamais je n'aurais pensé que vous iriez jusqu'au bout.

Il ouvre les yeux, et aussitôt, je suis sur mes gardes. Son visage impassible ne laisse rien transparaître, et son regard soudain braqué sur le mien me met mal à l'aise.

– Rares sont les femmes de votre milieu qui reconnaissent aimer l'argent à ce point.

Je n'aime pas le ton sur lequel il s'est exprimé.

– À ce point ?!

OK, le contrat donne de moi l'image d'une femme vénale, mais lui dans tout ça… ?

– C'est à ça que vous carburez, alors… dis-je sans lui laisser le temps de répondre. Vous aimez humilier, rabaisser les femmes ?

– Pas besoin, certaines le font très bien toutes seules, assure-t-il d'un ton détaché. Mais vous… pourquoi avoir signé ?

Je n'ai aucune envie de lui donner mes raisons. Il peut penser ce qu'il veut, je m'en moque. Il s'approche à quelques centimètres de moi. Son parfum m'étourdit. Me trahissant, ma respiration s'accélère. Instinctivement, je recule. Un sourire sardonique étire ses lèvres.

– Vous avez peur de moi ? Ou est-ce ma cicatrice qui agresse vos valeurs esthétiques, Barbie ?

– Je connais de très bons chirurgiens plasticiens.

Ses yeux se promènent sur mon corps, et malgré mes vêtements, j'ai l'impression d'être passée aux rayons X. Je déteste sa façon de me détailler telle une vulgaire marchandise dont on n'est pas certain de la qualité. Et les paroles qui suivent accentuent mon sentiment de malaise.

– Je serais curieux de savoir si vous y avez eu recours… murmure-t-il en s'attardant sur ma poitrine. Votre beauté est-elle un don de Dame Nature, ou est-ce seulement le résultat d'un – ou même plusieurs… – coup de bistouri ?

À ma gêne, s'ajoute maintenant la colère.

– Pourquoi ? Vous auriez l'impression d'avoir été floué quant à la valeur réelle de votre acquisition ?

– Je n'ai rien contre la chirurgie esthétique, mais je suis contre le fait de se faire charcuter dans le seul but de correspondre à des critères de beauté. Ma cicatrice ne me pose aucun problème.

À moi non plus, j'ai juste été surprise au début… Toutefois, je ne dis rien.

– Vous aurez tout le temps de vous y habituer, continue-t-il, moqueur. Et dans le cas contraire, vous subirez en silence, voilà tout. La compensation financière vous y aidera.

La seconde de compassion que j'ai eue pour lui me semble soudain d'une telle absurdité…

– Oh mais oui ! Et si ça ne suffit pas, un shoot de vodka m'aidera, ou je pourrais penser à celui qui a reçu mes faveurs la veille du contrat…

Et là, j'hésite quand même… Par charité ou cruauté ? *Mmm… c'est trop bon.*

– À qui ?! hurle-t-il, plein de rage. À quel petit con de vos connaissances ?

Il respire fort, sa mâchoire est contractée, il bout littéralement de colère.

– Eh bien… à Aïdan. C'est trop drôle, non ?!

CHAPITRE 14

Je viens de lâcher une bombe. Lancaster est sous le choc. Sonné. Sidéré.

Je dispose de quelques secondes – minutes, tout au plus –, avant qu'elle ne m'explose au visage. J'appuie sur le bouton sur la colonne centrale et déclenche l'ouverture des portes. Je jaillis de la voiture et me précipite vers l'entrée de mon immeuble. Sa portière claque... *Non non non !* Je tape le code à toute vitesse... j'entends ses pas... *Non non non !* J'entre... et le battant se referme. Le dos collé contre le lourd panneau de bois, je l'entends m'ordonner de lui ouvrir. Je ressens les vibrations des coups qu'il donne. Mon cœur reprend un rythme normal. C'était limite ! Un peu plus et...

...et quoi, hein ?! Merde enfin !

Après tout, le contrat n'était pas encore signé. J'étais en droit de faire ce que bon me semblait et avec qui je voulais. Je grimpe les escaliers en pensant à Lancaster, furieux sur le trottoir, et je souris, toute fière de cette petite victoire. Quand mon portable m'avertit d'un SMS, je pouffe en l'activant, déjà certaine de l'expéditeur.

DESCENDEZ IMMÉDIATEMENT ! G L.

Tout en entrant dans l'appartement avec précaution pour ne pas réveiller mon père, je tape ma réponse :

ALLEZ AU DIABLE !

Je file dans ma chambre, dépose mon sac sur le lit et enlève ma veste. Tout est silencieux. Calme.

JE VAIS DÉFONCER LA PORTE ! G L.

Je me lève en grognant et ouvre ma fenêtre. Lancaster balance des coups de pied dans la porte de l'immeuble. Mais qu'est-ce qu'il croit ?! Qu'il va arriver à…

Merde… ! La question est plutôt : Est-il capable d'y arriver ?

Non, mais quel con !

D'abord, l'idée de lui balancer un seau d'eau bien glacée me vient. Je me dirige vers la cuisine, quand une autre, bien plus sympathique, me traverse l'esprit. Je retourne dans ma chambre et attrape mon téléphone.

JE VAIS APPELER LA POLICE…

Ça devrait le faire réfléchir. De la fenêtre, je le vois lire le message, se reculer et taper sur son clavier.

Tant mieux ! Il a enfin compris à qui il avait affaire, me dis-je, triomphante… jusqu'à ce que sa réponse arrive.

JE VOUS LAISSE ENCORE LE TEMPS
DE RECTIFIER VOTRE ERREUR !!! G L.

Mais j'y crois pas !

PLUS QUE 10 SECONDES !!! G L.

Je le vois regarder sa montre et lever son visage vers moi. C'est clair qu'il est furieux. Eh bien, on est deux !

5 SECONDES !!! G L.

Alors là, s'il pense que je ne vais pas oser. S'il croit que je vais me défiler…

1 SECONDE, BARBIE !!! G L.

Il file un coup sur la porte. Bien fort. Je compose aussitôt le numéro du commissariat du quartier.

Décrochez ! Non, mais décrochez !

Un autre coup sur la porte.

Allez ! Vite ! Vite !

Plusieurs sonneries résonnent dans mon oreille. D'une voix affolée – et je n'ai pas besoin de beaucoup me forcer –, j'explique à l'agent que mon fiancé, avec qui je viens de rompre, m'a suivie jusqu'à mon domicile depuis ma sortie du travail, et qu'il est actuellement en train d'enfoncer la porte de mon immeuble. Je donne mon adresse. L'agent m'assure qu'une voiture sera là dans les trois minutes. De la rue me parvient le boucan d'enfer que fait maintenant Lancaster. Je raccroche et me laisse tomber sur le lit. Par la fenêtre, des éclats de voix montent jusqu'à moi. Je ne bouge pas. Une deuxième sirène résonne dans la rue. J'entends les voisins, des portes qui claquent, des cris… Finalement, le calme semble revenir.

Des coups secs frappés à ma porte me font sursauter. Je cours et ouvre.

Les deux agents qui me font face m'informent que l'individu, actuellement menotté et embarqué dans un de leur véhicule – *Mon Dieu, j'ai envie de sourire...* mais je me retiens ! –, assure que je suis sa fiancée.

– Ex-fiancée, dis-je tout doucement pour ne pas réveiller mon père. J'ai rompu cette nuit, et il m'a suivi depuis mon travail jusqu'à la maison. Je ne pensais pas qu'il se mettrait dans un tel état. J'ai cru qu'il…

– Il vous a frappée ?

– Non non, il ne m'a pas frappée ! Je ne pense pas qu'il serait allé jusque-là, mais j'ai eu tellement peur quand il a voulu défoncer la porte.

– Vous avez bien fait de nous appeler. Bon, écoutez, il va passer le reste de la nuit au poste, le temps pour lui de reprendre ses esprits. À l'odeur, il a l'air d'avoir pas mal célébré votre rupture… Si vous souhaitez déposer plainte, vous pourrez venir demain matin, mais comme il n'y a pas eu de violence physique, ça n'ira pas très loin.

– Je pense qu'il… a dû boire un peu trop de tequila et ne s'est pas rendu compte de ce qu'il faisait.

– Ne vous inquiétez pas, dit l'un des agents avec un sourire. Généralement, le lendemain, tout est rentré dans l'ordre.

Après leur départ, je referme doucement la porte. Par chance, mon père dort toujours. Pour une fois, je bénis son audition défaillante. Je n'ai même pas le courage de me démaquiller. *Quelle soirée !* Je me demande à quoi peut bien penser Lancaster en ce moment… Il a sûrement envie de me tuer. J'ai un frisson incontrôlable en pensant à sa réaction. Quelques heures au poste devraient le calmer.

CHAPITRE 15

LANCASTER

Depuis notre entrevue chez l'avocat, mademoiselle Beaumont s'ingénie à me pousser à bout, à franchir des limites qu'elle a pourtant accepté de respecter en signant ce contrat – cette proposition sans doute indécente et offensante, mais qu'elle était tout à fait en droit de refuser ! Ce qu'elle n'a pas fait…

Quand elle venait au bureau pour supplier, c'était robe et talons aiguilles… un vrai rêve… une beauté à couper le souffle… immobile et silencieuse… et là, d'un coup, ce n'est plus que jean et Converse, avec un caractère de furie !

Sans oublier son avocate qui a réussi le tour de force de me faire céder… et accepter d'attendre la nuit de noces avant de consommer… *Ahurissant !*

À la perspective de passer soixante nuits seul et sans activité sexuelle, je suis fou de rage ! SOIXANTE nuits !?!

Impensable !

Pourtant, il faudra bien que je me plie à cette clause, au risque de devoir la modeste contrepartie d'un million d'euros à cette peste, en rendant le contrat caduc. À moins que la demoiselle soit digne de confiance et ne désire pas attendre notre nuit de noce… Hum, challenge intéressant… ! Mais certainement difficile à relever, vu ses dernières réactions…

Je sors du commissariat. La clarté du petit matin m'agresse dès que je pose le pied sur le trottoir, ce qui n'arrange en rien mon humeur. Je viens de passer la fin de ma nuit au poste. Je n'en reviens toujours pas… Moi ! Bouclé !

Inimaginable !

Et tout ça, à cause de cette petite peste insolente !

Je jette un œil dans la rue et aperçois Aïdan, adossé au capot de sa voiture. J'enfonce mes mains dans les poches de mon jean et me dirige droit vers lui. Il affiche un petit sourire fanfaron en se frottant les mains.

Putain, mais quel crétin celui-là !

Je fais comme si je ne remarquais pas sa gaieté malvenue et grogne :

– Je ne suis pas dans d'excellentes dispositions, alors ne me cherche pas… Compris !?!

– Tu veux boire un café avant que je te dépose ?

– Non, je veux juste récupérer ma voiture et rentrer prendre une douch…

Je n'ai pas le temps de finir ma phrase qu'il explose de rire. Mon poing me démange furieusement.

– Fais gaffe, Geoffrey ! me lance-t-il, ayant deviné sans peine mes intentions. Tu viens à peine de sortir du commissariat…

On grimpe dans la voiture. Il me tend un paquet de cigares de ma marque favorite.

– Alors, raconte-moi… Quand je suis parti, tu étais tranquillement installé à déguster une bière et surveiller ton *investissement à haut risque*, dit-il les yeux pétillants. Je suis plus qu'impatient d'apprendre comment tu as pu passer du Bar des Potes à une cellule de dégrisement. Un problème avec le retour sur investissement ?

J'inspire une longue bouffée, et en apprécie toute la saveur, avant de lui donner les explications qu'il attend.

– Je ne pensais pas qu'elle t'avouerait cet épisode, d'autant que son amie m'a bien fait comprendre chez l'avocat qu'elle était encore libre de faire ce qui lui plaisait ce soir-là… J'ai plutôt eu l'impression qu'elle avait peur que je vende la mèche, s'étonne-t-il en haussant les sourcils. Tu ne lui as pas dit que notre rencontre n'était pas si « fortuite » que ça… ?

– Non, elle ne m'en a pas laissé le temps. Et tout compte fait, c'est très bien ainsi…

Je ne peux m'empêcher de me remémorer les paroles d'Angeline, le plaisir qu'elle a pris à m'annoncer le nom de celui qui a obtenu ses dernières faveurs. C'est ça – cette petite étincelle que j'ai vu scintiller dans ses yeux –, qui m'a laissé sans voix et lui a offert le temps de prendre la fuite. J'étais furieux, pourtant elle n'a pas hésité, ou très peu… et pour une raison que je ne m'explique pas, j'admire son courage… à moins que ce ne soit de l'inconscience ?

– Dis-moi une chose, Aïdan… Si je me souviens bien, tu n'as pas conclu lors de cette fameuse soirée !?

Il se tourne vers moi avec un sourire éclatant. Je déteste quand il prend ce petit air sûr de lui !

– Geoffrey, *si je me souviens bien,* tu m'avais laissé carte blanche et ton souhait était de me voir séduire cette demoiselle, non ?

– Je me souviens parfaitement de ce que je t'ai dit, crétin ! Simplement… vous n'avez pas la même version de l'aboutissement de cette nuit, tous les deux !

– Eh bien ! On peut donc ajouter menteuse à la liste des nombreuses qualités de la future madame Lancaster, *crétin* !

Je ne sais pas pourquoi mais je suis soulagé par sa réponse. Ce qui m'agace encore un peu plus…

– C'est toi qui n'as pas… ? Pourquoi ?!

Il réfléchit un long moment avant de me répondre :

– Je ne sais pas ce qui m'a arrêté… Tu m'avais pourtant envoyé en sachant parfaitement ce qui pourrait se passer. Tu me connais trop bien… Et franchement, j'avais très envie de conclure, et elle aussi – enfin, je crois !

– Ne me dis pas que tu as eu des remords ?! Pas toi ! Pas celui qui chante sur tous les toits qu'il faudrait vraiment être très con pour se cantonner à une seule femme, alors que le monde est rempli de divines créatures qui ne demandent qu'à être satisfaites… par toi de préférence !

– Non, je n'ai pas eu de remords, bougonne-t-il, mais je ne pouvais plus… c'est tout ! Même en sachant qu'elle s'apprêtait à signer un contrat le lendemain avec un homme qu'elle n'avait jamais vu !

Je n'aime pas ce qu'il vient de m'avouer… Mais alors, pas du tout ! Je lui jette un regard furieux, même si ma réaction me surprend.

– Hey ! Tu m'as posé une question. Je te réponds, riposte-t-il, soudain très sérieux. Juste la vérité… Toujours la vérité entre nous, tu te souviens ?!

J'inspire profondément.

– Bordel, Geoffrey ! Tu sais très bien ce que je pense de ce contrat à la con !

En effet, quand j'ai averti Aïdan et Luke de mes intentions, j'ai eu droit à un véritable réquisitoire de leur part pour m'en dissuader.

– Ouais… tu m'as assez fait chier avec ça, dis-je avec un sourire. Je suis le seul et unique responsable de ce bourbier.

Il lâche un soupir, moi aussi… Le connaissant comme je le connais, j'avais une idée très précise du résultat de leur rencontre. C'était même mon objectif premier. Alors, pourquoi suis-je comme… soulagé de sa réponse ?

Quelques minutes plus tard nous sommes arrivés à l'endroit où j'ai laissé ma voiture. Sauf que ma voiture… n'est plus là !

– PUTAIN, LA SALE PETITE PESTE !!!

– Je ne crois pas qu'elle soit aussi responsable de ça, me fait remarquer Aïdan en pouffant. À mon avis, c'est plutôt la fourrière…

Pendant une minute, je me pose la question de savoir si je lui balance mon poing dans la face comme j'avais envie de le faire un peu plus tôt. Après tout, ça commence à faire beaucoup, là… et je trouve que ce crétin, qui est aussi mon meilleur ami depuis des années, s'amuse un peu trop à mes dépens ces derniers jours. Mais je finis par voir le côté absurde et comique de la situation, et j'éclate de rire à mon tour.

– Comment peux-tu être certain que ce n'est pas Angeline ?

– Ton passage au poste était déjà une belle victoire sur toi, tu ne crois pas ? Pourquoi aller plus loin ?

Je suis obligé de reconnaître qu'il n'a pas tort et qu'elle n'est – peut-être ! – pas responsable de l'enlèvement de ma voiture. Enfin… pas *totalement* responsable, parce qu'elle l'est quand même un peu. Si elle n'avait pas appelé la police… la sale petite peste ! Je n'ai pas cru une seule seconde qu'elle mettrait ses menaces à exécution. Une erreur qui ne se reproduira plus. Dire que je suis furieux est un euphémisme. Comment ai-je pu me faire avoir de cette façon ?! Comme un pauvre idiot !?! Moi, l'homme d'affaires avisé ?! Bordel ! Je n'en reviens toujours pas… Brusquement, je ne la vois plus simplement comme une jolie petite poupée Barbie.

Elle est… surprenante… impétueuse ! Et j'avoue que je ne peux m'empêcher d'éprouver une pointe d'admiration…

– Bon, on fait quoi alors ? Tu veux aller direct à la fourrière ou tu remets ça à plus tard ?

J'ai envie d'une bonne douche. Je suis crevé. J'ai besoin de faire le point et d'étudier sérieusement le cas de mademoiselle Beaumont, future madame Lancaster.

– Chez moi, dis-je avec un grand sourire.

CHAPITRE 16

Il est quinze heures lorsque je me réveille.

Je me lève brusquement et me dirige au pas de course vers la fenêtre, puis l'ouvre. Soit monsieur est déjà passé récupérer sa voiture, soit la fourrière s'en est chargée. Barbie applaudit des deux mains en priant pour que la deuxième hypothèse soit la bonne.

D'humeur joyeuse, je vérifie mes messages. À part Justine qui me demande de l'appeler dès mon réveil, rien de nouveau.

Rien de Lancaster... ? Je ne sais pas si je dois m'en étonner ou m'inquiéter.

Je file à la cuisine en me disant qu'après tout, il méritait une bonne leçon. D'accord, j'ai signé son contrat, mais ce n'est pas une raison suffisante pour se comporter comme il le fait, comme si j'étais sa chose, comme si j'allais tout accepter sans broncher…

Je verse de l'eau dans la bouilloire et me prépare deux tartines grillées.

L'appartement est silencieux. Mon père doit faire sa petite promenade quotidienne. Depuis qu'il ne travaille plus, il ne sait plus quoi faire pour s'occuper. Même s'il ne m'en parle pas, je devine qu'il s'ennuie, et que ce désœuvrement accentue son mal-être et sa peur de ne pouvoir faire face à toutes nos dettes. Mais c'est la crainte de ne plus pouvoir prendre soin de moi, *et surtout d'elle*, qui cause ses plus grands tourments… Sa dernière visite à Tess remonte à plusieurs mois. Jamais il ne me fait de reproche quand j'oppose un refus systématique à ses demandes pour l'accompagner ; pourtant, même s'il ne dit rien, je perçois sa tristesse. Mais c'est au-dessus de mes forces. Je ne peux pas ! Je refuse de la voir comme ça… j'ai perdu Tess il y a plusieurs années déjà, et contrairement à lui, je ne crois pas aux miracles.

J'ai arrêté d'y croire le jour où ma mère nous a abandonnés. Parfois, j'ai peur de lui ressembler. Moi aussi, j'ai abandonné Tess… comme elle… Depuis sa fuite, c'est mon père qui a tout endossé, tant sur le plan pécuniaire que personnel. Et malgré tout, il n'a jamais énoncé la moindre critique. Il ne s'est jamais plaint… Lancaster et son contrat m'offrent la possibilité de le soulager en partie de tout cela et de prendre la relève. Je ne vois comment j'aurais pu hésiter…

J'avale mon thé en lui trouvant un goût amer, à moins que ce ne soient les tartines ? Trop grillées ? Et voilà, finalement, je n'ai plus faim ! Lancaster m'a coupé l'appétit.

Une douche me remettra les idées en place, me dis-je. *Direction, la salle de bains.*

Face au miroir, je scrute mon image sans fausse complaisance. Je ne me suis jamais posé réellement la question de savoir ce que les hommes voient en moi. Et encore moins me suis-je demandé s'ils imaginent que la chirurgie esthétique est responsable de ce visage et de ce corps. Mais avec ou sans artifices, je peux dire que je ne laisse pas la gent masculine indifférente. Bien au contraire… et sans doute, justement, parce que je ne suis pas une accro des apparences comme le croit cet arrogant.

Quel con !

Et d'abord, pourquoi je m'énerve ? Pourquoi Lancaster parasite-t-il, encore, mon cerveau ?

Quelques minutes plus tard, je suis en train de passer un jean, quand un coup sec frappé à la porte de l'appartement me surprend. Je n'espère aucune visite… ? Les seules qui pourraient venir sont Justine – qui attend toujours mon coup de téléphone – et Sarah, qui se trouve à plusieurs milliers de kilomètres. J'enfile un tee-shirt en songeant que mon père a sans doute oublié ses clés et me précipite pour lui ouvrir.

– Mlle Beaumont ?

Un jeune homme se tient devant moi.

– Oui, c'est moi.

– Signez ici et là, s'il vous plaît.

Je m'exécute et récupère une enveloppe blanche avec mon nom dans une belle écriture manuscrite. Je me doute déjà qu'elle provient de Lancaster. Qui d'autre m'enverrait un coursier un dimanche ?

Je lâche un soupir dès la lecture de la missive achevée. Aucune mention à propos de la nuit. Mais… est-ce réellement une bonne nouvelle ?

Lancaster m'indique l'adresse d'un restaurant où le rejoindre lundi, à vingt heures précises, pour discuter du mariage, me souligne une nouvelle fois les termes du contrat – pas de pantalon en sa présence –, puis rajoute qu'il espère que je me souviens bien de sa dernière demande, à savoir : *ne pas porter de culotte* !? Une bouffée de rage m'envahit. *Salaud !*

Un string ferait-il illusion ?

Oui, c'est ça, un string. Il n'y verra que du feu, me dis-je en attrapant mon téléphone pour appeler Justine.

***

Je caresse du regard la ligne élégante aux influences Art déco de l'immeuble qui sera ma nouvelle résidence jusqu'au jour du mariage. Pour aller chez Justine, je passais fréquemment devant. *Avant.* Étrange coïncidence. Me voilà de retour dans mon ancien quartier, à peine à quelques rues de mon précédent domicile. Rien n'a changé. J'y retrouve la même faune féminine, évoluant dans un périmètre bien délimité et avec des codes bien particuliers. J'en faisais partie. *Avant.* Et maintenant, en ai-je toujours envie ? L'arrivée de Justine met un terme à mon difficile questionnement.

– Vraiment, je regrette de n'avoir pas été là, hier ! s'exclame-t-elle en m'embrassant. Tu n'as pas peur des conséquences de ta petite farce ? Je doute qu'il reste sans riposter.

– Ne t'en fais pas, il a déjà commencé, dis-je alors que nous entrons dans le hall. Je dois être en robe et sans sous-vêtements.

– Ça ne me déplairait pas de subir les foudres de Lancaster, chuchote Justine en me suivant dans l'ascenseur. Et pour ce qui est d'avoir ou non une petite culotte…

Agacée, je hausse les épaules.

– Qu'est-ce qui ne va pas Angie ?

Je mets la clé dans la serrure et ouvre sans lui répondre. L'entrée en amphithéâtre ouvre sur trois portes. Je me dirige vers celle du milieu, Justine sur les talons.

– Angie, il y a un problème ou quoi ?!

Face à nous, une immense baie vitrée donne sur un balcon et offre une vue époustouflante sur une partie des jardins du Trocadéro et la tour Eiffel.

– Pas mal, non ?

– Oui, le panorama est superbe, rétorque-t-elle. Mais on s'en fout d'avoir une carte postale devant les yeux. Ce que je veux comprendre, c'est pourquoi tu fais cette tête… Et ne me raconte pas de conneries, c'est clair ?! Qu'est-ce qui te tracasse ?

– Je n'en sais rien. C'est juste que…

Comment lui expliquer ce malaise indéfinissable ? Ce truc qui me porte sur le cœur et me file la nausée.

– Comment ça, tu n'en sais rien ! On sait toujours ce qui ne va pas, ce qui cloche. Angie… Lancaster est à tomber !

– Je crois qu'à choisir, j'aurais préféré qu'il soit normal. Plus banal, quoi ! Éventuellement, même carrément laid, dis-je.

Elle saisit mes mains et s'exclame :

– Non, mais t'es malade !? Comment peux-tu sortir une ânerie pareille ?!

Je me dégage et me mets à faire les cent pas dans le salon, levant les bras en tous sens. J'ai les nerfs à fleur de peau. Je suis à cran… et cela depuis des jours. Depuis la signature.

– Oui, je sais ! Ça à l'air fou, mais j'imagine que j'arriverai à mieux gérer cette situation s'il était… enfin, s'il n'était pas *lui* !

Justine est sidérée. Pour tout dire, moi aussi.

– Le pire, c'est que je le pense vraiment, Juju. Au moins, les choses seraient plus claires entre nous.

– Il me semble qu'elles sont assez évidentes vu le contrat que vous avez signé, non ?

– Que je me prostitue, Justine ? Ça, c'est très clair, oui… merci !

– Et tu préférerais un vieux débris tout défraîchi ?! N'importe quelle femme serait prête à faire des folies pour passer une nuit avec ton futur mari ! Je ne dis pas ça pour te remonter le moral, crois-moi ! Cette situation est humiliante, dégradante, OK ! Et le fait que Lancaster ait un physique des plus avantageux n'enlève rien à son côté sordide, d'accord !

Mais c'était la seule solution pour Tess, Angie… Combien d'entre nous seraient capables d'un tel sacrifice ? Je sais qu'il t'a fallu beaucoup de courage pour consentir à ce contrat. Tu n'as pas à avoir honte de ce que tu fais, juste parce que celui qui se cache derrière est à tomber… alors, cesse de te dénigrer ainsi et de déclarer à tout va que tu es sa… pute.

– Mais c'est pourtant ça, répliqué-je, la voix rauque. Et si cela semble facile dans les livres ou à la télé, dans la réalité, c'est juste… atroce.

– Je crois… commence-t-elle en m'enlaçant, que je comprends. S'il était laid, tu ne ressentirais pas cette ambivalence vis-à-vis de lui. Ce serait difficile, insupportable, mais pas culpabilisant. Alors que là, même si tu as la situation en horreur pour tout ce qu'elle représente, tu ne peux t'empêcher d'apprécier… et c'est cette contradiction qui te bouleverse. Comment aimer ce que tu condamnes, sans te désavouer toi-même. C'est ça, non ?!

– Je ne parvenais pas à mettre des mots sur ce que je ressentais. Tu as fait une bonne synthèse du merdier que j'ai dans la tête en ce moment. J'ai peur de finir par me perdre… Hier, j'avais des certitudes, et aujourd'hui, je ne sais plus…

– Si j'aimais l'Angeline d'hier, j'aime aussi celle d'aujourd'hui, et j'aimerai celle de demain tout autant. Rien ne pourra jamais changer ça ! Bon… maintenant, que penserais-tu de faire le tour du propriétaire ?

L'appartement est composé de deux grandes chambres – chacune disposant de sa propre salle de bains –, d'une cuisine ultramoderne et équipée d'un matériel haut de gamme – pour une personne aimant cuisiner, ce qui n'est absolument pas mon cas –, d'une lingerie et d'un triple salon avec vue. Justine, ayant endossé sa panoplie de décoratrice, décide déjà de diverses petites modifications. Sa bonne humeur me contamine, et comme deux gamines excitées, nous passons d'une pièce à l'autre en prenant des photos et des notes.

Soudain, une voix retentit dans l'entrée :

– Geoffrey ? Chéri, tu es là ?

CHAPITRE 17

À combien de femmes, Lancaster a-t-il donné une clé de cet appartement ? Se souvient-il seulement de l'avoir fait ? Mais surtout qui est-elle ?! Et pourquoi dispose-t-elle d'une clé ? De quel droit ?

C'est une blague... Oh mais oui ! c'est sans doute une petite vengeance de sa part en représailles de la nuit dernière.

D'un pas énergique, je passe dans le salon. Personne. Je ne la vois pas non plus dans la cuisine. Je file en direction de la plus grande chambre et j'entre.

Mon cerveau enregistre, simultanément et en quelques secondes à peine, une avalanche de renseignements. L'intruse n'est pas sa mère. Non ! Définitivement pas ou alors son chirurgien esthétique est un As du bistouri. Une valise ouverte est posée sur le lit… comme si elle était chez elle… comme si elle l'attendait. Mais ce qui me perturbe le plus, qui me déstabilise, c'est la superbe créature brune vêtue d'une jupe crayon noire, juchée sur des talons aiguilles et avec une poitrine… des seins… tout le contraire de moi, quoi. Et dans un simple soutif de dentelle noire…

– Oh la vache ! s'exclame Justine en me percutant. On peut dire qu'elle ne manque pas d'arguments…

L'inconnue pousse un hurlement puis nous ordonne de quitter les lieux.

Immédiatement ! Sinon, elle téléphone à la police... ça me rappelle furieusement quelque chose.

– C'est petit. C'est même mesquin, dis-je. *Mais quand je surprends le coup d'œil qu'elle lance vers son sac posé sur la table de chevet, je me précipite et m'en saisis avant elle. Puis j'ajoute* : je m'attendais à autre chose de sa part. Tu ne trouves pas, Justine, qu'il manque d'imagination ?

– Oui, c'est vrai, il aurait pu trouver mieux, rétorque mon amie en s'installant confortablement sur le lit, jusqu'à ce que je brandisse victorieusement le téléphone de l'inconnue.

– Je vous interdis de toucher à mes affaires, la coupe l'inconnue avec une voix d'hystérique. Je vous préviens, vous allez le regretter !

J'éclate de rire en lui disant que j'ai déjà entendu ça. Elle persiste dans ses menaces et exige de connaître nos noms. Je balance le téléphone à Justine qui, après une tentative infructueuse, lui demande son code d'accès. Silence. Madame ne souhaite pas nous répondre. Un peu gênée, mais pas assez toutefois pour m'arrêter, je poursuis mon inspection du sac… pochette de maquillage, lunettes de soleil, un petit carnet en cuir noir, stylo Mont-Blanc, une boîte d'aspirine, un magazine, un porte-monnaie avec des dollars…

Je me tourne vers l'inconnue qui nous dévisage, bras croisés, collée au mur, avec un regard incendiaire. Elle fulmine littéralement, mais je perçois aussi de la crainte dans ses yeux. Elle est inquiète et se tient sur ses gardes. Je lui redemande qui elle est, et ce qu'elle fait là, dans *mon* appartement ! J'insiste lourdement sur le « mon ». Elle se contente de me détailler de la tête aux pieds… pas coiffée, pas maquillée, jean, tee-shirt et Converse… D'un coup, son petit air hautain et condescendant me met en rage.

D'abord, elle se pointe avec une valise. Chez moi ! Ensuite, on ne voyage pas sans ses papiers, non ?! CQFD ! Après une fouille minutieuse – très minutieuse – de sa valise, la chambre a l'aspect d'un magasin un jour de soldes. Il y en a partout… des robes longues, courtes, des jupes, des chemisiers, des déshabillés, des bas, de la lingerie… mais pas de carte d'identité, de passeport, pas même un permis de conduire ! Pas une carte de crédit ? Mais comment fait-elle ?!

– Regarde sa ceinture, me souffle alors Justine. Tu n'aurais pas choisi un autre modèle vu la tenue, toi ?

Je scrute attentivement notre inconnue, et un grand sourire se dessine sur mon visage.

– Tout à fait, Watson. Ce n'est pas du tout ce qui convient, et quand on voit les accessoires de

Madame, dis-je en montrant du doigt tout l'attirail éparpillé aux quatre coins de la chambre, il est clair qu'elle n'aurait pu faire une telle faute de goût.

– Allez… ne soyez pas stupide, dis-je en m'approchant. Vous êtes ici chez moi ! Le plus simple est de nous donner ce que l'on vous demande sans faire d'histoires…

– Chez vous ?! s'exclame-t-elle en me lançant un regard outré et dédaigneux. Je préfère ne pas imaginer la manière dont vous avez obtenu cette clé.

– Honnêtement. Pour qui me prenez-vous donc !? je riposte, furieuse quant à ses insinuations. Je n'ai rien à me reprocher…

– Nous n'avons certainement pas la même définition de l'honnêteté, me coupe-t-elle avec un petit rire méprisant. Je ne connais que trop bien les filles de votre acabit. Vous êtes légion dans l'entourage de Geoffrey… et n'avez qu'un seul but dans vos pauvres vies : mettre le grappin sur un homme fortuné. Si de surcroît, il est jeune et beau, alors là… vous voilà prêtes à tout !

Quelque part, ses paroles me blessent car je ne peux m'empêcher d'y trouver une once de vérité, ce qui me laisse sans voix.

– Vous n'êtes pas la première, et vous ne serez malheureusement pas la dernière, à tenter votre chance avec Geoffrey. Mais si vous croyez qu'une petite traînée comme vous…

– Non mais espèce de garce ! Je vous retourne le compliment…

Et là, je reçois une gifle. Magistrale ! Je m'apprête à lui rendre la monnaie de sa pièce tandis que Justine s'élance pour la ceinturer, lorsqu'une main ferme me saisit par la taille et me tire en arrière, moi aussi.

– Mais qu'est-ce qui se passe, ici ?! gronde une voix masculine.

Un homme, le portier, entre dans mon champ de vision et demande :

– Vous désirez que j'appelle la sécurité, Monsieur Lancaster, ou la police ?

– Non, ce ne sera pas nécessaire, répond Lancaster en me coinçant contre lui. Vous pouvez nous laisser maintenant, Jacques, et encore merci de m'avoir téléphoné. Vous avez bien fait.

CHAPITRE 18

Pendant quelques secondes, un silence de mort règne dans la chambre. Justine relâche sa prise sur l'intruse avec circonspection. Puis, dès que le portier claque la porte, une cacophonie de voix féminines éclate…

– Chéri, si tu n'étais pas arrivé, je n'ose imaginer ce qui me serait…

– Nous n'avons, semble-t-il, pas non plus la même définition de la bonne foi ! C'est vous qui m'avez sauté dessus…

Tout en vociférant moi aussi, j'essaie de me dégager et je gesticule dans tous les sens.

– Il faut appeler la police, Geoffrey…

– Vous ne manquez pas de culot, la coupé-je en tentant toujours d'échapper aux bras de Lancaster, puis en tournant mon visage vers lui, je lui demande : je suis bien chez moi, non ? Pourtant cette parodie de lifting prétend le contraire… avouez qu'il y a un gros problème ! Et puis, qui est-ce d'abord ? Et pourquoi a-t-elle une clé de *mon* appartement ? Hein ?!

– Jette-les dehors ! Je ne les tolérerai pas une minute de plus, ici !

Justine se laisse tomber sur le lit en marmonnant que cette folle lui a cassé un ongle. Ladite folle continue de s'égosiller en nous traitant de tous les noms d'oiseaux et en ramassant ses affaires. Je ne peux m'empêcher de l'attiser à nouveau…

– Alors *Chééééri*, qu'allez-vous faire ? Nous jet…

…et suis réduite au silence. *Muselée !* La main de Lancaster s'est posée sur ma bouche. Justine se lève brusquement et le somme de me libérer illico presto, alors que la harpie se réjouit à grand renfort de cris. *La garce !*

– Ah ! il était temps que tu fermes le clapet de cette…

– SILENCE !!!

La voix de Lancaster claque comme un coup de fouet. Son injonction obtient l'effet désiré. Plus personne ne parle. Moi, de toute façon, sa main m'empêche toujours de m'exprimer. Pourtant, je continue à marmonner un jargon incompréhensible. Je m'agite avec véhémence. Jusqu'à ce que son bras enlace plus étroitement ma taille, me soulève et me plaque contre lui.

– Arrêtez de gesticuler comme un ver de terre, Barbie, murmure-t-il à mon oreille, puis plus fort, il ajoute : Barbara, je te présente la femme que je vais épouser d'ici deux mois : Angeline Beaumont, ma fiancée, et Justine…

– Ta fiancée ? Ta… *fiancée* !?

Elle est pétrifiée. Son visage est pâle, et le regard qu'elle me lance, soudain glacial. Il est clair que je ne dois pas m'attendre à la formule : *Toutes mes félicitations !* Je suis comme elle, figée. Mais pas pour les mêmes raisons.

– J'adore quand vous m'obéissez, Barbie, chuchote-t-il.

Plutôt, pour la position dans laquelle je me retrouve, non ? Mon corps tout entier est pressé, collé, contre le sien. Je sens son torse se soulever à chaque respiration. Mes fesses se trouvent à… contre un endroit bien précis…

– Je dois avoir une petite discussion en privé avec Angeline, annonce-t-il à Barbara, qui n'est pas encore remise de la nouvelle, profites-en pour ranger tes affaires… Tu viens t'installer à la maison.

– Mais tu ne…

– S'il te plaît, Barbara, fais ce que je te dis !

Me maintenant toujours prisonnière, les pieds ne touchant pas le sol, il se dirige vers l'autre chambre. Il donne un coup de pied pour ouvrir la porte et fait de même pour la refermer derrière nous. Puis il avance au centre de la pièce sans me lâcher. J'ai l'affreuse sensation que dès qu'il le fera, je m'écroulerai par terre.

– Vous n'avez pas assimilé les termes du contrat ? murmure-t-il. Pas de pantalon, Barbie, vous le faites exprès ?

Sa voix grave résonne en moi. Si sa main n'était pas sur ma bouche, je lui dirais que nous n'avions pas prévu de rendez-vous. Sauf qu'un gémissement s'échappe de mes lèvres et que je me tortille nerveusement. Il faut qu'il me lâche. Tout de suite !

– Attention, Barbie… vous essayez de me provoquer ? Ne bougez plus.

Je ne vois pas son visage, mais je sens un sourire dans ses paroles. Il s'amuse. Il joue avec moi. J'inspire profondément pour tenter de me calmer.

– C'est quoi votre problème, Barbie ? Vous ne pouvez pas obéir à un ordre simple ? J'ai du mal à me concentrer quand vous frétillez comme ça. Vous devinez sûrement pourquoi, n'est-ce pas ?

Finalement, c'est très bien qu'il ne retire pas sa main de ma bouche. Je ne serai pas capable de prononcer le moindre mot. Il se fait un plaisir de me rappeler notre dîner du lendemain en insistant bien sur ses exigences vestimentaires. Sa voix rauque coule sur moi comme du chocolat chaud et déclenche une cascade de frissons.

– J'aime sentir votre parfum, votre chaleur…

Il inspire profondément et se presse encore plus fort contre mon dos.

– J'aime votre parfum…

Je tremble. Qu'il ne me lâche pas. Sinon, je m'étale. Vraiment ! Il souffle dans mon cou. Sa main remue, glisse doucement et vient titiller le bout de mon tee-shirt, puis ses doigts frôlent la peau de mon ventre. Je ferme les yeux et serre les cuisses. J'ai la respiration saccadée.

– J'aime vous sentir dans mes bras…

Sa voix et ses mots font jaillir une boule de désir du plus profond de mon intimité. *Non, mais c'est quoi mon problème... ?!* Il se contente de me serrer contre lui, m'effleure à peine d'une caresse, et voilà que je bouillonne ?

– Et j'aime ressentir votre sensualité, vous êtes très réceptive... Est-ce de même avec tous les hommes ? Avec Aïdan, aussi ? Ou est-ce seulement moi qui provoque cette passion ?

Bordel, qu'est-ce qui m'arrive ?! J'ai chaud. J'ai froid. Je m'agrippe à ses bras. Mes ongles s'enfoncent dans sa chair à travers le tissu de sa chemise. Il grogne. Je me tortille contre lui. Impossible de m'arrêter.

– Barbie, murmure-t-il dans mon cou, ses lèvres effleurant ma peau, il va *vraiment* falloir apprendre à obéir.

Puis il me mord le lobe de l'oreille... tire dessus... *Oh mon Dieu, si je pouvais, je l'implorerais...* Sa main libère enfin ma bouche et un cri rauque s'étrangle dans ma gorge. Il me dépose sur le lit, passe une main dans ses cheveux et m'observe un long moment, le regard assombri. Il est mon fruit défendu, mon irrésistible tentation. Mais aussi mes ténèbres, ma damnation. C'est une évidence.

– Il faut que j'y aille, dit-il en s'éloignant brusquement. À demain.

Il sort et referme la porte derrière lui.

Je suis frustrée. Trempée. Excitée. Furieuse. Ce type est un... un... Je le hais d'avoir cette emprise sur mes sens. Je me déteste de ne pas arriver à me contrôler. Alors que lui est totalement maître de ses réactions. Ce type est un goujat, un mufle de la pire espèce.

De rage, je donne un coup de poing sur le lit. Dommage que ce ne soit pas le visage de Lancaster. Ou de Barbara. Ou des deux ! D'ailleurs, il ne m'a fourni aucune explication à son sujet. Je ne sais toujours pas qui elle est. Et surtout, pourquoi elle a aussi une clé de l'appartement ?!

Mais j'ai bien l'intention de l'apprendre.

CHAPITRE 19

Remontée à bloc, je déboule dans la chambre comme un électron libre. Trois paires d'yeux se braquent sur moi. J'ai presque l'impression d'être de trop, de déranger tout ce petit monde. Furieuse, j'interpelle le connard qui m'a laissée en plan comme une vieille chaussette.

– Vous ne m'avez toujours pas dit qui elle était, grogné-je en lui plantant un doigt sur la poitrine. Pas plus que les raisons de sa présence dans *mon* appartement…

– Comment ça ? Ta *fiancée* ne sait même pas qui je suis ?! C'est un comble ! Et que sait-elle exactement ? Mis à part l'étendue de ta fortune, bien entendu… Ça, je suis certaine qu'elle le maîtrise totalement…

– Ça suffit, Barbara. Si Angeline ne connaît pas toute la généalogie de la famille, j'en suis le seul responsable, l'informe-t-il en passant un bras sur mes épaules. *Et avant que je puisse dire un mot, il continue* : Angeline, j'ai le plaisir de vous présenter ma sœur aînée, qui devait arriver la semaine prochaine et que je n'ai pas encore eu le temps de prévenir. Mais ça, je n'avais sans doute pas besoin de te le préciser…

– Votre… sœur ? marmonné-je du plus profond de mon désespoir. Bien sûr, votre sœur, pas… votre ex-copine psychopathe, comme dans toute bonne fiction qui se respecte, mais simplement votre sœur, parce que là, on est dans la… réalité.

Je crois que si je pouvais, je m'évanouirais. *Mais pourquoi n'a-t-elle rien dit, cette garce ?* J'ai dû penser tout haut, car elle me répond dédaigneusement :

– Je n'avais aucune raison de donner mon identité à deux inconnues, d'autant plus que vous ne vous étiez vous-mêmes pas présentées.

– Elle n'a pas tort, Angie, remarque Justine, que je foudroie du regard. C'est un effroyable quiproquo, voilà tout ! Du genre dont on plaisante plus tard dans les dîners de famille.

– Geoffrey, je ne vois pas de bague de fiançailles, reprend Barbara. Votre mariage est prévu pour dans deux mois, et tu ne lui as pas encore offert de bague ?

J'ai envie de cacher mes mains dans les poches de mon jean. Cette femme me met mal à l'aise. Et je n'aime pas ça.

– Ne te fais pas d'illusions, Barbara. Ce mariage aura bien lieu dans deux mois, et si Angeline ne porte pas de bague, c'est…

Il se penche vers moi, pose son index sous mon menton et lève mon visage. Il y a une certaine tendresse dans son regard, un soupçon de délicatesse dans son geste… comme s'il s'excusait de l'attitude exécrable de sa sœur, qu'il voulait me protéger – à moins que je n'imagine des choses qui n'existent pas. Puis, comme s'il ne s'adressait plus qu'à moi, ses yeux soudés aux miens :

– C'est que je n'avais pas encore trouvé le bijou parfait ! Celui qui symbolise ta liberté, ta passion… et tes ténèbres. Mais demain soir, je la glisserai à ton doigt.

C'est la première fois qu'il me tutoie. J'aimerais lire en lui. Si je n'avais pas signé ce fichu contrat, j'y croirais. Il a parfaitement saisi ce que j'éprouve en sa présence. Ce qu'il me fait ressentir. Le désir qu'il m'inspire. Cette peur de perdre mon libre arbitre. Comment apprécier – aimer ! – ce que l'on désapprouve, ce que l'on rejette de toutes ses forces ? Et surtout, comment ne pas le reprocher à celui qui en est la cause ?

– À demain, Barbie, continue-t-il en chuchotant à mon oreille, puis il s'éloigne, attrape la valise de sa sœur et ajoute : j'ai hâte de te retrouver.

Barbara disparaît sur un petit signe de tête raide et sans prononcer un mot. Je suppose qu'il lui faudra du temps – une éternité ? – avant de m'accepter. Je ne connais rien de la vie de Lancaster, de sa famille, de lui… sauf, maintenant, que j'ai sa sœur en horreur. Et que la réciproque est incontestable.

– Tu sais quoi ?! s'écrie soudain Justine en me faisant sursauter. Je pense qu'une petite virée au Bar Flûte serait salutaire, après cette rencontre percutante avec ta future belle-sœur.

Je jette un œil sur ma montre. Dix-huit heures. Déjà !

– Vu les propos qu'elle m'a tenus, je regrette simplement de ne pas avoir eu le temps de lui renvoyer sa gifle. Et au centuple ! En route pour le Bar Flûte.

– J'espère bien ! s'exclame-t-elle, et d'ailleurs… regarde ce que mes petites mains innocentes ont « oublié » de rendre à sa propriétaire.

J'éclate de rire en découvrant non pas un, mais deux portables entre ses doigts.

– Alors là, tu m'épates !

La vie me paraît soudain plus réjouissante. Plus lumineuse. Un sentiment que je n'ai pas ressenti depuis des mois, et que j'avais totalement oublié. Une bulle de bonheur. Des bulles de champagne.

La vie n'est-elle pas qu'une succession de moments heureux ou malheureux, dans une ronde éternelle ?

Des bonheurs toujours trop fugaces…

CHAPITRE 20

Je cours depuis plus d'une heure dans le parc des Buttes-Chaumont. La musique à fond dans les oreilles.

Il me reste quelques mois d'abonnement au Ken Club, la salle où je m'entraînais. *Avant*. Mais même maintenant, alors que je pourrais y retourner la tête haute, je n'en ai plus envie. J'ai encore en mémoire les efforts que déployaient mes « meilleures amies » pour m'éviter les derniers temps. Tout comme les excuses lamentables qui sortaient de leurs bouches quand malheureusement elles se trouvaient en face de moi. Comme si j'avais la fièvre Ebola ! *Non, c'était même pire que ça*. Elles auraient pu supporter les scandales, la maladie, tout… mais pas la pauvreté. Des *amies*, soi-disant, que je côtoyais depuis l'enfance pour certaines, chez qui j'allais dîner, avec qui j'étais partie en week-end, en vacances, avec qui j'avais partagé les anniversaires, les fêtes de Noël… Sans argent, tout ça ne comptait plus. J'aurais pu être épargnée si, à défaut d'une bonne situation financière, j'avais été sous les feux des projecteurs… mais comme je ne suis ni chanteuse, ni actrice, ni la fille d'un people… !

Je termine mon circuit en passant devant le pavillon Puebla, puis je prends la rue Botzaris pour rejoindre à petites foulées mon appartement. Je jette un coup d'œil rapide sur les vitrines que je longe, quand soudain, l'une d'elles retient mon attention. C'est un salon de coiffure. Les étagères sont remplies de shampoings, masques, crèmes et autres produits capillaires…

Je coupe le son de mon portable et entre dans la boutique. Une coiffeuse se précipite vers moi.

– Bonjour, c'est pour une couleur, un brushing ?

– Non, pas aujourd'hui. Je suis intéressée par vos petites bombes de couleur…

– Pour une soirée ou un événement particulier, c'est tout à fait ce qu'il faut, me dit-elle en attrapant l'une d'elles. Vous avez plusieurs nuances au choix, mais le plus important, c'est que cela n'abîme pas du tout le cheveu et que tout s'enlève en un shampoing. Son usage est des plus faciles, vous aspergez – plus ou moins selon l'intensité que vous désirez obtenir – et vous coiffez, c'est aussi simple que ça !

Elle me dresse la liste des nombreuses couleurs qui me sont proposées, mais je ne vois pas la seule qui m'intéresse.

– Vous n'avez pas du rose ?

– Mais si, bien sûr ! Vous avez raison, ça vous ira parfaitement, et c'est celle que l'on vend le plus, répond-elle en prenant une clé derrière sa caisse. Je vérifie s'il m'en reste en réserve. J'en ai pour une minute.

Elle disparaît derrière une porte, et revient quelques instants après, toute souriante.

– Vous avez de la chance, c'est la dernière !

J'attrape la bombe de couleur éphémère et lis toutes les informations avec attention…

– Il n'y a aucun risque, me promet-elle encore. C'est un produit vraiment inoffensif, et on peut même s'en servir sur les enfants.

Je la regarde. Elle m'a l'air sincère et honnête, et si elle dit qu'on peut l'utiliser avec les enfants… mais j'ai quand même besoin d'être rassurée pour l'usage que je souhaite en faire.

– Donc, c'est sans risque sur les cheveux.

– Je vous le garantis. Vous pouvez me faire confiance.

– C'est-à-dire que… et si j'ai envie de l'employer… ailleurs.

Perplexe, la coiffeuse me regarde, puis soudain son visage s'éclaire. Bingo ! Je présume qu'elle a compris où je veux en venir.

– Je vois, vous pensez à un endroit un peu plus intime, minaude-t-elle sur le ton de la confidence.

– Exactement, c'est une… surprise pour mon fiancé.

– Pas de souci, non plus. Plusieurs de nos clientes l'ont déjà fait, m'avoue-t-elle avec un sourire, et elle ajoute après une seconde d'hésitation : et moi aussi ! Effet spectaculaire, et résultat au-delà de mes espérances. Alors, convaincue ?

– Je l'achète !

La journée est passée à toute vitesse, ponctuée des innombrables appels de Justine qui a décidé de s'occuper aussi de notre déménagement, en plus des touches de déco pour le nouvel appartement. Une façon utile et agréable pour elle d'enrichir son book de quelques photos supplémentaires qui pourraient donner un coup de pouce à sa carrière. Quelques courses avec mon père au supermarché du coin. Une petite halte au café au bout de notre rue… Il n'arrête pas de me poser des questions sur mon futur époux. Questions auxquelles j'ai bien du mal à répondre vu le peu de chose que je connais de Lancaster. Alors, j'invente. Je mens. *Et je déteste ça !*

Depuis qu'il ne travaille plus, il s'est découvert une passion pour la cuisine.

– Que prépares-tu, Papa ? dis-je en sortant de la salle de bains.

– Je nous concocte un petit lapin à la moutarde, dont tu me diras des nouvelles, ma chérie, répond-il en soulevant le couvercle. Tu pourras me donner ton avis demain, puisque ce soir, tu m'abandonnes pour ton dîner avec Geoffrey.

– En tout cas, ça sent délicieusement bon, dis-je en humant le délicat fumet qui se dégage de la marmite.

– Il est toujours temps de t'y mettre, tu sais. Et ton mari te sera certainement reconnaissant si tu lui cuisines de bons petits plats de temps à autre.

– Hum… peut-être. En attendant, je te laisse à tes fourneaux et je file me préparer. Mon futur mari apprécie l'exactitude, et comme ce n'est pas ma qualité première…

Pendant que je rejoins ma chambre, j'entends mon père fredonner. Il est heureux. Parce qu'il me croit heureuse. Et d'une certaine façon, je le suis. Le voir reprendre goût à la vie me procure du bonheur. Savoir que nous pourrons faire face maintenant, que Tess ne subira pas les conséquences de notre revers, qu'elle sera toujours à l'abri…

Tess…

***

De nous deux, j'étais la plus intrépide, la plus impulsive, celle qui agissait… et réfléchissait après. Toujours la première à vouloir essayer, découvrir, tenter de nouvelles expériences. Et Tess suivait le mouvement. Parfois elle hésitait, parlementait mais elle finissait toujours par céder. *Toujours*.

Y compris ce jour d'été, en vacances.

Nous avions presque dix ans et étions à la plage avec nos parents. Depuis notre arrivée dans cette petite station balnéaire du sud de la France, j'avais remarqué un groupe d'adolescents qui s'amusait à sauter de la jetée. Ils enjambaient la rambarde et ensuite, se lançaient d'une hauteur de plusieurs mètres en hurlant. Puis ils surgissaient de l'eau en poussant des cris de victoire. Pendant ces quelques secondes de chute libre, ils étaient comme hors du temps… entre le ciel et la terre… *ça devait être extraordinaire !* Et j'avais très envie de vivre quelque chose d'extraordinaire, moi aussi. Tess a hésité longtemps. Elle avait la frousse. Je le voyais bien. Mais j'étais tellement excitée que j'ai insisté encore et encore. Je lui ai rappelé que nous étions de très bonnes nageuses. Qu'il n'y avait aucun risque, puisque chaque jour, ces garçons et ces filles s'en donnaient à cœur joie ! Alors elle m'a suivie en marmonnant. Nous avons marché pieds nus jusqu'au bout de la jetée. Je l'ai aidée à enjamber la rambarde. Elle tremblait, et j'ai rigolé en lui disant qu'elle n'était qu'une poule mouillée. Elle a haussé les épaules en disant que nous risquions de nous faire disputer et qu'elle dirait à Papa que c'était mon idée. Debout, nous nous sommes regardées. J'ai jeté un œil en bas… c'était haut, très haut… la mer scintillait… je l'ai encore regardée. Elle ne souriait pas. Moi si. Et je me suis lancée dans le vide… j'ai hurlé… c'était merveilleux… j'ai entendu son cri qui me suivait… j'ai vu l'eau qui arrivait vite, très vite… froide… noire… Je suis remontée à la surface et j'ai aspiré une grande bouffée d'air. J'ai poussé un cri de victoire, comme eux, et j'ai attendu qu'elle remonte elle aussi… j'ai nagé vers les petites bulles d'oxygène… l'eau était rouge. Partout. Et j'ai hurlé :

– TESS ! TESS ! TESS ! TESS ! TESSSSSSSSS…

Quelques rochers un peu à droite du trou d'eau… Traumatisme crânien… coma… Les fonctions vitales sont intactes... elle ne ressent pas de douleur physique ou psychologique... État végétatif permanent... nous sommes désolés... Elle peut vivre ainsi durant de longues années... Pas de traitement... guérison extrêmement rare...

Avec de l'argent, on peut tout acheter ? Non ! *Presque tout.*

Alors, mon père a fait des aménagements, une chambre spéciale pour Tess avec tous les équipements médicaux nécessaires, des infirmières, des kinésithérapeutes. L'unique chose qu'il ne pouvait pas lui offrir, c'était la guérison. Ma mère a cru au miracle pendant un an, puis un matin, au petit-déjeuner, elle nous a annoncé son départ. J'avais onze ans. J'ai crié, hurlé, pleuré... je ne me rappelle plus ce qu'a dit ou fait mon père. Je me souviens simplement du visage impassible de ma mère. Elle a déposé un baiser sur mon front. Je me suis accrochée à elle. Je ne voulais pas la lâcher.

Et puis le noir, le froid. Mon silence... mon absence de paroles a duré des mois. Le choc ! Ensuite, il y a eu un défilé de psychologues... pour moi. Sur leurs conseils, mon père a trouvé une clinique en Suisse pour Tess. Voir ma jumelle dans cet état amplifiait mon état de stress et ma culpabilité, et repoussait d'autant mon rétablissement.

***

Je me secoue mentalement pour chasser ces douloureux souvenirs. Avec ce contrat, Tess sera toujours à l'abri. C'est à ça que je dois penser maintenant. À rien de plus !

Sauf à ce dîner avec Lancaster.

Notre premier rendez-vous, tous les deux, en tête à tête. Pour un peu, je me sentirais comme une collégienne à son premier rencard. Comment cela se serait-il passé en d'autres circonstances ? Voilà bien une question qui n'aura jamais de réponse… Hier, son comportement avec moi était différent. Ce qu'il a dit pour la bague m'a remuée, même si je m'en défends. Toutefois, je ne dois pas oublier que nous avons signé un contrat où il n'est question que d'argent. Juste des clauses, des annexes, des obligations, des ordres…

Et il est temps pour moi de me préparer… à ma façon. Ou plutôt, façon Barbie.

CHAPITRE 21

Ma pochette à la main, j'entreprends la descente des quatre étages. Le tout, juchée sur douze centimètres de talons aiguilles. Je réajuste mon étole en soie puis grimpe dans la Mercedes qui m'attend. J'indique l'adresse au chauffeur. Il a un temps d'hésitation de quelques secondes avant de démarrer. Je ne sais pas si c'est à cause de mes cheveux ou de la robe… les deux, peut-être ?

Aucun bijou, à part mon piercing, un petit diamant au nombril. Mon rose capillaire. Une robe longue, noire, au dos nu outrageusement indécent, à la limite de mes fesses. Un maquillage très léger. Un chignon banane – responsable de mon retard – d'où s'échappent quelques mèches. Ce soir, j'ai fait dans la sobriété…

Je me laisse aller contre le dossier en songeant à ce que me réserve cette soirée. Si Lancaster est fidèle à sa promesse, il devrait avoir ma bague de fiançailles. À moins que ses paroles n'aient été dictées que par les convenances ? Une vibration m'annonce l'arrivée d'un message. J'ouvre ma pochette et sors mon portable.

20 h 30 !!! Tu es en retard !!! G L.

Tiens donc, me dis-je, *monsieur Connard est de retour. Ça faisait longtemps.* Je lui réponds avec un proverbe.

Il vaut mieux être en retard,
qu'arriver en corbillard !

Quelques secondes à peine, et il me répond :

La vie est une grande désillusion… G L.

Je souris en reconnaissant l'auteur.

O. Wilde ! J'ai gagné quoi ?

Le taxi se gare en double file devant le restaurant, au moment même où un nouveau message survient :

Je ne suis pas un code pin,
je ne te laisserai pas 3 chances… G L.

Je fronce les sourcils. Ce moment de gentillesse, hier, n'était sans doute qu'une stupide tromperie de mon esprit. Je règle la course. D'un pas assuré, sans me soucier des regards, j'entre dans le restaurant. L'hôtesse, impassible, me demande si j'ai réservé.

– Je suis attendue par monsieur Lancaster.

– Si vous voulez bien me suivre, acquiesce-t-elle, souriante, je vais vous conduire à votre table.

Les murs sont d'une teinte très claire, presque blanche, agrémentés de gigantesques miroirs baroques couleur or, où je croise les reflets multiples d'une armée de Barbies roses… Finalement, cette nuance me va très bien. Des lustres en cristal de Baccarat à l'éclairage doux dominent la pièce immense. Les tables sont séparées par des cloisons végétales pour garantir l'intimité des convives. Lancaster est de profil, les yeux baissés sur son téléphone, sans doute attend-il ma réponse. J'ai un frisson. Sa virilité contraste étrangement avec ce décor délicat. Nous sommes à quelques mètres de sa table. Sa veste et sa chemise sont noires. Pas de cravate. Il est à croquer…

– Votre invitée est arrivée, Monsieur.

La voix suave de l'hôtesse attire son attention. Il se lève aussitôt. J'inspire. Nos yeux s'accrochent quelques secondes… puis il scrute mes cheveux. Dans une posture rigide, il me contemple avec… étonnement, effroi… et reste muet… d'horreur ? D'admiration ? Difficile de savoir.

– Je vous envoie le maître d'hôtel pour la commande, Monsieur.

Lancaster fait un imperceptible signe de tête. Le choc lui aurait-il fait perdre l'usage de la parole ? Avec une lenteur très étudiée, je me retourne.

Avec sensualité, je fais glisser mon étole le long de mon dos. J'entends un son étouffé. Immobile, il semble respirer avec difficulté. Et ne parvient qu'à lâcher un râle entre ses dents. Je me baisse pour ramasser mon châle – puisque le pauvre homme est incapable du moindre geste – et lui offre par la même occasion une vision inoubliable de mes fesses. J'avoue, j'ai répété plusieurs fois le mouvement dans ma chambre pour atteindre la perfection. Alors, tout doucement, je me redresse, toujours de dos. Il suffoque. Littéralement. Je murmure enfin :

– Tout va bien ? J'ai peur que vos neurones nécessitent une nouvelle connexion… et malheureusement, je n'ai pas le code pin.

Les bras le long du corps et les poings crispés, il retourne à sa place. Je m'assois et pose délicatement ma pochette sur la table. Son regard voilé d'une expression indéfinissable, me scrute profondément. On dirait qu'il est au bord de l'explosion… *De rage ? De désir ?* Et moi, j'ai l'impression d'être au sommet du grand huit. J'ai des frissons… *De peur ? De plaisir ?* Il se passe une main dans les cheveux… Seigneur, il est renversant avec ses cheveux ébouriffés. Puis il déboutonne le haut de sa chemise… *Waouh !* Je lui envoie un sourire satisfait et sexy. Sa mâchoire se crispe et il déglutit avec difficulté. Je glisse ma langue sur mes lèvres…

– Désirez-vous voir les menus ?

– Bordel ! lâche Lancaster.

Tiens, il semble avoir brusquement retrouvé l'usage de la parole !

Sa voix rauque agit comme une décharge électrique sur moi. Stoïque, le maître d'hôtel ignore le juron.

– Souhaitez-vous un apéritif, du vin ? demande-t-il avec un professionnalisme remarquable.

Lancaster s'éclaircit la gorge, pendant que je me plonge dans la lecture du menu. Je l'entends à peine passer la commande pour les boissons. À la dérobée, je le vois reprendre contenance. Retrouver son imperturbable maîtrise…

…Et un sourire se dessine lentement sur son visage.

– Barbie… Grâce à toi, je viens de comprendre le sens profond de l'expression pile ou face… Mmm… j'ai une faim de loup, pas toi ?!

CHAPITRE 22

Il me faut plusieurs minutes pour assimiler en détail la douce perversion des suggestions du menu. Lancaster s'amuse visiblement beaucoup.

– Barbie, dit-il un brin moqueur, alors que le maître d'hôtel arrive pour prendre notre commande. Qu'est-ce qui te ferait envie ?

Oh mon Dieu ! et en plus, c'est moi qui vais devoir parler la première. *Foutue galanterie !* J'étudie une dernière fois la carte :

Menu

<u>Entrées</u>

Gaspacho rouge Passion – Tétons de Vénus – Saint Jacques de l'Amour

Duo sur Canapé

<u>Plats</u>

Poulet Kama Sutra – Loup tout Cru – PornBurger

Dinde Cupidone – Gambas sautées – Steak Sexy Hot

<u>Desserts</u>

Pussy Cat – Charming Prince – Désire-moi – Je craque pour toi

Sucettes de l'Amour – Les rondeurs de Shéhérazade

***

– Je commencerai par un Gaspacho de l'Amour, annoncé-je en songeant que ça au moins ne porte pas trop à conséquence, s'il doit y avoir un message subliminal dans nos sélections. Ensuite, ce sera un…

Je jette un regard furtif sur Lancaster qui m'offre un sourire éclatant.

– Trop de choix, Barbie ? Eh bien… qu'est-ce qui te tente le plus, alors ?

Oh oui ! *Monsieur* passe effectivement un bon moment. Mais d'accord, c'est de bonne guerre. À mon offensive rose capillaire, il répond par une attaque culinaire… particulière.

Très bien !

– J'hésite un peu, dis-je en prenant une voix langoureuse. Je mangerais bien un Loup tout Cru, mais le PornBurger me titille quand même aussi, *puis me tournant vers le maître d'hôtel* : À votre avis ?

Vraiment, le personnel est exceptionnel ! À peine une petite seconde de flottement, certainement à cause de mon décolleté dorsal – *forcément* –, avant qu'il ne m'explique les qualités gustatives de chaque plat.

– Ce sera donc un PornBurger, j'en ai l'eau à la bouche.

– Très… très bien, bafouille-t-il en se tournant avec soulagement vers Lancaster. Et pour vous, monsieur ?

Lancaster, les yeux brillants, me fait un clin d'œil.

– Je me réjouis de déguster les Tétons de Vénus, et ensuite, je vais m'offrir une Dinde Cupidone.

Alors que le maître d'hôtel se prépare à quitter la table, je l'interpelle :

– Il vaut mieux que vous preniez commande des desserts dès maintenant, dis-je en lui rendant la carte. Pour ma part, j'ai hâte de me régaler avec les Sucettes de l'Amour.

– Quant à moi, je ne saurais résister à Pussy Cat, conclut Lancaster.

J'avale une gorgée de mon cocktail. *Délicieux !* Il retire sa veste et je ne peux m'empêcher d'admirer la carrure athlétique qui se dessine nettement sous sa chemise ajustée. Ses coudes en appui sur la table, il croise les mains et y pose son menton avec nonchalance. L'éclairage tamisé adoucit l'air sauvage de son visage. Cet homme est dangereusement excitant. *Et soudainement bien silencieux.* Lequel de nous deux va se décider à prendre la parole ? À passer à l'attaque ? Cette petite joute gastronomique m'a un peu déstabilisée. J'ai besoin de reprendre mes esprits. Mais son regard posé sur moi ne m'aide pas beaucoup.

– Avant d'en venir aux choses sérieuses, autant se débarrasser des détails techniques, tu ne crois pas ?

D'accord ! c'est lui qui commence...

– Mumm... quels détails, précisément ?

– Notre mariage, Barbie...

Ah... je l'avais complètement oublié, celui-là. Mais si le mariage n'est qu'un détail technique, c'est *quoi* les choses sérieuses ?!

– Combien prévois-tu d'invités ?

– Deux, Justine et Sarah.

Il paraît étonné. Je hausse les épaules. Je vois qu'il a envie d'en savoir plus, mais il n'insiste pas et poursuit sur sa lancée. De son côté, il compte environ trois cents personnes. J'ai un hoquet de surprise.

– Autant ?! Est-ce vraiment nécessaire ? J'avais pensé que ce serait en comité plus restreint.

– C'est un minimum, ajoute-t-il, imperturbable, alors que je gémis en silence. J'ai engagé une *wedding planner* pour l'organisation. Elle prendra contact avec toi, demain. Si jamais elle ne te convenait pas, tu pourras en trouver une autre. Mais vu le peu de temps qu'il reste, ça risque d'être compliqué. Sans compter que son agence a une très bonne réputation…

– Le peu de temps ?

– Eh bien oui ! Tu ne te souviens plus de ce que j'ai dit à Éric ?

Je commence à avoir chaud. *Un problème de climatisation, ici aussi ?!* J'avale une autre gorgée de ma boisson en cherchant dans ma mémoire.

– J'ai décidé que la cérémonie aurait lieu le sept juillet, continue-t-il quand il voit que je ne réponds rien, soit dans exactement cinquante-huit jours à partir d'aujourd'hui.

Quoi ?! Je crois qu'un quinze tonnes vient juste de me percuter, là… Me voilà douloureusement confrontée à la réalité. Brusquement, j'ai la sensation que les choses deviennent plus tangibles. Plus réelles. *Trop ?* J'avale une autre gorgée du cocktail. La dernière… Je pense qu'il m'en faudrait un second. *Où est donc le serveur ?* Je cherche dans la salle. *Où est passé ce damné serveur ?* Un mot retient mon attention.

– L'église ?

– Je te demandais de quelle confession tu étais…

Mon Dieu ! Je ne sais déjà plus comment je m'appelle, alors… Enfin, j'aperçois l'objet de mes recherches. Ce n'est pas trop tôt ! Je lui fais un signe discret en lui montrant mon verre. *Vide !* Le temps qu'il m'en apporte un second – *plein !* –, j'ai eu la présence d'esprit de me rappeler que je suis catholique, comme lui, et de le lui dire. Pour finalement saisir par la suite qu'il préfère s'en tenir à une cérémonie civile. Moi de même, à tout bien réfléchir. J'ai une triste pensée pour mon père. Lui qui, depuis si longtemps, rêve de conduire sa fille à l'autel. C'est raté ! Mais c'est sans doute mieux ainsi. J'avale une gorgée de ce nouveau cocktail que je trouve décidément de plus en plus délicieux.

– Barbie !

Je sursaute.

– Tu m'écoutes ? demande Lancaster, visiblement agacé.

– Je suis tout ouïe.

– Maintenant que nous avons réglé les détails, murmure-t-il, nous pouvons passer aux choses sérieuses.

J'avais oublié les choses sérieuses. Ma bague peut-être ? Ça, c'est une chose sérieuse.

– Vos entrées, annonce un serveur en déposant nos assiettes.

Je reste quelques secondes sidérée devant ses Tétons de Vénus… Deux petits monticules de je-ne-sais-quoi recouverts de gelée, avec en leur centre, des petits bourgeons roses. Tétons… l'image est… *Ohlalala*...

Lancaster regarde son plat, puis moi… et finalement, défait le troisième bouton de sa chemise. Mon regard reste scotché à sa bouche, sensuelle, et si tentante. Il plante sa fourchette dans… la nourriture ! – après tout, ce n'est que de ça qu'il s'agit – et la porte à sa bouche.

– J'adore, me lance-t-il avec un sourire coquin. Tu veux goûter ?

– Heureusement, que vous n'avez pas invité mon père… dis-je en me demandant pourquoi je pense soudain à lui.

Lancaster éclate de rire.

CHAPITRE 23

Son rire pétille dans tout son corps et jusque dans ses yeux. Un vertige inattendu m'ébranle au plus profond de moi-même. Quand il se calme enfin, il me tend une bouchée. J'hésite un moment. Pas longtemps. Je me penche vers lui et entrouvre la bouche. Pendant cet échange, il ne me quitte pas des yeux.

– Alors ?

– Mumm, délicieux, lâché-je dans un soupir, avant de réclamer une autre bouchée.

– Qu'est-ce qui est délicieux, Barbie ?

Je sais qu'il ne fait pas allusion à la nourriture. Non, il fait référence à ce geste banal, mais qui pourtant, là, en cet instant, est d'une intimité troublante. Comme je ne réponds pas, il se recule et continue à manger son entrée. J'ai l'impression d'avoir fait un faux pas. Comme s'il m'avait tendu une perche que je n'avais délibérément pas souhaité saisir. Je l'ai déçu… et il m'en veut. Je bouge nerveusement sur ma chaise.

Serait-ce si difficile de lui avouer que j'ai apprécié ce moment d'intimité particulier entre nous ?

– Comment avez-vous découvert cet endroit ?

Son attitude me laisse supposer que j'ai proféré la dernière des stupidités. Ce qui est vrai, ma question est d'une banalité affligeante. Il me scrute intensément, puis me demande à son tour, sans prendre la peine de me répondre :

– Pourquoi n'arrives-tu pas à me tutoyer ? Est-ce si pénible ?

Je m'essuie la bouche et le fixe à mon tour. Ses yeux ne pétillent plus, et en un instant son regard est devenu distant.

– Quand je serai en toi, au plus profond de ton intimité, dit-il froidement, ce sera encore vous ?

Ses paroles me font l'effet d'une douche glacée. Pendant quelques minutes, il m'avait presque donné la sensation d'être une femme qu'il aurait invitée, désirée. *Pas une femme achetée.* Je lui ai vendu mon corps, mais pas mon cœur, ni mon âme. Alors, oui, les mots sont l'unique barrière, mon ultime protection pour garder un semblant d'intégrité, de libre arbitre.

– Vous auriez dû le stipuler sur le contrat, si vous y teniez tant !

– Cela n'en aura que plus de valeur le jour où tu abandonneras le vouvoiement, rétorque-t-il avec cette superbe assurance qui le caractérise.

– Ce jour-là, les poules auront des dents.

Le reste du repas se déroule dans une ambiance tendue et étrange. Il m'apprend que sa sœur est son aînée de dix ans.

– Quand notre mère est décédée, j'avais neuf ans. Barbara était alors une jeune femme insouciante. Pourtant, du jour au lendemain, elle m'a dévoué sa vie. Elle a fait son maximum pour que cette épreuve me laisse le moins de traumatismes possible. Elle aurait pu se décharger sur une quelconque nounou… Mais non. Elle a mis ses études entre parenthèses, les sorties, les rencontres… tout. Elle a sacrifié une grande partie de sa vie pour moi.

– Et votre père ?

– Mon père… travaillait.

Je n'ai pas besoin d'être fine psychologue pour deviner que le sujet est épineux. Le lien qui l'unit à sa sœur est intense. *Pourquoi le père et le fils n'ont-ils pas réussi à créer le même ?*

– Quand ma mère nous a quittés, mon père est devenu un vrai papa poule, ne puis-je m'empêcher de raconter. Il a toujours été présent pour le moindre événement de ma vie, les moindres bobos ou chagrins, chaque jour de mon existence. Tout en m'offrant le meilleur…

– Quel âge avais-tu quand elle est morte ?

– Oh non, elle n'est pas morte. Elle est… partie, tout simplement.

La réminiscence de cette période lointaine me renvoie dans les ténèbres. Je triture ma serviette. Et soudain, sa main recouvre la mienne.

– Je ne crois pas que ce choix soit aussi simple.

Sa voix est douce, comme la caresse de son pouce sur ma peau. De sa main libre, il attrape une mèche qui s'échappe de mon chignon et la glisse derrière mon oreille. Ce petit geste tendre me fait penser instantanément à mon père. Lui aussi le fait très souvent. Et je sens dans ce geste le même instinct de protection.

– Vous faites erreur, croyez-moi. Pour ma mère, le choix a été très vite fait. Entre les difficultés, les douleurs, les contraintes, et une vie facile où ne règne que le plaisir, elle n'a pas hésité un seul instant…

Les mots s'étranglent dans ma gorge. J'ai horreur d'éprouver à nouveau la souffrance que m'a causée son abandon. La détresse de savoir qu'elle ne m'aimait pas assez pour rester.

– Et ne dit-on pas : telle mère, telle fille ? ironisé-je pour m'en sortir. Maintenant, vous comprenez pourquoi il a été si aisé pour moi de signer…

– Je suis intimement persuadé, me coupe-t-il, que signer ce contrat a de loin été la chose la plus difficile que tu aies jamais faite.

Il passe son index au coin de mon œil et essuie une larme.

– Oh Barbie ! J'aimerais avoir le pouvoir d'effacer tes blessures… Tu n'as jamais cherché à la retrouver ?

Je remarque tout à coup que son intonation a changé quand il m'appelle ainsi, ce mot qui me hérissait tant jusqu'ici a presque des accents de tendresse en cet instant… J'hésite un long moment avant de lui répondre.

– Si… peu après mes seize ans, j'ai fait des recherches sur Internet, dis-je d'une voix basse, tandis que son pouce caresse toujours ma main. Ça n'a rien donné… alors, j'ai eu l'idée d'engager un détective privé, seulement je n'avais pas vraiment prévu l'aspect financier…

C'est la première fois que je me confie à quelqu'un à ce sujet. Même mon père n'est pas au courant. Je bouge nerveusement sur ma chaise.

– Mon père a toujours été généreux en ce qui concerne mon argent de poche. Je pense que c'était une façon pour lui de compenser l'absence de ma mère… néanmoins, ce n'était pas suffisant pour monnayer une telle prestation. Justine, Sarah et moi étions déjà très liées à cette époque et elles ont tenu à m'aider. D'abord avec leurs économies puis, par nécessité, nous avons accepté des petits boulots… ce qui a grandement surpris nos familles respectives.

J'esquisse un sourire en songeant à cette période.

– Nous avons enchaîné les heures de baby-sitting, de dog-walking, de soutien scolaire… Justine est même allée jusqu'à vendre un collier de grande valeur qui lui venait de sa grand-mère. Mais les recherches ne menaient nulle part, et il fallait toujours plus d'argent…

J'ai un frisson incontrôlable.

– Aussi nous n'avons pas hésité quand nous sommes tombées sur cette annonce dans un journal gratuit, on recherchait des mannequins pour des photos de maillots de bain, avec une très bonne rémunération à la clé… *Très* mauvaise idée et qui a failli *très* mal tourner. Ce jour-là, j'ai décidé que tout cela allait trop loin, et j'ai arrêté les recherches… après tout, si ma mère avait voulu reprendre contact avec moi, rien n'aurait été plus facile… nous habitions toujours le même appartement, notre numéro de téléphone n'avait pas changé… mais depuis le jour de son départ, elle n'a jamais donné le moindre signe. Elle n'a jamais écrit une carte, jamais passé le moindre appel… rien…

Durant toute ma confession, il ne cesse de me caresser la main. À chacun de mes mots, sa chaleur m'enveloppait, ses yeux me réconfortaient. Il se lève, attrape sa veste et mon étole. Ses doigts se referment sur les miens.

– Viens…

Les doigts enlacés, nous quittons le restaurant. Il donne son ticket au voiturier sans lâcher ma main. Un tumulte d'émotions me submerge, celles engendrées par son contact se mêlant à celles déclenchées par l'évocation de ma mère. Je me sens vulnérable, et je regrette déjà ce que je lui ai confié. Je suis perdue dans mes pensées. Pendant le trajet du retour, j'apprécie qu'il respecte mon besoin de me retrancher dans le silence, et lorsqu'il se gare devant mon immeuble et coupe le moteur, je n'ai pas prononcé un mot.

– Il reste un petit détail technique à régler, murmure-t-il avec un sourire désarmant.

Il effleure ma joue quelques secondes. Un instant trop bref.

– Encore ? demandé-je en me souvenant de ses exigences vestimentaires.

– Ferme les yeux, Barbie.

Je m'exécute en me demandant de quelle manière il va s'y prendre pour vérifier que je ne porte pas de culotte alors que je suis assise. Ma robe longue est près du corps. Très étroite. La manœuvre risque d'être complexe… J'entends le froissement de sa chemise, puis sa main saisit la mienne et il glisse quelque chose à mon doigt…

Je reste la bouche ouverte, muette.

– Un diamant blanc et un noir. La lumière et les ténèbres… Toi et…

Il laisse sa phrase flotter entre nous. *Me laissant le choix de la compléter à ma guise ?*

– Elle est splendide… je ne sais pas quoi dire. Je…

– Chuuut, me dit-il en posant son index sur mes lèvres. Ne dis rien, alors.

C'est lui qui rompt le contact le premier. Il me raccompagne à la porte. Je tape le code. Le battant à demi ouvert, je me tourne alors vers lui.

– Il y a encore une petite chose…

Je rentre avec lui dans le hall de l'immeuble et le pousse fermement contre le mur.

– Fermez les yeux et ne bougez pas.

Il m'obéit. Fébrile, je fais glisser ma robe à mes pieds et, d'une voix basse, étrangement rauque, je lui ordonne :

– Ouvrez les yeux.

Il lâche un juron. Serre les poings. Puis il avance, s'agenouille à mes pieds… et remonte ma robe avec une infinie lenteur. Sa caresse légère et sensuelle me laisse la chair à vif… et attise un feu qu'il allume par le passage de ses doigts. Son visage se retrouve face au mien. Ses mâchoires crispées. Son souffle chaud et haletant sur ma peau. Ses yeux brûlants et sa bouche affamée. Une vague immense de plaisir, sous laquelle gronde le désir le plus sauvage, m'envahit brusquement.

– Je veux te dévorer toute crue, dit-il d'une voix étranglée. Et c'est ce que je ferai… dans cinquante-huit jours. TE DÉVORER ! Bonne nuit, Barbie.

CHAPITRE 24

LANCASTER

J'agrippe le volant à deux mains et me force à respirer profondément pour retrouver mon calme. Pour chasser son image. Son corps totalement nu, ses longues jambes…

Pussy Cat… rose. Ses cheveux, roses aussi. Je n'en reviens toujours pas. Ce petit brillant à son nombril, sa taille fine et ses petits seins… parfaits. Je refoule les pensées torrides qui m'assaillent. Elle m'a coupé le souffle. À genoux devant elle, je n'avais qu'une envie : la dévorer. Je n'en aurais fait qu'une bouchée. Je pousse un grognement de rage. Barbie est un tourbillon de folie, de contradictions, de désir… En tout cas, elle m'a obéi et a respecté la consigne : pas de sous-vêtements. Mais quand je pense qu'elle est allée jusqu'à se colorer les cheveux… et le reste !

Sueurs froides, d'un coup… Elle ne compte quand même pas se marier dans cet état… ? Elle en serait bien capable ! Il ne manquerait plus que ça… Combien de temps peut bien tenir ce truc ?

Quoique, j'aime beaucoup son Pussy Cat rose… *Non, non non !* je dois m'enlever cette image de la tête. J'adore l'effet que j'ai sur elle. Elle me trouble… tout autant que je la trouble.

Allez respire, Geoffrey…

Oui, c'est ça. Voilà, c'est déjà mieux. Je commence à retrouver mon sang-froid. Je jette un œil sur ma montre. Vingt-trois heures. Que faire… ? Rentrer chez moi ? Allez faire un tour ?

– Putain de contrat à la con !

Je donne un coup de poing sur le volant. Comment ai-je pu accepter des clauses pareilles ?! Attendre la nuit de noces !? Fidélité absolue !? Mais surtout, pourquoi l'ai-je laissée partir ce soir ? Elle en avait envie autant que moi. J'en suis persuadé. Et ce n'est pas cette clause d'abstinence et son million d'euros de pénalité qui m'ont arrêté. *Alors, c'est quoi ?* Le plaisir que ce soit elle qui rompe cette condition la première ? Oui, c'est certainement ça…

Sûrement aussi le fait qu'elle continue à me vouvoyer. Comme si… je ne comprends pas son obstination à ce sujet ! D'autant plus que ce crétin d'Aïdan m'a assuré qu'elle l'avait tutoyé, *lui*.

Nouvelles sueurs froides… Si elle avait eu le choix entre Aïdan et moi pour ce contrat, qui aurait-elle élu ? Je n'aime pas la réponse qui flotte devant mes yeux… *Lui*.

Je démarre sur les chapeaux de roues. Énervé.

Elle l'a fait, son choix, lors de cette soirée, d'ailleurs. Parmi tant d'autres, elle a jeté son dévolu sur Aïdan. Sans savoir qu'il n'était pas là par hasard, mais le résultat est le même. *Qu'en aurait-il été si j'avais moi aussi participé à la mascarade ?*

Allez respire, Geoffrey...

Je file à toute allure sans prêter attention aux limitations de vitesse. Je suis chez moi en un temps record. La détente que me procure habituellement une conduite sportive ne m'a pas soulagé. Dans l'ascenseur, je pianote sur mon téléphone en me demandant si elle dort déjà.

Tu dors ???

Je reste le doigt levé en râlant. *Non !* J'efface le message. J'entre chez moi et me rends directement dans le salon. Je jette ma veste sur un canapé et me dirige vers le bar, quand la voix étouffée de ma sœur parvient à mes oreilles.

– Tu es déjà rentré ?!

Eh merde ! J'ai besoin d'un bon remontant, là… pas d'une conversation avec ma sœur. J'attrape la bouteille de Scotch et deux verres.

– Je te sers quelque chose ?

– Non merci, Chéri.

Je l'observe du coin de l'œil en avalant une gorgée du liquide ambré.

J'adore Barbara – *vraiment !* –, mais je la connais aussi. Et quand elle reste silencieuse, ce n'est pas bon signe. Je sais pertinemment de quel sujet elle souhaite m'entretenir. Un sujet que je n'ai aucune envie d'aborder avec elle, ni ce soir ni jamais.

– Tu ne crois pas que j'ai passé l'âge d'avoir un chaperon… il n'est plus nécessaire de m'attendre, tu sais ?!

– Ta soirée s'est mal terminée… ? questionne-t-elle sans même prendre note de ma remarque. Je ne pensais pas que tu rentrerais si tôt.

Et voilà ! ça commence…

– Nous sommes sortis dîner, c'est tout. Demain, je travaille, au cas…

– Allons, Chéri… me coupe-t-elle comme lorsque j'avais quinze ans. Il est à peine minuit, et je connais tes habitudes de sommeil… Alors ne viens pas me faire croire que tu es fatigué.

Elle se lève et fait le tour du bar pour se positionner face à moi. Je la regarde avec un petit sourire. J'étais ce qu'on appelait à l'époque un enfant hyperactif, et j'épuisais tout mon entourage. Il ne me fallait que quatre ou cinq heures de repos pour être totalement en forme. Cet état de fait n'a toujours pas changé, et elle le sait.

– Et tu n'as pas pensé que c'était peut-être *elle* qui était fatiguée ?!

– Pourquoi ce mariage, Geoffrey… ?

Voilà ! Du Barbara typique… Répondre à une question par une autre, et surtout repérer et pointer directement le cœur du problème. Tout droit là où ça fait mal…

– À ton avis… ? Pourquoi les gens se marient-ils, Barbara ?

J'avale une longue gorgée. J'étais déjà énervé, et cette conversation ne fait qu'aggraver mon stress. Elle allume un cigarillo qu'elle me tend. Elle me connaît si bien que c'en est désespérant ! Mais de là à lui expliquer le pourquoi de ce mariage, il y a un gouffre. Je ne suis plus l'adolescent qu'elle arrivait à cuisiner pour lui faire avouer ce qu'elle désirait apprendre.

J'aspire une longue bouffée de tabac en demeurant silencieux.

– Est-elle enceinte ?

J'ai presque envie de rire. *Presque.* Mais plutôt que de relancer la polémique, je me lève, et le verre de Scotch dans la main, je lui souhaite une bonne nuit.

– Mon Dieu, c'est ça Geoffrey ?! Elle attend un enfant ?!

Je l'embrasse et quitte le salon. J'écrase mon cigarillo dans le cendrier du palier puis m'allonge sur mon lit, une certaine demoiselle occupant toutes mes pensées… son visage s'est illuminé quand elle a mentionné son père. Elle l'adore, aucun doute. Quant à sa mère, il est clair qu'elle ne souhaite pas en parler. Je m'assois et attrape mon téléphone. J'ai envie de savoir ce qu'elle fait. Bien qu'à plus de minuit, ce soit assez évident…

Je pense à toi !!! Pourquoi ??? G L.

Et j'envoie. J'attends… Rien, elle doit déjà dormir. À moins qu'elle ne veuille pas répondre ? Pourquoi cette idée m'agace-t-elle au plus haut point ? Soudain, le bourdonnement de mon téléphone me tire de mes réflexions et me fait sourire.

Pussy Cat, peut-être ?!?

Je me rallonge, subitement de bien meilleure humeur. Je l'imagine dans son lit, elle aussi. Puis bientôt dans le mien… Bip d'un texto entrant. Je me demande si elle dort nue, et cette vision m'arrache un grognement. C'est plus fort que moi… je veux savoir.

Tu dors nue ??? G L.

Elle ne tarde pas à me répondre.

Vous allez voir !!!

Comment ça ?! Je scrute mon écran avec l'impatience d'un adolescent pubère. Elle est certainement en train de se prendre en photo. Rien que d'y penser, j'en ai des tremblements.

Bordel, je suis pitoyable !

Je fais les cent pas dans ma chambre. Faut-il autant de temps pour faire une photo ? Elle doit réfléchir à la pose… sans doute même se rhabille-t-elle… Rhaaaaa, toujours rien sur mon téléphone. *Merde !* Si ça se trouve, elle ne va pas me répondre. Ça ne m'étonnerait pas.

Quand le bourdonnement se fait entendre, je me jette sur mon portable, et j'éclate de rire. *La petite peste !* Elle vient de m'envoyer la photo d'un adorable chaton endormi. Un chaton rose. Et aussitôt, un autre message arrive.

Barbie ET Pussy Cat vous souhaitent
une (bonne ???) nuit…

CHAPITRE 25

Lorsque je rentre de mon jogging, Justine et mon père sont dans le salon. Mon amie m'adresse un regard joyeux et se précipite vers moi.

– Vous déménagez aujourd'hui, annonce-t-elle en claquant une bise tonitruante sur ma joue. J'ai tout organisé avec la société. Nous en avons déjà discuté avec ton père.

Je jette un œil sur celui-ci, qui me sourit en retour. *La tornade Justine est en marche.*

– Pendant ton absence, un coursier a déposé ceci pour toi, m'annonce mon père en me donnant une enveloppe carrée.

Un autre rendez-vous avec Lancaster ? Déjà ?! Je suis à peine remise de celui d'hier… Je suis en train de décacheter l'enveloppe quand Justine pousse un cri. Que dis-je… *un hurlement !*

– Ohoooo – My – God ! s'étrangle-t-elle en saisissant ma main. Il t'a offert ta bague de fiançailles, ça y est ! C'est une putain de merveille…

– Voyons, Justine, surveille un peu ton langage, la sermonne gentiment mon père.

Elle s'excuse en riant, sans quitter des yeux le bijou qu'elle détaille sous toutes les coutures, martyrisant mon doigt au passage.

– J'y crois pas, lâche-t-elle en me dévisageant avec envie et en haussant un sourcil parfait. C'est un truc de dingue !

– Bon, tu permets que je jette un œil sur la lettre, maintenant ?

Je récupère ma main et sors un carton blanc, sur lequel est écrit – en couleur rose et en gros caractères :

J – 57 !

Ils me fixent tous les deux, attendant une explication de ma part concernant ce message sibyllin. Je ne me vois pas dire à mon père que Lancaster a entamé le décompte jusqu'au moment où je passerai à la casserole…

Te dévorer... toute crue... Je secoue la tête pour me ressaisir et opte pour une version allégée.

– C'est le nombre de jours avant le mariage.

– Je trouve cette attention très romantique, et elle prouve la passion que tu inspires à ton futur mari, me fait remarquer mon père avec un sourire éclatant. À moins que, te connaissant déjà trop bien, il n'ait peur que tu sois en retard d'un jour – ou même de quelques heures – à votre mariage. Bon, mesdemoiselles, ne serait-ce pas le moment de commencer à faire les cartons ! lance-t-il avec entrain, en se tournant vers Justine. Il ne nous reste pas beaucoup de temps.

– Vous avez raison, rétorque Justine en attrapant quelques cartons. Au boulot !

Elle me pousse en gloussant… mais dès que nous sommes dans ma chambre, elle passe à l'attaque :

– Je suppose que ton père a eu droit à l'interprétation décente, mais que Lancaster fait plutôt allusion à votre nuit de noces, non ?!

– Tu supposes bien…

– C'est, au choix, délicieusement romantique et passionné – comme l'a souligné ton père – ou carrément…

– La preuve que ce n'est qu'un connard arro…

– C'est quand même une putain de bague, me coupe-t-elle en commençant à faire du ménage dans mes affaires. Mais pourquoi du rose ? Ça m'étonne.

Je lui donne alors tous les détails concernant le choix de cette couleur, et elle explose de rire.

– C'est trop bête ! Tu aurais pu attendre avant de passer au shampoing.

– Surtout que ça ne m'allait pas si mal…

Nous continuons à papoter tout en poursuivant notre tâche, quand la sonnerie de mon téléphone résonne dans la chambre. J'imagine qu'il s'agit de Lancaster, mais le numéro qui s'affiche sur l'écran n'est pas enregistré dans mes contacts. Je fronce les sourcils en me demandant qui cela peut être. Une erreur sans doute… toutefois, je décroche.

– Mademoiselle Angeline Beaumont ?

– Oui, c'est elle-même.

– Je suis Laura Roch de l'agence Prestige. Votre fiancé, monsieur Lancaster, nous a engagés pour l'organisation de votre mariage, et je souhaiterais vous rencontrer au plus vite. Pour tout vous dire, aujourd'hui serait parfait. Est-ce possible ? Je peux vous assurer que si vous choisissez l'agence Prestige vous ne le regretterez pas ! Vous vivrez le plus beau jour de votre existence. Un mariage de rêve dont vous garderez le souvenir toute sa vie…

Ça... Il est clair que je m'en rappellerai toute ma vie, me dis-je en pensant que j'avais complètement oublié la *wedding planner* de Lancaster.

CHAPITRE 26

– Tu ne décroches pas ?

C'est le quatrième appel de Lancaster. Sans oublier ses SMS.

Justine lance un regard appréciateur autour d'elle. Je ne sais pas comment elle a fait, mais en moins d'une journée, nous avons réussi le tour de force d'emballer les cartons, de faire le tri des objets et souvenirs précieux à nos cœurs, de déposer au garde-meuble ceux que nous souhaitions conserver mais qu'on ne pouvait encore apporter dans notre nouvel appartement, et de faire don du reste.

Et elle me réservait encore une surprise de taille… des coussins, des transats, deux tables basses pour agrémenter le balcon, et des babioles à droite et à gauche, toutes plus adorables les unes que les autres. La baie du balcon est ouverte et laisse passer une brise légère. Sur la terrasse en teck, deux transats en toile blanche encadrent une petite table basse, et à l'autre extrémité sont disposés six fauteuils à l'assise basse sur un tapis d'extérieur, rehaussés de coussins colorés. Partout, des bougies de toutes tailles. *Elle sait combien j'aime les bougies.*

– J'adore l'ambiance de la terrasse. C'est vraiment l'endroit que je préfère, et puis avec cette vue… c'est magnifique. Tiens, je me demande où est passé mon père ?

– Il est sans doute parti se reposer. On peut dire que la journée a été épuisante.

– Tu ne peux pas savoir comme je suis heureuse qu'il dispose *enfin* de sa propre chambre. Qu'il cesse *enfin* d'avoir peur… il a tellement changé en quelques mois.

– Ça va aller maintenant, murmure-t-elle en me pressant la main. Tout va rentrer dans l'ordre. Et si on se prenait une petite coupe en profitant des transats et de la vue ?

Pendant qu'elle récupère la bouteille dans le réfrigérateur, je cherche des coupes. C'est à ce moment-là que retentit le timbre de la sonnette.

– Je ne pensais pas qu'il soit déjà si tard, s'étonne Justine en regardant sa montre. Au moins, Laura Roch est ponctuelle. Dix-neuf heures tapantes !

Elle file dans l'entrée, endossant à la perfection son rôle d'assistante personnelle. Le champagne dans une main et les coupes dans l'autre, je rejoins la terrasse et dépose le tout sur la petite table basse.

– Angeline, je te prés…

– Je suis absolument *ravie* de faire votre connaissance, mademoiselle Beaumont, me lance une femme brune, affichant la belle quarantaine.

– Enchantée, dis-je en lui serrant la main. Désirez-vous une cou…

– Avec plaisir, répond-elle avant même que je ne finisse ma phrase. Vous avez une vue *exceptionnelle* !

Tout en remplissant les coupes, je pense que si j'engage mademoiselle Roch, il va falloir mettre quelques petites choses au point. Mais Justine est déjà sur le coup.

J'entends mon téléphone sonner dans le salon.

– Comme nous vous le disions, nous n'avons pas encore décidé quel prestataire nous retiendrons, commence mon amie d'une voix impérieuse, alors que la sonnerie de mon portable retentit une nouvelle fois et que la *wedding planner* se ratatine sur son siège. L'écoute – *et elle insiste bien sur le mot* – est pour nous un premier et indispensable critère de sélection.

La bouche de Laura Roch forme un joli O muet.

– Justine n'est pas simplement mon assistante personnelle, c'est aussi ma meilleure amie et l'un de mes témoins. Je peux vous assurer qu'elle sera là à chaque étape de la préparation de ce mariage, et veillera à ce que tout soit fait selon vos engagements…

– Il est vrai qu'il m'arrive quelquefois d'intervenir inopinément…

Justine pouffe.

– Ohhhh… murmure-t-elle, à deux doigts de glisser de son siège. Trop souvent ? Trop trop souvent, évidemment !

Finalement, elle commence à me plaire cette *wedding planner*. Nous finissons notre coupe de champagne. Laura, qui se trouve être de fort agréable compagnie, nous conte comment, après son divorce, elle s'est retrouvée à organiser des mariages.

– Un drôle de paradoxe, dit-elle. Le destin est…

– BARBIE !

Nous sursautons toutes les trois.

Quoi... Il a une clé ? Bon, c'est vrai, c'est aussi son appartement. Laura nous jette des coups d'œil interrogateurs pendant que Justine hausse les épaules avec nonchalance en annonçant que *le fiancé est arrivé*. Je n'ai pas le temps de me lever de mon fauteuil qu'il est déjà là devant nous.

Le choc !

Une expression presque identique se dessine sur nos trois visages. Laura ressemble d'un coup à une femme manquant brusquement d'oxygène. Justine – égale à elle-même – se lèche presque les babines. Mais il faut dire qu'il y a de quoi… Un vrai biker. Un casque de moto noir à la main, il porte un blouson de cuir – noir lui aussi –, un tee-shirt blanc, un jean foncé et des bottes. Les cheveux en broussailles… les yeux sombres de… *colère* ? Il parait encore plus grand, plus musclé. *Ou est-ce parce que je suis assise ?* Une chose est sûre, je ne risque pas de me lever… je n'ai plus de jambes… Mon Dieu, il est… trop… sexy… trop…

– My God ! lâche Justine. Le BBS dans toute sa splendeur.

J'avale le reste de ma coupe de champagne d'un trait. Laura se lève. *Comment y arrive-t-elle ?*

– Monsieur Lancaster, je suis *enchantée*. Que vous soyez présent vous aussi pour la première prise de contact est une excellente chose et permettra de mieux cerner vos attentes à tous les deux.

Et tout ça, d'une traite et sans bégayer. *Là, je dis bravo !* Est-ce dû à sa grande expérience ?

– Le plaisir est réciproque, dit-il, la voix rauque, en lui serrant la main. Vous avez commencé à définir certains points ?

Laura lui raconte que nous faisions connaissance autour d'une coupe. Il pose son casque et retire son blouson avec la tranquille nonchalance d'un homme sûr de son effet, offrant son corps à nos regards, dans toute sa gloire masculine et virile. Sexy. Désirable. L'image même de la tentation… Nous déglutissons toutes les trois simultanément. Justine se lève. *Juste pour vérifier s'il n'y aurait pas une bouteille de quelque chose, quelque part,* dit-elle.

– Il y a du McCarthy's dans le deuxième placard du haut, dans le bar, annonce Lancaster en prenant place dans le fauteuil voisin du mien. J'en prendrai bien un verre, moi aussi. Merci.

Sa main se pose sur… Mmm… *ma cuisse* ?! Oh… non…

– Ton téléphone a un problème, Barbie ?

Non, mon téléphone n'a pas de problème. C'est juste moi... avec vous, me dis-je.

Toutefois, les mots ne sortent pas. *Sans doute*, à cause de Laura, assise en face de nous. *Assurément*, parce que j'ai la gorge trop sèche pour dire quoi que ce soit.

Et à l'origine... ? La faute à cette main sur ma cuisse qui me perturbe, me remue profondément.

Enfin, Justine revient parmi nous. Elle jette un coup œil furtif sur la main de Lancaster puis lui tend son verre. Celui-ci la remercie avec un grand sourire pendant que Laura s'éclaircit la gorge.

– Je sais que vous n'avez pas encore fait votre choix définitif, mais si vous avez vraiment l'intention de vous marier le 7, je pense qu'il ne faut pas tarder. Sans vouloir vous presser…

– Barbie, quelle est ta décision ?

Je marmonne un acquiescement et bouge nerveusement sur mon siège. Si seulement il pouvait retirer sa main, j'aurais les idées beaucoup plus claires.

– Très bien, s'exclame alors Laura toute joyeuse, sûrement grâce au budget illimité qu'elle vient d'obtenir pour son agence. Tout d'abord, fixons le nombre de vos invités.

– Comme je vous l'ai déjà dit, environ trois cents personnes pour moi, répond-il en s'installant confortablement. Ma sœur Barbara vous fera parvenir la liste des noms et des adresses.

– Parfait. Il nous faut maintenant définir le thème. Avez-vous des idées, des envies ? demande-t-elle tout en pianotant sur sa tablette. Des désirs particuliers ?

– Je crois que la liste serait trop longue, répond Lancaster, amusé. Et toi, Barbie, as-tu des envies, des désirs ?

La pression sur ma cuisse s'accentue. Je lâche un gémissement.

– Il faut que vous sachiez que ma fiancée a une passion illimitée pour le rose, continue-t-il sans attendre une réponse de ma part. Et encore, le terme est un peu faible. Cela pourrait-il vous aider ?

Mais où est passée mon assistante personnelle ?! Je lui jette un regard furieux, mais elle se contente de déguster son single malt en appréciant le spectacle.

– Vous aimeriez que la couleur dominante du décor soit le rose, ou simplement quelques touches, Angeline ?

– Avec Angeline, c'est une couleur qui domine effectivement, et dans des endroits insoupçonnés, souligne Lancaster avec un sourire coquin.

– Et vous, qu'en pensez-vous, monsieur Lancaster ?

– Appelez-moi Geoffrey, répond-il en remontant lentement sa main plus haut sur ma cuisse. Quelques touches me semblent suffisantes, non ?

Sa main est trop haut… beaucoup trop ! Mon jean me tient trop chaud. Mon tee-shirt aussi. J'entends à peine ce qu'ils disent à travers un brouillard de désir. Je suis focalisée sur le déferlement de sensations que je ressens. Tout en priant avec ferveur pour que cela cesse. *Ça doit être l'effet Biker.* J'ai un faible pour les hommes en jean et blouson de cuir…

Et soudain, son ongle redescend vers mon genou, remonte… redescend…

– J'expliquais à Laura qu'il était inenvisageable de repousser la date du mariage. Barbie… tu nous écoutes ?!

Sa voix n'est plus qu'un murmure… un brûlant murmure… et sa main se pose à nouveau sur ma cuisse… à une hauteur indécente…

– Voyez-vous, Laura, ma fiancée a souhaité rester chaste, ajoute-t-il d'une voix rauque qui me tire des frissons, et ce, jusqu'à notre nuit de noces.

Des soupirs parviennent à mes oreilles – et pas uniquement les miens… Sa main poursuit son langoureux va-et-vient sur ma cuisse.

– Alors vous comprendrez qu'il est *absolument hors de question* de repousser ce mariage, ne serait-ce que d'une journée.

Laura avale une longue gorgée de champagne, se passe une main sur le front. Justine… se trémousse sur son fauteuil. *Je vais la tuer !* Lancaster affiche un sourire satisfait. *Tu m'étonnes !* Il a devant lui trois femmes qu'il met totalement hors circuit. Moi, la première. Et cela m'électrifie suffisamment pour me permettre de reprendre mes esprits.

Quel... connard présomptueux ! Monsieur veut jouer... ? OK, on va jouer.

– Oui, c'est exact, Laura, dis-je d'une voix que je ne reconnais pas, après avoir enfin retrouvé l'usage de la parole. Et si pour moi, cette situation ne pose aucun problème…

Je m'incline vers lui, mes lèvres à quelques centimètres des siennes :

– Pour mon futur mari…

Une main posée sur son torse, de l'autre je tire sur ses cheveux, afin de lui faire pencher le visage :

– Pour lui, cette exigence de ma part semble présenter de sérieuses difficultés. Et il n'est pas certain de pouvoir garder un contrôle absolu… Ce qui serait fort regrettable, n'est-ce pas ?!

Alors là, je mérite un oscar ! Je n'en reviens pas moi-même.

« Il n'est pas certain qu'il puisse garder un contrôle absolu… »

Ah, bravo… et que dire de moi, en cet instant ? Pour être tout à fait honnête, lequel de nous deux a conservé une parfaite maîtrise de la situation ? *Lui !* Ne lui ferais-je donc aucun effet ?! Ou alors, si peu ? Cette constatation me hérisse. Pourtant hier, monsieur manifestait beaucoup plus de difficulté à garder son sang-froid…

Nos visages se font face. Il suffirait de peu pour que ma bouche se pose sur la sienne. De si peu… *Et bordel, comme j'en ai envie !* Je sens qu'il le devine… qu'il l'espère peut-être ? Autant que moi ? Plus que moi ?

– Les complications ne font que me stimuler davantage, Barbie. Et juste entre nous, j'ai bien peur que ce ne soit toi qui rompes ce vœu, et bien avant notre nuit de noces… Toi qui me supplies, même…

– Allez au diable, murmuré-je.

– Avec toi, je suis tout à fait prêt à aller en enfer, Barbie.

Ses yeux pétillent. Nous ne bougeons pas d'un millimètre. Attendant celui des deux qui baissera sa garde en premier. Nous avons oublié que nous ne sommes pas seuls… Je passe ma langue sur mes lèvres. Son regard s'assombrit… *Alors ? Qui cédera le premier ?* Sa main se déplace de ma cuisse et va se poser sur la poche de mon jean… sur mes fesses. Ma respiration se bloque. Mon corps tout entier est sous tension. Et un sourire diabolique étire ses lèvres… quand soudain, une voix familière traverse la bulle de désir dans laquelle nous sommes enveloppés :

– Eh bien ! Mais tu aurais dû me réveiller, mon ange.

Mon Dieu !

– Monsieur…

– PAPA !!

Je me lève d'un bond, aussitôt imitée par Lancaster. Y a-t-il pire situation pour présenter officiellement son futur époux à son père, que celle dans laquelle nous nous trouvons ?

– Je suis heureux de vous rencontrer à nouveau, monsieur Beaumont.

Ils se serrent la main. L'arrivée inopportune de mon père a au moins le mérite de me tirer de ce duel avec les honneurs. Je n'ai pas craqué…

Laura se comporte comme s'il ne s'était rien passé de particulier. *Merci Laura.* Elle nous pose des questions à n'en plus finir, prend des notes, nous fait des suggestions. Mon père participe avec plaisir et a l’air d’apprécier l’homme qui sera d’ici peu mon mari… et dont j’esquive soigneusement les nombreux coups d’œil.

CHAPITRE 27

Je suis en train de ranger les assiettes dans le lave-vaisselle. Mon père a salué Lancaster avant de m'embrasser sur le front et de disparaître dans sa chambre. Me laissant seule…

Lancaster est comme un virus et si tout mon être le convoite désespérément, mon esprit le rejette avec fureur. *Comment peut-on souhaiter une chose et son contraire avec autant de force ?* Cet homme est toxique !

– Je crois que la cuisine ne pourrait être plus rutilante…

Surprise, je me retourne brusquement. Plongée dans mes pensées, je ne l'ai pas entendu arriver.

– Je vais finir par penser que tu cherches à m'éviter, Barbie. Tu es restée bien silencieuse pendant le repas.

Il avance tranquillement. Je recule de quelques pas et dépose mon torchon sur le plan de travail. Je suis à cran.

– Tu as peur de moi ?

– En voilà une idée stupide…

Les yeux pétillants de malice et un brin arrogant, il m'observe avec un petit sourire moqueur qui le rend plus séduisant encore. Je m'essuie les paumes sur mon jean. J'aimerais fumer une cigarette…

– Oui, pourquoi aurais-tu peur… Ça te tente un tour à moto ?

Moi ?! Accrochée à lui sur une moto ?! Mes mains passées autour de sa taille ? Mes cuisses contre les siennes ? Oh non… Très, *très* mauvaise idée !

– Il est un peu tard, non ?! Vous ne travaillez pas demain ?

Il laisse échapper un petit rire rauque. Trop sexy.

– La nuit ne fait que commencer, Barbie. Et au cas où tu l'aurais oublié, c'est moi le patron !

Je devine trop facilement ce qu'il ne dit pas et lui lance un regard accusateur.

– Oui, bien sûr… Comme avec ce contrat où je me dois d'être à votre disposition chaque heure, chaque minute… Pourquoi donc me poser la question puisque, au final, vous ferez ce qu'il vous plaira ?

J'ai parlé d'une voix basse, lourde de rage contenue.

– Tu as raison. Pourquoi devrais-je m'ennuyer à te demander alors qu'il me suffit de t'ordonner !? réplique-t-il sèchement. Je te conseille de prendre un blouson.

Il écrase son cigarillo et me tourne le dos.

– Dépêche-toi, rajoute-t-il en disparaissant.

Je serre les poings et retiens une envie de crier, de hurler. Je vais dans ma chambre, farfouille dans mon dressing et trouve le vêtement recherché. J'enlève mes baskets et enfile une paire de bottes qui devrait faire l'affaire, puis je le rejoins dans l'entrée.

– Je vous préviens que si vous n'avez pas de casque pour moi…

– Je ne suis pas stupide ! me coupe-t-il en ouvrant la porte d'un coup sec.

Je marmonne que c'est loin d'être sûr.

Dans l'ascenseur, je l'ignore délibérément et, quand nous parvenons au sous-sol, je suis toujours silencieuse et furieuse. Nous arrivons devant sa moto… Je déglutis. Je ne suis jamais montée sur un engin pareil et… je flippe.

Il me tend un casque.

– Ça va ? demande-t-il avant d'enfiler le sien.

– Pourquoi ça n'irait pas !?

J'observe comment il s'y prend pour reproduire les mêmes gestes. *Très bien, au moins je ne suis pas passée pour une gourde.* Comme lui, je remonte le zip de mon blouson. *Vais-je vraiment escalader ce monstre mécanique ?* Je ne sais pas si c'est le casque, mais je transpire à grosses gouttes. Il insère la clé et démarre. Un rugissement tout droit sorti des enfers emplit le parking.

Il s'impatiente et me fait signe de m'installer. Si ça se trouve, il sera veuf avant même d'avoir été marié… *Oh mon Dieu, peut-être cherche-t-il à me tuer ?!*

– Barbie, si tu as peur, il…

– Ce n’est pas de la peur ! Juste la haine !

Je tremble. Il me regarde. De longues minutes. Puis il abaisse la visière de son casque. Comme on claque une porte. J’abaisse la mienne. Une vague de panique, d’angoisse me submerge. J’inspire profondément.

Et je grimpe sur la moto.

CHAPITRE 28

J'ai une poussée d'adrénaline. À laquelle s'ajoute une perception nouvelle, une sorte de vibration, très forte, le long de mes jambes, qui s'atténue ensuite pour se perdre dans tout mon corps. C'est une sensation inconnue, et elle me donne presque envie de fuir. Sauf que je m'accroche plutôt à Lancaster.

Pour la première fois depuis que nous roulons, je me risque enfin à ouvrir les yeux.

– Putain, je vais mourir !

Ce que je vois me tétanise. Les lumières, la nuit, le paysage, les voitures… tout se mélange et ne forme plus qu'un kaléidoscope de couleurs et de sensations. Je contracte mes cuisses au maximum. Ma poitrine se plaque contre son dos.

– Non, Barbie, tu ne vas pas mourir. En tout cas, pas cette nuit.

C'est quoi ça ?! Sa voix semble sortir de ma tête. Si je n'étais pas aussi affolée, je crois bien que ça m'achèverait. Mes ongles s'enfoncent encore plus profondément dans le cuir de son blouson. Mes bras se referment comme deux tenailles autour de sa taille.

– Nos casques sont reliés, pour une communication de pilote à passager…

Sa voix me paraît plus rauque et sensuelle qu'à l'accoutumée. Comme s'il était littéralement dans ma tête.

– Vous ne pouviez pas le dire plus tôt !

Son rire résonne comme une cascade sous laquelle je me retrouve piégée. Mes gémissements, mes plaintes, mes soupirs… *ce connard a tout entendu !* Depuis le début.

Tout doucement, je finis par me faire à la situation et à distinguer ce qui m'entoure. Je commence à apprécier les sensations de cette promenade motorisée et l'ivresse de la vitesse une fois la peur envolée. Ce sentiment extrême d'exaltation, de flirter avec le danger. Quelque chose d'étourdissant. D'excitant.

– Tu peux me lâcher, Barbie…

Ça y est, nous sommes arrivés ?

– Tu me serres tellement fort que j'ai du mal à respirer.

Pendant quelques secondes, j'ai l'impression que mes bras ne me répondent plus. Ni mes jambes, d'ailleurs. Puis tout doucement, je reprends possession de mon corps. Je me détache de Lancaster qui en profite pour descendre de la moto. Il enlève son casque et son blouson. Dès que je me retrouve sur la terre ferme, j'ai des fourmillements partout.

D'une main un peu tremblante, je retire aussi mon casque. L'air frais inonde mon visage. Je m'adosse à un arbre en inspirant longuement. L'odeur de la terre, du sous-bois… Je frotte mes mains contre l'écorce rugueuse. Mes sensations sont multipliées par mille. À cause de la peur ? De l'adrénaline ? De ce désir sous-jacent que provoque la proximité de Lancaster ?

– La moto. C'était une première, n'est-ce pas, affirme-t-il plutôt qu'il ne me pose la question.

Il est à quelques mètres de moi, près de son engin. La lune jette des reflets dans ses cheveux sombres et décoiffés. Il arbore un sourire sauvage et une étrange exaltation émane de lui. Pas besoin de lui demander s'il aime la vitesse, ça crève les yeux. Il est beau à couper le souffle.

Je lève la tête et découvre avec enchantement un ciel d'encre, étoilé et scintillant.

– C'est la première fois que je me retrouve en forêt la nuit, murmuré-je – plus pour moi que pour lui. C'est magnifique.

Je sais qu'il se déplace au bruit de ses pas sur les feuilles. Des frissons parcourent ma peau. La friction de mes mains s'intensifie sur l'écorce. Et soudain, son parfum s'ajoute à celui des chênes et des pins. Son souffle chaud sur mon visage y déclenche des frémissements.

– Barbie…

Il y a quelque chose de troublant dans la façon dont il vient de murmurer le surnom qu'il me donne. Quelque chose de très érotique aussi. *Je ne dois pas le regarder ! Ne pas l'entendre ! Ne pas le toucher !* Je frotte l'écorce à m'en faire saigner les paumes de main… les battements désordonnés de mon cœur, les sons de la forêt, nos respirations saccadées m'envahissent comme une vague déferlante. Lentement, je baisse mon visage.

Je n'ai jamais vu un tel désir, une telle exigence, une telle prière dans les yeux d'un homme.

– J'aimerais te dévorer jusqu'à m'en rendre malade, jusqu'à m'en dégoûter…

Son souffle est court, comme s'il manquait d'air. Sa voix rauque, essoufflée, semble jaillir d'un gouffre empli de graviers. Sa bouche m'attire irrésistiblement. Ces lèvres que j'ai eu envie de goûter dès que mes yeux se sont posés sur elles, la première fois où je l'ai vu. Mes mains s'agrippent à l'écorce pour s'empêcher de trouver le chemin de son corps. Il s'approche et s'arrête à quelques centimètres de moi.

– Et pouvoir me libérer de toi…

Sa mâchoire se crispe. Sa pomme d'Adam monte et descend dans un incessant va-et-vient, trop rapide. Une veine enfle sur sa tempe. Un long frisson parcourt ma peau sous son regard brûlant. Intense. Stressant. Je me force à ne pas bouger. À rester parfaitement immobile alors qu'un trouble violent me submerge. Suivi par cette rancœur, cette honte, toujours la même… ancrée en moi depuis la signature du contrat. Quand ses yeux descendent avec lenteur sur mes seins, qu'ils les caressent, littéralement, je suis persuadée qu'il pourrait me pousser jusqu'à l'orgasme sans poser un seul doigt sur moi. J'attends qu'il mette fin à ce besoin qui nous consume, mais il continue à me contempler.

– Ne me regardez pas comme ça...

Un éclat dans son regard... des jours de désir refoulés qui pulvérisent mes dernières résolutions et soudain, mes mains ne m'obéissent plus. Je le saisis par son tee-shirt pour l'attirer vers moi. Je lève mon visage et mes lèvres se pressent, enfin, contre les siennes, pendant que son corps m'écrase brusquement contre l'arbre... Tout à coup, je suis effrayée par la puissance de mon propre désir. Par cette irrésistible attirance que j'ai pour lui. Il enfouit une main dans mes cheveux, fermement, très fermement. Et j'adore ça. Sa langue plonge profondément dans ma bouche et... plus rien n'existe. À part lui, son corps, ses lèvres, et les milliers de sensations qui éclatent en moi. Je veux juste céder, qu'il fasse ce qu'il veut de mon corps... tout ce qu'il veut... Sa langue glisse, se mélange à la mienne, caressante et exigeante, et si passionnée qu'elle m'arrache un gémissement, qui trahit, à lui seul, le besoin, le désir désespéré et inassouvi qu'il m'inspire. Notre baiser se fait si vorace que nos halètements résonnent avec une véhémence presque animale dans le silence. Il ne me laisse aucun répit... pour finir tous les deux à bout de souffle. Haletants. Tremblants. Perdus dans un brouillard torride de plaisir.

Il s'écarte alors brusquement et relâche ma chevelure. Je sens mes jambes vaciller, seul le tronc derrière moi me permet de rester encore debout. Je cligne des yeux. J'ai aimé chaque minute, chaque seconde de ce plaisir sauvage…

– Comment me libérer de cet irrépressible désir que j'ai de toi ? murmure-t-il la voix rauque et pleine de rage en reculant d'un pas. Bordel ! J'aimerais tellement…

Il est en colère. Je lis dans son regard un désir fou, et quelque chose d'indéfinissable… C'est d'une telle puissance qu'un gémissement étranglé s'échappe de mes lèvres. Il ne fait plus aucun mouvement vers moi. Les bras le long du corps, les poings serrés, les muscles tendus. Totalement immobile. Contraint à un effort surhumain pour se contrôler. Je sais que s'il l'ordonnait, là, maintenant, je céderais…

Il lui suffirait de demander… mais il recule encore d'un pas.

Je ne comprends pas. Il sait pertinemment qu'il n'essuierait pas de refus de ma part. Pas en cet instant.

Alors pourquoi ? Son regard brûlant est rivé au mien.

Et il me tourne le dos… au moment même où je tends une main hésitante vers lui… qu'il ne voit pas. Je la laisse retomber. Il marche jusqu'à sa moto, attrape son blouson, l'enfile et met son casque. Stupéfaite, je laisse mon bras retomber le long de mon corps… quelques minutes encore pour me ressaisir, puis je me décide à le rejoindre. Les mains sur les poignées, il est prêt à repartir. Son regard, masqué par la visière déjà baissée. J'aimerais voir son visage, ses yeux. J'aimerais lui dire… *Mais bon sang, Angeline, lui dire quoi, hein ?!* En fait, je n'en sais rien… j'ai besoin de voir si la tempête qui me dévaste trouve le moindre écho dans son regard…

Car jamais un homme ne m'a autant perturbée, bouleversée…

CHAPITRE 29

J – 54 !

Depuis notre balade à moto, il s'est passé trois jours.

Trois jours, trois cartes. Mais rien d'autre… pas un coup de téléphone, pas un message.

Va-t-il vraiment s'amuser à m'en envoyer une par jour jusqu'au mariage ? Je ne sais pas si c'est drôle, romantique, arrogant ou tout simplement sinistre. Énervée, je hausse les épaules. *Romantique ?* Non, tout ça n'a rien de romantique. Ce n'est pas une promenade à moto et un moment… un moment de désir intense, qui peuvent changer une sordide transaction financière en une histoire romantique avec de beaux sentiments. Il y a peut-être du désir entre nous, mais rien de plus. Si ce n'est un contrat qui nous lie pour cinq ans. Rien d'autre !

Mon père est dans la cuisine, occupé à préparer le petit-déjeuner. J'ai peur qu'il ne me demande des nouvelles de Lancaster, mais il n'en fait rien. Ce matin, je le trouve soucieux. Se pose-t-il encore des questions à propos de Geoffrey et de moi ? Je ne veux surtout pas qu'il s'inquiète. Je ne me comporte peut-être pas assez comme une fiancée amoureuse, qui a hâte de se faire passer la bague au doigt ? Justinc et Laura semblent plus concernées et réjouies que moi. Cela lui a peut-être mis la puce à l'oreille…

– Je me demandais, commence-t-il en fronçant les sourcils et en posant sa tasse de café, si tu pensais avoir le temps de m'accompagner en Suisse.

Je me crispe. Au moins, je sais maintenant que son petit air embarrassé n'a aucun rapport avec moi. Mais tout à voir avec *elle. Il est normal qu'il veuille la voir.* Cela fait plusieurs mois – depuis sa faillite, en fait – qu'il n'y est pas retourné. Justine et Sarah nous avaient déjà aidés pour payer les frais de la clinique, notre loyer, la caution… il était hors de question qu'en plus elles assument des frais de voyage et d'hôtel…

– Mon ange, cela fait si longtemps que tu n'as pas vu ta sœur, ne penses-tu pas qu…

– Non !

J'ai crié, et ce n'est pas ce que je souhaitais. Chagrinée, je pose ma main sur la sienne en m'excusant. Son air triste et accablé me consterne. Il secoue la tête en silence, comme à chaque fois qu'il m'a fait cette requête, la même depuis des années… Je n'ai pas envie d'avoir cette conversation.

– C'était un accident, Angeline. Il faut que tu cesses de culpabiliser et…

– S'il te plaît, Papa. C'est au-dessus de mes forces, dis-je d'une voix tremblante. Ne me fais pas ça…

J'ai un poids sur la poitrine. Je commence à avoir du mal à respirer. Mon père se lève et disparaît pour revenir en quelques minutes avec un sac en papier. Je me penche, et avec l'aisance acquise par des années de pratique, j'inspire et expire avec force à l'intérieur.

– Calme-toi, murmure-t-il en me frottant le dos. Respire lentement… voilà, comme ça… lentement…

Je parviens à retrouver mon calme, et repousse la crise d'angoisse. Il me donne un verre d'eau que j'avale d'une traite. Ses yeux sont tristes. Il fera le voyage seul. Encore une fois…

– Je suis vraiment navrée, Papa.

– Je sais. J'avais juste espéré que maintenant que tu avais rencontré Geoffrey, que tu étais amoureuse, cela t'aiderait peut-être…

– Geoffrey n'est pas au courant. *Ma réponse fuse, sèche, intraitable.* Et il est hors de question qu'il le soit un jour.

– Mais enfin Angeline, s'exclame-t-il effaré. Dans deux mois, il sera ton époux, l'homme qui partagera ta vie.

– Oui, et alors ?! Nous allons nous marier, mais il ne doit jamais savoir. *Jamais !*

Je ne devrais pas me mettre dans un état pareil. Surtout si je souhaite que mon père ne se pose pas trop de questions à propos de ce mariage. Il ne comprend pas que je refuse de parler de Tess à Lancaster, mais après une longue discussion, je finis quand même par obtenir qu'il respecte ma décision. Peut-être aussi parce que je lui assure que j'ai juste besoin de temps. Qu'il est évident qu'un jour ou l'autre, je parlerai de ma sœur jumelle à Lancaster.

Mais pas maintenant. Pas avant cinq ans...

Les mensonges, la honte, tout cela pèse une tonne. J'ai l'impression de m'enliser un peu plus chaque jour. Mais ce n'est rien en comparaison de la culpabilité que je ressens depuis son accident.

Mon père croit aux miracles, il espère toujours qu'un jour Tess se réveillera. J'aimerais avoir sa foi...

J'aimerais tout oublier, tout effacer, revenir des années en arrière...

Pour oublier. Sauf que dans quelques heures, j'ai rendez-vous avec Justine et Laura pour la préparation de mon mariage. Un mariage qui nous permet de subvenir à nouveau aux frais de santé de Tess... peut-être que les miracles existent, finalement. Cette pensée m'apporte un certain soulagement, et assez de force pour cesser de broyer des idées noires.

Pendant l'heure qui suit, je me charge de réserver sa place d'avion et une chambre d'hôtel non loin de la clinique. Ensuite, je m'occupe de sa valise, et le bonheur que je vois sur son visage, quand je l'informe de son départ dans deux jours, suffit à me rendre heureuse. Il est resté plusieurs mois sans voir Tess, je ne peux qu'imaginer sa souffrance et sa peine… Sans jamais se plaindre. J'ai une gigantesque bouffée d'amour en songeant à la chance que j'ai d'avoir un père tel que lui.

Je me souviens d'une réponse qu'il m'avait donnée, il y a quelques années, quand je lui avais demandé pourquoi il n'avait jamais refait sa vie :

– L'amour exige des sacrifices, mon ange. Toujours…

Je ne m'étais pas rendu compte de la véracité de ses paroles à ce moment-là. Aujourd'hui, je comprends.

Oui, l'amour exige des sacrifices. Toujours.

CHAPITRE 30

L'estomac au bord de la rupture après une après-midi dégustation pour choisir le menu du mariage, je digère, blottie dans le canapé du salon. J'ai décliné l'invitation de Justine pour un ciné. Tous ces préparatifs m'épuisent. J'en souhaiterais presque que le grand jour arrive au plus vite. *Presque.*

Cela fait maintenant cinq jours que Lancaster n'a pas donné signe de vie, en dehors de sa carte journalière :

J – 52 !

Je ne peux empêcher mon esprit de s'interroger à son sujet. Où est-il ? Que fait-il ? À quoi joue-t-il exactement ? Au bout du compte, qu'est-ce que ça peut bien me faire ? J'attrape la télécommande quand la sonnerie de l'entrée retentit. Pendant une seconde, j'imagine que c'est Lancaster. *Non, il ne s'embêterait pas avec ça, il entrerait avec sa clé, tout bonnement,* me dis-je avec bonne humeur. Mon sourire s'efface aussitôt en ouvrant la porte.

– Barbara ?!

Que vient-elle faire ici ? *À part me pourrir mon dimanche !* Elle porte une vaporeuse robe bain de soleil blanche et ses cheveux bruns sont remontés en un chignon très haut. Comme son frère, sa peau est légèrement hâlée, et elle a ce même regard océan, bordé de longs cils noirs. Elle me salue froidement et fronce les sourcils. *En tout cas, elle n'utilise pas de botox,* me dis-je en lui répondant d'un bref hochement de tête.

– Auriez-vous l'amabilité de m'inviter ou préférez-vous discuter sur le palier ? s'informe-t-elle d'une voix glaciale.

Je m'efface pour la laisser entrer. Elle détaille ma tenue – short et tee-shirt – avec un petit air dédaigneux, puis va directement dans le salon pour s'installer tranquillement dans le canapé où je me reposais quelques instants plus tôt. Cette femme dégage une incroyable autorité naturelle. Son regard parcourt la pièce, et je sais qu'elle enregistre chacun des changements apportés par Justine. Est-elle ici avec des intentions bienveillantes ? Est-ce Lancaster qui l'envoie ?

– Êtes-vous seule ?

Sa question me prend au dépourvu.

– Pourquoi ? Vous cherchez à commettre le crime parfait ?

Son petit rictus m'indique clairement qu'elle n'apprécie pas mon humour. Je me reprends en pensant que si elle est venue avec de bonnes résolutions, je dois me comporter en hôtesse irréprochable.

– Oui, je suis seule. Mon père s'est absenté pour quelques jours. Vous désirez boire quelque chose ?

– Non, je ne resterai pas longtemps de toute façon, répond-elle en allumant une cigarette.

La visite sera donc de courte durée, tant mieux ! Elle m'observe en silence alors que je cherche à deviner ses motivations. Au fur et à mesure que les minutes passent, je suis de plus en plus convaincue que ce n'est pas pour faire amie-amie. À moins que je me trompe ? Je n'arrive pas à déchiffrer ce qui se cache derrière son visage impassible.

– Je sais que c'est le compte en banque de Geoffrey qui vous a attirée. Son compte en banque, et rien d'autre…

Eh bien voilà ! Il est clair que ceci n'est pas une visite de courtoisie et que ce n'est pas encore aujourd'hui que nous deviendrons de grandes copines.

– Vous l'avez déjà dit, Barbara.

– Oui, mais là, j'en ai la preuve, rétorque-t-elle avec un air plein d'assurance.

La preuve ? Elle semble si sûre d'elle qu'un sentiment de gêne s'immisce en moi. *Serait-elle venue fouiner dans l'appartement ?* Elle en a les clés après tout. Ce serait tout à fait possible. Je me retiens de courir dans ma chambre pour vérifier que le contrat soit bien à sa place. Je ne devrais pas le laisser là. Il faut absolument que je le mette en lieu sûr. *À moins qu'elle n'ait fouillé chez Lancaster ?* Ou que ce soit lui qui lui en ait parlé… *Non, impossible !* Nous avons tous signé un accord de confidentialité.

– Vous ne supportez tout simplement pas que votre frère m'épouse, dis-je en espérant que ma voix ne me trahisse pas. On pourrait presque croire que vous êtes jalouse.

– Ne soyez pas stupide ! Alors dites-moi, où l'avez-vous rencontré ?

Se doute-t-elle de quelque chose ? A-t-elle trouvé quelque chose ?

Je n'ai aucune idée de ce qu'il a pu lui raconter au sujet de notre première rencontre. A-t-il fait mention du Bar des Potes ? Je tente de ravaler la boule que j'ai dans la gorge en me maudissant de n'avoir pas prévu cela avec lui.

– N'espérez pas me faire croire que c'était sur le lieu de votre ancien travail. J'espère au moins qu'il vous a fait dépister, continue-t-elle, méprisante.

Je me contrains à refréner un début de colère. De quel droit se permet-elle d'insinuer quoique ce soit au sujet de ma vie sexuelle ?

– Ne l'auriez-vous pas plutôt harcelé au siège de sa société… jour après jour ? Jusqu'à ce qu'il cède à votre pitoyable petite comédie…

Je me crispe. *Comment sait-elle ?* J'inspire profondément en réfléchissant à toute allure. C'est un élément qui n'était pas si difficile à découvrir, puisque j'étais là du matin au soir pendant quinze jours. Elle a pu apprendre ça par un employé… et alors ? Que peut-elle en déduire précisément ?

– Où voulez-vous en venir, Barbara ? Vous voulez savoir si j'ai poursuivi votre frère de mes assiduités ? Ça ne vous concerne en rien. Et même si c'était le cas, il est adulte, et certainement capable de gérer ce genre de situation tout seul, non ?

Elle fouille dans son sac, sort un stylo et un carnet de chèques, puis me demande froidement :

– Combien ?

Je reste paralysée quelques secondes.

– Ne jouez pas les saintes-nitouches avec moi, ça ne prendra pas. Vous avez réussi avec mon frère en jouant la pauvre petite orpheline, et cet imbécile est tombé dans le panneau, mais de là à vouloir vous épouser…

Soudain, ma conversation avec la secrétaire me revient. J'étais tellement désespérée que je lui ai avoué notre désastre financier en lui soulignant que j'étais prête à tout pour aider mon père… *La voilà sa preuve !* En contrepartie, et j'ai un soupir de soulagement en déduisant cela, elle n'est pas au courant pour le contrat. D'accord, sa vision de la situation ne donne pas une très haute opinion de moi… Néanmoins, ça ne lui donne pas le droit de me traiter comme une pute. Même si dans les faits… son frère se charge très bien de le faire à sa place.

– Vous êtes attirante, marmonne-t-elle du bout des lèvres comme si elle répugnait à l'admettre. Il est certainement aveuglé par votre physique…

Une irrépressible poussée de colère m'envahit.

– Un million, asséné-je en lui coupant la parole.

Sa mâchoire en tombe grande ouverte. J'ai envie de rire. Elle referme son chéquier d'un mouvement sec.

– Soyez raisonnable !

– Allons, Barbara… Geoffrey est un véritable Bad Boy Sexy, mais surtout, il baise comme un dieu. Alors, croyez-moi, je *suis* raisonnable ! *Puis j'enchaîne d'une voix glaciale et en me levant* : Ça suffit. Je vous conseille de prendre vos cliques et vos claques, et de quitter les lieux sans faire d'histoire. Immédiatement !

Je file dans l'entrée à toute allure et lui tiens la porte grande ouverte. Au moment où elle passe devant moi, j'ajoute :

– Même si je sais que Geoffrey a une profonde affection pour vous, je ne suis plus certaine désormais de supporter votre présence à notre mariage.

Elle se retourne brusquement vers moi avec une expression indéfinissable sur le visage, mais avant qu'elle puisse dire le moindre mot, je lui claque la porte au nez.

Finalement, cette garce a bien pourri mon dimanche !

CHAPITRE 31

Plus je pense à la proposition de Barbara, et plus je suis folle de rage. Je tourne et retourne dans le salon en marmonnant et ouvre le tiroir de la commode à la recherche d'un paquet de cigarettes. Si je n'étais pas si furieuse, j'aurais envie de pleurer. Je me sens humiliée, salie, et si j'en avais la possibilité, j'enverrais tous les Lancaster brûler en enfer. Sauf que je ne peux pas…

Quand *Monsieur* me soumet son contrat de mariage, *Madame* dégaine son carnet de chèques ! Tous les deux sont prêts à débourser des sommes folles, l'un pour que je l'épouse, l'autre pour que je disparaisse avant de passer devant monsieur le maire. Le frère et la sœur ont en commun cette même condescendance perverse, persuadés que tout s'achète. *Ils forment une belle paire tous les deux, tiens ! Un connard arrogant et une garce méprisante.* Mais dans leur petite partie, il ne pourra y avoir qu'un seul gagnant. J'ai presque envie de rire en pensant à la tête que fera la perdante, cette délicieuse Barbara – ma future belle-sœur… *Non, mais quelle horreur !*

Je fume ma cigarette sur le balcon. Et si c'était lui qui l'avait envoyée ? Après tout, c'est une possibilité. Peut-être même un jeu ? Il ne me donne aucune nouvelle pendant des jours, et soudain Barbara se pointe avec, comme par hasard, le contre-pied de sa proposition. Plus j'y réfléchis, plus je pense qu'il en serait capable et que ça l'amuse aussi. Il est peut-être en ce moment même en pleine discussion avec Barbara qui lui fait un compte rendu détaillé de notre petite entrevue. À cette pensée, une bouffée de colère me saisit en songeant à mes paroles : *Il baise comme un dieu.* Arrogant comme il est, il va imaginer que je n'attends que ça. D'ailleurs, ce présomptueux est déjà persuadé que je ne tiendrai pas jusqu'à la nuit de noces…

Je jette un œil sur mon téléphone ; presque vingt heures. Je rentre dans le salon et m'affale dans le canapé. Énervée, tendue et sous-tension. *Une course pour me défouler ?* À cette heure, les températures sont plus fraîches. *Non !* Dans mon état, ce ne sera pas suffisant. La seule chose qui pourrait me détendre serait de passer mes nerfs sur le frère et la sœur Lancaster. *Une séance musclée de boxe française ?* Ça, ça me soulagerait ! Malheureusement je ne sais même pas où il habite…

Mais au fait, respecte-t-il la clause de fidélité ?! Je n'ai aucun moyen de le vérifier, alors que lui a la clé de cet appartement et peut surgir quand bon lui semble, sans même prévenir…

Plus les minutes passent, plus ma rage empire. Pourquoi lui seul aurait-il la prérogative de m'envoyer des SMS, d'exiger… Il est probablement en train de rompre une des clauses du contrat en ce moment même. *Qui me dit qu'il ne l'a pas déjà fait ?*

Je vais dans la cuisine, ouvre le réfrigérateur et me sers une petite coupe de champagne, puis je m'installe avec mon téléphone dans un transat sur la terrasse. Il me semble qu'après presque une semaine sans nouvelles, je suis en droit de savoir où il se trouve. Je pose mon verre et tape sur le clavier :

Où êtes-vous ?

J'ai repris exactement les mots qu'il avait utilisés lors de notre premier échange. J'avale une gorgée en attendant sa réponse. Je grignote un petit four au foie gras, reliquat de notre après-midi gourmande. Je fronce les sourcils en voyant que cinq minutes se sont écoulées. Alors, comme ça, *Monsieur* exige que je réponde dans la seconde, mais ce principe ne s'applique pas à lui ?! *Quel connard !*

Pourquoi ? G L.

Il était temps ! Il lui a fallu presque dix minutes pour écrire un mot ? Et au passage, identique à celui que je lui avais envoyé lors de notre premier échange. *Très bien, jouons monsieur Lancaster...* Je poursuis donc comme lui :

Je vous ai posé une question !

Moi aussi ! G L.

Je ne peux m'empêcher de sourire en voyant qu'il reprend au mot près mes réponses. Je continue sur le même mode.

OÙ ÊTES-VOUS !!!

POURQUOI ?!? G L.

Je regarde dans mon historique… et là, je ne suis pas certaine de pouvoir utiliser sa formule. Je n'ai pas encore lu ce contrat, et si je sais que je dois être à sa disposition, je ne suis pas sûre que la réciproque soit exacte… Rien ne m'empêche de tenter. Un coup de bluff, comme au poker…

LISEZ CE PUTAIN DE CONTRAT !!!

Pas de réponse. Je file dans ma chambre et sors le contrat de mon dressing. Je tourne les pages à toute allure et commence une lecture rapide, mais vu le nombre de feuilles, je laisse tomber et je lui envoie sa phrase à l'identique :

AVEZ-VOUS LU LE CONTRAT !?!?

Je retourne m'installer dans mon transat. La vue est superbe. Que voit-il de chez lui ? *Est-il chez lui ?*

Quand le bip m'annonce le message, mes yeux se détournent des fenêtres pour se fixer sur l'écran :

J'AI LU LE CONTRAT, BARBIE !!!…
MAIS PAS TOI !!! G L.

Merde ! La réciproque n'était pas dans les clauses, alors. Sarah aurait quand même pu y penser, non ?! Mais comment être certaine qu'il respecte le contrat, si je ne sais même pas où il se trouve… et surtout avec qui ?

OÙ ÊTES-VOUS !?!

DANS MON LIT !!! G L.

Il se moque de moi ?! Dans son lit à… *je jette un œil sur ma montre*… à vingt et une heures ?! Alors, qu'il m'a avoué avoir besoin de très peu de sommeil.

Vous étiez déjà un connard arrogant,
vous êtes aussi un MENTEUR !!

Sa réponse fuse aussitôt :

Ne t'avise plus JAMAIS de me traiter
de menteur, Barbie… Tu pourrais le
regretter !!! G L.

NE ME MENTEZ PAS, ALORS !!

JE TE DIS LA VÉRITÉ !!! G L.

Il me prend vraiment pour une imbécile, là… à moins qu'il ne soit souffrant ?

Êtes-vous malade ?

Pourquoi le serais-je ?
Mais je te remercie de te soucier
de ma santé, Barbie... Envie de jouer
à l'infirmière avec moi ? G L.

Petit con ! Mais au moins, je sais à quoi à m'en tenir... quand je pense que j'ai été assez stupide pour m'inquiéter. Sa sœur m'a déjà poussé à bout, et lui ne fait pas mieux. Je ne supporterai pas les deux, le jour du mariage.

Aucune. Au fait... Il est hors de
question que votre sœur soit présente
le jour du mariage !

Pardon ?! G L.

JE NE VEUX PAS D'ELLE LE JOUR
DU MARIAGE !!

IL EST HORS DE QUESTION
QUE BARBARA N'ASSISTE PAS
À MON MARIAGE !!! G L.

De rage, j'envoie les coussins contre les murs. Mon téléphone sonne et *Connard arrogant* s'affiche sur l'écran. Mais je suis tellement en colère que je ne décroche pas. Surtout, que je devine très bien les propos qu'il va me tenir.

DÉCROCHE BARBIE !!! G L.

ALLEZ AU DIABLE,
VOUS ET VOTRE SŒUR !!

Je laisse sonner dans le vide. Ça lui fera les pieds.

BORDEL !!! TU VAS DÉCROCHER !!!
G L.

NON !!

TU VAS LE REGRETTER, BARBIE !!! G L.

Merde ! Il serait capable de débarquer. Je cours dans l'entrée et enclenche la chaîne de sécurité pour l'empêcher de pénétrer dans l'appartement. Par prudence, je coince une chaise sous la poignée de la porte, comme je l'ai vu faire dans les films. Puis je lui réponds :

SI VOTRE SŒUR ASSISTE
AU MARIAGE… PRIEZ POUR ELLE
ET POUR… VOUS !!!

Je souris en éteignant mon téléphone. Je le rallume aussi sec, et j'écris :

BON DIMANCHE & BONNE NUIT !!

CHAPITRE 32

LANCASTER

Je me frotte le menton en tentant de trouver une explication à ce qui vient de se produire… et je n'en vois aucune qui me paraisse logique. Nous sommes passés de : *Où êtes-vous ?* à *Menteur*, pour finir par *Il est hors de question que Barbara assiste au mariage !* Et maintenant, cette sale petite peste ne répond plus. Il est presque quatre heures du matin ici, donc vingt-deux heures à Paris.

J'attrape mon téléphone et appuie sur la touche attribuée à ma sœur. Quand elle décroche, j'entends un bruit de fond qui m'indique qu'elle n'est pas seule.

– Chéri, tu vas bien ?

– Ça dépend… je viens de me faire réveiller par ma fiancée qui me somme de te rayer de la liste des invités. Tu as une explication ?

Je perçois un froissement et devine qu'elle se déplace, sans doute pour trouver un endroit plus calme, plus discret.

– Elle ne sait pas que tu es en Chine ? Non, suis-je bête, si elle le savait, elle ne t'aurait pas appelé en plein milieu de la nuit. Pourquoi ne lui as-tu rien dit ?

Et voilà, ça recommence, toujours sa foutue manie de répondre à une question par une autre !

– Barbara ! Je suis à plus de neuf mille kilomètres de Paris, il est quatre heures du matin et j'aimerais comprendre pourquoi soudainement Angeline me menace des pires tortures si tu viens au mariage.

– Des menaces ? Ce n'est pas bon signe, si elle te fait déjà du chantage. Tu n'as quand même pas l'intention de céder ?! Tu es d'accord avec elle ? Tu serais capable de te marier sans que je sois présente ?

Heureusement que plus de neuf mille kilomètres nous séparent parce que j'ai bien envie de la secouer, là tout de suite.

– Qu'as-tu fait ?! Et je te conseille de ne pas tergiverser parce que je ne suis vraiment pas d'humeur à supporter ton petit jeu. Il serait donc fort possible que j'accède à sa demande.

Elle hésite, et je lâche un soupir en redoutant le pire.

– Je suis passée la voir, aujourd'hui.

Ah… Merde ! c'est même pire que ce que je craignais.

– Ne me dis pas que vous en êtes ENCORE venues aux mains ?!

– Comment peux-tu imaginer une chose pareille ?

J'ai bien envie de lui répondre, mais je préfère me taire.

– Elle était seule… Tu savais que son père était absent ? s'obstine-t-elle.

Je crois que c'est la première fois que j'ai envie de tuer ma sœur, enfin, depuis mon adolescence en tout cas, alors j'explose :

– BORDEL ! Tu vas te décider, Barbara !? Qu'as-tu fait ?

– Tu n'as pas besoin de hurler ni d'être grossier, soupire-t-elle, puis après un moment d'hésitation, elle continue sur un ton embarrassé : pour faire simple et t'épargner des détails inutiles, je lui ai… proposé un chèque pour qu'elle renonce à t'épouser.

– Qu… QUOI ?!? Comment as-tu osé faire ça ?! *Je beugle fou de rage en tournant comme un fou dans ma chambre d'hôtel.* Et c'est quoi les détails inutiles ?! HEIN, C'EST QUOI ?!

Quand je raccroche, j'ai enfin tous les éléments en main, et surtout, je comprends mieux la réaction d'Angeline. J'ai même un sourire en songeant à sa réplique : *Il baise comme un dieu.* Un sourire qui s'efface à la pensée qu'elle a demandé un million… *était-ce une blague ?* Si ma sœur avait accepté, qu'aurait-elle fait ? Ne pas être au courant de ce qu'elle aurait décidé m'agace prodigieusement. Aurait-elle choisi le chèque ? Ou moi ? Finalement, je regrette presque que Barbara n'ait pas négocié. J'aurais au moins la réponse à cette question qui, j'en suis persuadé, va m'obséder dorénavant.

La situation, que je maîtrisais totalement, est en train de m'échapper, et j'ai horreur de ça. Merde !

Je sais que je ne pourrai plus me rendormir, alors je me lève. Le soleil envoie ses premiers rayons sur les gratte-ciel de Shanghai. Je fais le numéro du room service et commande mon petit-déjeuner. Puis j'écris un message :

J'ai eu ma sœur au téléphone.
Je comprends. Appelle-moi. G L.

D'ici, je ne peux rien faire de plus… Si elle n'obéit pas, je vais péter un câble !

***

Toute la journée, j'ai enchaîné des réunions interminables, conclu des marchés sur lesquels nous bossons depuis des mois. J'ai réussi à contrôler mon esprit pour éviter de consulter sans cesse mon téléphone. *Enfin presque…* Luke n'a pas été dupe, et j'ai surpris plusieurs fois son regard tout d'abord curieux, puis agacé, et pour finir furieux, posé sur moi. La voiture longe maintenant la rivière de Huangpu sur le Bund et nous ramène du World Financial Center au Palace Hotel. Mon regard glisse sur les somptueux édifices de style européen, hébergeant banques et compagnies coloniales datant des années 1930, pour retourner vers l'écran de mon portable, attiré comme un aimant.

Pourquoi ne répond-elle pas ? Elle devrait avoir répondu, là ! Bon sang !

– Geoffrey, c'est quoi le problème ? Tu me fais peur… Tu n'as pas arrêté de fixer ce putain de téléphone depuis ce matin.

Luke est plus qu'un frère pour moi, tout comme Aïdan. Notre trio s'est formé au collège et nos routes ne se sont jamais séparées… même après cette nuit d'horreur. La nuit où nous avons tout perdu, notre jeunesse, notre insouciance… le bonheur. Cette nuit où nous avons appris que l'homme est capable de tout… du meilleur mais aussi du pire. Que nous sommes, *nous aussi,* capable de tout. Ce secret que nous partageons aurait pu nous éloigner, comme certains ont cherché à le faire, déchirer ce qui nous unit… mais un lien plus fort encore, plus fort que tout, s'est créé entre nous cette nuit-là… Nous parlons très rarement de ce qui s'est passé, de ce que nous avons fait ensuite… Cette nuit-là, tout a changé. Elle a fait de nous ce que nous sommes aujourd'hui. Elle a brûlé nos destinées, pour faire de nous des phénix… impitoyables, brisés… unis.

– On a des ennuis avec les partenaires chinois ? demande-t-il en me tirant de mes pensées.

– Non, tout va bien avec eux, dis-je en rangeant mon smartphone dans la poche de mon costume.

Je sais que ce crétin d'Aïdan n'a pas attendu pour lui raconter l'anecdote de ma nuit au poste. On travaille ensemble, on partage tout… même les femmes parfois, mais je ne vais certainement pas lui avouer qu'une petite peste a accaparé toutes mes pensées aujourd'hui.

– C'est juste Barbara.

Comme Aïdan, Luke pratique ma sœur depuis des années et sait combien elle peut être intrusive et protectrice avec les personnes qu'elle aime. Ils en ont fait les frais tous les deux quand nous étions adolescents.

– Laisse-moi deviner, lance-il avec un sourire radieux. Elle est venue mettre son grain de sel dans ta petite « romance », et telle qu'on la connaît, ça a fait des étincelles.

– On peut dire ça, oui.

Quand le chauffeur se gare devant l'hôtel, j'ai eu le temps de lui raconter la première rencontre entre ma sœur et Barbie, et les péripéties de leur dernière entrevue.

– Et donc… tu comptes empêcher Barbara d'assister à ton mariage ?

– Comme si c'était possible…

Nous récupérons nos clés pour regagner nos chambres.

– Sans oublier que si elle n'était pas là… commence-t-il alors que nous entrons dans l'ascenseur. Elle ne le supportera pas, et toi non plus d'ailleurs. Et si tu lui expliquais vraiment les raisons de ce mariage.

– Si j'avais souhaité qu'elle soit au courant, je lui en aurais déjà parlé.

– Dans ce cas, ne t'étonne pas de son attitude. Tu ne peux pas lui tenir rigueur de réagir comme ça, alors qu'elle ne cherche qu'à te protéger. Elle n'a toujours souhaité que le meilleur pour toi, et elle doit avoir peur que tu fasses une erreur. Et franchement, elle n'est pas la seule à…

Devant mon regard furieux, il s'interrompt et finit par ajouter :

– C'est bon, je laisse tomber. Tu veux manger un truc avant qu'on prenne l'avion ?

Nous décollons à minuit, douze heures de vol pour rejoindre Paris. Et même si nous voyageons en première classe, j'ai besoin de faire baisser la pression avant d'embarquer.

– J'ai plutôt envie de me défouler un peu. Ça te tente une séance de Krav-maga ? J'ai repéré une salle pas loin de l'hôtel.

Luke m'observe un moment, le regard pétillant.

– Te défouler ?! OK ! Mais je te préviens, je ne vais pas te faire de cadeau. J'ai peur qu'on ne te reconnaisse plus en sortant. Faudra pas te plaindre ensuite !

CHAPITRE 33

J'ai eu ma sœur au téléphone.
Je comprends. Appelle-moi. G L.

Impossible de faire comme si ce message me laissait indifférente. J'y pense non-stop depuis deux jours.

Je comprends.

Que comprend-il ? *Qui* comprend-il ? Barbara ? Moi ? J'ai un million de questions à lui poser, mais je ne peux pas… je ne *veux* pas. Je sais que je ne pourrai pas l'éviter indéfiniment, mais j'ai besoin de cette pause. De cette trêve dans une réalité – mon mariage – qui m'effraie de plus en plus. Lancaster me rend vulnérable. J'ai vite fait de prendre mes sensations, mes émotions, pour ce qu'elles ne sont pas et pour ce que j'aimerais qu'elles soient…

Appelle-moi.

Le désir me donne envie de lui téléphoner. Ma raison m'en empêche.

Depuis le début, il a toutes les cartes en main et mène la partie comme bon lui semble. Sûr de lui.

Arrogant. Conquérant. Fascinant… malgré moi. Et toujours avec cette volonté d'imposer sa domination. Alors, non ! je ne l'appellerai pas.

J – 49 !

Pas un jour, sans que je reçoive ses cartes, petit rappel pour me montrer que je lui appartiens. Ce petit signe qui sonne comme un air de trompette, de triomphe, et qui me confronte à la réalité… à la nuit de noces. Dans quarante-neuf jours, je serai mariée, et comme il me l'a dit chez l'avocat :

– *Et surtout, surtout, n'oubliez pas que le sexe fait partie intégrante du contrat. C'est une clause non négociable, et que vous honorerez chaque fois que j'en exprimerai le désir. Ça ne devrait pas être trop compliqué pour vous, n'est-ce pas ?*

L'horreur, c'est qu'effectivement je pense que cela ne sera pas compliqué. Pas du tout ! Mon corps attend… espère… et se languit de désir pour lui. Et c'est précisément ça qui m'affole et me désespère. Je ne suis qu'un jouet pour lui. Un jouet dont il pourra abuser à volonté pendant cinq ans, et qu'il jettera à la poubelle après. Mais dans cinq ans, que restera-t-il de moi, de mon cœur, de mon âme ?

Ne rien désirer du présent, ne rien espérer du futur.

Et tout oublier, ensuite…

Voilà, c'est à ça que je dois me tenir. Trois petites phrases à me répéter tous les jours. Après tout, ce n'est qu'une question de volonté !

Totalement rassurée par mes nouvelles résolutions, je décide de les fêter avec Justine. Depuis deux jours, elle subit mon humeur maussade sans sc plaindre, alors je lui dois bien ça. J'attrape mon téléphone.

– Partante pour une soirée entre filles ? demandé-je dès qu'elle décroche.

– Comme au bon vieux temps ? Avec une Angie souriante, gaie, folle, comme je l'aime, et pas qui tire la tronche comme une demoiselle Triste-mine ?

– Aux oubliettes, la demoiselle Triste-mine ! J'ai envie de m'éclater comme une malade.

– Ça fait plaisir d'entendre ça. J'avoue que je ne te reconnaissais plus. Je pensais même employer les grands moyens pour te redonner la pêche... Très bien. Fais-toi belle et je passe te prendre en taxi. Tu as intérêt à assurer grave, parce que de mon côté, je vais la jouer femme fatale. Tous les mecs vont tomber à mes pieds comme des mouches. Ça va être un massacre !

J'ironise en pariant que la tâche ne sera pas facile, puis j'éclate de rire en raccrochant.

Subitement, la chape de plomb qui pesait sur moi s'envole. Je retrouve une certaine gaieté et cette joyeuse insouciance qui me caractérisait quelques mois auparavant. Je regrette juste que Sarah ne soit pas présente pour reformer notre trio infernal. *Bientôt.* Dans quelques semaines, elle sera là. J'ai hâte de la retrouver. Elle me manque.

Un grand sourire aux lèvres, je rejoins ma chambre et ouvre les portes de mon dressing. Oui, je compte bien profiter de ma soirée. Après tout, la clause de fidélité ne m'interdit pas de me divertir et de flirter un peu ? Cette nuit, j'ai bien l'intention de m'amuser, *et surtout*, de ne pas penser à Lancaster.

CHAPITRE 34

Les morceaux s'enchaînent, la musique m'enveloppe et m'enivre.

J'ai prévenu Justine que nous danserions jusqu'à ce que nous ne tenions plus sur nos jambes. Lorsqu'elle me lance un regard pour me signaler quelque chose, je me retourne et découvre pourquoi ses yeux se sont si soudainement illuminés. Deux types à quelques pas de nous semblent apprécier le spectacle que nous offrons. Comme elle l'avait promis, elle est en mode *Femme fatale*. Le visage très peu maquillé, elle a tout misé sur sa bouche, d'un rouge aussi éclatant que son fourreau au décolleté affriolant. Ses cheveux bruns, lisses, au carré impeccable, lui donnent un petit air exotique. Les deux play-boys sont séduisants, et affichent en nous détaillant le même sourire confiant, la même attitude décontractée. Il ne leur faut d'ailleurs pas longtemps pour nous rejoindre. Là, au milieu de la foule, avec les corps qui se pressent autour de nous, qui nous poussent les uns contre les autres, et une musique si forte que toute conversation est proscrite, il ne reste plus qu'à laisser parler le langage des corps. Une main me saisit par la taille. Je me dégage dans un éclat de rire, avec un sourire coquin.

– J'ai soif ! hurle Justine.

Ils nous font signe de les suivre et nous conduisent jusqu'à leur table dans le carré VIP, plus calme, qui surplombe légèrement la piste de danse. Je m'assois dans l'un des deux sofas de velours et pose ma pochette sur la table. David, comme il vient de se présenter, prend place à mes côtés. Je me tourne vers lui et l'étudie une minute. De beaux yeux marron, chauds comme le chocolat, des cheveux châtains. Mignon. Il m'effleure l'épaule, et avec un sourire, s'informe de mon prénom pendant qu'une hôtesse à la voix suave dépose devant nous des verres et une bouteille de vodka.

– Angeline, dis-je en me demandant si je vais avoir droit à la réplique habituelle.

– C'est rare comme nom ! Mais c'est vrai que tu as la beauté d'un ange.

Eh voilà ! j'en étais sûre. *Quelle imagination...* Pourquoi les mecs sont-ils tellement prévisibles ? Avec Barbie, au moins, Lancaster était sorti du lot, lui... *Merde ! Pourquoi faut-il que je pense à lui maintenant !?* J'avale une gorgée de vodka pendant que David se lance dans une série de questions aussi banales qu'ennuyeuses : *Tu viens souvent ici ? Tu travailles dans le quartier ? Qu'est-ce que tu fais comme boulot... ?* Je réponds en songeant qu'il est mignon, mais vraiment trop con. Bon, en même temps, lui et moi ne sommes pas destinés à nous revoir, alors… Sa main se pose sur ma cuisse, *discrètement…* J'attends un peu. Histoire de voir s'il arrive à me déclencher un petit frisson, ou même un grand. Mais rien. Mes quelques secondes d'hésitation lui laissent supposer qu'il peut aller plus loin. Sa main remonte tout doucement…

Et là, je me fige. *Merde !* J'ai cru voir Lancaster.

D'un geste sec, je repousse les doigts baladeurs. Je me lève à demi et cherche dans la foule. Jusqu'à ce qu'un regard, *son regard,* croise le mien.

En une seconde, je me retrouve sous la table. *Mais qu'est-ce qu'il fout là ?!*

– Tu joues à quoi, Angie ? m'interroge Justine pendant que ce crétin de David claironne que mon petit jeu lui convient très bien.

Normal… dans ma position, il doit s'imaginer que je vais lui faire une petite gâterie. *Non, mais quel con !*

Je prie de toutes mes forces pour que Lancaster ne m'ait pas vue et me demande comment rejoindre une issue en toute discrétion. Je sors une main et tâtonne sur la table pour récupérer ma pochette. Mais David m'attrape et place mes doigts crispés sur son sexe. J'ai le temps de remarquer qu'il est dur.

Et avant même de pouvoir planter mes griffes dedans, la table s'envole. J'entends un cri. *Justine !*

– Qu'est-ce que tu fous, bordel !

Je reconnais à peine la voix de Lancaster tant elle vibre de fureur animale. Je reste muette et pétrifiée, pensant à ce qu'il imagine forcément en me trouvant ainsi. Il attrape David par la chemise, le projette contre le mur et lui assène plusieurs coups de poing. David grogne sous la brutalité des coups et lutte pour se libérer. Mais visiblement, il n'est pas de taille contre Lancaster qui frappe froidement, en silence. Il est maître de lui et méthodique. On dirait une machine. Une machine qui me fait peur. Le sang coule du nez de David. Lancaster s'arrête aussi brusquement qu'il a attaqué, le soulève par le col et lui murmure, le visage à quelques centimètres du sien :

– Si jamais je te retrouve à moins d'un kilomètre de ma fiancée, je te tue ! Dégage !

Je ne sais pas combien de temps a duré la bagarre. Beaucoup trop longtemps pour moi. Mais pourtant pas assez pour que la sécurité intervienne. David et son ami disparaissent en quelques secondes, sans un regard pour Justine ou moi. Je suis statufiée. Incapable de parler. Je me sens physiquement malade. C'est la première fois que je vois des hommes, que je connais, se battre entre eux. Justine pose une main sur mon épaule.

Je n'ai pas encore croisé le regard de Lancaster. Je n'en ai aucune envie. Aïdan et l'inconnu s'assoient tranquillement dans les sofas. Je les vois se servir un verre, en tendre un à Lancaster qui le descend d'un trait. Puis il se tourne vers moi et s'avance. Pour la première fois depuis son intervention musclée, je le regarde en face. Son visage est impassible. Ses yeux, durs et glacés. J'ai un frisson incontrôlable.

– Barbie…

La voix de Lancaster est sourde et menaçante. Je jette un œil sur Justine qui ne me quitte pas des yeux, prête à me défendre. Quoique… étant donné ce qui vient de se passer, je ne sais pas trop ce qu'elle pourrait bien faire, à part téléphoner. Aïdan me lance un clin d'œil qui semble dire de ne pas me faire de souci. Je dirige à nouveau mon regard sur le visage de mon fiancé, à la recherche d'un signe, si fugace soit-il, autre que cette froideur qu'il affiche.

– Barbie, pourrais-tu m'expliquer pourquoi je t'ai trouvée planquée sous une table, ta main posée sur le sexe d'un connard en rut ? lâche-t-il d'une voix frémissante de colère.

Mumm... présenté comme ça, forcément, ça n'est guère défendable...

CHAPITRE 35

Le silence est pesant. Je dois répondre. Il le faut. Mais répondre quoi ? Que dès que je suis en situation de stress ou de panique, c'est soit la crise d'angoisse, soit des réactions impulsives et incontrôlées ?

Pas sûr du tout qu'il me croie.

– Barbie, as-tu l'intention de communiquer avec moi dans les minutes qui viennent ?

Je remarque que son visage est un peu tuméfié. Je suis certaine que David n'a pas réussi à le toucher une seule fois – pourtant, ce n'est pas faute d'avoir essayé. Alors, d'où viennent ses marques ? Est-ce une habitude chez lui de régler les problèmes par la violence ? Instinctivement, je recule d'un pas, angoissée par cette découverte.

– Tu as peur… de moi ? Bordel ! Jamais, je n'ai frappé une femme, lâche-t-il les dents serrées. Et jamais ça n'arrivera, *jamais* ! Je suis furieux, en colère contre toi, mais jamais je ne te frapperais. Alors, détends-toi !

Il inspire profondément. Moi aussi.

– J'attends que tu m'appelles depuis deux jours. Je viens de me taper neuf mille kilomètres en avion, et la première chose que je vois en entrant dans cet endroit… c'est toi… sous une table et… Putain ! Ça t'a plu de me rendre fou ?

Il prend à nouveau une profonde inspiration. Il s'est rapproché mais ne me touche pas. Je pourrais presque compter les cils qui bordent ses yeux bleus assombris par la colère… *le désir* ?!

Face à face, indifférents à tout ce qui nous entoure.

– C'est un ex ? Un ami ?

– Non… je… je ne…

– Tu peux essayer de me faire une phrase, Barbie ?!

Il a ce petit ton dédaigneux qu'il utilise parfois avec moi.

– Non, je ne le connais pas.

J'ai pu enfin aligner trois mots à la suite, et j'ai l'impression d'avoir fait un effort surhumain.

– Alors, si je comprends bien, tu n'es pas capable de me tutoyer, mais en revanche, tu peux sans souci te retrouver avec ta main sous une table sur le sexe d'un inconnu ? Qu'est-ce que tu n'as pas saisi dans les termes du contrat ?

– Je… n'ai p… pas enfreint la clause de fidélité, *articulé-je péniblement en bégayant, le visage en feu.* C'était juste un réflexe involontaire… ça… ça m'arrive quand je suis stressée… co… comme chez l'avocat…

Je n'ai jamais eu aussi honte de ma vie. Il m'observe en silence un temps qui me paraît interminable. Son torse se soulève au rythme de son souffle.

– Mais tu étais quand même avec lui, à sa table…

Il laisse sa phrase en suspens, me détaille des pieds à la tête puis il lâche un juron et murmure :

– Tu es en robe… mais ce n'était pas pour moi, puisque tu ignorais que je viendrais. C'était pour le premier connard qui te ferait des avances. Tu avais envie de ça ?

Eh mais... comment a-t-il su où me trouver au fait ?! Je lui poserais bien la question, mais je sens que ce n'est pas trop le moment.

– Réponds ! Tu avais envie de ça ?!

Sa voix est exigeante… *Des frissons s'éparpillent le long de mon dos.*

– C'est ça que tu cherchais ce soir… ?

Stimulante et sexy… *Entre mes jambes, la chaleur pulse.*

– Dis-moi, Barbie… Dis-moi ce que tu désires…

Douce et insistante… *Pitié !*

– Mmm, murmuré-je le souffle saccadé en me mordant les lèvres, alors qu'un sourire diabolique étire les siennes.

– Mmm ? C'est tout ce que tu arrives à faire, Barbie ? Gémir… ? Mais j'aime bien quand ça vient de toi. Et je te ferai gémir encore plus fort que ça.

Pour la première fois, je perçois un tremblement dans sa voix. Sa respiration s'accélère, elle aussi.

– Tu portes une culotte, Barbie ? lâche-t-il d'un ton rauque. Certainement, puisque tu ne savais pas que je serais là. Réponds-moi !

Une flèche de plaisir me transperce.

– Oui, dis-je d'une voix haletante. Un string.

Il pousse un gémissement saccadé. Je tremble. Ses yeux glissent sur mon corps dans une caresse indécente et pleine de promesses.

– J'ai la couleur du bout de tes seins dans la tête. Rose, comme Pussy Cat. Toujours rose au fait, ou il a repris sa teinte naturelle ?

Oh mon Dieu ! L'image de moi, nue, et lui, à mes genoux, s'impose avec force. Je suis incapable de freiner le tourbillon de désir qui m'emporte. Je ferme les yeux. Il ne me touche pas. Pas avec ses mains. Mais il le fait tellement bien avec sa voix et ses yeux que mon corps est traversé par des ondes de plaisir.

– Non, il n'est plus rose… je me suis rasée, partout… partout…

Il tremble à son tour, inspire profondément et lâche un juron.

– Tu veux savoir l'effet que tu me fais, là, maintenant, Barbie ?

Le même qu'il me fait, probablement ?

– Si tu poses ta main sur… moi, tu verras que je suis dur, partout… partout…

Je gémis. Je sens tous mes muscles se tendre, contractés par l'excitation. Je suis sur le point d'exploser. J'ai la bouche sèche, Pussy Cat qui palpite.

Je réponds d'une voix étranglée :

– Si tu poses ta main sur… moi, tu verras que je suis mouillée, partout… partout…

Mon corps tout entier frissonne.

– Dis-le encore, Barbie. Encore !

Même pas entre ses mains. Juste avec sa voix et ses yeux. Le plaisir menace de me submerger.

– Je suis toute mouillée…

Un filet de sueur coule le long de ses cheveux. Il respire difficilement. Moi, n'en parlons pas.

– Barbie, ça te plaît de me rendre fou de désir ? Le goût de tes lèvres, de ta peau, de ton odeur est imprégné en moi, souffle-t-il à voix basse dans mon còu. Si je ne me retenais pas…

Je sens sa barbe naissante contre ma joue. Son souffle chaud. Son parfum ambré, sauvage et irrésistible tout autour de moi. La pointe de mes seins s'est douloureusement durcie. Il suit la ligne de mes bras avec ses doigts dans une caresse aussi légère qu'une plume, me mordille le lobe de l'oreille, avant de murmurer :

– Je ferais glisser cette robe jusqu'au sol. Ensuite…

Son pouce m'effleure à travers le tissu. Plusieurs fois. Mon corps se tend brusquement vers lui.

– Ma main glisserait sous le petit triangle de dentelle qui couvre Pussy Cat… parce que cela fait des jours que j'en rêve, que ça m'obsède. Tu as pensé à notre balade à moto ? chuchote-t-il, la voix rendue râpeuse par le désir.

– Oui…

– Oui, si je ne me retenais pas, et si nous n'étions pas dans un endroit public, gronde-t-il d'une voix de velours, je te ferais l'amour, là, maintenant, tout de suite. Encore et encore… jusqu'à ce que tu me supplies d'arrêter, jusqu'à ce que tu cries mon nom, jusqu'à te faire oublier tous les autres… parce que tu es à moi… À moi seul !

Son regard, sa voix, ses mots m'entraînent toujours plus haut. Plus fort. Soudain, une vague de plaisir traverse mon corps comme une onde de choc, et je lâche un cri étouffé. Je serre si violemment mes paumes que mes ongles s'enfoncent dans ma peau. Il me serre contre lui, ma poitrine plaquée contre son torse musclé. Ses bras encerclent ma taille. Je suffoque. Je tremble. Je suis totalement effarée…

Mon Dieu ! Je viens de frôler l'orgasme, en pleine boîte, alors qu'il m'a à peine effleurée.

– Bon sang ! Je te ferai crier encore plus fort que ça, Barbie. Beaucoup plus fort ! Je n'en ai pas fini avec toi…

Je frissonne dans ses bras et tente de reprendre mon souffle. Les battements de mon cœur s'apaisent peu à peu. J'ai les jambes flageolantes. Son regard se durcit quand il se penche à nouveau sur moi.

– Ne me refais jamais ça. Jamais ! lâche-t-il d'un ton menaçant en détachant bien chaque syllabe, avant de plaquer sa bouche sur la mienne.

Son baiser n'a rien de tendre. Il est sauvage. Conquérant. Vibrant. Passionné. Comme lui. Il lèche ma lèvre inférieure, la mord, la suce et replonge plus profondément encore. Il me dévore. Me possède avec une ardeur qui me fait défaillir. Nos langues se mêlent dans un souffle brûlant, se cherchent avec une urgence démentielle. C'est une sensation inouïe. Un désir brutal et incontrôlable. Nous sommes perdus dans une ferveur charnelle. Isolés de tout…

Quand il s'arrache à moi, tout mon corps hurle de frustration. Nous restons immobiles. Hébétés. Noyés quelques instants de plus dans cette fièvre érotique. Puis la musique résonne à nouveau autour de moi. Je réintègre peu à peu l'atmosphère de la boîte de nuit. Nous restons encore ainsi un long moment…

– Je crois qu'on devrait retourner s'asseoir, lâche-t-il enfin d'une voix rauque et légèrement éraillée. Je pense que… tu en as besoin, non ?

Ses yeux pétillent. J'effleure mes lèvres gonflées, gorgées de désir. De lui. Il semble avoir retrouvé la maîtrise parfaite qu'on lui connaît. Contrôle absolu. Comme à son habitude. Pourtant, le léger tremblement dans sa main, quand il caresse ma joue, me prouve le contraire. Et j'aime savoir que je le trouble aussi. Avec un petit sourire ravageur, il m'entraîne jusqu'au sofa où je me laisse choir.

– Barbie, je te présente Luke, c'est mon second témoin, et lui aussi bien plus qu'un ami. Et tu connais déjà Aïdan, dit-il, tandis que je tente désespérément de reprendre mes esprits.

– Content de te revoir, lance Aïdan en déposant un baiser sur ma joue. C'est toujours un plaisir… qui réserve d'innombrables surprises.

Je l'entends étouffer un rire alors que les mains de Luke me soulèvent brusquement du sofa pour me planter face à lui. Il est aussi grand, et tout aussi sexy, que ses amis. Des yeux d'un noir profond et de longs cheveux bruns qui lui arrivent presque aux épaules, sans pour autant entacher son évidente virilité. Loin de là !

– *Barbie* ?! demande-t-il en s'adressant à Lancaster, puis il pose ses mains sur ma taille, me hisse jusqu'à lui, m'embrasse furtivement sur la bouche, avant de me reposer au sol avec un sourire canaille, non sans ajouter : Eh bien, enchanté, *Barbie* !

Lancaster grogne, me tire à lui dans un geste possessif et m'installe à ses côtés. Je n'ai toujours pas dit un mot. J'ai l'impression qu'ils peuvent tous lire sur mon visage ce qui vient de se passer, sans oublier la position dans laquelle ils m'ont trouvée.

– Tu as laissé tomber le « vous », murmure Lancaster à mon oreille. Je sais aussi que tu n'attendras pas quarante-neuf jours, Barbie.

– Tu veux parier ?

Il éclate de rire, sûr de lui.

CHAPITRE 36

Avant de partir, je jette un dernier coup d'œil sur Justine, confortablement installée entre Aïdan et Luke. Elle me fait un signe de la main tout en souriant et n'attend pas une seconde de plus pour se concentrer à nouveau sur les deux spécimens mâles qui l'entourent.

Plus tôt, au détour de la conversation, j'ai appris que Lancaster avait la double nationalité : française et américaine. Qu'il converse en plusieurs langues avec une facilité déconcertante. Qu'ils sont tous les trois associés et ont une confiance absolue les uns envers les autres, ce qui m'a permis de saisir que Luke est donc, lui aussi, au courant pour le contrat. *Heureusement, le nombre de personnes étant dans la confidence s'arrête là.* Qu'Aïdan lui a déjà conté notre rencontre chez l'avocat en détail, ainsi que ma petite blague au Bar des Potes et mon appel à la police… et qu'enfin, outre partager des confidences, les trois BBS partageaient aussi régulièrement les femmes, et parfois, en même temps. C'est là que j'ai surpris le regard gourmand de Justine – pas besoin des sous-titres pour le décrypter ! –, et un étrange échange silencieux entre Lancaster et Aïdan…

Mais maintenant, sur le trottoir, Lancaster m'observe avec ce regard intense, fascinant, qui me perturbe. Et le sourire qu'il m'adresse n'aide pas à calmer mon rythme cardiaque. Il enfile son casque et enfourche sa moto.

– Il y a comme un hic, marmonné-je en désignant ma robe.

Pour toute réponse, il tend la main derrière lui pour attraper le casque supplémentaire, le pose dans mes mains et hausse un sourcil narquois. Vais-je arriver à me contrôler pendant qu'on traversera les rues de Paris, avec mes bras autour de sa taille, mes cuisses collées contre les siennes ? Avec ce qui s'est passé auparavant ? Je soupire, sachant déjà que mon refus est inenvisageable, et je grimpe, après avoir enfilé son blouson en cuir, qui a le mérite de préserver un minimum ma pudeur. Il fait vrombir le moteur, mais démarre tout en douceur. L'air souffle sur ma peau lorsqu'il accélère peu à peu. Je me rapproche de lui en respirant les odeurs chaudes de son parfum et du cuir. Je peux sentir ses muscles durs jouer sous mes doigts, et je tressaille quand il pose une main sur ma cuisse. Me rappelant brusquement que les casques sont reliés, je bougonne :

– Garde tes mains sur le guidon, je n'ai pas envie d'embrasser le trottoir.

– Aucun risque, Barbie, murmure-t-il avec, j'en suis persuadée, un sourire sur les lèvres. Je préfère que ta jolie bouche se pose sur moi plutôt que sur le bitume.

Quand nous arrivons devant l'immeuble, je descends aussi vite que me le permettent mes talons et ma robe tout à coup trop courte. Je lui rends mon casque, qu'il raccroche à l'arrière de la moto.

En chemise blanche et pantalon de costume foncé, il a tout l'air du parfait businessman privilégié, autant sur le plan financier que physique. Pourtant, la manière dont il conduit son engin, à toute vitesse, ce regard sauvage qu'il a parfois, la facilité qu'il a eue à se battre sans prendre un seul coup démontrent qu'il est plus que ce qu'il laisse paraître au premier regard. C'est un homme plein de paradoxes, fascinant et… redoutable. Mon sourire faiblit à cette observation silencieuse. Lancaster est dangereux, même quand il donne l'apparence du contraire. Je le pressens intimement. Et pourtant, je ne peux réprimer cette irrésistible attirance.

Quand ses mains effleurent ma peau pour récupérer le blouson, je tressaille. Tout en me maudissant de cette réaction incontrôlable que, bien entendu, il n'a pas ratée. Je m'apprête à lui souhaiter une bonne nuit et à déguerpir au plus vite… mais je n'ai pas ouvert la bouche qu'un son plaintif retentit non loin de nous.

– Qu'est-ce que c'est ? On dirait un… bébé ?!

– Je n'en sais rien, répond-il en posant son casque sur sa moto, alors que le couinement reprend de plus belle.

Nous écoutons pour tenter de situer le point d'origine du cri. À ma plus grande stupéfaction, je le vois faire quelques pas, lever la tête et brusquement grimper dans un arbre.

– Mais qu'est-ce que tu fais ?!

Il escalade de plus en plus haut. Arrivé au niveau du troisième étage, il s'allonge à plat ventre et avance lentement sur une branche.

– Mais tu es complètement malade ! Tu veux te tuer ou quoi ?!

J'attrape mon téléphone en songeant que je vais finir ma nuit aux urgences. Quand j'entends un craquement, je me pétrifie en fermant les yeux. *MERDE ! PAS ÇA !* Totalement horrifiée en imaginant déjà la chute imminente. Au bruit qu'il fera en s'écrasant au sol. Au choc. Au sang. Du sang partout. Rouge. Je pense à Tess… Je tremble. J'ai du mal à respirer. Je commence à suffoquer. Je sens poindre la crise de panique…

– Barbie ! Hey Barbie, je suis là…

Des bras m'enlacent, frottent mon dos. Une voix parvient jusqu'à moi. *Sa voix.*

– Ça va ? Respire… respire, tout va bien !

J'ouvre les yeux. Il est là. En chair et en os.

– La… la branche… j'ai… je l'ai entendue craquer…

Il me regarde étrangement.

– Il n’y avait aucun risque, Barbie. Il ne faut pas te mettre dans des états pareils pour une si petite grimpette.

J’aimerais lui expliquer, mais je ne peux pas. Je reprends mon souffle, lentement. La crise s’éloigne.

– Ça va pas de faire des trucs aussi stupides ? Tu es complètement inconscient ou quoi ?!

– Non, je maîtrisais parfaitement la situation. Regarde, tu aurais eu le cœur de laisser cette petite chose là-haut ?

Et il me tend la plus adorable petite boule de poils noir et blanc, avec un minuscule museau tout rose.

– J’ai vérifié, c’est une fille, dit-il avec un sourire espiègle. On pourrait l’appeler PussyCat. Qu’en penses-tu ?

Je contemple cet homme, un chaton dans la main. Beau à couper le souffle ! Et qui vient de grimper une hauteur de trois étages, au mépris d’une chute… simplement pour lui porter secours.

Et je songe qu’il est vraiment dangereux, oui… et complètement craquant !

CHAPITRE 37

Une sonnerie résonne et j'ouvre les yeux. Noir total. À tâtons, je cherche mon portable, ma main heurte PussyCat qui dort avec moi, malgré le panier spécialement acheté pour elle. Je peste contre la personne qui me réveille à… *deux heures du mat ?!* Si jamais c'est Justine, je vais l'incendier ! Les yeux toujours fermés, pour retomber dans les bras de Morphée le plus vite possible, je trouve enfin mon appareil et décroche en silence.

– Barbie ? Tu dors ?

Mon cœur rate un battement.

Nous sommes à :

J – 35 !

Depuis notre dernière rencontre en boîte, je n'ai pas revu Lancaster. Quinze jours ! Durant lesquels nous n'avons échangé que des SMS… monsieur est accaparé par une « affaire ultra-importante ». OK ! Mais quand même…

– À ton avis ?! Je suis peut-être aussi en train de m'envoyer en l'air, c'est une autre éventualité… et dans ce cas, tu tombes vraiment mal !

– J'espère vraiment pour toi que cette éventualité ne peut être confirmée, dit-il d'un ton cinglant.

– Oh ça va ! C'est quoi ton problème ?! Tu ne donnes pas de nouvelles pendant quinze jours, et là, subitement, l'envie te prend d'entendre ma voix à deux heures du matin ? Et il faudrait qu'en plus, je saute de joie ?!

– Je t'ai donné des nouvelles…

– Quelques malheureux SMS et tes foutues cartes ?! hurlé-je hors de moi, ce qui fait sursauter PussyCat qui proteste d'un petit miaulement.

J'écoute son rire. Ce qui décuple ma rage.

– Je te manque à ce point, Barbie ?

– Toujours aussi présomptueux !

Et je raccroche. Je me lève et allume la lampe de chevet. Mais qu'est-ce qu'il croit ?! Qu'il me manque ? *Pas du tout ! Petit con !* Mon téléphone sonne.

– NE ME RACCROCHE PLUS JAMAIS AU NEZ ! rugit-il avant que je prononce un mot. Tu as compris, Barbie ?! JAMAIS !

– SINON QUOI ?! rétorqué-je sur le même ton. TU CROIS QUE TU ME FAIS PEUR ?!

Et je raccroche pour bien lui montrer qu'il peut aller se faire voir.

Une demi-heure plus tard, je tourne toujours en rond dans ma chambre en attendant son appel. *Je suis certaine qu'il le fait exprès,* pensé-je en m'allongeant sur le lit. Je caresse distraitement PussyCat et triture mon téléphone de l'autre main. D'un côté, je veux appeler. Juste pour bien lui signifier que je ne suis pas en manque de lui. D'un autre, si je le fais, ce connard aura l'impression d'avoir gagné… Une sonnerie, deux, trois, quatre… messagerie.

– Non seulement tu me réveilles en pleine nuit, tu me hurles dessus, tu me donnes des ordres, mais maintenant, tu joues les abonnés absents ? Alors, pour ta gouverne, tu ne me manques pas. Pas du tout ! Pourquoi me manquerais-tu d'abord ?

J'éteins la lumière, mets mes écouteurs et enclenche ma playlist. Peut-être arriverai-je à me rendormir ? Je suis en plein *Rehab,* quand la musique s'arrête pour laisser place à la sonnerie. Je décroche en silence.

– Pour ta gouverne, Barbie, j'étais sous la douche, commence Lancaster. Bientôt, *très bientôt*, nous aurons une petite conversation en tête à tête. Je t'avais prévenue de ne plus me raccrocher au nez, tu assumeras donc les conséquences de tes actes.

Bien que ne l'ayant jamais vu en tenue d'Adam, l'image de son corps nu sous la douche défile sous mes paupières closes… Mmm…

– Tu sors de la douche ? murmuré-je en me demandant dans quelle tenue il se trouve. Pourquoi prends-tu une douche en pleine nuit ?

– Ici, à Shanghai, il est huit heures du matin. Si je ne t'ai pas appelée, c'est juste parce que je passe mes journées et une partie de mes nuits à bosser comme un fou…

A-t-il juste une serviette nouée autour de la taille ? Est-il en caleçon ?

– Mais ne crois pas que je n'ai pas envie de le faire. Barbie… tu es là ?

– Mmm…

Des gouttes d'eau sur sa peau... ses cheveux en bataille...

– Tu es habillé ?

C'est sorti tout seul. *Merde !* J'entends un souffle. Il ne réplique pas tout de suite… on dirait qu'il se déplace.

– Et toi… ?

– Je dors comme Marilyn Monroe, susurré-je.

– Pardon ?!

– Nue… totalement nue, avec juste une touche de parfum. Mais tu n'as pas répondu. Tu es habillé ?

– Pas encore, dit-il, la voix rauque. Je viens de virer mon drap de bain, et je suis nu… totalement nu, comme toi. Où sont posées tes mains ?

Je laisse échapper un gémissement. La chaleur pulse entre mes jambes, et je glisse mes mains tout doucement, toujours plus bas.

– Elles caressent PussyCat… et PussyCat aime ça…

Un grognement retentit dans l'écouteur, suivi d'un juron.

– Quelle PussyCat ? lâche-t-il dans un râle qui me déclenche des frissons.

Est-ce que je suis vraiment réveillée... ?! Je suis en train de haleter et de gémir au téléphone…

– La PussyCat de tes rêves, dis-je, la voix étranglée et le corps tendu dans une attente intolérable. Et toi, où sont posées tes mains ?

C'est quoi ce truc ?! Je ne me reconnais plus. Je donnerais n'importe quoi pour le voir en cet instant.

– À l'endroit le plus dur, le plus chaud de mon corps, soupire-t-il. Là où j'aimerais que ce soient tes mains, tes lèvres, ta bouche… là où j'aimerais que tu m'embrasses, que tu me lèches…

Oh mon Dieu... mon Dieu ! Je gémis librement tout en ondulant des hanches. Pourquoi me fait-il un tel effet ? Sa voix ressemble à un rugissement qui me remue des orteils à la pointe des cheveux.

– Qu'est-ce que tu me fais ?! murmuré-je dans un souffle, toute tremblante, toute mouillée. Je suis… au bord…

Combien de temps restons-nous à haleter dans le silence ? J'entends ses soupirs. Il prend une respiration après l'autre. Puis tout s'apaise.

– J'ai rendez-vous, dit-il tout bas. Je suis déjà en retard. Je serai de retour à Paris dans deux jours. Tu m'accompagneras à une soirée… Barbie ?

– Oui… j'ai compris.

Des froissements. Il doit être en train de se lever. Le bruit de l'eau…

– Je vais te laisser te préparer, continué-je d'une voix que je ne reconnais pas, et soudain brusquement gênée. À dans…

– Tout va bien ? m'interrompt-il.

– Bonne nuit ! dis-je avant de lui raccrocher au nez.

Et aux diables les conséquences.

CHAPITRE 38

Aujourd'hui, c'est séance d'essayage. Je vais me marier dans trente-quatre jours… *trente-quatre jours !*

Ce n'est pas le mariage dont je rêvais, ceci n'est qu'un contrat à durée déterminée, un CDD. Cette pensée m'affecte. Toutefois, même si ce mariage n'est qu'un simulacre, il n'en demeure pas moins que cet événement est important pour mon père. *On ne marie pas sa fille tous les jours…*

Laura m'a donné rendez-vous dans un appartement cossu du VIIe arrondissement, adresse ultra-confidentielle dont elle n'a cessé de me vanter les mérites. Les murs sont d'un gris profond et perlé, et donnent aux quelques robes de mariées exposées comme des tableaux des allures d'œuvres d'art.

Pendant que je me sers une coupe de champagne, Laura m'avoue que c'est bien la première fois qu'elle s'occupe d'une future mariée si peu concernée par sa toilette. Je hausse les épaules en souriant à Justine et avale une gorgée lorsqu'une une femme à la flamboyante chevelure rousse envahit l'espace et se dirige droit sur moi.

– Je suis Isabelle, mais appelez-moi Isa, annonce-t-elle en me faisant tournoyer sur moi-même. Parfait, parfait. Laura ne m'avait pas menti, vous avez une silhouette de rêve… ça va être un bonheur de vous habiller.

Quelques heures plus tard, après avoir essayé plusieurs « créations » – et non pas des robes, Isa tient beaucoup à ce terme, et je la comprends, son travail est merveilleux –, après aussi quelques petits fours et autant de coupes de champagne, j'observe mon reflet dans le miroir. L'impatience que je ressens à l'idée du regard de Lancaster quand il me verra dans cette robe… me déstabilise. Ce n'est pas réel. C'est un contrat ! Je ne dois pas l'oublier !

Pas d'amour. Juste du désir et du sexe. Rien de plus !

***

Pourquoi Lancaster m'a-t-il proposé ce contrat ? Je connais *mes* motivations. Mais les siennes, quelles sont-elles ?

Plus les jours passent, plus cette question me hante.

Comment, en quelques semaines à peine, ai-je pu passer d'un logement miteux à cet appartement luxueux ? J'ignore tant d'aspects de sa personnalité que ça en est vertigineux ! Je tente de me persuader que le fait que je réagisse au quart de tour en sa présence, et même rien qu'au son de sa voix ou à la lecture de ses messages, est un atout non négligeable dans cette équation aux multiples inconnues. Un super bonus ! Mais je sais déjà intimement que c'est un cadeau empoisonné. La chute n'en sera que plus douloureuse. Et je sais aussi qu'il est vain de caresser l'espoir que Lancaster développe des sentiments pour moi. Comment pourrait-il éprouver de l'admiration, du respect, de la tendresse et… de l'amour pour une femme qui a accepté de se vendre ?

Tu as envahi mes rêves, Barbie. G L.

Je fixe le message qui vient d'arriver comme s'il pouvait apporter la réponse à toutes mes questions. Si nous nous étions rencontrés dans des circonstances différentes, ces quelques mots m'enverraient direct au paradis.

Je suppose que tu dors… G L.

Je regarde l'heure : une heure du matin. Donc, pour lui à Shanghai, il est six heures du matin.

Nue… et ça me rend fou…
Tu m'obsèdes la nuit, le jour… G L.

Je me sens déstabilisée et fragilisée. Je ne m'explique pas pourquoi il fait ça. Finalement, je lui envoie un message à mon tour :

Est-ce un jeu ?

J'imagine qu'il est sous la douche, car sa réponse ne me parvient qu'après plus de trente minutes.

Quel jeu, Barbie ? G L.

J'hésite un long moment avant de répondre. Pense-t-il vraiment ce qu'il m'écrit ? Est-il vraiment sincère ? *Mais oui, pauvre idiote !* Après tout, il ne fait qu'écrire qu'il rêve de moi, nue, et que ça le rend fou. Il doit être en manque. Inutile de chercher autre chose derrière tout ça.

Tellement de faux-semblants.
Juste pour me mettre dans ton lit !
J'y serai dans 34 jours. Pas avant !

Je t'ai déjà dit que je n'étais pas
un menteur !!! G L.

Agacée, j'allume une cigarette.

Alors, tu es juste sacrément
en manque de sexe pour user
de tels artifices et si tu crois
que je vais craquer avant…
tu te mets le doigt dans l'œil.
Tu attendras 34 jours !!! En attendant,
utilise ta main !!!

J'imagine que ça doit être extrêmement pénible pour lui de respecter l'abstinence sexuelle depuis la signature du contrat. Entre son physique de BBS, son charisme et son argent, il ne doit avoir aucune difficulté à mettre n'importe quelle femme dans son lit pour une nuit, ou même plusieurs.

Tu es vraiment une sale petite peste !!!
Et ne t'inquiète pas, je vais utiliser
ma main, mais seulement à mon retour
à Paris !!! Et devine où ??? G L.

Aucune idée. Et entre nous,
je m'en fous royalement !!!

Tu ne devrais pas !!! Crois moi…
tes fesses vont s'en souvenir.
Je t'en fais la promesse !!! G L.

Je relis son message, ébahie. *Ce connard croit qu'il va me donner la fessée ?! À moi ?!* J'éclate de rire. Si c'est ça son trip, il est *vraiment* mal tombé !

Le mec qui me donnera la fessée
n'est pas encore né, Lancaster !!!

Détrompe-toi, Barbie, tu te maries
avec lui dans 34 jours !!! G L.

Il commence sérieusement à m'énerver ! S'il pense qu'il va pouvoir s'amuser comme ça avec moi… J'ai des fantasmes, mais celui-ci – ou tout autre, se rapportant de près ou de loin au BDSM – n'en fait pas partie. Pas du tout !

Jamais !! Jamais, je ne laisserai
un connard me mettre une fessée !!!

Pas un connard, Barbie, juste moi !!! G L.

C'est pareil, CONNARD !!!

Je fulmine tout en attendant sa réponse. Je ne supporte pas la violence, et encore moins dans les rapports sexuels. Sous prétexte de donner du plaisir, l'homme parvient d'une façon détournée et déguisée à humilier sa partenaire. Et je suis déjà suffisamment humiliée comme ça, avec ce foutu contrat. Si certaines femmes apprécient les fessées, pourquoi pas ?! Mais pas moi ! Si jamais, il ose porter la main sur moi ou sur mes fesses, il le regrettera. Il a eu un avant-goût de ce que je peux faire, mais ce n'était rien à côté de ce qui lui pend au nez s'il s'obstine dans son idée de pervers.

Mon avion décolle dans quelques
heures, n'oublie pas la soirée,
fais-toi belle… et prépare tes fesses !!!
G L.

Va au diable !!!

CHAPITRE 39

LANCASTER

Je ne sais pas ce qui m'irrite le plus quand Barbie s'engouffre dans la limousine. Ses vingt minutes de retard ? Son sourire éclatant ? Ou le fait qu'elle m'ignore royalement ? Je lui jette un regard noir et tout en posant ma main sur mon portable, je lui souffle :

– Tu es en retard !

– L'attente n'a pas dû te paraître trop pénible, puisque ta discussion n'est toujours pas terminée, riposte-t-elle sur le même ton ce qui n'arrange pas mon humeur.

Je la fixe intensément avec une seule envie : la déshabiller et lui faire l'amour. *Bordel ! Faut vraiment que je me calme !* Les petits coups d'œil furibonds qu'elle me lance m'agacent prodigieusement. J'ai du mal à suivre la discussion que nous avons Luke et moi avec notre interlocuteur, car je ne peux m'empêcher de tendre l'oreille lorsqu'elle s'adresse à Aïdan. Lorsque nous raccrochons, Luke m'attaque aussitôt.

– Putain, mais qu'est-ce qui ne va pas encore, Geoffrey ?! fulmine-t-il en fermant son ordinateur d'un coup sec. C'est un très gros contrat pour nous, tu cherches à tout faire foirer, ou quoi !?

Je me passe la main dans les cheveux. Lui et Aïdan ont remarqué ma distraction pendant les tractations avec notre partenaire chinois.

– Comme si je ne le savais pas, marmonné-je. C'était si évident ?

Je note la surprise dans leurs regards. Bien sûr, que c'était évident ! *Bon sang, je dois me ressaisir.*

– Merde ! lâche Luke en lançant un bref regard sur Barbie qui feint de ne pas prêter attention à notre conversation, puis il poursuit en chinois afin qu'elle ne puisse pas comprendre : jamais une femme n'est venue interférer dans ton travail, mais elle… Le manque de baise commence sérieusement à te nuire… et par la même occasion, à *nous* nuire ! Et cette pénalité d'un million d'euros, si tu conclus avec *Mademoiselle* avant la nuit de noces, sera bientôt peanuts en comparaison de ce qu'on risque de perdre avec les *Chinois* ! Tu ne sais plus comment t'y prendre pour qu'une femme se jette dans ton lit ou quoi… ?!

Il s'interrompt et m'observe attentivement. J'ai besoin de tout mon self-control pour ne pas le réduire en bouillie. Je sais qu'il vient de comprendre quand soudain les traits de son visage se crispent et que la douleur voile son regard. Ce contrat, ce putain de contrat, me donne l'impression d'être comme eux… elle a choisi de signer… C'était *son* choix ! Pourtant, j'ai l'impression de lui prendre de force chaque seconde qu'elle passe avec moi… de la contraindre… ce qui me met en rage.

– Ça n'a rien à voir, murmure-t-il en remplissant nos verres. Elle est attirée par toi, comme toi…

– Laisse tomber, Luke ! Je vais régler le problème et tout rentrera dans l'ordre.

Je surprends Barbie qui m'épie furtivement. Et pendant que j'avale une longue gorgée de scotch pour tenter de me calmer, Luke ricane en douce. Je lui lance un regard irrité et l'interpelle toujours en chinois :

– Quoi encore ?!

– J'ai bien peur que le problème soit un brin plus difficile à résoudre que tu ne le penses.

– Vous comptez encore parler longtemps en chinois ?! Je me demande vraiment ce que je fais là…

Nous la dévisageons avec stupeur. Je l'affronte du regard et elle ne baisse pas les yeux. C'est plus fort qu'elle, il faut toujours qu'elle me provoque.

– Vous savez quoi… ?! Je suis du même avis que Luke, lance alors Aïdan, avant que nous éclations de rire tous les trois.

Furieuse, elle nous observe tour à tour, et hausse les épaules en marmonnant.

– J'ai cru entendre « *bande de connards* », non ?! Nooon, je dois me tromper, n'est-ce pas ? demande Luke.

– Quelle chance ! En plus d'une belle gueule, tu as une excellente audition, riposte-t-elle en relevant le menton.

J'inspire profondément… mes deux compères s'esclaffent de plus belle. La limousine s'arrête. Sans attendre que le chauffeur vienne nous ouvrir la portière, je lui prends la main et l'entraîne à ma suite. Dehors, je me plante face à elle, je plisse les yeux et, d'une voix posée, tentant de contenir ma colère grandissante :

– Je pense avoir été extrêmement magnanime avec toi. Mais si tu t'obstines à résister à la moindre de mes demandes, ça pourrait bien changer, Barbie. Je te rappelle que tu as signé sans contrainte et en pleine conscience des…

– Chéri ! Vous êtes enfin arrivés.

Je lâche un juron entre mes dents en apercevant Barbara qui vient vers nous.

– Ta sœur est là, gémit Angeline qui s'est décomposée.

Je lui lance un regard agacé.

– Oui, puisque c'est elle qui organise cet événement, murmuré-je. Et tu as intérêt à bien te tenir…

– C'est plutôt à elle qu'il faudrait dire ça, me coupe-t-elle avec insolence.

Bordel ! Quand je vais lui mettre une fessée, elle aura tout intérêt à ne pas se plaindre.

– Bonsoir Angélique, dit Barbara en l'embrassant avec raideur. C'est une surprise… Geoffrey ne m'avait pas prévenue.

– Angeline ! réplique Barbie en s'écartant, les lèvres pincées. Et la surprise est partagée, croyez-moi.

Je lance un regard d'avertissement à Barbara en me demandant si la confusion du prénom est délibérée.

Tout en discutant, ma main sur la taille de Barbie, nous pénétrons dans le hall. Je lui explique que ma sœur organise des ventes privées d'œuvres d'art contemporain pour des clients triés sur le volet. Et qu'une partie des bénéfices de la soirée sera allouée à une association caritative.

– Et pourquoi sommes-nous là ? m'interroge-t-elle en essayant, discrètement, de se dégager.

– L'art et les affaires sont deux milieux qui ont bien plus de connexions entre eux qu'on ne le pense, l'informé-je en la serrant de nouveau contre moi. Mais surtout, ma sœur s'acharne depuis des années à développer notre sens de l'esthétique.

– Une action qui commence à porter ses fruits, lance Barbara. Vous aimez l'art, Angélique ? Oh, zut, je me suis encore trompée… Angeline… voilà, c'est bien ça ?

Si j'avais un doute, il vient de s'envoler à l'instant. Barbara le fait exprès.

– Comme c'est triste, contre-attaque Angeline avec un drôle de petit sourire. Ça ne doit vraiment pas être évident pour vous tous les jours…

– Pardon ?! demande ma sœur en haussant les sourcils. Je ne comprends pas ce que vous voulez dire.

– Eh bien, votre Alzheimer ! Remarquez, avec un peu de chance vous n'en êtes sûrement qu'au début, ça peut stagner pendant des années avant qu…

– Je vous retrouve plus tard, dis-je en entraînant Barbie avec moi et en l'empêchant par la même occasion de terminer sa phrase.

– Elle l'a bien cherché !

Je salue quelques visages connus tout en me dirigeant vers le fond de la salle. Je lui tiens fermement le poignet. Pas question qu'elle s'échappe… Oui, Barbara l'a bien cherché. Mais était-il nécessaire de pousser si loin ?! On dirait des gamines. Deux sales gamines !

– Cher ami ! Je suis heureux de vous voir. Vous venez juste d'arriver, j'imagine ?

Bordel de merde ! Ils se sont tous ligués contre moi ou quoi ?!

– Bonsoir Dimitri, dis-je avec un sourire crispé. Permettez-moi de vous présenter ma fiancée, Angeline Beaumont.

– Toutes mes félicitations à vous deux.

– Merci, c'est très aimable à vous, dit Angeline en se dégageant pour le saluer à son tour. Je suis certaine que vous avez des tas de choses à vous dire, et je vais en profiter pour aller me repoudrer le nez. À tout de suite… chéri.

Et avant que j'aie pu la retenir, elle se faufile et disparaît dans la foule des invités. *La sale petite peste !* Je bous littéralement de colère et fouille la salle du regard à sa recherche. Je réponds machinalement à Dimitri. Je la repère à nouveau quelques minutes plus tard, non loin du bar. Et quand j'aperçois un homme s'approcher d'elle et engager la conversation, je ne suis pas loin de disjoncter. Au moment où j'arrive enfin à me débarrasser de Dimitri, je tombe nez à nez avec Sasha. *Eh merde !* Elle se pend à mon cou et m'embrasse. À la russe. Je jette un œil en espérant que Barbie n'ait rien vu. Malheureusement, l'expression sur son visage m'informe du contraire.

Putain de soirée !

CHAPITRE 40

Je suis folle de rage ! *Et ce connard a le culot de me demander de bien me tenir ?!* Quelle serait la réaction d'une fiancée *normale*, si elle assistait à une scène pareille à quelques semaines de son mariage ?

Je n'ai pas le temps de trouver la réponse que Lancaster, poings crispés et mâchoire serrée, surgit devant moi. Il a manifestement l'envie d'en découdre. Lancaster jure entre ses dents et me saisit par le poignet. J'essaie de résister, mais impossible de lutter contre lui. J'ai beau avoir l'habitude de marcher sur des talons aiguilles, je me concentre pour garder mon équilibre, alors qu'il me traîne sans effort à travers les nombreux invités. Nous empruntons un couloir, descendons quelques marches et entrons dans un endroit qui ressemble à un bureau. Il me pousse à l'intérieur puis ferme à clé.

D'accord, Monsieur ne veut pas de témoins. Eh bien, soit !

– J'ai besoin d'une petite précision, dis-je d'un ton narquois. Le baiser échangé avec la blondasse, tout à l'heure, n'enfreint-il pas une des clauses de ton contrat ?

Je frotte mon poignet avec exagération et poursuis sur le même ton :

– J'ai peut-être loupé une annexe ? Et j'aimerais bien le savoir, quand même… après tout, je ne vois pas pourquoi tu serais le seul à t'amuser.

Lancaster a les yeux noirs de colère, mais trop tard… je suis lancée :

– Je pense qu'Aïdan ne serait pas contre…

– Ne me cherche pas, Barbie, tu vas regretter amèrement de me trouver !

– Eh bien quoi ?! Vous avez l'habitude de tout partager entre potes, non ?

Je n'ai même pas le temps de le voir bouger. Une seconde plus tôt, Lancaster était à quelques pas, et là, d'un coup, je suis soulevée à cinquante centimètres du sol, et il m'emporte à grandes enjambées vers le fond de la pièce. Lorsque je reprends mon souffle, je hurle :

– Lâche-moi, tout de suite !

Je me retrouve en travers de ses genoux sur une chaise.

– Trop tard. Je t'ai bien assez prévenue des risques que tu encourais à me provoquer sans cesse. Il est plus que temps que je tienne ma promesse.

– Non ! Tu ne vas pas oser ?! Je t'interdis de porter la main sur moi.

Pleine de rage, je me débats de toutes mes forces en hurlant. *Non, mais ce connard est sérieux, en plus !* Il va vraiment le faire. Je le griffe. Je continue à m'agiter dans tous les sens. En vain. La puissance de Lancaster est implacable. Je dévie ma tête sur le côté, soulève son pantalon et mords le haut de son mollet, jusqu'au sang.

– Bordel ! rugit-il.

Je me démène comme une folle, mais subitement, je me retrouve coincée sur un seul de ses genoux et mes jambes bloquées entre celles de Lancaster.

– Espèce de salaud !

– Tu n'y échapperas pas, Barbie, alors cesse de résister… Tu ne fais que résister, me défier… depuis le début. Tu résistes même à ton propre désir… Tu as signé ce putain de contrat ! Tu étais d'accord avec chaque clause, tu savais que tu me devais obéissance. Chaque minute, chaque seconde, tu es à moi…

– Je te hais !

– Je ne te demande pas de m'aimer, juste de m'obéir et d'admettre enfin ton désir pour moi… Je te désire, Barbie, à un point dont tu n'as même pas idée, et je sais que toi aussi. Ton corps ne fait pas semblant, LUI, il ne ment pas…

Horrifiée, je sens sa main qui remonte ma robe jusqu'à ma taille et baisse mon string.

– Une véritable fessée se donne fesses nues, me prévient-il, la voix rauque.

Je ne peux contenir mes larmes à cette nouvelle humiliation. Elles jaillissent en lourds sanglots. Je suffoque. Je suis rouge de honte. Sa main caresse mes fesses et je ne peux m'empêcher d'en apprécier la douceur. Ce contact est agréable, et je ne veux pas qu'il cesse. *Je dois être en train de perdre la tête…*

– Tu as un cul magnifique, murmure-t-il. Et il est moi !

La fraîcheur de sa paume forme un contraste étrange avec la chaleur qui irradie de mon corps. Je renonce et cesse de lutter pour ma dignité. Je cède et m'abandonne.

– Qu'est-ce que tu attends, je murmure, la voix pleine de colère, contre lui, contre moi.

– Tu es à moi, Barbie…

J'ai encore le goût de son sang dans ma bouche. Les seuls bruits qui résonnent dans ma tête sont ceux de nos respirations saccadées, les battements de nos cœurs… j'ai la conscience aiguë de la chaleur de sa peau contre la mienne. Je suis tremblante. Frissonnante. Avec cette envie irrépressible de me laisser emporter par la passion sauvage qui me ronge. Sa main frôle, caresse mes fesses, mes cuisses… Les yeux clos, je reste suspendue… quelque part… sur le genou de Lancaster. Jamais un homme ne m'a fait ressentir un tel tsunami de sensations bouleversantes. Sa voix murmure qu'il me désire comme jamais il n'a désiré une femme, que je lui appartiens… que je lui appartiens…

– Jamais ! Tu entends… affirmé-je alors que, pour me punir de mes paroles et de mon insupportable déni, sa main s'abat sur mes fesses. Jamais je ne t'appartiendrai !

La fessée, bien ciblée, m'écrase contre sa cuisse. La douleur est cinglante. Je me mords les lèvres pour m'empêcher de hurler, mais les larmes qui me montent aux yeux sont dues à l'humiliation bien plus qu'à la souffrance physique.

– À présent, lâche-t-il d'une voix rauque, tu sauras que je tiens toujours mes promesses, toujours ! Même celles qui me coûtent… et quel qu'en soit le prix.

Il passe sa main sur ma peau brûlante. La glace contre le feu. Mon corps tout entier se raidit. Sa respiration est forte et haletante. Je ne peux pas croire ce qui vient d'arriver. *Je ne veux pas y croire.*

Il faut que je me lève. Je ne peux pas rester comme ça. Je me redresse en grimaçant, puis lui tourne le dos pour remonter mon string et baisser ma robe. Le tissu pourtant léger frotte sur ma peau meurtrie. J'ai les jambes flageolantes. J'essaie de reprendre une respiration normale. D'un geste rageur, j'essuie mes larmes. Je le dévisage enfin, et recule devant la force de son regard… de son désir. Il attend. En silence. Mon esprit est tellement en tumulte que je n'arrive pas à former une pensée cohérente. Mon corps vibre encore de fureur, de plaisir et d'envie… j'ai l'impression que ma tête va exploser.

– Barbie… ?

– Tu n'avais pas le droit de me faire ça !

– Pas le droit ?! Si tu téléphones à ton avocate ou que tu lis enfin le contrat en totalité, tu verras que j'en ai le droit. C'est une des clauses sur lesquelles elle n'a pu obtenir satisfaction. Tu ne me crois pas ? Tu veux lui téléphoner ?

– Très bien. Tu en avais le droit, mais ça ne veut pas dire que… c'était humiliant et dégradant.

– Tu te trompes. Aucune personne au monde n'a le pouvoir d'en humilier une autre, si celle-ci ne lui en donne pas les moyens…

Il se passe la main dans les cheveux. Il est d'une beauté à couper le souffle, et je lui en veux aussi pour ça. J'aimerais pouvoir le regarder avec indifférence. J'aimerais pouvoir rester insensible quand il me touche. Pour ça également, j'ai du ressentiment.

– Tu ne m'as pas donné ce pouvoir, continue-t-il. Et je n'en voudrais pas, même si tu me l'offrais sur un plateau.

– Tu ne m'as pas laissé le choix !

– C'est faux ! Tu as toujours eu le choix ! Si une condition du contrat te dérangeait, ton avocate était là pour la négocier, et c'est ce qu'elle a fait. Tu pouvais t'opposer à tout, si tu en avais le désir. Tu pouvais également refuser de signer, bordel ! Je n'ai pas pris le contrôle de ta vie, c'est toi qui m'as autorisé à la diriger. Toi ! À partir du jour où tu as signé, tu as fait un choix. Ton choix ! Si tu n'es pas capable de l'assumer, n'en rejette pas la faute sur les autres, et encore moins sur moi.

Il jette un regard furibond par la fenêtre, se frotte le front. Tous ses muscles sont tendus. Je ne sais lequel de nous deux est le plus en rage. Il est persuadé d'avoir raison. Moi aussi. Jamais je n'ai éprouvé un désir et une haine aussi forts que ceux que j'ai pour lui en cet instant. La température dans la pièce devient soudain étouffante. Mon sang bouillonne dans mes veines.

– Tu m'as dit que jamais tu n'avais frappé une femme… et tu viens de le faire avec moi…

– Non ! lâche-t-il dans un souffle comme si je lui avais donné un coup de poing. Je n'ai jamais…

Il inspire profondément. Serre les poings. Son regard croise le mien. Et ne le quitte plus.

– Je ne voulais pas te blesser et encore moins t'humilier… je ne voulais pas… J'ai fait ça pour que tu comprennes que je tiens toujours mes promesses…

Il secoue la tête et se passe plusieurs fois la main dans les cheveux. Il a l'air de souffrir le martyre.

– Je ne suis pas comme ça, dit-il d'une voix torturée et avec un air sinistre. Je ne peux pas être comme ça…

Une douleur indescriptible se lit sur son visage. Je le vois submergé par une multitude d'émotions et incapable de les réprimer. Lui qui pourtant est toujours d'une maîtrise absolue. Cette souffrance qui émane de lui me donne envie de le réconforter… même si elle n'efface pas complètement son geste… Mes pensées s'éparpillent dans tous les sens.

– Je regrette tellement… je me suis comporté comme le dernier des crétins… J'aimerais que tu lises au fond de moi pour comprendre tout ce que tu représentes à mes yeux…

Son regard encore plein de détresse me remue profondément, mais bien moins que son aveu.

– Je l'ai bien cherché, dis-je tout bas en effleurant sa joue d'un geste bref.

Dans cette atmosphère à couper au couteau, je vois sa langue humecter ses lèvres. Sèches… comme les miennes ?

– Tu m'as mordu, lâche-t-il d'une voix âpre et essoufflée.

– Tu m'as donné une fessée…

Un grondement presque primitif sort de sa gorge au milieu de cette chaleur suffocante. Est-ce qu'il la ressent, lui aussi ? Je me demande à quoi il pense… Il paraît aussi affecté que moi. Ses yeux sont assombris, brillants, brûlants. Je note sa bouche à peine entrouverte, pulpeuse et tentante. Mon regard descend sur son torse qui se soulève rapidement. Le fin tissu de sa chemise est collé à sa peau hâlée, et je peux presque deviner le contour de ses abdominaux… Je suis tellement concentrée sur lui que je suis percutée par la moindre de ses réactions. Le plus infime tressaillement qui parcourt son corps.

– Je n'ai jamais ressenti un désir pareil pour une femme, souffle-t-il.

Les mots coulent de sa bouche comme du miel chaud. La pièce s'est brusquement vidée de tout oxygène. Son corps est attiré par le mien aussi sûrement qu'un missile verrouillé sur sa cible. Il me contemple avec un tel regard que je meurs d'envie de sentir ses mains, sa bouche, sa langue… j'imagine pouvoir la goûter, la sucer… Je me mords l'intérieur de la joue pour nc pas me trahir. À cette seconde, sa fessée n'est plus qu'un lointain souvenir…

Il approche encore, j'étouffe un gémissement. Un sourire – ce sourire si sexy – se dessine sur ses lèvres et mon cœur explose. Son corps s'écrase délicieusement contre le mien pendant qu'il s'empare voracement de ma bouche durant de longues minutes. Nos langues se mêlent, se fouillent et se combattent alors que nos corps ont déjà rendu les armes et se pressent de plus en plus l'un contre l'autre dans un désir urgent et irrépressible.

– Tu es dangereuse, Barbie. Tellement dangereuse… quand je te tiens dans mes bras, j'ai l'impression de posséder le monde…

Sa voix est rauque, profonde, douce. J'ai la sensation qu'elle m'envahit littéralement. Le tissu souple de son pantalon frotte contre mes jambes en une caresse soyeuse. Il m'embrasse dans le cou, mordillant la chair tendre à la base de mon épaule puis sa bouche descend jusqu'à mes seins. Je sens la chaleur de son souffle, la pointe de ses dents à travers le fin tissu de ma robe. Il trace un cercle avec sa langue autour de mon téton avant de l'aspirer avec ardeur. Mes mains s'égarent dans ses cheveux. Je gémis, le corps soulevé par des vagues de plaisir de plus en plus fortes. Il se cambre encore plus pour me laisser percevoir plus encore son envie de moi. Je suis bouleversée et dépassée par tout le désir qui palpite en lui. En moi. Il ondule contre mes hanches et frotte son érection contre mon ventre en décrivant des petits cercles insistants. J'essaie de ne pas penser à ce que je ressentirais s'il faisait la même chose à l'intérieur de moi. Mes jambes s'écartent lentement, répondant à mon besoin de lui. Sa main glisse sous ma robe et caresse l'intérieur de mes cuisses du bout des doigts, avant de venir frôler la dentelle de mon string. Je tremble de la tête aux pieds de plaisir, de désir…

– Tu es comme le chocolat… exquise et brûlante, murmure-t-il alors que je gémis sous la pression de ses doigts… tout d'abord si tendres, qui m'effleurent à peine… puis de plus en plus impérieux à mesure qu'il perd pied. À croquer…

Je me moque qu'il puisse voir combien j'ai envie de lui. Je me moque qu'il puisse le sentir. J'ai juste ce besoin primaire de m'enivrer de lui.

– Bon sang que tu es douce, souffle-t-il haletant et d'une voix déformée par le plaisir. Un vrai délice. Je veux que tu brûles et que plus rien ne compte que mes caresses. Qu'il ne reste plus que moi…

– Goûte-moi, je lâche dans un soupir.

Il pousse un grognement tandis que son pouce glisse à la lisière du petit triangle de dentelle et le soulève, lentement, très lentement. Ses doigts caressent ma chair nue, si chaude, si humide. Juste pour lui. Mon corps s'arque à sa rencontre, il me pénètre à peine. J'étouffe une plainte d'extase quand sa langue s'enfonce dans ma bouche à l'unisson de ses doigts qui s'insinuent enfin au plus profond de moi. J'écarte encore les cuisses dans une douce prière. De sa main libre, il empoigne mes fesses et se plaque plus fort encore contre moi. Mon corps n'obéit plus qu'à lui, qu'à sa voix…

– Bon Dieu, gronde-t-il à mon oreille.

Il retire très lentement sa main de mon intimité, son regard assombri d'un désir féroce me heurte de plein fouet. Ses lèvres s'entrouvent et il porte les doigts à sa bouche puis les lèche longuement, lentement, me savourant avec délice. Ses yeux étincellent de puissance sexuelle à peine contenue.

– Je veux enfouir ma tête entre tes cuisses et te goûter, te lécher jusqu'à ce que tu me supplies d'arrêter…

Est-il possible d'être davantage excitée que je le suis en cet instant ? Je cesse de respirer, mon cœur s'emballe. Puis mon souffle s'accélère lorsque je vois sa main redescendre vers moi. Haletante, au bord du gouffre, je m'accroche à ses épaules, mes ongles le lacèrent à travers le tissu de sa chemise tandis que ses doigts me pénètrent à nouveau et que son pouce caresse mon point sensible.Je ferme les yeux, sur le point de m'évanouir sous la torture exquise qu'il m'inflige.

– Regarde-moi, m'ordonne-t-il.

J'ouvre les paupières et plonge dans son regard. L'attirance que j'ai pour lui à cet instant est si ardente que des larmes me piquent les yeux. J'ai l'impression de tomber dans un puits de désir sans fond, à toute allure…

– Je te veux si fort que j'en ai mal…

– Ne pas être en toi est un supplice, ma puce.

En prononçant ses mots, ses doigts me pénètrent plus profondément, plus vite. Je me cambre sous l'effet du plaisir. Je mords ses lèvres, son cou. Mes mains explorent et caressent son corps avec voracité, se délectant de chaque gémissement, chaque grognement qu'il m'offre, puis descendent plus bas et s'acharnent sur la fermeture éclair de son pantalon pour laisser surgir son érection triomphante. Quand j'enroule mes doigts autour de son sexe dur et chaud, il à le souffle court, les joues en feu. Comme moi. Une fine pellicule de sueur couvre sa lèvre supérieure et son front, son visage est l'image même du désir à l'état brut. Beau à tomber ! Son corps se met à trembler. Et je n'ai qu'une envie, lui donner autant de plaisir que celui, dévastateur, qu'il me fait ressentir. Je caresse son pénis de la base à la tête. Mon pouce s'imprègne des petites gouttes et les étale délicatement sur la partie sensible, veloutée de son membre. Il rejette brutalement la tête en arrière, les veines de son cou se gonflent sous la tension et son souffle explose dans un gémissement rauque.

– Je ne vais pas tenir longtemps, lâche-t-il dans un râle. J'ai tellement envie de toi, depuis des jours… je vais exploser, ma puce… Oui ! Comme ça… m'encourage-t-il, incapable de se maîtriser plus longtemps, continue…

Je fais aller et venir ma main sur toute la longueur de son sexe, plus fort puis plus lentement.

– N'arrête surtout pas, marmonne-t-il en grinçant des dents. C'est si bon…

Mon va-et-vient s'accélère et son sexe gonfle encore entre mes doigts, atteignant des proportions impressionnantes.

– Regarde dans quel état je suis, ma puce…

Je lutte pour reprendre ma respiration tandis que sa main, ses doigts me font l'amour, dans une course folle vers un plaisir trop longtemps réprimé. Avec une ardeur qui s'intensifie, il enfle comme un nuage d'orage sur le point d'éclater. Nos halètements, nos gémissements vont crescendo alors que nos regards s'accrochent pour ne plus se lâcher. D'une voix rauque, plus sexy que jamais, il continue à me parler :

– Tu m'excites comme un fou… Viens, je ne veux pas jouir tout seul…

– Oh… Geoffrey…

Ma voix se brise lorsque l'orgasme me foudroie, dans une violence inouïe, m'aveuglant et me laissant hors d'haleine. Je suis tremblante, les jambes flageolantes. Il m'enveloppe de ses bras et j'appuie ma tête contre son torse en fermant les yeux. Mais je suis impatiente de le goûter. D'avoir sa saveur dans la bouche. Ma main toujours sur son sexe, je descend tout doucement pour me retrouver à genoux.

– Oh… oui ! lâche-t-il dans un souffle. J'adore sentir ta bouche là… juste là…

Ses doigts glissent sur mes cheveux. Je commence à le lécher. Tout doucement. Encore et encore. Sur toute la longueur de son sexe. Je sens palpiter ses veines sous la peau soyeuse. Je suis excitée par les gémissements rauques qui s'échappent de sa gorge. Par ses mains qui empoignent furieusement mes cheveux. Il est à ma merci et j'adore ça.

– J'adore ta façon de me sucer…

Je l'entends grincer des dents quand je l'aspire plus profondément dans ma bouche. Son souffle s'accélère. Comme mes doigts serrés à la base de son sexe. Comme mes lèvres qui coulissent avec une fièvre incontrôlée.

– Bordel ! C'est.. trop bon. Je vais jouir… pour toi…

Il est au bord du gouffre, murmure des mots incompréhensibles, puis se raidit dans un spasme puissant tandis qu'il crie mon nom quand l'orgasme le submerge. C'est brutal et violent. Son sexe va-et-vient entre mes lèvres pendant qu'il se déverse en moi jusqu'à la dernière goutte. Savoir que je suis l'instigatrice de ce plaisir authentique, passionné et sauvage me ravit. Il se penche vers moi, m'enlace et m'attire contre lui en frémissant.

– Quand je suis avec toi, j'oublie tout, jusqu'à l'endroit où je me trouves, déclare-t-il d'un ton grave. Ça ne m'était jamais arrivé…

Il m'embrasse tendrement, me léchant, me goûtant maintenant de ses lèvres avec une infinie douceur.

– Tu es tout ce que je veux… tout…

– Hé ! Vous êtes là, tous les deux ?!

Il m'étreint contre son torse, si fort, si près, que je peux entendre les battements effrénés de son cœur. Il ouvre la bouche pour parler mais sa voix s'étrangle.

Des coups retentissent à nouveau à la porte.

– Bordel ! lâche-t-il dans un soupir en passant une main dans ses cheveux en désordre.

Un long frisson le parcourt encore. Un désir insatiable lui crispe toujours ses traits. Ses pupilles sont dilatées. Tout comme les siens, mes gestes sont saccadés, brusques et maladroits. J'essaie malgré tout de remettre de l'ordre dans ma tenue.

– Geoffrey ?! Angeline…

J'attrape mon sac pour reprendre contenance. Je vérifie les dégâts grâce à mon miroir de poche, et j'enlève le peu de maquillage qu'il me reste. Mes yeux sont brillants et rouges. Mes lèvres sont gonflées. Mon visage en feu. Lancaster sort la clé de sa poche et attend encore quelques minutes, me laissant le temps de me recoiffer et de réajuster ma robe.

– Ça va ? m'interroge-t-il tout bas en brossant délicatement l'un de mes sourcils du bout du doigt.

Je frémis. Je suis excitée, gênée, bouleversée… furieuse… je n'ai pas la moindre pensée cohérente à l'instant présent. Comme je ne réponds pas, il se dirige vers la porte pour aller ouvrir.

– Nous sommes là…

Aïdan pénètre dans la pièce, suivi de Luke. Ils nous jettent un regard acéré tout en nous informant que notre trop longue absence commence à intriguer Barbara, et que si nous ne voulons pas la voir débarquer, il serait temps de rejoindre les invités.

– Angeline, est-ce que ça va ?

– Oui…

Est-ce vrai ? Suis-je sincère ? Je ne connais pas la réponse. À moins qu'elle ne soit ensevelie sous le désir démesuré que Lancaster m'inspire et qui m'empêche de réfléchir dès que je suis en sa présence. Je sors du bureau comme s'il y avait le feu dans l'immeuble. Les trois hommes sur mes talons. J'ai la sensation que tout est flou et confus autour de moi. Nous rejoignons la salle principale. Sans les attendre, je me rends directement au bar. J'ai besoin d'un verre.

Soudain, les paroles de Lancaster se mettent à tourbillonner dans ma tête :

Tu as toujours eu le choix ! Si tu n'es pas capable de l'assumer, n'en rejette pas la faute sur les autres, et encore moins sur moi.

CHAPITRE 41

– Pardon ?!

J'avale une gorgée de mon cocktail tout en adressant un sourire d'excuse à Aïdan qui me tient compagnie. Dans ma vision périphérique, j'aperçois Lancaster et Luke, un peu à l'écart, qui discutent à voix basse et avec animation. Je reporte mon attention sur l'homme magnifique à mes côtés en me demandant pourquoi ce n'est pas avec lui que je suis liée par un contrat.

– Tu m'as très bien entendue ! Je suis persuadée que ça aurait été beaucoup plus simple avec toi, dis-je à nouveau en pianotant nerveusement sur le bar.

– Et qu'est-ce qui te fait dire ça, ma belle ?

Je le détaille des pieds à la tête. Je ne peux m'empêcher de répondre d'un clin d'œil à son petit sourire. Il sait parfaitement qu'il a un physique de rêve, tout comme ses deux associés. Mais, à la différence de Lancaster et de Luke, qui sont plus sauvages et sombres, Aïdan respire la lumière, la joie de vivre.

– Peut-être à cause de ce perpétuel sourire sur tes lèvres ou ta facilité à rire de tout, répliqué-je. Tu donnes l'impression que la vie n'est qu'une grande fête où le champagne coule à flots.

Tendrement, il caresse ma joue. Pendant quelques secondes, son regard se voile et j'y découvre un puits sans fond de chagrin. C'est si fugace que je n'en suis pas certaine, car aussitôt, ses yeux se remettent à pétiller.

– Je suis un épicurien, je profite au maximum de tous les plaisirs, m'affirme-t-il avec un petit haussement de sourcils comique. Quel dommage que tu n'aies pas choisi le bon numéro. De nous trois, c'est quand même moi le meilleur ! Et je dis ça sans fausse modestie.

J'éclate de rire avec lui.

– Tu ne me l'as pas proposé non plus, lancé-je sur le même ton.

– Et tu ne peux pas savoir combien je le regrette, ma belle ! assène-t-il en jetant un regard sur Lancaster, puis il ajoute : mais souvent, les choses compliquées sont les meilleures, tu ne crois pas ?

À mon tour, je me retourne vers l'objet de notre discussion pour constater que la blondasse est de retour. Elle s'entretient avec eux, la main posée sur le bras de… d'un connard, d'un arrogant, de l'homme qui vient de… bref, sur l'homme qui doit m'épouser !

– Qui est-ce ?

– Sasha est une… amie ?

Je lui lance un regard noir qui le fait sourire d'une oreille à l'autre.

– OK ! OK ! Jusqu'à la signature, disons qu'elle espérait partager plus que son lit, et que s'il lui avait proposé le même contrat, elle aurait sauté de joie.

– J'ai l'impression qu'elle veut toujours partager son lit.

En effet, la demoiselle murmure je ne sais quoi à l'oreille de Lancaster et se tient beaucoup, beaucoup trop près de lui à mon goût.

– Vous l'avez partagée ?

Aïdan a un petit hoquet de surprise.

– Oh ça va ! Ne fais pas comme si je n'étais pas au courant. Alors, avec elle aussi ?!

Je ne sais pas pourquoi, mais s'il me répond oui, je serai soulagée. Si on partage une nana, c'est qu'elle ne compte pas tant que ça pour vous, non ?! Aussitôt, je pense à Justine… Non ! pour elle, j'espère de tout mon cœur que ce n'était pas uniquement une nuit de sexe. Mais pour Sasha… même son prénom me met en rage, sans parler du reste… parce que je dois bien le reconnaître, cette garce est une bombe ! Grande, mince, blonde – bon, je le suis, moi aussi –, mais avec des formes harmonieuses et des seins… à côté, je fais figure d'une ado qui n'a fait qu'aborder la puberté. *Je la déteste !* De toute façon, je déteste toutes les nanas avec une poitrine dépassant le 90 B !

– C’est une question indiscrète, dis donc.

– Je crois qu’on a franchi ce stade-là, tous les deux, Aïdan.

Son air malicieux m’informe que ma réaction l’amuse beaucoup. Je lui donne une petite tape sur l’épaule en le menaçant de représailles s’il ne me répond pas. Et je jette encore, un œil sur Lancaster. Luke se tient très près de Sasha, lui aussi.

– Remarque, dis-je brusquement, en désignant d’un signe de tête le trio. Je crois que j’ai la réponse sous les yeux, en ce moment même. S’il ne l’a pas partagée avec toi, il l’a fait avec Luke.

Il éclate de rire et je hausse les épaules, soulagée.

– Eh non, tu te trompes. Il n’a jamais partagé Sasha… ni avec Luke, ni avec moi.

Ses paroles me font l’effet d’une bombe. Et je me demande bien pourquoi. Après tout, qu’est-ce que ça peut bien me faire ? *Sauf que ça me fait quelque chose !* J’avale une longue gorgée de mon cocktail. Je ne suis sans doute pas encore remise de l’expérience… douloureuse… et… passionnée… Oui, c’est ça. Je suis encore à fleur de peau et confuse.

– Et maintenant que tu le sais. Qu’est-ce que ça change pour toi ?

Qu’est-ce que ça change ?!

– Il n’y a vraiment qu’un mec pour poser une question pareille, Aïdan. Vraiment !

– Tu n’as jamais… ? Non ! Bien sûr que non. Il faut que tu comprennes une chose, Angeline, le fait de partager une femme entre nous ne veut pas dire que nous n'avons aucun sentiment pour elle. Loin de là. Et cela se doit d'être réciproque.

– J'avoue que j'ai du mal à saisir…

C'est la première fois qu'il est aussi sérieux en ma présence. Il semble chercher ses mots avec soin. Sans doute parce qu'il devine que ce style de pratique m'est totalement étranger. J'aime faire l'amour. Beaucoup. Mais si on y regarde de plus près, mes rapports sexuels sont plutôt du genre… conventionnel.

– Ce que je veux te dire, c'est qu'un homme peut regarder sa compagne faire l'amour à un autre homme et être profondément amoureux d'elle. Tout comme il peut lui être fidèle, physiquement, sans pour autant être fou d'elle.

– Si j'étais vraiment amoureuse, je ne supporterais pas de partager celui que j'aime avec une autre. Je détesterais le voir lui donner du plaisir, le voir la caresser… et je détesterais encore plus, qu'il prenne du plaisir avec une autre que moi…

– Oui, et beaucoup de personnes pensent comme toi. Mais certaines sont différentes et ne ressentent pas les choses de la même façon.

– C'est comme ça pour vous trois ? C'est comme ça pour… lui ?

Je ne devrais pas poser cette question, car je ne veux pas connaître la réponse.

– Nous ne nous ressemblons pas. Ce n'est pas parce qu'il nous arrive de partager que nous…

Il hésite. Pourquoi ? Je presse ma main sur son bras pour l'encourager.

– Ne serais-tu pas jalouse ?

OK… Je n'en saurai pas plus.

– À nouveau ton masque de BBS charmeur, c'est ça ?

– C'est celui que me va le mieux. Et ce n'est pas un masque.

– Menteur, murmuré-je. C'est celui derrière lequel Aïdan se cache.

Je crois l'entendre marmonner que Geoffrey a beaucoup de chance. Mais il a parlé si bas que je n'en suis pas certaine. J'épie discrètement Lancaster. Pourquoi n'a-t-il pas partagé Sasha avec ses amis ? En l'occurrence, Luke a l'air de bien l'apprécier. Et cette constatation m'agace furieusement en pensant à Justine. Et ce qui m'irrite encore plus, prodigieusement même, surtout après ce qui s'est passé dans le bureau, c'est l'indifférence de Lancaster envers moi. Ne devrait-il pas faire montre de plus d'empressement envers sa future épouse ?

Tu as toujours eu le choix ! Si tu n'es pas capable de l'assumer, n'en rejette pas la faute sur les autres, et encore moins sur moi.

Lui aussi doit assumer ses choix ! Et son choix, c'est moi !

– Il est temps de faire comprendre à Sasha que son lit n'est plus disponible, dis-je soudain en posant mon verre.

– Hum… j'adore ça, répond Aïdan en me suivant.

CHAPITRE 42

– Au fait, Aïdan, murmuré-je alors que nous nous dirigeons d'un pas lent vers le trio. Que les choses soient bien claires. Je ne suis pas jalouse. Je protège juste ce qui est à moi. Et pendant cinq ans, Lancaster est à moi !

– Tu crois que je devrais endosser une tenue de protection avant de pénétrer dans la zone de combat ? demande-t-il avec une grimace comique.

Je tends ma main pour bien lui faire voir la bague magnifique qui brille à mon annulaire gauche.

– Non, je vais simplement adopter la technique de la diplomatie intelligente par les sentiments. Admire l'artiste !

Devant son air effaré, je passe mon bras sous le sien en lui assurant qu'il ne me connaît pas encore si bien que ça, et que je peux tout à fait me montrer diplomate. Mon pouls s'accélère à l'instant où je croise le regard de Lancaster. Ses cheveux encore en désordre lui donnent une touche très – trop sexy… – comme s'il en avait besoin !

Ses yeux assombris sont justes… incroyables et magnifiques. Quant à sa bouche… Durant quelques minutes, et dans l'air soudain chargé d'une tension plus qu'électrique, nous restons ainsi rivés l'un à l'autre. Et il me faut faire un effort surhumain pour m'arracher à son regard. À lui !

– Aïdan était justement en train de m'expliquer que vous étiez une amie, dis-je d'une voix rauque en tendant ma main à Sasha.

Avec un sourire crispé, elle la saisit et la serre mollement. En lui montrant alors avec ravissement ma bague, j'ajoute :

– Elle est magnifique, vous ne trouvez pas ? Je ne me lasse pas de l'admirer… Vous êtes invitée au mariage, j'espère ?! demandé-je en levant la tête vers mon futur époux.

Et là, elle a quelques secondes d'hésitation. Lancaster s'approche de moi et se décide enfin à faire les présentations en bonne et due forme. Sa petite intervention a permis à Sasha de reprendre ses esprits… Avec un sourire éclatant, elle me dévisage un instant et répond qu'elle n'a pas encore reçu son carton d'invitation. Pour un non-initié, on pourrait supposer qu'elle est enchantée de faire ma connaissance. Et bien sûr, aucun des trois BBS ne peut saisir ce qui se passe entre Sasha et moi, à cet instant précis. Pour un initié, son regard et son sourire, supérieur et satisfait, c'est THE REGARD, celui qui dit : *SANS DÉCONNER, IL VA VRAIMENT SE MARIER AVEC TOI ?!* C'est le truc typiquement féminin qui se produit chaque fois qu'une ex croise la nouvelle petite amie… et qui fait sortir les griffes automatiquement, chez l'une comme chez l'autre.

– Eh bien, je vais remédier à cela dès demain matin, soyez-en sûre !

– C'est vraiment gentil à vous…

Elle laisse sa phase en suspens, comme si elle était gênée et ne souhaitait surtout pas me blesser. Mais on sait, elle et moi, que tout ça n'est que du baratin.

– Je ne voudrais surtout pas créer de problèmes…

Alors là, j'ai envie de rire. Mais j'avoue que c'est une bonne comédienne. On lui accorderait le Bon Dieu sans confession. En tout cas, les trois BBS y croient. Il n'y a vraiment que les hommes pour penser qu'une ex et la nouvelle peuvent devenir de grandes copines.

– Quelle drôle d'idée ! Vous savez, si je devais me poser des questions chaque fois que je croise une ex de Geoffrey, ma tête exploserait.

Je lui balance à mon tour le regard et le sourire qui signifie : *Je suis plus jolie que toi, je serai toujours plus jolie que toi. Je suis meilleure que toi au lit ! Tu ne représentes aucune menace pour moi !* C'est fou le nombre de messages qu'une fille peut faire passer dans un regard et un sourire. Et tout ça, avec diplomatie.

– Et puis, juste entre nous, je n'ai aucune raison d'être inquiète, dis-je avec une petite moue coquine en gardant un œil sur Lancaster. Dès qu'il m'a vue, il s'est rendu compte que sa vie était beaucoup trop simple et qu'il n'avait qu'un seul désir, la compliquer avec moi.

J'entends un rire étouffé. Je n'ai pas besoin de chercher, je sais déjà que c'est Aïdan. Lancaster passe son bras autour de ma taille.

– C'est vrai, j'adore les complications avec toi, affirme-t-il en déposant un baiser sur mon nez. Mais tu oublies quelque chose d'important, Barbie…

Je fais abstraction de Sasha, Aïdan et Luke, pendant un instant, pour me concentrer sur Lancaster. Son corps collé au mien me fait pétiller comme si je baignais dans une coupe de champagne. Il me mordille dans le cou. À présent, il me caresse tendrement le dos, sans s'arrêter, et je me sens frémir. J'aimerais lui crier de cesser immédiatement, mais je ne peux pas.

– Qu'est-ce que j'ai oublié ?

– Mon rêve, c'est d'être le tien, lâche-t-il.

Ce mariage n'est qu'un contrat avec une durée déterminée. Il n'est pas question de sentiment entre nous. Je le sais ! Mais quand j'entends ça, qu'il soit capable de dire ça devant ses amis et son ex… sans aucune gêne et avec l'air sincère… *OÙ EST LA CHAMBRE ???*

Brusquement, Sasha me fait redescendre sur terre en prenant la parole :

– Vous êtes si différente des femmes que fréquente Geoffrey habituellement, si naturelle… si simple… si…

Je comprends soudain qu'elle n'a pas apprécié les propos de Lancaster et qu'elle a décidé que la diplomatie n'était plus de circonstance. *Très bien !*

– Oui, il aime mon naturel, la coupé-je en la détaillant des pieds à la tête. Et les femmes trop maquillées et botoxées devraient se rappeler qu'on ne repeint pas les murs d'une maison dont les fondations sont pourries !

Elle me décoche un regard hostile alors qu'Aïdan éclate de rire, ce qui semble décupler sa colère.

– Nous verrons bien combien de temps votre *naturel* le retiendra. Mais si vous dépassez le cap des deux ans, vous pourrez déjà vous estimer chanceuse. Et je suis persuadée que vous serez divorcés avant, déclare-t-elle froidement pour ensuite tourner les talons.

Luke la suit un moment du regard, puis en se retournant vers nous :

– Il me semble qu'il n'est plus nécessaire de lui envoyer un carton d'invitation, commence-t-il avec un drôle de petit sourire, en s'accoudant au bar. Mais là où elle fait erreur, c'est sur le temps qu'il vous faudra avant de divorcer. À moins que je ne me trompe ?

Je ne sais pas à qui, de Lancaster ou de moi, ses paroles sont adressées.

– Les paris sont ouverts, lance Aïdan. Tu sais que j'adore ta nouvelle acquisition…

– Tu rêves ou quoi ?! s'exclame Luke en fronçant les sourcils. Entre le temps d'attente avant qu'elle me soit livrée et son prix exorbitant, et surtout quand on pense que nous sommes à peine une douzaine dans le monde à posséder un tel joujou…

– Justement ! Et de toute façon, tu ne seras pas perdant puisque tu pourras t'en servir pendant cinq ans.

– Tu penses qu'ils tiendront cinq ans ?

– Je suis même certain qu'ils dépasseront les cinq ans ! riposte Aïdan dans un éclat de rire. Et pour toi, quel est le pronostic ?

Luke réfléchit un moment. Lancaster lâche un juron.

– Je leur laisse deux ans, dit-il enfin.

– Qu'est-ce que tu veux ?

– Je ne sais pas encore, répond Luke avec un sourire. Mais ne te fais pas de soucis, je trouverai bien quelque chose pour t'emmerder. Alors, toujours partant ?

Aïdan nous scrute.

– Oh oui ! lâche-t-il en trinquant pour sceller leur accord.

Je ne sais pas ce qui me rend le plus folle de rage.

Que Luke soit persuadé que le mariage ne tiendra pas deux ans. Et dans ce cas, lequel de Lancaster ou de moi rompra le contrat le premier ?

Ou qu'Aïdan pense que nous irons bien au-delà des cinq ans. Car dans cette hypothèse… quelle en serait la signification pour Lancaster ? Et pour moi ?

Ou tout simplement qu'ils soient en train de parier sur nous, comme si nous n'étions pas là ?!

Puis j'envoie balader ces réflexions stériles en songeant à la fessée.

Lancaster mérite une petite leçon...

CHAPITRE 43

Il mérite une leçon. *Mais laquelle ?*

Pendant que je me triture les méninges sur la façon de lui rendre la monnaie de sa pièce, les trois BBS parlementent. Mon regard survole distraitement les œuvres savamment mises en scène, pour s'arrêter sur une sculpture représentant un énorme panda coloré, assis, tête basse, avec à ses côtés un mini panda. *Trop craquant !* Barbara surgit devant nous et me demande mon avis sur l'œuvre qui a attiré mon attention.

– Ça me fait penser à Takashi Murakami. J'adore ! C'est la pièce que je préfère entre toutes.

Son regard est stupéfait. Pour éviter qu'elle ne me rembarre à cause de mon ignorance, je m'empresse d'ajouter :

– Mais j'avoue que je suis totalement inculte dans ce domaine.

– Votre éducation pour les arts devrait être facile, me dit-elle. C'est bien un Takashi Murakami.

– Oh ! Eh bien, la chance du débutant, sans doute…

Elle glisse son bras sous le mien.

– À ce point-là, ce n'est plus de la chance. Savez-vous que la pièce que vous préférez entre toutes est justement le clou de la vente ? Murakami est l'un des artistes vivants les plus chers au monde.

– On se demande bien pourquoi, marmonnent les trois BBS simultanément.

Pendant qu'elle continue à me parler, nous nous dirigeons vers la salle où va se dérouler la vente. Elle nous conduit au premier rang, où je m'assois entre Lancaster et Aïdan.

– J'ai croisé Sasha, dit-elle, les yeux brillants d'un éclat indéfinissable, en fixant son frère. Elle était… furibonde.

Elle se retourne vers moi, et je me dis que la trêve obtenue grâce à mon panda vient de prendre fin. Barbara la garce est de retour !

– Je ne remercierai jamais assez la personne qui a réussi un tel exploit, lâche-t-elle.

Waouh... serait-ce un signe d'amélioration entre nous ? Une chose est certaine, entre Sasha et moi, la balance penche en ma faveur. Allez savoir pourquoi… ?

– Bon, la vente va commencer, continue-t-elle. Je compte sur vous, les garçons ! Il y a une ou deux pièces qui seraient parfaites dans ta péniche, Aïdan. Vraiment ! Quant à toi, Luke, tant que je n'aurai pas vu ton appartement à New York, je ne t'embêterai pas…

– Tu comprends pourquoi je ne t'ai encore jamais invitée ? réplique-t-il avec malice.

Avec un petit rire, elle lui répond que ce jour finira bien par arriver, puis elle nous quitte. Je jette un œil sur le programme de la vente et je suis effarée des prix. Je reste sans voix quand je découvre celui de mon panda. Les gens sont-ils vraiment prêts à dépenser des sommes pareilles pour finalement quelque chose dont la valeur n'est que subjective ? Et qu'ils n'apprécient d'ailleurs même pas la plupart du temps ! Je suis brusquement arrachée de mes pensées par des applaudissements. Je lève la tête et découvre le panda, justement, sur la petite estrade.

– Comme vous le savez tous, cette sculpture de l'artiste Takashi Murakami est le zénith de cette vente, annonce l'homme en costume qui, je présume, doit être le commissaire-priseur, une œuvre unique et qui portera de plus le titre que son acquéreur choisira.

Des murmures se font entendre.

– Pourquoi tout le monde s'étonne ? C'est inhabituel ? demandé-je, intriguée.

– C'est même assez exceptionnel. L'acheteur pourra s'en honorer et cela peut même encore ajouter à sa valeur.

Un curieux silence s'abat sur la salle. Et le commissaire-priseur lance les enchères. Abasourdie, je vois des mains se lever ici et là. J'entends des exclamations quand le prix dépasse les 500 000 euros.

– Il suffit de lever la main pour enchérir ? murmuré-je à Lancaster qui ne semble absolument pas captivé.

Aïdan réprime un sourire pendant que Lancaster me répond :

– Oui, tout simplement. Mais encore faut-il avoir les moyens de le faire, Barbie.

Une brusque flambée de jubilation me submerge soudain.

Il suffit de lever la main… alors, je lève la mienne. Bien haut ! Lancaster sursaute. J'entends *700 000 à gauche !* Suis-je à gauche ? Dans le doute, je soulève à nouveau la main. Mon voisin lâche un juron. Assez fort pour que les personnes assises autour de nous lui jettent un regard scandalisé. Sur l'estrade, l'homme en costume s'adresse à Barbara. Elle répond. Il hoche la tête en souriant puis reprend la vente. *800 000 euros à droite !* Je n'arrive toujours pas à comprendre si je suis à sa gauche, où à sa droite. Je hisse ma main.

– Qu'est-ce que tu fais ?! grogne Lancaster *– Aïdan et Luke sont à deux doigts de hurler de rire.* Arrête ça immédiatement !

Je lui adresse un sourire radieux, et en attendant *850 000 à droite !* Je relève aussitôt la main. Aïdan manque s'étouffer. Quant à Lancaster, il est… blanc de colère ? Fou de rage ? Le choix est vaste, tellement son visage passe par diverses curieuses expressions.

– Adjugé à mademoiselle Beaumont, future madame Lancaster, pour la somme de 850 000 euros !

Je sursaute quand mon nom retentit. Lancaster est muet. *850 000 euros pour mon panda ?! Waouh !* J'entends des félicitations de toutes parts. Est-ce pour le mariage Lancaster ou la sculpture Murakami ?

– Avez-vous une idée du titre que vous souhaiteriez que donne monsieur Murakami à cette œuvre, mademoiselle ?

Tous les visages se tournent vers moi. Je prends une profonde inspiration et je me lève. Je n'en reviens toujours pas.

– Oui, Barbie, as-tu une idée ?

Je n'ose pas jeter un œil sur lui. Je me contente de regarder droit devant moi. Barbara et le commissaire-priseur me sourient et attendent ma réponse, comme toutes les personnes dans la salle.

– Oui, j'ai une idée, dis-je d'une voix un peu tremblante, puis je continue plus fermement. C'est une dédicace particulière en l'honneur de mon futur mari…

Je me tourne alors vers Lancaster. Même furieux, il est toujours d'une beauté à couper le souffle. Peut-être même plus. Il a quelque chose de sauvage et de féroce qui me chavire.

– La fessée ! dis-je bien haut sans le quitter des yeux. C'est le titre.

Il y a un moment de flottement dans la salle. Puis j'entends des rires, beaucoup de rires. Aïdan se tape les cuisses, hilare. Dans le brouhaha qui suit ma déclaration, le discours du commissaire-priseur me passe au-dessus de la tête.

– Heureusement que tu adores les complications, lance Luke, puis s'adressant à Aïdan, toujours hilare : Et toi, toujours aussi sûr de ton pronostic ?

– Plus que jamais !

Lancaster se lève, serre des mains, répond aux félicitations, me présente à des inconnus. Tout ça avec une maîtrise parfaite. Imperturbable, tranquille. J'en viens à me demander si ma vengeance a bien eu l'effet escompté. Quelques minutes plus tard, l'accalmie revient et la salle se vide peu à peu. Lancaster s'entretient avec Dimitri. J'aperçois Barbara qui discute avec un groupe de personnes représentant l'association. Aux mines réjouies qu'ils affichent, je me doute que le résultat des bénéfices engendrés par la vente est des plus positifs.

Peut-être même que ma fessée y a largement contribué, me dis-je soudain radieuse.

– La fessée ?!

La voix de Lancaster me fait sursauter. J'essaie de deviner son humeur sur les traits de son visage. *En vain.*

– Je trouve ça cinglant, percutant. Tu n'aimes pas ?

– Il y a une chose que je vais aimer encore plus, Barbie, murmure-t-il. Beaucoup plus ! Et ce sera mieux qu'une fessée.

Je reste sans voix. La gorge sèche. Les mains moites.

– Viens avec moi !

Sa voix claque comme un ordre. Et franchement, je n'aime pas du tout. *Du tout !*

D'autant plus que je me doute bien que mon petit panda à 850 000 euros... *Oh My God ! 850 000 euros ?!* J'ai une énorme bouffée de chaleur en pensant à cette somme astronomique, colossale, indécente… *Oh My God ! Est-il seulement en mesure de la payer ?* Et s'il ne peut pas ? Oh… je crois que je vais m'évanouir… Est-ce que je serai responsable ? Je regarde ma main… celle qui s'est levée… plusieurs fois…

– Je crois que je vais me sentir mal…

Suis-je allée trop loin ? Est-ce que je risque la prison ? Si je vais en prison, qu'adviendra-t-il de Tess, de mon père ? Je sens une boule qui grossit dans ma gorge et dans ma poitrine. J'ai l'estomac noué et les mains moites. Je ne sais pas ce qui m'a pris. Je n'ai aucune excuse. Maudite impulsivité ! Pourquoi ne me suis-je pas arrêtée plus tôt ?! Je donnerais tout pour être capable de me sortir de cette situation par une simple pirouette. Je suis malade d'inquiétude. La panique m'envahit. C'était une erreur.

Une énorme erreur à 850 000 euros… et combien de conséquences ?

J'ai juste envie de m'évanouir ! Pour oublier tout ça.

Oui, c'est la meilleure et seule option qu'il me reste pour éviter ce qui m'attend… pour éviter ce qu'il me réserve… pour 850 000 euros !

CHAPITRE 44

La vengeance est un plat qui se mange froid...

Lancaster ne semble pas d'accord avec ce vieil adage tandis qu'il me porte dans ses bras jusqu'au bureau. Mes jambes m'ayant soudainement lâchée. Malheureusement, je suis toujours consciente, dans l'incapacité de formuler une phrase correcte, mon estomac brassant son contenu à la vitesse d'un mixer en folie, mon cœur battant à cent à l'heure… mais toujours consciente.

– *Barbie*, est-ce que ça va ?

Incapable de démêler les multiples pensées qui tourbillonnent dans ma tête et forment un chaos indescriptible ! J'ai un poids énorme qui m'écrase la poitrine au ton… affectueux de sa voix. Je lève les yeux vers lui. Ses yeux bleus et la beauté sombre de son visage font bondir mon cœur. J'ai envie de passer mes mains sur ses épaules. Si larges et si solides. Et j'ai surtout envie de me mettre des gifles. J'ai juste un problème de 850 000 euros, et je délire sur son corps !

Mais qu'est-ce qui ne va pas chez moi, hein ?!

– Je… je…

Je ne suis pas capable d'aligner trois mots à la suite. Il me faut simplement un peu de temps et je vais me reprendre… 850 000 secondes, minutes, heures… et ça devrait aller…

– Combien de paires de chaussures je peux avoir pour 850 000 euros ?

Ma première phrase complète et sans bégayer, et je sors ça ?! Mon cerveau frôle la défaillance technique !

– À mon avis, tu aurais de quoi remplir un dressing, *Barbie*. Un très très grand dressing.

Son petit éclat de rire résonne contre moi, en moi. Il se tient à quelques pas. Nerveuse, je triture mon sac tout en essayant de réfléchir. Dès que je suis en sa présence, j'ai un mal fou à avoir des pensées cohérentes, à ne pas passer d'un extrême à l'autre. Il me fait perdre le contrôle. J'ai toujours été d'une nature impulsive. Je ne réfléchis pas, j'agis. Mais jamais, cela n'avait pris de telles proportions…

Ce mec me rend dingue !

– À propos des 850 000 euros… je…

Jamais je n'y arriverai. *Comment ai-je pu faire une chose pareille ?*

– Que se passera-t-il exactement si tu… ne veux pas payer ?

En clair, est-ce que je risque la prison ? Mais pas besoin de lui demander, c'est assez évident. Il s'avance et caresse ma joue un bref instant.

Je retiens mon souffle… pour la réponse que j'attends impatiemment, et à cause de la sensation qu'il vient de provoquer.

– Pourquoi ne voudrais-je pas payer ?!

Pourquoi ?! Je plonge mon regard dans le sien. Il est sérieux, *vraiment* sérieux et je suis complètement déconcertée par son attitude. Il est évident pour lui qu'il va payer… *Oh My God !*

– Il y aurait des tonnes de raisons, murmuré-je, mal à l'aise. D'abord, la première et la plus importante, parce que tu n'en aurais pas les moyens…

– J'en ai les moyens, Barbie, lâche-t-il d'une voix étranglée et en caressant encore une fois ma joue.

– Mumm… ensuite, parce que tu… parce que tu n'es pas obligé de le faire…

– C'est vrai. Mais c'était une vente aux enchères et on y vient pour acheter. C'est même tout l'intérêt de ce genre d'événement.

Il ponctue sa réponse d'une nouvelle caresse sur ma joue. Très légère. J'ai du mal à respirer. Je n'arrive pas à décrocher mon regard du sien.

– Mumm… et surtout, parce que c'était une vengeance de ma part, c'est une vengeance qui coûte cher, surtout si c'est toi qui dois la payer…

Imperceptiblement, je tends déjà ma joue dans l'attente de sa caresse… et il répond à la demande muette de mon corps.

– Je ne m'en sors pas trop mal, Barbie. Une des œuvres de Murakami s'est vendue à plus de quinze millions de dollars. On peut donc dire que tu m'as même fait faire des économies.

Quinze millions de dollars ?! Mais qui peut dépenser une somme aussi exorbitante ? Les gens sont-ils fous ?!

– Heureusement que je n'étais pas au courant, lâché-je dans un soupir en songeant à ce que j'aurais pu faire dans le cas contraire.

Il s'esclaffe. Autant j'ai l'habitude d'entendre Aïdan rire très souvent, et parfois à mes dépens, autant c'est rare chez Lancaster. Et le voir ainsi me trouble. Son regard brûlant me fait trembler. *On devrait interdire à un homme d'être aussi… sexy !* Ce n'est pas juste !

– Nerveuse ?

Il fixe ma bouche comme s'il allait la dévorer. Ses yeux se promènent sur mon corps, s'arrêtant un instant sur la peau nue de ma gorge, pour finir par plonger dans mon regard brûlant. Je me force à respirer. Je fais un pas en avant. Le corps tendu, les bras le long du corps, les poings crispés, il est adossé au mur. Même si je suis habillée, il me donne l'impression d'être nue. Plus rien n'existe que *lui* ! Et l'envie de lui en cet instant précis. J'avance à nouveau. Je suis si près maintenant que je peux sentir l'odeur de son parfum, de sa peau. Le temps semble s'être arrêté. Je suis immobile. Lui aussi. Et tout doucement, je lève ma main et l'applique sur son torse.

– Barbie… souffle-t-il.

Le timbre de sa voix, rauque, grave, me fait un effet dévastateur. Je tremble. Ma main se soulève au rythme de son souffle. De plus en plus rapide. Pour ne pas m'écrouler, je pose ma main gauche à côté de la droite. J'appuie sur son torse. Fort. Je secoue la tête. Je ne comprends pas ce qui m'arrive… Jamais je n'ai ressenti ça. C'est violent, puissant. Tout mon corps me fait souffrir, me démange, me brûle…

Oui, ce désir est si brutal, si intense qu'il me fait mal. Brusquement, il m'attrape, m'attire contre lui et plaque sa bouche contre la mienne. Mes mains coincées entre nos deux corps tentent de se libérer pour le toucher, le caresser. Ses lèvres et sa langue me dévorent… et je lui rends son baiser avec la même voracité. Mes gémissements répondent aux siens. Une vibration puis des sonneries d'appel retentissent entre nous. Plusieurs fois. Il s'écarte de ma bouche de quelques centimètres à peine. J'inspire. Je suis tellement étourdie par ce baiser que la tête me tourne. Mes lèvres sont presque douloureuses. Pourtant, j'ai toujours cette envie furieuse qui gronde en moi…

– Oh ! Bon sang, *Barbie*. Tu me rends dingue !

Son portable se manifeste une nouvelle fois. Il pousse un juron, fouille dans ses poches et l'envoie quelque part dans la pièce. J'en profite pour libérer mes mains. Il m'attrape encore, m'empoigne les cheveux et me plaque contre le mur. Il me tient immobile et m'embrasse à nouveau à pleine bouche. Je passe mes doigts entre les boutons de sa chemise pour pouvoir toucher sa peau. Mais j'en veux plus. Je crois que je perds complètement la tête. Je tire dessus. Fort. Les boutons sautent les uns après les autres.

Son érection pulse contre mon bassin et je me mets sur la pointe des pieds pour me frotter à lui, dans une tentative désespérée de soulager cette insatiable faim de lui. Ses mains empoignant toujours mes cheveux, il abandonne ma bouche et plante son regard dans le mien. Un regard qui m'incendie. Je passe mes mains dans son dos et je le griffe. Il grogne et m'assène un coup de reins. Je pousse un cri de plaisir.

– J'adore quand tu cries comme ça…

Il glisse une de ses mains vers mes fesses et les caresse, me forçant à sentir l'intensité de son désir. Je le griffe encore plus fort. Ses coups de reins se font violents.

– Je veux ta peau contre la mienne, je veux la goûter, la respirer, la goûter, la lécher, dis-je d'une voix que je ne reconnais plus. Toi contre moi…

Il lâche un son guttural puis se met à me mordiller, à sucer la peau de mon cou offert. Comme s'il souhaitait me laisser des marques. *Ses* marques.

– Marque-moi partout…

– *Barbie* ! Tu m'excites à un point… tu n'as même pas idée, bordel ! Si tu savais comme j'ai envie de te marquer partout, oui…

– Fais-le, alors ! Parce que là, je suis en feu…

Il pousse un juron. Sa respiration se fait toujours plus forte, plus saccadée. Il marmonne quelque chose d'incompréhensible. Il m'éloigne juste assez pour créer un léger espace entre nous, et contemple à nouveau mon visage, intensément. Le simple fait de le regarder, de lire son désir sur ses traits me coupe le souffle.

– J'en ai tellement envie que je crois que je suis sur le point d'exploser, murmure-t-il. Mais pas comme ça, je veux avoir des heures à t'offrir, pas ici, pas à la va-vite, pas à…

J'ai l'impression soudain de me retrouver sous une douche glacée !

– Mais c'est quoi ce bordel ! rugit-il.

Je suis si surprise qu'il me faut un moment avant de prendre conscience qu'une pluie me tombe, réellement, sur la tête. En quelques secondes, nous sommes tous les deux trempés. Lancaster m'attrape par la main et m'entraîne à sa suite. Le visage soudain sévère et grave.

– Tu vas faire tout ce que je te dis, déclare-t-il fermement. Il doit y avoir le feu dans le bâtiment…

– Le feu quelque part… ?! Oui, ça, il n'y a pas de doute… murmuré-je avec un petit rire, avant de prendre subitement conscience du danger.

Il sourit tendrement.

– Mumm… oui, répond-il en posant un baiser sur mon nez. Je pourrais faire un tas de plaisanteries à ce propos, mais ce n'est pas le moment. Ne t'inquiète pas, je connais l'immeuble comme ma poche et nous allons sortir d'ici très vite.

Il ramasse mon sac et son téléphone, qui n'arrête pas de sonner mais qu'il range dans sa poche. Puis nous courons jusqu'à la porte. La pluie glaciale tombe toujours du plafond. Il tourne la clé.

– Reste bien derrière moi, Barbie.

Il ouvre la porte et nous sortons dans le couloir. Sec.

– Bordel ! Ça fait plus de trente minutes qu'on essaie de te joindre au téléphone, s'exclame Aïdan Tout le monde a filé, et ça fait déjà trop longtemps qu'on empêche Barbara de débarquer ici.

– Il n'y a plus personne ?!

– Le dernier invité est parti il y a un bon moment déjà, répond Luke. On vous aurait bien laissés là pour la nuit, mais tu n'as ni les clés ni le code.

– Désolé, ma belle, s'excuse Aïdan en posant sa veste sur mes épaules. Mais c'était la douche froide… ou Barbara. Elle a la clé du bureau. Et malgré notre charme dévastateur, si on n'était pas intervenu de notre côté, elle aurait fini par surgir ici comme le lapin blanc de son chapeau.

– Mais comment as-tu fait ?!

Lancaster me prend dans ses bras, avance dans le couloir tout en répondant :

– Ce petit con est un génie de l'informatique. Pour lui, rien de plus facile.

– Ce petit con vient de t'éviter de te retrouver en fâcheuse posture.

Je tremble toujours quand nous rejoignons la limousine, et pendant qu'Aïdan et Luke s'engouffrent dans la voiture, Lancaster m'adosse contre la portière ouverte.

– Tu as froid ?

Il resserre la veste sur mes épaules et dégage mes cheveux avec douceur.

– Non, je n'ai pas froid. C'est…

Tout ce désir qui gronde en moi. Toute cette frustration que je ressens. Ce tourbillon d'émotions violentes et incontrôlables qui m'effraie par sa puissance. Toutefois, toujours incapable de mettre des mots sur ces sentiments, je lâche dans un soupir :

– Merci…

Il se penche légèrement et souffle sur ma peau. J'entends le bruit de talons qui claquent sur le bitume, derrière lui.

– Mais qu'est-ce qui vous est arrivé à tous les deux ?! s'écrie Barbara en nous dévisageant d'un air horrifié.

– Demande donc à tes protégés, rétorque son frère en m'aidant à m'installer dans la voiture.

– Pourquoi faut-il que vous vous comportiez toujours comme des adolescents attardés, dit-elle, agacée. Vous êtes désespérants ! Et ça se dit dirigeants d'une multinationale… Bravo !

Lancaster prend place à mes côtés et passe son bras sur mes épaules. Je crispe mes mains, enfonce mes ongles dans mes cuisses… J'ai besoin de toute ma volonté pour ne pas lui sauter dessus. Aïdan me fait un drôle de petit sourire.

– Ça va, Angeline ?

Le petit con ! Il devine parfaitement ce qui me tourmente à l'instant présent. Luke m'observe à son tour et ses yeux pétillent d'amusement. Je fais une prière silencieuse pour que ces deux-là croisent un jour la route d'une femme qui leur en fera voir de toutes les couleurs. Mais, sans attendre l'hypothétique jouissance de voir une autre exécuter ma vengeance, j'ouvre la veste et me penche vers mes chevilles. La main sur le mollet, je remonte ensuite *très lentement* jusqu'à une limite totalement indécente de mes cuisses, pour y essuyer les dernières traces d'eau.

– Très bien, et toi ? murmuré-je en renouvelant l'opération sur l'autre jambe, mon regard plongé dans le sien.

Je jubile quand je le vois déglutir avec difficulté. Quant au regard de Luke… un vrai prédateur. Lancaster me serre brusquement contre lui.

– Tu es en train de les rendre fous… Mais surtout, tu *ME* rends fou, grogne-t-il.

– C'est une idée que j'aime beaucoup, murmuré-je en me blottissant encore plus près de lui.

Puis je ferme les yeux. Je me laisse envahir par la chaleur de son corps contre le mien, son parfum, sa voix. Je me sens protégée par un rempart de muscles solides et de force animale. Le roulement de la voiture me berce, et tout doucement, je plonge dans le sommeil.

CHAPITRE 45

La musique à fond dans les écouteurs, je cours. Tant que je continue à courir, j'oublie un peu. Je jette un œil sur mon podomètre : 7 km. Des gouttes de sueur perlent sur mon front et dans mon cou… ce cou qu'il a embrassé, mordu… Argh ! STOP ! J'ai déjà passé une nuit pourrie… à rêver de ses mains sur mon corps, de sa bouche… J'ai besoin d'une bonne douche… *et voilà, ça recommence !* Tout me ramène vers la soirée d'hier et à… *Waouh…* Rien que d'y penser, j'ai des papillons dans le ventre, et le cœur qui palpite si fort que je risque le malaise. Je m'arrête et les mains sur les genoux, je cherche à reprendre mon souffle. J'essuie mes paumes en sueur sur mon short de sport et rentre dans le hall.

– Bonjour mademoiselle Beaumont. On a livré ça pour vous à l'instant, m'informe Jacques en me tendant un paquet et l'enveloppe habituelle. Vous êtes allée courir plus tôt, aujourd'hui. Remarquez, vous avez raison, il fait déjà très chaud.

– Je me suis réveillée aux aurores, dis-je en gardant pour moi que je n'ai quasiment pas dormi, alors autant en profiter. Et puis, c'est agréable de courir quand Paris est encore si calme. Merci Jacques, bonne journée.

J'ouvre l'enveloppe :

J – 32 !

J'ai un frisson. *Hier, si ça n'avait tenu qu'à moi...*

Je rentre dans l'appartement et file direct dans la cuisine.

– Tu es bien matinale, dit mon père, que je trouve en train de boire son café et de lire le journal. Tu as des rendez-vous ?

Il est à peine huit heures du matin et mon père qui me connaît bien sait que c'est très loin de mon heure habituelle de lever.

– Non, rien de prévu, et tant mieux ! Aujourd'hui, Laura me laisse tranquille.

– Tu as passé une bonne soirée ?

Si seulement tu savais, Papa...

– Oui, pleine de surprises, dis-je en sentant le rouge me monter aux joues, ce qu'il ne manque pas de remarquer. C'était une soirée très… instructive, et dont je garderai le souvenir longtemps.

– Ma chérie, je t'ai déjà posé la question, mais… tu es vraiment heureuse de te marier, n'est-ce pas ?

Je triture distraitement le paquet de la main en me demandant s'il vient de Lancaster. Je sais que jamais je n'ai eu envie d'un homme comme j'ai envie de lui. Qu'il me déstabilise complètement. Qu'avec lui, j'ai le cœur qui perd la tête. Tout comme mon corps. Mais que je veux aussi tout ce qu'il ne pourra pas me donner… alors suis-je vraiment heureuse ?

– Pourquoi tu ne t'es jamais remarié ? Tu aurais pu, je suis certaine que ce n'est pas faute d'occasions.

Il plie son journal et me fait signe de m'asseoir près de lui.

– J'aurais sans doute pu me remarier, dit-il, le regard voilé. Seulement, après le départ de ta mère, aucune femme n'a su faire vibrer mon cœur comme elle y était parvenue. Alors oui, j'aurais pu épouser une femme aimante et douce, et vivre à ses côtés une vie tranquille… mais cela n'aurait été honnête ni pour elle, ni pour moi.

– Tu ne lui en veux pas de nous avoir abandonnés ? De n'avoir jamais tenté de reprendre contact avec nous ?

Quelle sorte de mère peut agir ainsi ? Involontairement, j'ai haussé la voix, et même si aujourd'hui, je n'éclate plus en sanglots en pensant à elle, ma rage est toujours bien présente.

– J'ai été en colère très longtemps. Mais c'est fini, et on peut dire que je lui ai accordé mon pardon… même si je ne comprends pas son geste, j'ai fini par accepter son choix.

– Je ne t'ai jamais interrogé à ce sujet, Papa… mais tu n'as jamais… cherché à la retrouver ?

Je regrette aussitôt d'avoir posé cette question. Ses épaules s'affaissent comme sous le poids d'une intolérable douleur et j'ai brusquement l'impression d'avoir en face de moi un homme vieux de plusieurs siècles. Sa souffrance, soudain visible, me percute de plein fouet. Quand ma mère est partie, elle n'a pas seulement abandonné ses filles. Elle a aussi tiré un trait définitif sur le père, sur le mari, sur l'homme qu'elle avait rencontré un jour et dont elle était tombée amoureuse, sur l'amant… Elle a effacé des années de vie, de sa vie… de la nôtre…

– Tu n'as jamais pensé qu'il lui était peut-être arrivé quelque chose… qu'elle était malade… gravement malade et que c'est pour cela qu'elle…

Ce n'est pas moi qui parle, mais la petite fille de dix ans que j'étais. Celle qui voulait croire que sa mère avait de bonnes raisons pour agir ainsi. Parce qu'imaginer autre chose était tout simplement inconcevable et insoutenable. La petite fille qui pouvait passer des heures devant une fenêtre, qui scrutait chaque silhouette féminine vaguement ressemblante croisée dans la rue, qui espérait à chaque coup de sonnette voir surgir sa mère, à chaque coup de téléphone entendre sa voix… Des heures, des jours, des mois, des années à espérer en vain.

– Un an après son départ, commence-t-il en essayant de dissimuler son affliction et de faire bonne contenance. J'ai reçu des papiers…

– Tu ne m'en as jamais parlé ! je lâche, surprise, et sur un ton presque accusateur.

– Laisse-moi finir, Angeline. Tu avais douze ans à l'époque et tu commençais tout juste à aller un peu mieux. Toutefois, même si tes progrès étaient notables, la route était encore longue avant que tu ne te rétablisses complètement, et sur les conseils du psychologue qui te suivait, j'ai pris la décision qui me semblait la meilleure pour toi… la moins douloureuse. Et surtout, j'avais la hantise que tu ne te replies à nouveau sur toi. Tu venais de passer plusieurs mois sans dire le moindre mot, le regard absent… jamais un sourire ou même un froncement de sourcil.

– Comme Tess, je murmure en tressaillant.

– Les papiers contenaient la demande de divorce de ta mère, dit-il, le regard vague. Elle me laissait votre garde exclusive, ne souhaitait aucun droit de visite, aucune pension…

– Est-ce qu'il y avait… quelque chose pour moi… pour Tess… une lettre…

D'un geste empreint de douceur, il replace une mèche de mes cheveux derrière mon oreille.

– Non, mon ange…

Pendant quelques secondes, j'ai espéré contre tout espoir qu'il me donnerait une autre réponse. Et le reste de ses paroles se perd dans un brouillard confus dont je ne retiens pas grand-chose, si ce n'est qu'elle a vécu quelques années à Londres…

À moins de trois heures de Paris, me dis-je sidérée. *Elle était si... proche de moi et pourtant elle n'a jamais tenté de me voir...*

Nous restons plongés de longues minutes dans le silence. Je suis envahie par une colère intense et muette en comprenant que la douleur de son abandon est une plaie toujours aussi vive.

– J'ai essayé pendant longtemps de lui trouver des excuses… mais elle n'en a aucune, dis-je brusquement. Elle est comme ces familles qui adoptent un enfant et qui au bout d'un an les remplacent parce qu'ils ne conviennent plus… parce qu'ils ne correspondent pas à leurs attentes. Comme s'ils étaient de simples jouets dont ils peuvent disposer à leur guise et jeter quand ils ont perdu tout attrait… Jamais je ne lui pardonnerai ! Jamais !

– C'est de cela que tu as peur, n'est-ce pas ? Que Geoffrey t'abandonne ?

Je ne sais pas comment nous en sommes venus à parler de ma mère. Un sujet que j'évite pourtant soigneusement.

– Quel rapport avec mon mariage ?

– J'ai vu comment tu réagis en sa présence, et j'ai vu la même chose chez lui. Je te connais si bien…

– Mais tu ne le connais pas, lui ! le coupé-je, agacée.

Il fronce les sourcils avec sévérité, comme lorsque j'étais plus jeune, puis il reprend :

– J'ai quand même eu l'occasion de le rencontrer plusieurs fois lors des transactions. Nous avons même mangé ensemble à quelques reprises, en dehors du cadre strict de la reprise. Ce qui m'a permis tout de même de me faire une opinion sur lui. Une bonne opinion.

– Pourquoi tu ne m'as rien dit ?! Et pourquoi tu n'as pas mentionné le fait que vous vous connaissiez bien, la première fois que je te l'ai présenté ?

Je pensais que vous ne vous étiez rencontrés que lors de la signature des papiers…

– Je n'en voyais pas la nécessité, d'autant que nous n'étions pas seuls. Crois-tu que cela m'aurait été agréable de révéler devant ton organisatrice de mariage que mon futur gendre était aussi celui qui avait racheté mon usine en faillite ? dit-il d'un ton sec.

Je peux comprendre combien la situation a dû être humiliante pour lui.

– Mais tu aurais pu me prévenir.

– Cela aurait-il changé quelque chose pour toi ?

Avec un peu de réflexion, j'aurais dû savoir qu'un vendeur et un acheteur se rencontrent forcément plusieurs fois. Ne serait-ce que pour les négociations d'usages, et ensuite, pour toutes les formalités. Mais de là à déjeuner ensemble ? J'avoue que je n'y avais pas songé…

Aurais-je refusé ce contrat, en sachant cela ?

– Non, tu as raison, ça n'aurait rien changé.

– Mais tu n'as pas répondu à ma question, mon ange.

– Laquelle ? dis-je avec une totale mauvaise foi.

– Ne fais pas l'erreur de penser qu'il est comme ta mère et qu'il t'abandonnera.

Les gens finissent toujours par vous quitter…

– Je vais prendre une douche, dis-je, soudain pressée de fuir cette conversation.

Dans la chambre, j'ouvre le paquet pour découvrir une peluche, un adorable petit panda. Avec une petite carte, où est écrit :

TU ME DOIS 850 000 BAISERS, BARBIE !

On commence quand ?

J'ai des papillons dans le ventre et… des larmes au coin des yeux.

CHAPITRE 46

LANCASTER

Bon sang, cette femme est unique. Qui d'autre serait capable de me mettre dans un état pareil en quelques mots à peine ? J'expire lentement et relis son message :

À raison de 2 mn par baiser,
ça ferait 1 700 000 minutes,
soit 28 333,33 heures.

Donc à peu près 3 ans et demi
pour régler ma dette…
Je dors quand ??

Mon corps réagit aussitôt, et je dois me concentrer pour garder mon calme. Je passe ma main sous la table et la presse contre mon érection. Je jette un œil sur Luke qui finit son petit-déjeuner et ne me prête aucune attention. Après un rapide calcul, je tape à mon tour :

2 mn ??? NON !!! Trop court !!!
Minimum 3 mn, soit 2 550 000 minutes,
42 500 heures, donc à peu près
5 ans… dormir ??? Pourquoi ?
Tu as envie de dormir, Barbie ?! G L.

Je l'imagine aussitôt nue dans mon lit et…

– Bonjour ! lance gaiement Cathy en surgissant dans la cuisine. J'ai le temps de boire un café ?

Surpris par ma collaboratrice, ma main à un endroit inapproprié, je me rends compte tout à coup qu'il faut vraiment que je me reprenne si je ne veux pas m'attirer des ennuis. *Et tout de suite !* Mais là, j'ai tellement envie de ma Barbie que ça en devient douloureux. Je n'ai pas besoin de regarder ma montre pour savoir qu'il est huit heures trente précises. Cathy est la ponctualité personnifiée, en plus d'être une assistante hors pair, depuis trois ans qu'elle travaille pour nous.

– Tu as tous les documents ?

– Pardon !?! s'exclame-t-elle en arrêtant de déguster son expresso et me lançant un regard noir.

Merde ! Comme s'il était possible que Cathy oublie des documents, ou même quoi que ce soit qui concerne le boulot. Je lui offre un petit sourire contrit, celui qui la fait fondre, et me traite mentalement de crétin. *Mon portable vibre.* Je me jette dessus en prétextant que ce sont peut-être les Chinois. Je me passe la main dans les cheveux tandis que Cathy me dévisage d'un drôle d'air et que Luke marmonne je ne sais quoi prouvant qu'il n'est pas dupe.

Je ne sais pas si j'ai envie de dormir.
Tout ce que je sais c'est qu'hier
j'ai très mal dormi !! Presque 5 ans ???
Il s'agirait de ne pas perdre de temps,
alors !!!

Sans plus réfléchir, j'attrape ma veste, mon porte-documents et quitte la pièce en trombe en leur lançant :

– On y va !

– Il y a un problème ? demande Luke en réagissant au quart de tour et en me suivant dans l'ascenseur. Tu as appris quelque chose de nouveau ?

Cathy dépose brusquement sa tasse et court derrière nous. Avant qu'ils arrivent dans la voiture, j'ai déjà informé le chauffeur de l'endroit où je veux qu'ils nous conduisent, avant de nous déposer au siège de la société.

Pendant que nous roulons dans les rues de Paris, j'écris :

Tu es à l'appartement ??? G L.

Je n'ai que trente minutes de battement avant notre rendez-vous avec les Chinois.

– Hey, me relance Luke, le nez dans son ordinateur. Tu comptes me répondre ? Est-ce que tu as appris quelque chose ? Aïdan a découvert un loup dans la bergerie ?

J'attends sa réponse, en ignorant totalement la question de Luke… je commence à perdre patience

– Lui aussi ! *Qu'est-ce qu'elle fout, bordel !?* Il lui faut combien de temps pour écrire un mot ?

– Non, il n'y a pas de loup, rétorqué-je, la mâchoire crispée, en fixant mon téléphone. Enfin, je ne crois pas… Aïdan s'en occupe, et si jamais il y avait une surprise, il sait quoi faire.

Quand le message arrive, je lâche un soupir :

Oui. Pourquoi ?

Et en souriant, je réponds :

Je suis là dans 15 minutes. Je viens
chercher mon premier remboursement.
Attends-moi en bas !! G L.

Il est préférable que je ne monte pas jusqu'à l'appartement. Je ne suis pas certain de n'y rester que trente minutes. D'autant que son père doit y être aussi. *Oui ! c'est mieux comme ça.* Je passe juste lui dire un petit bonjour… Malgré tout, j'hésite un moment.

Ce n'est pas dans mes habitudes de me laisser distraire de mon travail. Et à bien y réfléchir, cela ne m'est jamais arrivé. D'abord, parce que je n'en ai jamais éprouvé l'envie. Ensuite, parce que depuis mon plus jeune âge mon *cher père* a veillé à ce que chaque moment de ma journée ne soit focalisé que sur un seul but : devenir ce qu'il souhaitait. Et si à cinq ans, la surabondance des activités sportives et intellectuelles profitaient à mon hyper activité et me comblaient, j'ai vite compris que ce que je prenais pour de l'affection, de l'intérêt de sa part, n'était en fait que la manifestation d'un tempérament manipulateur. La multitude de domestiques à notre service, outre le fait de s'occuper de notre demeure, était surtout chargée de surveiller 24 h/24 h ma mère, ma sœur et moi, et de rendre compte à mon père. Si certains manipulateurs ne sont pas conscients de leurs attitudes dévastatrices, mon père l'était parfaitement. Qu'en est-il de moi au vu de ce contrat ? Ne suis-je pas exactement comme lui… ne suis-je pas un dangereux manipulateur, doublé d'un menteur ? Cette pensée me déstabilise profondément.

– C'est pas vrai ! rugit Luke quand il prend soudain conscience du quartier où nous nous trouvons.

Je lui jette un regard furieux.

– Nous ne serons pas en retard…

– Y a intérêt, me coupe-t-il en me rendant la pareille. Parce que je te…

Je n'entends pas la suite. Nous venons de nous garer et je me précipite hors de la voiture sans l'écouter.

Elle est là…

Putain… C'est forcément un rêve. Un fantasme.

Avec elle, j'ai l'impression de retrouver quelque chose que j'avais perdu depuis des années. Elle me rappelle une époque, trop courte, et lointaine où j'étais… heureux. Avec elle, j'ai l'impression d'être le roi du monde. Je cligne des yeux, et je sens mon pouls s'accélérer comme si je piquais un sprint. Non, je ne rêve pas. Elle est là, devant moi, à quelques pas… dans une petite robe et sur des talons hauts. Très hauts. Tellement sexy !

Oh bon sang !

Elle esquisse un sourire en posant un regard matois sur la bosse qui se forme soudain sous mon pantalon.

– Tu veux vérifier si j'ai mis une petite culotte ? demande-t-elle, mutine.

Rien ne peut me retenir. En moins d'une seconde, j'ai franchi la distance qui nous sépare. Je m'arrête à un centimètre de son visage. J'ai le corps en feu. Je peux lire toutes les émotions qui défilent dans ses yeux. Elle en a envie. Et cette pensée me rend fou. Elle se mord la lèvre. Je passe ma main dans ses cheveux, la saisis par la nuque et plaque mes lèvres contre les siennes. Des gémissements s'échappent de sa bouche. Sa poitrine se soulève au rythme de sa respiration haletante. Je n'ai pas le souvenir d'avoir autant eu envie d'une femme. Je sens que je risque de perdre la tête…

– Touche-moi, murmure-t-elle dans un souffle sur mon visage.

Ses paroles m'excitent davantage. Et si je ne me retenais pas… Un coup de klaxon retentit. Une portière s'ouvre. J'ai envie de la posséder, de la dévorer…

– Si tu ne ramènes pas tes fesses *tout de suite*, je te préviens, on se barre !

J'inspire profondément. Barbie tressaille comme si elle se rendait compte brusquement de l'endroit où nous sommes. Je prends son menton entre mes doigts et la force à lever les yeux, puis je me penche tout doucement sur elle et frôle ses lèvres avec les miennes.

– Tu me fais perdre la tête, Barbie.

Elle me regarde longuement, et je me demande à quoi elle pense.

– Toi aussi, bredouille-t-elle en fronçant les sourcils comme si cela l'ennuyait. À ton avis, continue-t-elle avec un sourire et sur un ton badin, avec ce baiser, ma dette s'est allégée de combien ?

Et merde !

C'est comme un coup de poing dans le ventre. Elle a de nouveau érigé cette putain de barrière entre nous. Chaque fois que je crois que nous nous rapprochons un peu, elle se retranche et s'éloigne de moi.

– Je dois y aller… je ne veux pas, mais je ne peux pas faire autrement, dis-je en chassant une mèche de son adorable visage. Je n'ai pas pu m'empêcher de te voir avant de commencer ma journée.

Elle hoche la tête et s'éloigne vers le hall. Je la regarde disparaître, et chaque parcelle de mon corps la réclame déjà. Je n'ai qu'une seule envie : la suivre.

Mais je grimpe dans la voiture.

– Tu es dans la merde, m'affirme Luke sur le ton de celui qui vient d'enterrer un ami. *Vraiment* dans la merde !

Cathy, plongée dans la lecture de documents, fait semblant de n'avoir rien vu, rien entendu. Mais c'est la première fois qu'elle me voit réagir ainsi. Prendre le risque d'arriver en retard à un rendez-vous des plus importants pour une femme ?! Jamais !

Alors oui, je suis dans la merde ! Vraiment !

CHAPITRE 47

Assise à la terrasse du café, je fume une cigarette en observant les passants.

Pour la première fois, je les vois. Eux. Tous. Pas seulement la faune privilégiée qui vit dans ces beaux quartiers. Je vois les autres, ceux qui y travaillent, ceux qui y viennent juste pour faire un petit tour… Oui, pour la première fois, je remarque les autres, ceux que je ne voyais jamais. *Avant.*

Ici, il y a une règle tacite : celle du meilleur ! Si vous y êtes nés, si vous y vivez, c'est que vous êtes l'élite ! Et l'élite ne désire que le meilleur. En tout ! Écoles, boutiques, restaurants, boîtes, stations de ski, bijoux, voitures, appartements, résidences secondaires… animal de compagnie… physique… amies…

Insidieusement, au fil des jours, des années, on ne remarque plus… les autres, ceux qui n'ont pas la chance de faire partie de l'élite. On les croise, on peut même leur parler parfois, par nécessité, mais on ne les voit pas…

Parce que nous sommes les meilleurs ! N'est-ce pas ?!

Aujourd'hui, je les vois, tous les autres… comme tous ceux du Bar des Potes, Éric, Céline, Tony, Karine, Sandrine, qui m'ont aidée, chacun à leur façon, en m'offrant un travail, une écoute, un sourire sincère, leur amitié… et eux aussi, ils m'ont vue.

Ce sont eux les meilleurs ! Ceux qui n'ont pas besoin que je porte le dernier sac à la mode pour me saluer, ceux qui n'ont pas besoin que j'habite dans le XVIe pour me parler, ceux qui n'ont pas besoin que mon compte en banque soit bien garni pour m'apprécier…

– Angeline ! C'est fou, je pensais à toi… s'exclame Diane en m'arrachant à mon introspection et en s'installant à ma table.

J'ai bien envie de lui dire que moi aussi je songeais à elle, d'une certaine façon.

– Une orange pressée, demande-t-elle au serveur. Je t'ai laissé plusieurs messages sur ton répondeur, mais pas de retour… Tu les as eus, au moins ?

Oh oui, je les ai eus ! Elle a inondé ma messagerie. La nouvelle de mon retour dans le quartier et de mon futur mariage *heureux*, a subitement réactivé à sa puissance maximale la fibre amicale de toutes mes anciennes *amies*.

– Je les ai bien eus, Diane.

Elle semble décontenancée pendant un instant. L'arrivée du serveur avec sa boisson dissipe sa gêne.

– Oui… Eh bien, je suppose que tu es vraiment très occupée en ce moment, et je ne t'en tiens pas rigueur…

Elle ne m'en veut pas ?! Comme c'est aimable de sa part ! J'allume une nouvelle cigarette et lui offre mon sourire le plus hypocrite.

– Tout de même, tu n'as pas cet air stressé et épuisé qu'ont en général toutes les futures mariées… Tu es en pleine forme, oui ! Absolument superbe. Vraiment !

– Merci… Effectivement, il y a peu de temps, je n'étais pas en aussi grande forme, dis-je alors d'une voix froide en la fixant. J'étais même loin d'être au top ! Il faut avouer qu'être serveuse dans un bar et y travailler six jours sur sept pour gagner tout juste le SMIC n'a pas les mêmes bienfaits qu'une heure de soin dans un institut de beauté. Si tu vois ce que je veux dire…

Elle se crispe et avale une gorgée de sa boisson.

– Oui, je comprends tout à fait, Angie, et si j'avais eu la moindre idée que… c'était aussi difficile pour toi, je t'aurais apporté mon aide, tu sais !

Il y a encore quelques mois, je voulais retrouver mes amies, mon milieu, mon train de vie, et j'ai aussi signé ce contrat pour toutes ses raisons, bien que celle qui a été prépondérante ait toujours été *Tess*. Aujourd'hui, j'ai au moins appris une chose : si je devais recommencer, je signerais toujours ce contrat, mais uniquement pour Tess.

– Tu comprends, Diane ? Oh… Et qu'aurais-tu fait pour m'aider, si tu avais su que c'était aussi difficile pour moi ?

– Je ne sais pas. J'aurais pu demander à mon père de te trouver un emploi, quelque chose comme ça…

– Alors pourquoi tu ne l'as pas fait ?!

Elle triture la petite serviette en papier blanc. Des petites gouttes de sueur perlent sur son front. Mais la chaleur qui règne sur Paris n'en est pas la cause. Une légère rougeur envahit son visage. Très légère.

– Je me sens honteuse, Angie.

Non, elle n'est pas honteuse. Elle ne sait pas ce que c'est. Elle n'est pas allée, pendant quinze jours, mendier un rendez-vous pour ensuite se retrouver à signer un foutu contrat avec un inconnu. *Elle ne s'est pas vendue !* Alors, non, elle n'est définitivement pas honteuse. Elle est simplement confuse et dans ses petits souliers. Pas plus. Un sentiment désagréable, soit, mais qui ne durera pas.

– Tu n'as pas répondu à ma question, Diane. Pourquoi tu ne l'as pas fait ? Pourquoi tu ne m'as pas téléphoné une seule fois ? Explique-moi.

– Je suis désolée, Angie. Si tu savais à quel point ! Je n'ai jamais décidé de ne plus te voir… quand on a appris pour vous, j'ai vraiment eu beaucoup de chagrin…

Elle me regarde, tentant de deviner ce que je ressens. Mais je reste impassible. Je ne sais d'ailleurs pas moi-même si je ressens quelque chose.

– J'ai vraiment été touchée, et c'est sans doute ce qui est le plus infect, dit-elle, le visage crispé. J'avais beau être triste pour toi et ton père, je n'ai absolument rien fait. Au début, je me disais « Je l'appellerai demain », et ainsi de suite, jour après jour… Puis le temps est passé, et un jour, c'est devenu plus facile de demander des nouvelles à Justine…

– Plus facile ?!

– Oui… j'avais trop attendu… Tu étais mon amie, et je me comportais comme si tu n'avais jamais existé, comme si nous n'avions jamais rien partagé…

– Pourquoi tu ne m'as pas téléphoné tout au début…

– J'ai réfléchi trop longtemps, murmure-t-elle en me regardant droit dans les yeux. Personne ne m'a demandé de ne pas prendre de tes nouvelles… Mais, après les premiers jours où on ne parlait que de ça, où chacune y allait de ses conseils pour te donner un coup de main mais aucune ne faisait rien… nous avons commencé à parler de moins en moins de toi…

– Et vous m'avez oubliée, rayée de votre vie… dis-je tout bas.

Mes yeux sont froids. Les siens, brillants, humides…

– Ce n'est pas ce que je voulais, mais c'est ce que j'ai fait… c'était plus facile… mais, ce n'est pas ce que je voulais…

– Mais tu l'as fait !

Nous restons silencieuses un long moment, avant que je reprenne la parole.

– Et pourquoi, subitement, ce revirement de ta part ? Est-ce le hasard ?

– J'aurais aimé te retrouver par hasard et laisser faire le destin… ou mieux, avoir le courage de prendre mon téléphone et de t'appeler…

Elle avale une longue gorgée de son soda, comme pour se donner du courage, et je devine déjà que la suite ne va pas me plaire.

– C'est mon père, lâche-t-elle enfin.

– Qu'est-ce que ton père vient faire là-dedans ?

– C'est en rapport avec son travail. Je ne connais pas précisément les détails, mais je sais qu'il espère depuis toujours être partenaire de ton futur mari. Jusqu'ici, ça ne s'est pas fait, je ne pourrais pas te donner la raison, je n'en ai aucune idée… Quand il a appris que tu allais te marier avec lui… ça l'a rendu comme fou…

– Le fait de me marier avec Geoffrey ne lui garantit rien du tout ! Je ne me mêle pas de ses affaires et ne compte pas changer cet état de fait…

Je reste sidérée par ses révélations.

– Donc, si tu as repris contact avec moi, c'est à la demande de ton père… ?!

– Non, pas du tout, me coupe-t-elle aussitôt, je l'ai fait parce que je voulais te revoir et que tu me manquais. J'avais aussi besoin de m'excuser auprès de toi. Si je t'en parle maintenant, c'est simplement pour être sincère avec toi. Jusqu'au bout, même si tu as tout à fait le droit de mettre ma parole en doute… même si je ne sais pas si tu pourras me pardonner un jour…

– Je ne le sais pas, en effet.

– Je regrette de ne pas avoir été là quand tu en avais le plus besoin… je te souhaite le meilleur, vraiment ! Et si tu as besoin de moi un jour, cette fois, je serai là…

La serviette n'est plus qu'un amas de petits morceaux éparpillés sur la table. Déchiquetés. Il n'en reste plus rien… tout comme notre amitié.

Je me lève, attrape mon sac et mon téléphone.

– Devine quoi, Diane ?! C'est toi, maintenant, qui n'es plus digne de figurer dans mon carnet d'adresses. Et tu pourras dire aux autres que c'est pareil, dis-je. *Et juste avant de partir, j'ajoute avec un sourire* : Je te laisse l'addition… en souvenir du bon vieux temps, hein ?!

CHAPITRE 48

Le cerveau embrumé par des images, toutes plus torrides les unes que les autres, de Lancaster et moi, je me dirige d'un pas alerte vers la pâtisserie pour y acheter quelques macarons, péché mignon de mon père.

La tête dans les nuages, je heurte violemment une jeune femme qui sort d'une boutique. Le contenu de son sac se déverse sur le sol. Tout en m'excusant de ma maladresse, je m'accroupis pour l'aider à ramasser ses affaires. En découvrant celle qui se trouve en face de moi, mon sourire se fige. *Merde !* Combien y avait-il de chance pour que je tombe sur elle ? *Combien ?!*

– Angeline, n'est-ce pas ? dit-elle en se relevant. Je n'étais pas certaine, mais à voir votre expression, je pense que mes souvenirs sont exacts.

Brusquement, les images torrides de Lancaster et moi sont remplacées par celle de Lancaster et Sasha ! Je suis si surprise que je reste un moment sans pouvoir prononcer un mot. Elle n'a pas l'air plus ravie que moi de se trouver dans cette situation déplaisante. *Et c'est un euphémisme.*

– Puis-je récupérer mes clés ?

Je baisse les yeux sur ma main pour y découvrir le jeu de clés que je viens de ramasser.

– Bien sûr, marmonné-je en le lui rendant. Je suis…

Merde ! Je ne sais pas quoi dire. *Désolée*, serait de circonstance, après tout, c'est moi qui l'ai bousculée. Mais rien ne sort. *Enchantée de vous revoir ? Quelle bonne surprise ?*

– C'est une rencontre dont nous nous serions passées toutes les deux, lâche-t-elle finalement, en abrégeant ainsi mon dilemme.

– Oui, sans aucun doute.

Elle m'observe un moment, mais je ne ressens pas dans son regard l'animosité de la soirée dernière.

– Je ne savais pas pour vous et Geoffrey, commence-t-elle, visiblement gênée. J'ai appris l'annonce de votre mariage en même temps que…

Elle se décale un peu pour faciliter le passage des piétons. Elle sort une cigarette de son sac et l'allume nerveusement.

– En même temps que votre rupture, terminé-je pour elle, alors qu'elle exhale une longue bouffée. Je comprends…

Le pire, c'est que je dis la vérité. Je la comprends. Comment aurais-je réagi à sa place ?

– Je n'irais pas jusqu'à vous féliciter… *Au moins, elle est honnête.* Mais je suppose que vous-même n'étiez pas au courant de mon existence, continue-t-elle, et elle devine sans peine la réponse.

Nous restons un moment silencieuses, et lorsqu'elle me propose de boire un verre avec elle, je sais que je devrais répondre non ! Que c'est une très mauvaise idée. Et au moment où je vais suivre la voie de l'intelligence, mon téléphone m'annonce l'arrivée d'un message. Je fouille dans mon sac à la recherche de mon appareil.

Chaque heure, chaque minute…
tu te glisses dans mes pensées,
Barbie ! G L.

– C'est lui, n'est-ce pas ? souligne-t-elle avec un sourire mélancolique.

Lui a-t-il aussi envoyé des messages comme celui-ci ? Lui a-t-il dit qu'elle le rendait fou, qu'elle lui faisait perdre la tête ? Une boule se forme dans ma poitrine. Je le connais si peu… Et en une fraction de seconde, ma décision est prise :

– D'accord, allons-y.

Nous marchons un moment jusqu'à trouver un petit café tranquille et commandons deux expressos. Mon téléphone m'annonce l'arrivée d'un nouveau message, mais je me force à l'éteindre sans le lire. *Un exploit !* Cette conversation est peut-être pour moi l'occasion unique d'en apprendre un peu plus sur Lancaster.

– Depuis combien de temps étiez-vous ensemble ?

– Plus de six mois, répond-elle en remuant son café.

Je ne sais pas si je suis soulagée. Mon cerveau carbure à toute allure en analysant cette donnée. Pas encore un an, mais ils avaient dépassé le cap d'un mois, celui où l'on se rend compte que, si ça ne peut pas du tout le faire, il vaut mieux prendre la poudre d'escampette. Vient ensuite le cap des trois mois, on commence à bien se connaître, s'apprécier, on veut voir où tout ça peut nous mener…

Six mois… six mois… ? On est… accro, non ? Et peut-être même amoureux ? Oh mon Dieu… Ça ne fait pas trois mois et je suis déjà accro !

– Tu es amoureuse de lui, n'est-ce pas ?

Je la questionne, mais je devine déjà la réponse. Elle pose sa petite cuillère, redresse les épaules et m'avoue, droit dans les yeux :

– Je ne vais pas te mentir. Je l'aime, point. Et je ferai tout pour le reprendre. J'ai appris que votre rencontre est très récente… Pour ma part, j'ai été absente deux longues semaines… c'est peut-être une des raisons. Geoffrey attire les femmes comme un aimant…

Je viens d'être percutée par un quinze tonnes. Et ça fait très mal !

– Habituellement, ses aventures ne dépassent pas les trois mois, continue-t-elle. Et je sais qu'il m'a été fidèle…

– Comment peux-tu en être certaine ? la coupé-je en songeant qu'un deuxième quinze tonnes est en train de terminer le sale boulot du premier.

– Parce que j'ai eu recours à certains procédés pour m'en assurer, réplique-t-elle sans la moindre hésitation. Ne fais pas cette tête-là, ça n'a rien d'extraordinaire ! Je ne suis pas la première à utiliser les services d'une agence de détectives privés…

Je la vois soudain différemment. C'est une femme amoureuse, capable d'employer tous les moyens pour garder celui qu'elle aime. Jusqu'où sera-t-elle prête à aller pour le récupérer ?

– Très bien, il t'a été fidèle… Pourtant, cela n'a pas empêché notre rencontre et sa demande en mariage. Tu as eu une durée de vie plus longue que les précédentes, mais votre histoire n'avait apparemment pas la même importance pour lui que pour toi.

Étrangement, je n'ai pas envie de la blesser. Mais il faut être réaliste : s'il avait été réellement amoureux d'elle, je ne serais pas assise avec elle en cet instant. Non ?

– Geoffrey est un homme passionné, extrême, dominateur… et surtout, il est contre le mariage, contre tous liens qui pourraient l'enchaîner, le lier à une femme. Qu'il aille à l'encontre de tous ses principes, alors que vous vous connaissez depuis si peu de temps…

Elle laisse délibérément sa phrase en suspens, m'offrant tout le loisir de méditer. Ce que j'ai beaucoup de mal à faire.

– Il y a toujours une exception, dis-je, et je suis cette exception !

Je dépose un billet sur la table pour régler l'addition.

– Je pense que tu fais erreur, murmure-t-elle en me tendant sa carte. Si jamais tu as envie d'en savoir un peu plus…

J'hésite un moment, mais finis par la prendre et la glisser dans mon sac.

– Je n'ai jamais eu l'intention de te faire du mal.

– Je sais.

Et aussi incroyable que cela puisse paraître, je sais qu'elle est absolument sincère.

– Mais comme je te l'ai déjà dit, si je peux le récupérer, je n'hésiterai pas, lâche-t-elle avec un sourire.

– Je n'en doute pas un seul instant, Sasha.

CHAPITRE 49

Mes chaussures à la main, je passe en vitesse devant le gardien, en lui assurant que tout va très bien, avant de me faufiler dans l'ascenseur.

Le miroir me renvoie l'image d'une femme aux yeux rouges, les cheveux en bataille, des traces de terre sur le visage, portant une robe à moitié déchirée, les bras et les genoux amochés… Pas étonnant qu'il se soit inquiété ! Je rentre aussi silencieusement que possible dans l'appartement plongé dans l'obscurité et pousse un soupir de soulagement quand je découvre que mon père est parti dîner chez les parents de Justine. J'allume une bougie et me laisse choir dans le canapé.

PussyCat vient se lover contre moi. Sa petite langue râpeuse lèche ma paume abîmée.

– Qu'est-ce que tu dirais de prendre ma place, ma belle, murmuré-je en la soulevant dans mes mains et en frottant mon nez contre son museau. Hein… ?

Je la repose à mes côtés en songeant à ma journée…

D'abord, ma rencontre avec Diane… Même si je ne regrette pas ma décision de ne plus la voir, je ne peux m'empêcher d'avoir un pincement au cœur.

Puis ma collision avec Sasha… Même si je suis sortie du café, après notre conversation, la tête haute, calme et confiante, ce n'était qu'un leurre, dont elle n'a sans doute pas été dupe.

Ensuite, j'ai marché longtemps… des questions plein la tête… des images de Sasha et Lancaster enlacés… et avec cette putain de douleur dans la poitrine qui ne faisait qu'augmenter au fil des heures… pour un homme que je connais à peine ! Pour un homme que je n'aime pas ! Comment pourrais-je aimer un type qui propose ce genre de contrat à une femme alors qu'il est en relation, sérieuse et fidèle, avec une autre ?!

Geoffrey est un homme passionné, extrême et dominateur…

Ma tête bourdonne… Ça m'apprendra à mélanger la bière et la tequila. J'ai un sourire en pensant à la bande de touristes américaines avec qui j'ai fini la soirée. Je devais vraiment avoir la tête… de la pauvre fille qui vient d'être plaquée. C'est ce qu'elles m'ont dit en me demandant l'adresse d'un endroit sympa. Finalement, je me suis retrouvée au Bar Flûte avec elles… puis allongée sur la pelouse des jardins du Trocadéro avec mes nouvelles copines en train de refaire le monde. *Un monde sans mecs ! Toutes lesbiennes !* Quand je les ai laissées, je devais être un peu pompette… je n'explique pas autrement ma chute dans ces putains d'escaliers. J'ai cru que j'allais y passer… *Putains de talons !*

Soudain un tapage de voix, de porte qui s'ouvre à la volée puis de bruit de pas empressés me fait sursauter. Je suis immobile. Pétrifiée de peur. Quand trois silhouettes surgissent brusquement dans le salon, je puise assez de force en moi pour bondir du canapé en hurlant… Terrorisée, PussyCat détale vers la chambre.

– BARBIE !

Mais ce type est un vrai malade !

– Bordel ! rugit-il en m'attrapant dans ses bras. Dis-moi qui est le salaud qui t'a fait ça… !

Ma respiration est haletante, je dois faire des efforts pour l'apaiser. Je n'ai jamais été aussi épouvantée de ma vie. Luke et Aïdan se tiennent à ses côtés. Lancaster me serre si fort que je gémis.

– Tu me fais mal, murmuré-je, totalement déboussolée tout en m'efforçant de maîtriser le tremblement qui s'est emparé de moi.

J'entends des jurons.

– Désolé ma puce, dit-il en desserrant son étreinte, mais sans me lâcher. Barbie, il faut que tu me dises… ne crains rien… raconte-moi…

Quoi ? Mais de quoi parle-t-il ?! Comme je reste silencieuse, il pousse un cri de rage. Aïdan s'approche doucement.

– Tu lui fais peur, dit-il tout bas. Je ne crois pas que ce soit la meilleure tactique…

Il écarte les bras de Lancaster et me conduit jusqu'au canapé. Il m'installe puis se met à genoux devant moi, pendant que Lancaster et Luke restent debout derrière lui, les yeux fixés sur moi. Ils sont tous les trois en costume. D'ailleurs, Lancaster ne porte pas le même que celui de ce matin. Il est plus de vingt-deux heures, et ils étaient ensemble… Où ? Et que faisaient-ils ?

– Va chercher quelque chose pour nettoyer ses blessures, dit Aïdan d'une voix calme.

Luke disparaît et revient quelques minutes plus tard avec une petite trousse à pharmacie. Lancaster la lui arrache presque des mains, sort du coton et du désinfectant puis s'agenouille à son tour devant moi. Je commence à retrouver une respiration normale et je songe alors qu'ils étaient probablement en galante compagnie. Ce qui expliquerait leur tenue. Ils avaient peut-être même prévu un plan à trois. Au bout du compte, comment puis-je être certaine qu'il respecte la clause de fidélité ? Une énorme bouffée de rage et de désespoir m'envahit. Finalement, Sasha, avec son agence de détectives privés, ne me semble plus si… pathétique.

Sa main s'approche de mon genou, je lui prends le coton.

– Je vais le faire.

– Barbie, je veux le faire, laisse…

– NON ! hurlé-je en essayant de retenir mes larmes, sans succès.

Tout en nettoyant mes plaies, je ne peux contenir des petits gémissements de douleur. Pendant qu'Aïdan ne cesse de me parler avec douceur en insistant sur le fait que je n'ai pas à avoir honte, Luke marmonne en faisant les cent pas et Lancaster alterne avec des jurons et des soupirs, tandis que mon cerveau m'envoie par rafales des images de Sasha et Lancaster ensemble. J'ai l'impression que ce qui me reste de matière grise va exploser en mille morceaux.

– Aïdan, tu me fatigues, marmonné-je. De quoi ne dois-je pas avoir honte ?

– Tu n'as pas à avoir honte si un homme t'a agressée, commence-t-il sur un ton embarrassé alors que le silence se fait brusquement autour de nous. Mais tu dois nous le dire…

Interdite, je reste plusieurs secondes la main en l'air en observant chacun d'eux avec attention. Lancaster a la mâchoire crispée, les yeux noirs de rage, la mine sombre. Une vraie tête de tueur. Luke est dans le même état. Seul Aïdan semble plus calme. Il me sourit tendrement. Néanmoins, je me rends compte que ce n'est qu'une illusion à la veine qui bat fort contre sa tempe. Je baisse les yeux sur moi… et soudain je vois ce qu'ils voient… ma robe déchirée… des écorchures… un visage ravagé… Un fou rire nerveux me gagne, et en hoquetant, je dis :

– Mais non, ce n'est pas ça ! Personne ne m'a agressée… à part des marches… Je suis *tombée*…

Simultanément, j'entends les soupirs de soulagement de Luke et Aïdan, alors que Lancaster bondit et me soulève du canapé en hurlant :

– Bordel ! J'étais fou quand le gardien m'a appelé pour m'avertir que tu étais rentrée…

– Mais de quoi il se mêle, celui-là !? hurlé-je à mon tour.

– De ce qui le regarde ! rugit-il en réponse. On te cherchait partout ! Toute la journée, je t'ai envoyé des SMS, j'ai laissé une tonne de messages… *OÙ EST TON PUTAIN DE TÉLÉPHONE ?!*

Il s'arrête et respire profondément, avant d'ajouter :

– *Barbie*, j'espère pour toi que tu as perdu ton téléphone. Vraiment !

Soudain, je me vois avec Sasha en train d'éteindre mon portable et… j'ai oublié de le rallumer…

CHAPITRE 50

Si le visage d'Aïdan est souriant, celui de Luke est sombre. Tout comme celui de Lancaster qui est… furax !

– OK… OK… Ce n'est pas si grave ! bafouillé-je en déglutissant nerveusement.

J'ai à peine terminé ma phrase que Luke s'approche à grands pas en me foudroyant du regard :

– Tu veux savoir comment s'est déroulée notre journée, après que Geoffrey a subitement décidé qu'il ne pouvait pas aller bosser sans t'avoir vue d'abord ?!

À l'évidence, il ne soucie pas de ma réponse.

– Pas une heure n'est passée sans qu'il t'envoie un message. Comme il était toujours sans nouvelle, à partir de midi, il a téléphoné… Et pas qu'une fois, tu peux me croire ! Il s'est même excusé quelques minutes… en pleine négociation, cet imbécile ! Putain, je n'en reviens toujours pas ! Ensuite, avant d'aller rejoindre nos clients au restaurant, nous avons fait un détour par ici, et Jacques nous a informés que tu n'étais pas encore rentrée. Geoffrey a donc laissé des consignes très précises. Alors, imagine quand le gardien de nuit l'a appelé en lui décrivant l'état dans lequel tu étais à ton retour…

– Je ne pouvais pas savoir, murmuré-je en tentant vainement de me dégager des bras de Lancaster. Je ne voulais pas vous inquiéter…

Je les regarde tous les trois avec un sourire contrit, tout en prenant brusquement conscience qu'ils se sont précipités à mon secours… alors qu'ils étaient en plein dîner professionnel !

– Je suis vraiment désolée, dis-je avec une petite moue coquine qui, je l'espère, attendrira les deux BBS les plus remontés contre moi. C'est la première fois que j'ai affaire à des hommes aussi… protecteurs avec moi. C'est… adorable. Vous êtes trop chou !

– Adorable ?! Trop chou ?! s'exclame Luke, les yeux exorbités, alors qu'Aïdan pouffe de rire en lui faisant remarquer que c'est certainement la première fois qu'une femme le trouve trop chou.

– Ça ne répond pas à ma question, *Barbie*.

Je jette un coup d'œil suppliant à Aïdan et Luke en espérant un peu d'aide de leur part. Au lieu de quoi, ces deux salopards se servent un verre, trinquent et m'offrent un grand sourire.

– Alors… s'impatiente Lancaster, tu as perdu ton téléphone, ou tu as délibérément choisi de me mettre aux abonnés absents ?

Mon cerveau carbure à toute allure. Si je dis que j'ai éteint mon portable, il exigera de savoir pourquoi, puisque je dois être joignable chaque heure, chaque minute de la journée. Et si j'ai de nombreuses interrogations par rapport à Sasha, je ne suis pas sûre que ce soit le bon moment pour en discuter avec lui. Il risque de comprendre que nous nous sommes rencontrées, et c'est un élément de surprise que je veux garder… d'autant plus que j'ai encore des questions à poser à cette demoiselle et qu'il pourrait tout à fait l'empêcher d'y répondre par la suite… *Merde ! Merde ! Merde !* Je peux lui dire que je l'ai oublié, je ne sais où… ? *Chez Justine, par exemple !*

– C'est vrai que ça m'a semblé étrange de n'avoir aucun appel, dis-je d'une voix que j'espère la plus ferme possible. J'ai dû l'oublier quelque part…

Il hausse les sourcils :

– Et tu as une idée de l'endroit ?!

Toujours dans ses bras, je pose mes mains sur ses épaules.

– Sûrement chez Justine, quand je l'ai vue aujourd'hui. Je m'occuperai de ça demain avec elle…

– C'est étrange, me coupe-t-il avec un sourire qui ne me dit rien qui vaille, puis se tournant vers ses amis : rappelle-moi ce que t'a dit Justine quand tu lui as téléphoné, Aïdan ?!

Je déglutis.

– Si je me souviens bien, elle m'a affirmé qu'elle n'avait pas vu Angeline de la journée…

Je gigote en murmurant à Lancaster de me lâcher, et pendant qu'il me chuchote qu'il n'en est pas question, Luke enchaîne.

– Remarque, Aïdan a peut-être de sérieux problèmes de mémoire. Un peu comme Barbara… Tu ne crois pas ?

Je leur lance un regard noir et les deux BBS affalés sur mon canapé éclatent de rire.

– Ça… me revient, maintenant, dis-je en bafouillant un peu. J'ai croisé une amie et nous avons pris un café et… bref, comme la discussion était… compliquée, j'ai éteint mon portable et j'ai négligé de le rallumer ensuite.

– Alors que tu sais que je dois pouvoir te joindre à tout moment !?!

Quelle idiote ! C'est ce que j'aurais dû dire en premier.

– Ça ne t'arrive jamais ? riposté-je en remuant de plus belle. Tu éteins et tu oublies de rallumer. C'est un truc qui se produit souvent, non ?!

– Non, ça ne m'arrive jamais, ma puce. Et arrête de gigoter comme ça, continue-t-il avec une voix qui m'envoie une armée de papillons directement dans le ventre. Et donc, la discussion était-elle sérieuse au point d'y consacrer toute la journée et une partie de la soirée ?

– Pourquoi m'as-tu proposé ce contrat ?

Ma question le prend au dépourvu. Le choc de la surprise se lit sur ses traits, pendant quelques secondes, mais comme d'habitude, il retrouve très vite une parfaite maîtrise de lui.

– Quel est le rapport ?

– Aucun. Mais j'ai besoin de savoir.

– Pourquoi ?

Il plonge ses yeux dans les miens, et moi qui avais déjà trop chaud, je fonds littéralement. Sans compter ses mains sur moi, son corps collé contre le mien, sa bouche… si proche de la mienne…

– Pourquoi, ma puce ?

– Pourquoi tu ne réponds pas à ma question ?

Il lâche un petit rire qui vibre dans tout mon corps. Je suis bouillante. Je frissonne.

– Pourquoi est-ce si important pour toi de connaître mes raisons ? Tu ne m'as pas donné les tiennes, non plus, que je sache…

Nous chuchotons plus que nous ne parlons. Je me moque bien que ses amis nous entendent, nous observent. D'ailleurs, en lançant un bref regard sur le canapé, je constate qu'ils n'y sont plus.

– Pourquoi tu refuses de me le dire… ? Geoffrey…

Il tremble et me serre encore plus fort. C'est la première fois, que je l'appelle par son prénom à haute voix… j'aime le son de chaque lettre dans ma bouche… alors, je chuchote à nouveau :

– Geoffrey…

– Pourquoi est-ce si important pour toi, ma puce ? grogne-t-il contre mon cou.

Il me saisit par les cheveux, penche mon visage en arrière et dépose une multitude de petits baisers sur ma peau qui déclenche des milliers de picotements de désir. C'est trop bon…

– Dis-le !

Sa voix, rauque, a claqué comme un coup de fouet… qui ne fait pas mal… qui donne du plaisir… Il relève mon visage, plante son regard brûlant dans le mien. Mes yeux le supplient, mon corps tout entier l'implore, pour qu'il m'explique.

Pour qu'il me dise que je ne suis pas qu'un vulgaire morceau de papier. Parce que j'ai besoin de savoir qu'il y a autre chose qu'un contrat entre nous.

Parce que je veux croire qu'il peut exister autre chose que du désir entre nous…

CHAPITRE 51

– Tu me rends fou, lâche Geoffrey dans un souffle. Dis-le que je te rends folle, toi aussi…

Il mordille mon oreille. Je gémis.

– Dis-le !

– Tu me rends folle… *Mais je veux qu'il y ait plus qu'un contrat entre nous !*

– Tu hantes mes jours et mes nuits, chaque heure, chaque minute… tu perturbes mon travail. Dis-le que je te hante, toi aussi, chaque jour, chaque nuit…

Il me plaque contre le mur. Je sens son désir tout contre moi…

– Je ne travaille plus, alors…

– Bordel ! Je ne joue pas, là…

Il attrape mes mains, les soulève au-dessus de ma tête, se presse plus fort contre moi. Je vois de la rage dans ses yeux.

– Dis-le ! Est-ce que je te hante ?

– Oui, Geoffrey, tu m'obsèdes…

Mais je veux que ce soit plus que du désir entre nous ! Je ne suis pas seulement accro à lui ! Non ! C'est infiniment plus que ça !

– Tu es une drogue dangereuse pour moi, ma puce. Je serais capable de tuer pour toi. Vraiment ! Tu comprends ça ?

J'ai le souffle coupé. La tête qui tourne. J'ai l'impression qu'il suffoque. Comme moi.

– Tu comprends ?

Oui… je comprends. Parce que je suis déjà en manque de lui sans l'avoir encore goûté. Et je sais indubitablement que lorsque cela sera fait… jamais je ne pourrai l'oublier… le quitter… parce que… je crois… que je suis en train de tomber amoureuse de lui…

– Pourquoi m'as-tu proposé ce contrat ? murmuré-je, la voix étranglée par le désir.

– Tu ne vois donc pas que ce qui se passe entre nous est bien plus puissant qu'aucune des raisons de ce putain de contrat ! Fais-moi confiance. Dis-moi que tu me fais confiance…

Lui faire confiance ? Dans un recoin de mon esprit, je sais que le bonheur n'est pas possible, que ça ne dure jamais. J'ai un frisson. Incontrôlable. C'est plus fort que moi, j'ai peur. Nos regards se croisent. J'ai mal par anticipation. Il me reste juste cinq ans… et je suis déjà à l'agonie. Condamnée à cinq ans, alors que la seule sentence que je désire, c'est la perpétuité avec lui.

– Barbie, dis-moi que tu me fais confiance. Dis-le !

Je le dévisage, et face à cet incroyable regard qui me trouble comme personne ne l'a jamais fait avant, j'aimerais prononcer les mots qu'il souhaite entendre. Ses mains encadrent mon visage. J'aime ce geste tendre et intime dont je me sens déjà tellement dépendante. Je sens glisser une larme. Il la cueille avec ses lèvres.

– Dis-le !

Je tressaille. Un sentiment d'effroi, pesant et glacial, s'insinue en moi à l'idée de lui accorder ma confiance… de croire en lui au point de lui offrir mon cœur, mon âme, de me mettre à nue… et d'être un jour abandonnée… *comme avec ma mère…*

– Je… je… je ne peux pas…

La seconde de souffrance que je perçois dans ses yeux m'atteint physiquement. Je suis sonnée, comme si j'avais reçu un coup de poing. Mais elle disparaît si vite que je crois l'avoir tout simplement rêvée.

Oui, je veux tout ce qu'il ne peut pas me donner… tout ce que ma mère m'a arraché en me rejetant… tout ce qu'il ne pourra jamais m'offrir. Je veux la certitude qu'il ne m'abandonnera jamais.

La lumière nous inonde brusquement, je cligne des yeux et j'entends la voix paternelle dans l'entrée. Geoffrey s'éloigne de moi avec difficulté, puis s'adresse à mon père qui vient de pénétrer dans le salon.

– Bonsoir Charles, dit-il en lui serrant la main. Vous avez passé une bonne soirée ?

– Très bonn… Mon Dieu, que s'est-il passé ?! s'écrit-il dès qu'il me voit. Tu as eu un problème, mon ange ?

Je le rassure en lui expliquant que j'ai fait une stupide chute dans les escaliers, pendant que Luke et Aïdan nous rejoignent. Je laisse le soin à Geoffrey de faire les présentations, en songeant qu'eux aussi se sont peut-être déjà rencontrés avant, et je file dans ma chambre retirer ma robe et passer une tenue en meilleur état. Je prends quelques minutes pour me rafraîchir le visage et me recoiffer. Quand je reviens dans le salon, Geoffrey m'annonce qu'ils doivent partir. Luke et Aïdan disparaissent, nous laissant seuls tous les deux dans l'entrée. Je m'approche de lui et pose mes mains sur son torse, son corps se raidit, ses muscles se contractent. Je me hisse sur la pointe des pieds, puis j'effleure sa bouche avec mes lèvres.

– Je vais rêver de toi…

Un soupir lui échappe. Il me caresse la joue, frotte son nez contre le mien. Mes mains sur son cœur en ressentent les battements. Forts. Rapides.

– J'espère bien, déclare-t-il avant de m'embrasser avec douceur, puis il ajoute : toute la différence… c'est que toi, tu es déjà dans tous mes rêves.

CHAPITRE 52

J – 31 !

J'enfile un peignoir, me précipite dans la chambre pour saisir mon téléphone, et quand je vois *Connard arrogant* affiché sur l'écran, mon cœur rate un battement. Je décroche en me traitant silencieusement d'idiote. C'est juste un appel ! Pas la peine de me mettre dans tous mes états ! *Si ?!*

– Geoffrey… murmuré-je, surprise par ma propre voix qui me fait penser à celle… d'une hôtesse de l'air… ? de la bande-annonce pour un téléphone rose… ?

Il faut que je me calme ! J'entends un juron étouffé.

– Salut, ma puce, marmonne-t-il sur un ton rauque. Tu sais l'effet que ça me fait quand tu dis mon prénom comme ça, alors que je suis au boulot ? Tu as rêvé de moi ? Parce que moi, je n'ai fait que ça, et même maintenant…

Je me tortille sur le lit.

– Oui, j'ai rêvé de toi, mais il vaut mieux éviter que je te raconte… surtout si tu es au boulot.

– Si tu as des rendez-vous aujourd'hui, annule tout ! On passe le reste de la journée ensemble.

Je me fige. *Tout le reste de la journée ? Tous les deux ?! Oh My God !*

– *Barbie*… Tu es toujours là ?

– Oui… mais… et ton travail ?

– Mes deux associés s'en sortiront très bien sans moi. Je te veux, toi ! Je *nous* veux, *toi et moi,* rien que nous deux, sans interférence. Seulement toi et moi, pour apprendre à nous connaître… Pas de contrat ! Juste toi, et moi…

Pas de contrat ?! Qu'est-ce que ça signifie ? Que je serai libre de poser toutes les questions que je souhaite ? Que je ne serai pas à ses ordres ?

– Si tu n'en as pas envie, dis-le !

En ai-je envie ?! PussyCat trépigne d'impatience. En mode surchauffe ! Limite explosion !

– *Barbie* ! Si la perspective de passer la journée avec moi te paralyse à ce point…

Le ton autoritaire du *Connard arrogant* est de retour.

– Non, mais j'aimerais savoir ce que tu entends par : *pas de contrat,* le coupé-je, brusquement agacée. Ça veut dire quoi, *pas de contrat* ?! Parce que pour moi, ça suppose que je ne suis pas à tes ordres ! Que je peux faire ce qu'il me plaît ! Demander ce que je veux !

Je l'entends prendre de grandes respirations. Comme pour se calmer. Comment avons-nous pu en moins d'une minute passer d'un ton sensuel et plein de promesses à un registre qui frôle la colère et l'incompréhension mutuelle ? *Ce type me rend dingue !*

– Bordel ! Je voulais simplement être avec toi. Je voulais oublier ce putain de contrat ! J'ai cru que toi aussi… mais en l'occurrence, ça n'est pas possible. Parce que tu ramènes tout à ce contrat. Est-ce que tu ne pourrais pas l'oublier pendant quelques heures, ce foutu contrat ?! Est-ce que tu ne pourrais pas essayer de voir l'homme au lieu de ce maudit tas de papiers ? Est-ce que c'est possible pour toi ?!

Il s'interrompt, et j'entends des voix, celle de Luke furieuse, ainsi qu'une voix féminine, qui lui conseillent de se calmer. Puis il reprend, plus bas, mais la voix frémissante de colère contenue :

– Est-ce que tu en as seulement envie ? C'est toute la question, *Barbie*. As-tu envie d'oublier ce contrat, et d'être avec moi ? Ce n'est pas un ordre, c'est à toi de choisir. Fais uniquement ce dont tu as envie, mais si tu es d'accord, c'est juste *toi et moi*. Rien d'autre !

Il me laisse le choix, mais je comprends aussi que si j'accepte, je pourrai tout demander, sauf ce qui est en rapport avec le contrat… Suis-je capable d'oublier le contrat pendant quelques heures ? Je n'en sais rien…

Mais j'ai envie d'essayer. J'inspire profondément avant de répondre, en espérant ne pas le regretter à la fin de la journée.

– D'accord, je serai prête dans une heure.

– À tout à l'heure, lâche-t-il dans un soupir avant de raccrocher.

***

La berline traverse Barbizon, endroit mythique de la peinture pré-impressionniste en France et tout proche de Fontainebleau. J'observe distraitement les restaurants, boutiques de décoration, d'antiquités et les nombreux ateliers, de luthiers mais surtout de peintres… c'est un lieu de rêve pour les artistes.

Quelques minutes plus tard, le chauffeur se gare et j'aperçois, au bout d'un chemin de terre, perdue au milieu des arbres, ce qui me fait penser à une grange toute en pierres. Il m'ouvre la portière.

– Vous n'avez qu'à plus suivre le sentier, mademoiselle. Il vous attend.

– Où sommes-nous ?

– C'est son refuge, m'informe-t-il sur le ton de la confidence et avec un sourire. Les seuls à y venir sont Luke et Aïdan.

– Même pas Barbara ?!

Son sourire s'agrandit encore mais il n'en dit pas plus. Je lui souris à mon tour et m'engage dans l'allée. Alors que tout bouillonnait d'activité et de bruits quelques minutes auparavant, ici, tout est paisible, doux, le chant des oiseaux, les rayons du soleil qui filtrent à travers les feuillages. Je suis pratiquement arrivée au bout du chemin, quand la porte s'ouvre et qu'il apparaît…

Je m'arrête. La bouche sèche. J'ai un faible pour les hommes qui savent porter le jean… mais là… là… quand c'est un jean taille basse qui épouse si parfaitement les muscles puissants des cuisses… un tee-shirt serré, juste ce qu'il faut pour dévoiler des abdos à se pâmer…

Il avance vers moi, son regard affamé se pose sur moi… *Oh My God !*

– Tu es en retard, ma puce, lâche-t-il d'une voix trop… trop sexy !

J'ouvre la bouche. Pour respirer, d'abord. Et pour me rendre compte, ensuite, que ce qui me reste de cerveau vient de griller. Incapable de prononcer un mot, trop concentrée à ne pas lui sauter dessus. Lui arracher son tee-shirt, son jean. Ses yeux pétillent. Il se passe la langue sur les lèvres.

– Bordel ! Je ne vais pas y arriver, grogne-t-il en serrant les poings et en me lançant un regard qui m'enflamme comme un feu d'artifice. J'ai estimé qu'il serait temps d'apprendre à se connaître…

Je déglutis, j'ai toutes les difficultés du monde à l'écouter, trop absorbée par sa voix, rauque, sensuelle.

– Je crois… que ça nous éviterait ainsi de sauter d'un sentiment extrême à l'autre…

Je ne sais pas comment il peut encore penser, parce que moi, là, j'ai carrément oublié comment on fait.

– D'un sentiment extrême à l'autre ? répété-je en avalant une grande bouffée d'air.

Il me rend folle.

Il se passe la langue sur les lèvres, *ENCORE ! Il le fait exprès ou quoi ?!* Mon corps me démange, me brûle de partout… nue, sous une douche glacée, est-ce que ça pourrait me soulager ?!

– De l'envie de t'étrangler, parfois, à celle… de te dévorer, souvent… comme en ce moment, ma puce.

Ses phrases sont hachées, heurtées, comme s'il avait du mal à parler, à respirer.

– De la colère que tu déclenches… au désir… au désir fou…

Désir… voilà… *j'adore* ce mot dans sa bouche. Il est comme une caresse pleine de promesses…

– … comme des adultes. On est capables de se tenir, non ?

Quoi ?! Hein ?! J'ai certainement dû rater quelque chose, là. *Des adultes ? Capables de se tenir ?* Ce type est un grand malade… ?!

Je hoche la tête, toujours incapable de faire mieux… et il m'invite à le suivre à l'intérieur. Mes yeux, braqués sur ses fesses… *il a un cul d'enfer !* Je découvre un superbe loft, mais je suis trop perturbée pour y prêter la moindre attention.

– Je pensais qu'on pourrait faire un pique-nique, propose-t-il, nerveux en attrapant un panier. Tu as faim ?

Je marmonne un vague acquiescement et pousse un gémissement quand je le vois prendre une couverture.

– On sera mieux installés sur un plaid que sur l'herbe, précise-t-il, alors que défilent dans mon esprit des images de nous deux, enlacés, nus, en pleine nature…

Je mérite des claques. Pendant que je marche à ses côtés, je me répète comme un mantra : *je suis une adulte, capable de se tenir ! Je suis une adulte, capable de se tenir !* Encore et encore.

– *Barbie* !? Tu es avec moi ?

Je sursaute. Je ne me suis même pas rendue compte que nous sommes dans une ravissante et minuscule clairière, et qu'il a déjà tout préparé. Sur le plaid sont disposés toute une variété de sandwichs, des fruits et une bouteille de vin.

– Qu'est-ce qui se passe ? Tu trembles…

Est-il possible d'avoir envie d'un homme au point d'en avoir mal ? Et de se dire que s'il ne vous touche pas, là, tout de suite, vous n'y survivrez pas ? Que vous ne pouvez plus résister ?

– Ne me regarde pas comme ça, ma puce. Parce que…

Je me mets à cheval sur ses genoux. Lentement, j'enlève mon tee-shirt.

– Bordel ! lâche-t-il dans un souffle, le regard sur ma poitrine, puis il retire aussi le sien.

Mon Dieu ! j'ai tellement envie de le toucher que j'en ai des fourmis dans les doigts.

– Geoffrey… si je ne te touche pas, si tu ne me touches pas… je vais…

Il serre les poings si fort que ses jointures blanchissent. Je sens la preuve de son désir pour moi qui gonfle sous son pantalon. Je me lèche les lèvres. Son torse se soulève par à-coups. Ses yeux n'ont jamais été aussi sombres, aussi féroces. Sa respiration enfle. Tremblante, je défais le premier bouton de mon jean. De sa bouche, s'échappe un grognement sourd, aussi rauque que celui d'un animal. Sa respiration est de plus en plus forte.

– Je… n'ai pas… de culotte…

Soudain, en moins d'une seconde, toute cette frustration contenue depuis des semaines, cette attirance irrépressible, tout ce désir inassouvi, explose entre nous comme une bombe.

– Bon sang ! gronde-t-il en se jetant sur moi. J'ai envie de te goûter… de te dévorer… maintenant !

CHAPITRE 53

Sa bouche est une pure merveille, troublante et à l'aspect aussi doux que de la soie. Je suis comme aimantée par elle, et par ce torse musclé et dur comme du marbre qui frôle ma poitrine. Je retiens avec peine ma respiration. La pointe de sa langue caresse mes lèvres, s'engouffre dans ma bouche et l'explore délicieusement, la goûte avec une avidité croissante. Sa langue s'enroule autour de la mienne et je me délecte de son contact.

Je le déguste avec la même fièvre. Une faim insatiable gronde en moi. En nous. Je sens la sienne. Il reconnaît la mienne. Mes yeux se ferment. Mes gémissements rauques s'échappent au-dessus des frondaisons, entre deux baisers, toujours plus voraces.

– J'aime ton goût… ta peau, ton parfum… toi…

Mes mains se soulèvent et se posent sur son torse dans une caresse légère, puis mes doigts tremblants glissent sur ses pectoraux. Chaque parcelle que je touche m'électrise. Ses bras encerclent ma taille dans un geste possessif et il me plaque contre lui.

Son sexe palpite entre nous. Je cambre mes hanches contre les siennes pour le sentir encore plus proche. Il pousse un grognement, fait tomber les bretelles de mon soutien-gorge, puis sa main se faufile dans mon dos pour le dégrafer. Ses lèvres glissent lentement le long de mon cou, toujours plus bas, et quand ses dents mordillent la pointe de mon sein, je chavire littéralement. Ses petits coups de langue sur ma peau tendre, la chaleur de sa bouche qui se referme à nouveau sur mon téton, l'aspire, le titille, sa langue qui s'enroule voluptueusement autour. Je suis tout entière parcourue de picotements. Désarmée. *Pourquoi est-ce si différent avec lui ?*

– Bon sang, chuchote-t-il. Tu es un vrai délice. Tu me grises et tu me fais perdre la tête… complètement…

Il glisse ses mains sous mes fesses puis m'allonge sur le plaid. Son visage à quelques centimètres du mien. Il inspire profondément et murmure mon prénom d'une voix si rauque et si sensuelle que je sens une flambée de désir me submerger. Perdue dans l'intensité de son regard… tout ce qui est autour de nous se fond dans une brume opaque.

– Geoffrey…

Nous vibrons du même désir inassouvi, brûlant. Sa main se faufile entre nos deux corps pour atteindre mon jean, descend ma braguette puis s'insinue jusqu'à moi. Il effleure ma peau délicate, trace des petits cercles. Je tremble contre lui tout en écartant les cuisses.

– Je crève d'envie de voir exploser ton plaisir, souffle-t-il.

Il me donne un baiser brutal et possessif. Chaque mouvement de langue m'emmène plus loin. Plus haut. D'un doigt, il caresse ma chair nue, si chaude, si humide et si prête à l'accueillir. Je tressaille violemment sous le choc et le plaisir, lorsqu'il insinue profondément ses doigts en moi. Encore et encore.

– Oh oui, ma puce…

Pourquoi... POURQUOI est-ce si puissant et si différent ? C'est une spirale intense, inouïe. Mes ongles s'enfoncent dans ses épaules. Il tremble de désir. J'aime le sentir si excité et l'entendre me le murmurer à l'oreille. Ce qu'il me fait ressentir est magique. Soudain, c'est un déchaînement, de tous mes sens, et qui me frappe de plein fouet… l'orgasme est si violent… mon souffle se bloque… des étoiles scintillent…

***

– *Barbie* ?! *BARBIE*… Réveille-toi…

J'ouvre les paupières. Geoffrey, le regard paniqué, est penché au-dessus de moi.

– Ne bouge pas, murmure-t-il en pressant ses lèvres contre ma tempe. Comment te sens-tu ?

– Qu'est-ce… qui s'est passé…

Il frissonne et enfouit son visage au creux de mon cou en jurant, puis il ajoute en me serrant dans ses bras :

– Tu as perdu connaissance. J'ai cru que tu… Bordel ! Je n'ai jamais eu aussi peur de toute ma vie…

Il me berce tout doucement contre lui. Peau contre peau. Chaleur contre chaleur. Je me sens toute frémissante. C'est une sensation étrange.

– Est-ce que ça s'est déjà produit ? demande-t-il encore en plantant son regard inquiet dans le mien.

Jamais, je n'avais ressenti quelque chose comme ça avec un homme. Jamais !

– Ma puce, j'ai besoin que tu me répondes.

– Non… c'est la première fois, marmonné-je en m'interrogeant sur ce qui m'arrive et en attrapant mon tee-shirt.

– Que tu perds connaissance ? Ou bien, c'est la première fois après un orgasme ?

Gênée, je me dégage et enfile mon haut. Je me lève et m'aperçois que j'ai oublié mon soutien-gorge qui gît sur l'herbe.

– C'est une première… pour tes deux questions, répliqué-je en le ramassant et en le rangeant dans mon sac.

Il passe son tee-shirt à son tour, s'approche de moi et m'enlace.

– Tu as mangé ce matin ?

– Non, dis-je en me souvenant brusquement que j'ai sauté le petit-déjeuner. Ça doit être la raison… oui, c'est certainement ça.

J'ai un soupir de soulagement. *Merde ! C'est évident, bien sûr que c'est ça !* Ce n'est quand même pas un orgasme qui… *Non !*

Il prend mon visage entre ses mains et m'observe intensément. Je frissonne et je ne peux m'empêcher d'avoir envie de sentir sa bouche sur la mienne… ses doigts…

– Putain ! Je suis passé d'un plaisir phénoménal à l'horreur absolue quand tu t'es évanouie.

– Toi qui voulais justement éviter de sauter d'un extrême à l'autre.

Il sourit. Un sourire qui me fait fondre. L'angoisse dans ses yeux a disparu et ils pétillent à nouveau.

– Je crois que je vais devoir m'habituer à ça, avec toi. Et puis j'aime les situations extrêmes. Mais là, tu dois surtout manger, histoire de vérifier si ton malaise est uniquement dû à un problème de nourriture… ou si c'est moi qui en suis la cause.

– Prétentieux !

Il éclate de rire et dépose un baiser sur mon nez. Je l'aide à ranger en lui demandant pourquoi le pique-nique n'est plus d'actualité.

– Il te faut quelque chose de consistant et de chaud, répond-il en prenant le chemin du retour.

– Tu vas cuisiner ?

– J'adore cuisiner, même si je n'en ai pas souvent l'occasion.

– J'avoue que j'ai un peu de mal à t'imaginer derrière les fourneaux et encore moins le faire avec plaisir… je pensais plutôt que tu appréciais d'avoir du personnel qui s'en charge…

J'ai un petit sourire moqueur en disant cela qui s'efface en remarquant des signes de crispation sur son visage. Je m'arrête et le fixe quelques secondes avant de tendre ma main et de caresser lentement sa joue.

– Je suis désolée si je t'ai… froissé, je murmure. Ce n'était pas mon intention…

Son regard est intense. Sa mâchoire est contractée.

– Je sais bien, dit-il en enlaçant ses doigts aux miens. Ce sont simplement de mauvais souvenirs qui se rappellent à moi…

– Je ne me souviens pas d'un seul repas pris avec mon père… pas un seul. Pas même un repas de Noël ou pour l'anniversaire de Barbara ou du mien…

– Il était trop absorbé par son travail ? je demande, alors que sa main serre la mienne, très fort.

– C'est ce que j'ai pensé jusqu'à un certain âge, lâche-t-il avec un petit ton amer et désabusé. Mais j'ai vite compris qu'il n'en était rien. Évidemment son travail tenait une place prépondérante dans sa vie, mais ses maîtresses aussi. La première fois que je suis allé dîner chez Aïdan, j'avais environ six, sept ans, et c'est là que j'ai compris ce qu'était une famille… une vraie famille. J'ai découvert le plaisir qu'il y avait à être ensemble. Chez moi, manger n'était qu'alimentaire, chez eux… c'était le plaisir de partager avec les personnes qu'on aime. Avec eux, j'ai trouvé ma famille…

– Je comprends mieux les liens qui t'unissent à lui, maintenant.

– Quand je t'ai dit qu'Aïdan et Luke sont des frères pour moi, ce n'était pas des paroles creuses, ou une banale formule… c'est même encore plus que ça.

Il donne un coup de pied rageur dans une pierre. J'ai envie de le prendre dans mes bras, mais j'ai peur qu'il ne prenne ma tendresse pour de la pitié. Alors je me contente de presser sa main. Très fort.

– C'est la mère d'Aïdan qui m'a donné mes premières leçons de cuisine, continue-t-il la voix devenue plus douce. Enfin, qui *nous* a donné nos premières leçons. Elle estimait que des hommes sachant se débrouiller aux fourneaux étaient une nécessité à notre époque….

Il me jette un petit coup d'œil malicieux.

– Je suis entièrement d'accord avec elle. En plus, je trouve ça très… sexy.

– Elle ne nous avait pas vanté cet aspect de la chose. Mais j'en prends bonne note.

– Qu'est-ce que tu adores encore, à part la cuisine ?

– J'aime me retrouver ici, loin de l'agitation et de la frénésie de Paris. Je suis un passionné d'escalade, de moto, alors avec la forêt de Fontainebleau, je suis comblé. Je suis un grand adepte des sports extrêmes, dit-il en ouvrant la porte. Deltaplane, parachutisme, entre autres.

Pas étonnant qu'il soit aussi musclé, me dis-je en pénétrant dans le loft derrière lui.

CHAPITRE 54

J'observe ma bague avec attention. Que symbolise-t-elle précisément ? Nous serons bientôt mariés, et pourtant nous n'avons jamais vraiment eu de rendez-vous, de soirées à deux ou entre amis…

– Ma puce ?

Je lève les yeux pour découvrir Geoffrey, un fouet à la main et un sourire sur le visage.

– Qu'est-ce qui ne va pas ? Tu as l'air perdue, s'inquiète-t-il en déposant son ustensile et en contournant l'îlot central de la cuisine américaine – qui fait aussi office de bar. Dis-moi.

D'un mouvement rapide, il fait pivoter mon tabouret et pose ses mains de chaque côté de mes fesses. Je me retrouve face à lui, ses bras m'encerclant et mes jambes prisonnières entre ses cuisses.

– C'est difficile de réfléchir quand tu es si près de moi.

– Je voudrais être encore plus proche de toi, murmure-t-il dans mon cou. D'ailleurs, si tu savais toutes les envies que j'ai te concernant…

Sa bouche contre ma peau déclenche une onde de désir ardent au fin fond de mon ventre. Le besoin de le toucher me ronge, mais si j'y cède, j'oublierai tout le reste. Toutes les questions que je me pose et qui attendent une réponse.

– S'il te plaît, lâché-je dans un souffle.

– Tu as raison, grogne-t-il d'une façon qui semble pourtant affirmer le contraire.

Il repasse de l'autre côté de l'îlot, et je ne peux m'empêcher de le trouver trop sexy en mode chef cuisinier, alors qu'il fouette énergiquement les œufs.

– J'ai tellement de questions que je ne sais même pas par laquelle commencer, dis-je en laissant s'égarer mon regard sur ses bras musclés.

– Peut-être par celle qui te tracasse le plus, *puis il ajoute aussitôt l'air malicieux* : tant qu'elle ne concerne pas le contrat.

Son sourire s'épanouit encore à la seconde où je lâche un soupir de dépit. *Ça, il n'est pas près de l'oublier*... Je l'observe longuement.

– Au moment de notre rencontre, tu étais célibataire ?

Son sourire s'élargit toujours plus, apparemment je ne le surprends guère. Mais j'ai la possibilité de savoir s'il va me mentir ou me dire la vérité, sans l'interroger directement sur le contrat et sur Sasha. Je souris à mon tour en pensant que je me débrouille plutôt bien.

– Non, je n'étais pas célibataire, et toi ? *Et devant mon sursaut d'étonnement, il ajoute* : le jeu marche dans les deux sens. Tu n'es pas la seule à te poser des questions.

Je lui offre un sourire en coin, gênée, en songeant qu'effectivement j'aurais pu ne pas être libre au moment de la signature. Et dans ce cas, qu'en penserait-il ?

– J'étais libre comme l'air à cette époque… Cette femme, c'était Sasha, n'est-ce pas ?

Il fait glisser une assiette devant moi, et pendant que j'avale la première bouchée d'une délicieuse omelette aux lardons accompagnée de salade verte, il remplit nos verres et me répond d'une voix sourde.

– Oui, c'était Sasha.

Je me concentre sur mon repas pendant quelques minutes encore tout en l'observant du coin de l'œil. Il semble détendu et parfaitement maître de lui. Jusqu'à présent, il m'a répondu avec honnêteté.

– C'était… sérieux entre vous ? Je veux dire… tu avais une relation avec elle, et pourtant…

Il frotte distraitement son doigt contre son verre, toute son attention focalisée sur moi.

– Je ne demande rien concernant le contrat. Mais de ce que j'ai pu remarquer à la soirée, elle était loin d'imaginer que tu allais te marier. Son attitude était même celle d'une femme amoureuse et confiante…

Je suis tendue. Je ne veux pas qu'il puisse deviner que Sasha m'a fait des confidences. Il pose son verre et se passe la main dans les cheveux.

– Ce n'était pas sérieux pour moi, avoue-t-il en poussant un soupir. Nous avons passé de bons moments ensemble, pas plus, et je ne lui ai jamais fait de promesses…

– Tu sais qu'elle est amoureuse de toi, au moins ?! le coupé-je, trop impulsive pour pouvoir en rester là. Tu ne lui as peut-être jamais fait de promesses, mais tu t'es comporté d'une façon, consciente ou non, qui lui a fait envisager un avenir avec toi. Tu lui étais fidèle, Aïdan m'a révélé que… bref, que tu ne l'avais pas partagée, quoi !

Rien qu'en disant cela, des images de leurs corps emmêlés me sautent devant les yeux.

– J'étais fidèle par la force des choses, riposte-t-il, agacé par la tournure que prend la conversation, avant de marmonner qu'Aïdan ferait bien de la fermer parfois. J'étais trop absorbé par mon travail, tout simplement. Elle était disponible quand je le souhaitais, et voilà… ma fidélité n'avait rien à voir avec de quelconques sentiments à son égard. Dans le cas contraire, tu ne serais pas là. Il n'y aurait jamais eu de contrat.

– Est-ce que tu es toujours comme ça ?

Il hausse les sourcils et contourne l'îlot pour me rejoindre.

– Qu'est-ce que tu veux dire, ma puce ?

Il se tient proche de moi, caresse ma joue puis dépose sa main sur ma cuisse en attendant ma réponse. Une réponse qui tarde, car je ne peux m'empêcher de savourer son contact.

– En ce qui concerne la fidélité, murmuré-je en triturant ma fourchette pour éviter de le toucher.

Sa main remonte plus haut sur ma cuisse, comme si c'était plus fort que lui et qu'il ne pouvait se passer de ce contact, lui aussi.

– Si j'ai été fidèle quelquefois, lâche-t-il d'une voix rauque, c'était fortuit, jamais par choix délibéré ou par…

Il laisse sa phrase en suspens, si bien que je finis pour lui :

– …amour.

– Je ne suis pas un prince charmant. Je ne crois pas à l'amour éternel…

Même si je pense exactement comme lui, sa franchise me fait mal. Pourquoi n'ai-je pu m'empêcher pendant quelques secondes d'espérer une autre réponse ?

– En revanche, je n'ai aucun doute en ce qui concerne mes liens d'amitié, et je suis d'une loyauté absolue envers mes amis.

Nous nous fixons, le visage grave l'un et l'autre, mes yeux essayant de voir à travers les siens, jusqu'à son âme, au-delà de ses paroles.

– Je ne veux pas te mentir, lâche-t-il dans un souffle rauque. Je te désire comme jamais je n'ai désiré aucune femme. Tu m'obsèdes la journée. Tu t'infiltres dans mes rêves la nuit. Jamais une femme ne m'a perturbé comme tu le fais… mais…

Ce ne sont pas les paroles que je veux entendre. Et pourtant, j'ai besoin de cette vérité, pour lui accorder un peu de ma confiance.

– Je sais, Geoffrey, il ne sera jamais question d'amour entre nous. Et je n'en doute pas, pour la simple et bonne raison que je pense comme toi.

CHAPITRE 55

LANCASTER

« Jamais question d'amour entre nous. » Ces paroles dans sa bouche me hérissent… *Non, elles me font enrager !*

Je ferme les yeux. Je me force à prendre une grande inspiration. C'est la première fois qu'une femme me dit ça, et surtout que je la crois… ce qui devrait me plaire… alors que c'est tout l'effet inverse…

Calme-toi, Geoffrey.

D'une main, je la plaque contre moi. Je suis furieux. De l'autre, je lui empoigne les cheveux. Je l'embrasse passionnément. Elle répond avec la même rage, la même ardeur. Sa langue caresse la mienne. Mon corps se tend comme un arc. *Bordel, je la désire si fort ! Trop fort.* Ici. Maintenant. Partout. Toujours. Est-ce simplement à cause de ce désir de fou ? Est-ce ce besoin d'elle, inassouvi, qui me brûle les ailes ? Ou est-ce elle ? *Simplement elle… ?*

Merde ! Je ne sais pas. Elle m'embrouille l'esprit. Elle me rend dingue ! Ce n'est pas non plus cette foutue clause qui me retient… après tout, ma fessée m'a déjà coûté la bagatelle de 850 000 euros. Je ne suis plus à ça près… Non ?! Non !

– J'ai besoin de tout mon sang-froid pour ne pas te sauter dessus, tout de suite. Tu es à moi, Barbie !

– Je suis à toi, lâche-t-elle dans un souffle. Pour cinq ans…

Je l'embrasse à nouveau, exigeant et possessif. J'ai tellement la rage, je sais que je lui fais mal et ça me glace. Ce besoin irrépressible que j'ai d'elle, cette envie violente et incontrôlable de la posséder… c'est ça qui me fait peur. Je ne me reconnais plus.

– Désolé, dis-je la voix étranglée. Je suis trop brutal… je… je crois que je perds le contrôle.

Je la lâche et me recule. *Bordel ! Il faut vraiment que je me calme, là !*

– J'adore quand tu perds le contrôle, murmure-t-elle, les yeux brillants. Oui… j'aime beaucoup…

Putain, mais qu'est-ce qu'elle est belle ! Pourtant elle n'a rien à voir avec mon style de femme. Elle est même à l'opposé, petite et menue… tout est petit chez elle… ses seins… mais qu'est-ce que j'aime ses seins ! Pussycat… cette nana me fait vibrer de partout.

– *Barbie*, ne me dis pas des trucs pareils ! grogné-je en reculant encore.

Merde ! Si j'arrive pas à me contrôler, ça va dégénérer.

– Tu ne comprends pas. J'ai tellement envie de toi que je ne vais pas être doux… ça sera violent, sauvage, brutal…

Je manque d'air. J'inspire profondément. Rien que d'y penser, de le formuler… je bande comme un malade. Et malgré ma rage, surtout à cause de ma rage, je ne souhaite pas la faire souffrir. Je dois juste reprendre le contrôle…

– Tu as peur ?

Je fronce les sourcils et plisse les yeux devant la pertinence de sa question. Oui, j'ai peur. Peur de perdre totalement le contrôle… et risquer de la blesser, et de ne pas valoir mieux qu'eux. Peur d'être simplement dominé par mes plus bas instincts et de lui dévoiler une facette de moi qui la fera fuir, alors que je souhaite tout le contraire.

– Je ne veux pas te faire mal, et là, franchement, c'est ce qui risque de se produire.

Elle avance, et je me demande tout à coup si elle est totalement inconsciente… ou si le désir est aussi incontrôlable chez elle que chez moi. Ce qui, dans un cas comme dans l'autre, se vaut et n'apporte rien de bon. Depuis notre première rencontre, il s'est passé beaucoup de choses. Ce qu'elle me fait ressentir soulève beaucoup de questions. La plus importante pour moi étant : me fera-t-elle confiance, un jour ? Lui faire l'amour parce que le contrat m'en donne tous les droits me met en rage. J'ai l'impression d'être un salaud. Un putain de salaud ! Je n'ai besoin que d'une chose : qu'elle m'accorde sa confiance. J'en ai besoin plus que tout ! Plus encore que de son désir manifeste pour moi en cet instant.

– Non, je ne parlais pas de ça, marmonne-t-elle un peu gênée. Mais de ce qui s'est passé dans la clairière.

Mais de quoi parle-t-elle ? Et soudain, ça me revient…

– Hum… tu penses à ton évanouissement. J'avoue que ça m'était complètement sorti de l'esprit, dis-je en songeant que ça prouve bien à quel point elle me fait perdre la tête. Pour tout te dire, je ne sais pas encore si c'est extrêmement flatteur pour moi ou totalement flippant.

– Il y a d'autres options, affirme-t-elle avec cet air coquin qui me chavire.

Elle avance telle une conquérante, sûre d'elle. *Et bordel, qu'est-ce que j'aime ça !*

– Ah bon ?! Lesquelles ?

Cette petite poupée, ma Barbie, qui avec ses talons m'arrive à peine à l'épaule, pose un doigt dominateur sur mon torse comme si je n'étais qu'un vulgaire vermisseau.

– Très probablement le fait que j'ai sauté mon petit-déjeuner…

– Hum, hum, m'étranglé-je avec un sourire narquois.

– Tout à fait ! Il est possible aussi que ce soit la chaleur…

Mon sourire s'agrandit encore. *Elle doit être à bout d'arguments, là, non ?!* Après tout, j'aime beaucoup l'idée que je puisse lui provoquer un effet aussi violent juste en la faisant jouir.

– Sale petit prétentieux ! Je devine à quoi tu penses, en ce moment, continue-t-elle en ponctuant sa tirade de brefs coups sur ma poitrine. Et enfin, dernière option et non la moindre : mon corps fait peut-être tout simplement une réaction allergique au tien !

– Quoi ?! *Pour le coup, je m'étouffe réellement avec une gorgée de vin.* Qu'est-ce que c'est cette connerie, m'exclamé-je avant d'exploser de rire.

Agacée, elle m'assure qu'elle a lu un article traitant d'un cas similaire.

– Dans un magazine féminin, non ?

Et pendant qu'elle me lance tous les noms d'oiseaux à la figure, je l'attrape par la taille et la plaque contre moi. Je plonge mon nez dans ses cheveux et la respire comme un fou. J'aime son odeur, sentir son corps contre le mien.

– Non, ma puce. Après mure réflexion, la seule hypothèse qui tienne la route, c'est que je t'ai donné tellement de plaisir… comme jamais aucun homme avant moi… que…

– Tu es vraiment un connard arrogant de première !

C'est aussi une sale petite peste. Mais ma petite peste à moi !

– Ouais… mais un connard arrogant de première qui t'envoie au septième ciel en te touchant à peine, ma puce !

Elle penche la tête en arrière et plonge ses yeux dans les miens. J'aimerais qu'elle me regarde toujours ainsi. Le genre de regard qui me ferait déplacer des montagnes… qui m'offrirait tout, et à qui je voudrais tout donner… comme si j'étais…

– Le plus dur, vois-tu… ce n'est pas de m'envoyer au septième ciel, mais de pouvoir le refaire… indéfiniment, et surtout de me donner envie d'y retourner…

Elle m'ensorcelle… Et pour la première fois de ma vie, j'ai peur.

Pour la première fois, je me dis que cinq ans, ce ne sera peut-être pas assez… *Qu'est-ce qui se passe avec moi, bordel ?!*

Je ne sais pas pourquoi, la colère monte à nouveau en moi… contre elle ? contre moi ? Je sens également le désir qui me submerge. Je la fixe intensément. Elle me renvoie le même regard, aussi brûlant. L'air crépite entre nous, tout autour de nous. Ses pupilles se dilatent. Sa respiration s'accélère.

– On va faire un tour !

J'aboie presque, tellement je suis sur le fil du rasoir. Elle sursaute, et je tente de continuer sur un ton plus neutre.

– J'en ai besoin…

Elle hoche la tête. J'ai une putain d'envie de l'embrasser… et d'autre chose… d'un tas d'autres choses. Je lui prends la main, l'entraîne à ma suite et claque la porte derrière nous. Une fois dehors, j'inspire un grand coup.

– Tu crois qu'on pourrait aller jusqu'au village ? Ce n'est pas trop loin à pied ?

Sa voix m'apaise étrangement.

– Non, c'est juste à vingt minutes de marche.

Mes doigts enlacés aux siens, j'avance à son rythme et, tout doucement, je retrouve mon sang-froid. J'ai toujours aimé marcher seul. J'aime la forêt, les arbres, cette nature. J'y ressens à chaque fois un sentiment de profonde sérénité, de plénitude. Et le fait qu'elle soit avec moi me remplit d'une émotion inhabituelle. Elle est tellement différente. Elle me déconcerte, me provoque, me trouble. Je pourrais rester seul avec elle pendant des heures… ce qui ne m'est jamais arrivé auparavant. Quand nous rejoignons le village, je suis surpris qu'elle ne se soit pas plainte à cause de ses talons. Sasha aurait poussé les hauts cris. *Non !* Sasha aurait catégoriquement refusé cette balade. D'ailleurs, jamais je ne l'aurais emmenée dans mon refuge. Nous déambulons dans les rues. Je ne lui lâche plus la main. Même quand elle rentre dans les boutiques et s'extasie sur le travail d'un artiste. J'ai l'impression que je ne pourrais plus jamais la lâcher, la quitter… face à elle, je suis désarmé, ce qui me donne une désagréable sensation de malaise.

– Si on s'arrêtait dans ce café, tu veux bien ? J'ai soif, et puis tu dois en avoir plus qu'assez de faire toutes les boutiques les unes à la suite des autres.

De sa main libre, elle caresse ma joue. Tendrement. Un sourire éclatant sur ses lèvres. Je crois voir des étoiles dans ses yeux…

– J'avoue que je ne serais pas contre une bière bien fraîche. Mais pour le reste, je n'en aurai jamais assez, ma puce… de faire les boutiques avec toi.

Putain ! Le pire, c'est que c'est vrai !

Il faut vraiment que je reprenne le contrôle.

CHAPITRE 56

Geoffrey est de nouveau en Chine et déjà, je me demande comment je vais tenir. Le téléphone dans une main. Luttant de toutes mes forces pour ne pas l'appeler, *encore*, ou lui envoyer un message, *encore*. *C'est clair, je n'y arriverai pas.* Mon père a déjà rendu les armes devant mon humeur de chien et préféré battre en retraite dans sa chambre.

Tout ça au bout d'une toute petite journée. À peine vingt-quatre heures ! Comment est-ce possible ? Que restera-t-il de moi dans une semaine ? Une pauvre loque humaine totalement amorphe ? Une harpie acariâtre et grincheuse ?

J'ai l'impression d'être une toxico en manque, à la recherche de sa dose. Sauf que ma dose se trouve à plus de neuf mille kilomètres d'ici, à Shanghai. Et qu'il va me falloir attendre plus de six jours, soit cent quarante-quatre heures, ou si on préfère huit six cent quarante minutes.

Mais que ce soit en jours, heures ou en minutes, c'est toujours une éternité.

La sonnerie de la porte d'entrée me fait sursauter.

– Ben alors ?! Tu ne m'as pas rappelée, Angie. Tu m'as oubliée ou quoi ?! s'exclame Justine en déboulant dès que j'ouvre la porte. Comment s'est passée ta visite chez le docteur ?

Bien entendu, ce matin, Justine a eu droit à toutes mes confidences sur ma journée avec Geoffrey. Et surtout sur ma perte de connaissance, alors que je venais d'avoir un orgasme comme jamais. Pendant qu'elle se dirige vers le salon, je remarque que son après-midi piscine lui a donné de belles couleurs. Elle est toute dorée et à croquer. J'ai refusé de l'accompagner pour la simple et bonne raison que je suis scotchée à mon téléphone, et qu'il était I.NEN.VI.SA.GEA.BLE. que je le laisse dans mon sac, au vestiaire. *Je suis pathétique !* Et lui, que ressent-il en ce moment ? Est-ce qu'il pense à moi comme je pense à lui ? Si j'étais certaine qu'il endure les mêmes tourments que moi, et même plus, beaucoup plus… je me sentirais mieux.

C'est définitif, ce type me rend dingue !

– D'après lui, tout va bien. Ma tension est bonne, mes analyses aussi.

Elle cligne des paupières plusieurs fois et me regarde indécise.

– Et comment explique-t-il ta réaction ?

Je pousse un profond soupir en haussant les épaules.

– Pour tout te dire, il ne l'explique pas vraiment, et selon lui, mon cas ne mérite pas de déplacer un cortège d'experts. C'est probablement une surcharge d'émotions… de stress… de plaisir. Quel con ! J'aimerais bien le voir, lui, dans ma situation. Un orgasme de malade, et… pouf, plus rien ! Le noir total !

– Oh my God ! Tu veux rire… ! Une surcharge de plaisir ?! Mais pourquoi je n'ai jamais eu une surcharge de plaisir, moi ? Hein, dis-moi ?!

J'attrape un coussin coloré et lui balance.

– Tu as déjà eu un plan à trois, Juju ! Ça ne te suffit pas ?

– Tu plaisantes ou quoi ?! Non, ça ne me suffit pas… je ne sais pas ce que je donnerais pour avoir une grosse surcharge de plaisir avec Luke. Oh my God ! Rien que d'y penser…

J'éclate de rire alors qu'elle me fait les gros yeux en pouffant.

– Ce n'est pas drôle, Angie. Tu ne sais pas la chance que tu as…

– Pardon ?!

– Évidemment, tu as cinq ans devant toi pour savourer ton BBS, c'est facile pour toi. Alors que je n'ai eu qu'une nuit avec Luke. Je me contenterais d'une année, une toute petite année, si seulement il voulait bien…

Merde ! Elle est sérieuse, là ! Vraiment. Je me figurais que ce n'était qu'un coup de cœur passager, un plan à trois sans conséquence… j'avais tort.

– Tu penses toujours à lui ?

– Oui. C'est complètement stupide, mais je n'arrive pas à me le sortir de la tête. Je suis impatiente d'être au jour du mariage pour le revoir à nouveau, tu imagines ? Alors qu'il n'a même pas essayé de me joindre par téléphone depuis…

J'allume une cigarette et nous nous installons sur la terrasse.

– Tu sais, Juju, le peu que j'ai vu de Luke… enfin, je veux dire qu'il ne vaut mieux pas t'attendre à quoi que ce soit avec lui. Inutile de tirer des plans sur la comète. Ce n'est pas le style de la maison, tu vois ?

– Je me doute bien, mais… je ne peux pas m'empêcher d'espérer un peu quand même. J'avais pourtant l'impression qu'il s'était passé quelque chose de spécial entre lui et moi, cette nuit-là.

Elle me lance un petit sourire.

– Ma Juju… Si c'était réalisable, tu serais vraiment prête à lui consacrer une année, tout en connaissant à l'avance la date de votre rupture ?

Il ne lui faut pas longtemps pour me répondre.

– Oh oui, j'accepterais sans tergiverser.

– Mais ce serait pire ensuite, tu ne crois pas ?

– Non, j'utiliserai chaque journée passée en sa compagnie pour lui devenir indispensable. Et ensuite, il ne rêverait plus que de prolonger le bail, riposte-t-elle avec bonne humeur. Oui, je n'hésiterais pas une seule seconde.

J'aimerais avoir sa confiance et son assurance. Finalement, je suis plus proche de Sarah que je ne le pensais. Tout comme elle, je ne crois pas à l'amour… *comme Geoffrey*, et encore moins à l'amour éternel… *comme Geoffrey*.

– Tu as toujours été d'un incommensurable optimisme.

– C'est vrai. Et heureusement, parce qu'entre Sarah et toi…

Oui, de nous trois, c'est Justine qui possède cette faculté à ne voir que le bon côté des gens, des choses, à y croire envers et contre tout, et à avoir cette confiance absolue dans l'avenir.

– J'espère de tout mon cœur que tu arriveras à obtenir ce que tu souhaites avec Luke. Tu le mérites. Sans compter qu'il n'a pas idée de la chance qu'il aurait d'avoir quelqu'un comme toi dans sa vie.

– J'ai bien l'intention de lui montrer qu'il faudrait être fou pour laisser passer une super nana comme moi. Fais-moi confiance, Angie !

CHAPITRE 57

J – 27 !

Je suis en apnée depuis trois jours et mes seules bouffées d'oxygène me sont distribuées par les messages ou coups de téléphone de Geoffrey. Je suis juste une bombe subissant la pression d'une tonne de frustration, de manque et de bien trop peu de sommeil. Ce cocktail, additionné à ma nature impulsive, la curiosité et la jalousie, ne pouvait me conduire qu'à une décision : téléphoner à Sasha !

Je l'observe de loin en approchant tout en coupant mon téléphone. Pour une fois, je ne suis pas en retard – plutôt même en avance –, mais elle m'a prise de court, car elle est déjà là, assise à une petite table en terrasse. Comme moi, elle porte des lunettes de soleil, mais à part notre blondeur commune, les similitudes s'arrêtent là. Je suis en jean et baskets, elle, en robe et talons. *Est-ce un effet Geoffrey ?*

– Bonjour Sasha, dis-je en franchissant pourtant les derniers mètres qui me séparent d'elle.

– Bonjour Angeline.

Je reconnais, à contrecœur, qu'avec ses formes voluptueuses et féminines, son beau visage, cette touche sexy… elle doit faire des ravages ! Le serveur apporte ma commande, un coca bien glacé, j'allume une cigarette. Elle aussi.

– Tu m'avais dit que, si j'avais envie d'en découvrir un peu plus, il me suffisait de t'appeler. Je suis curieuse de savoir ce que tu peux m'apprendre, Sasha.

Elle cache son regard derrière les verres fumés de ses lunettes. Comme moi. J'ai la sensation que se joue ici, une partie de poker avec une mise énorme.

– Je savais que tu finirais par le faire. Après tout, votre relation débute à peine, non ?! À moins que vous ne vous connaissiez déjà, avant ?

– Non, je ne le connaissais pas avant. Mais quelle importance ?

– Je t'ai déjà expliqué les raisons qui font que l'annonce de votre mariage m'a plus que surprise – en dehors de celles qui me sont personnelles, bien sûr. Geoffrey est, depuis toujours, réfractaire à tout engagement. Il ne voit pas la nécessité de partager sa vie avec une femme, d'autant qu'il est loin d'être fidèle par nature. Se marier avec toi va donc à l'encontre de son caractère et de sa nature profonde. Tu peux comprendre que ce brusque revirement me paraisse totalement improbable.

Je suis certaine qu'elle ne peut pas être au courant pour le contrat. *Comment pourrait-elle le savoir ? Pourtant, quelque chose cloche…*

– Je ne suis pas venue jusqu'ici pour apprendre que je fréquente Geoffrey depuis peu, ni qu'il était de nature infidèle. Si j'emploie l'imparfait, Sasha, ce n'est pas par hasard.

Elle glisse sa main dans son sac.

– Très bien… Tu ne connaissais pas Geoffrey, mais sa famille ?

– Pas plus sa famille que lui, rétorqué-je, agacée, en me demandant où tout cela peut nous mener.

– Alors ta famille, peut-être, aurait-elle des liens avec la sienne ?

Plus la conversation avance et plus ses propos me paraissent sibyllins.

– Non, ma famille n'a aucun lien avec la sienne. De toute évidence, j'ai fait erreur, Sasha, en imaginant que tu pouvais m'apprendre quelque chose. Il n'est pas utile de poursuivre plus longtemps…

Alors que je vais pour me lever, elle me fait un signe de la main pour me stopper, tout en sortant celle qui était toujours dans son sac.

– Attends ! Je pense que ceci devrait t'intéresser, alors… lance-t-elle en me tendant une photo.

Les vêtements que portent les deux hommes du portrait – polos et pantalons de toile claire – m'indiquent aussitôt qu'il date de plusieurs années. On aperçoit la mer au loin. Ils sont jeunes, souriants, chacun a un bras posé sur l'épaule de l'autre. Ils semblent être de bons amis.

– Et alors ?

– L’homme à droite est le père de Geoffrey, m’informe-t-elle. Regarde bien celui qui est à ses côtés.

Devant son entêtement, je me penche une fois de plus sur ces deux inconnus. Je retrouve certains traits caractéristiques de Geoffrey sur ceux de son père. Même taille et même couleur de cheveux. En revanche, la bouche paternelle est plus fine, presque sévère, alors que celle de Geoffrey n’est que sensualité…

– Alors, tu le reconnais ?! insiste-t-elle.

Agacée par son attitude, je porte mon regard sur le jeune homme de gauche et… *Non ! Ce n’est pas possible !*

– C’est… mon père !?!

Mon père et celui de Geoffrey ?! Ils étaient amis ? Pourquoi mon père ne m’en a-t-il jamais parlé ? Et Geoffrey ? Qu’est-ce que ça signifie ?!

Et puis, comment sait-elle... ?!

– Comment as-tu su que c’était mon père ?

– Regarde au dos, répond-elle en haussant les épaules.

Je tourne la photo et je lis : *Charles Beaumont & Blaise St-Cyr.*

– Explique-moi… Le nom St-Cyr, ce n’est pas celui de…

– Geoffrey porte le nom de sa mère, me coupe-t-elle. Tu n’auras qu’à vérifier sur son passeport, si tu mets ma parole en doute. Mais ce que je trouve étrange, c'est que tu ne sois pas au courant de ça… et du reste !

– Comment cette photo s'est-elle retrouvée entre tes mains ?

Pendant un court instant, elle paraît ennuyée.

– Quand Geoffrey a prononcé ton nom, il m'a semblé l'avoir déjà entendu – ou lu, en l'occurrence –, mais je n'arrivais plus à me souvenir où. Puis ça m'est revenu, et je me suis souvenue de ce coffre rempli de vieilles photos.

– Mais comment se fait-il qu'elle soit en ta possession ?!

– Disons que je dispose toujours d'un double de clés, et que je suis allée y faire un petit tour dernièrement… Je ne sais pas pourquoi Geoffrey tient tant à se marier avec toi. Mais s'il y a une chose dont je suis certaine, c'est que l'amour n'a rien à voir là-dedans. Je te laisse méditer et réfléchir à tout ça, Angeline, ajoute-t-elle en se levant. Et sache que mon intention de récupérer Geoffrey n'a toujours pas changé.

Elle dépose un billet sur la table avant de partir. Je ne lève même pas la tête pour la regarder s'éloigner. *Pourquoi mon père et Geoffrey ne m'ont-ils rien dit ?!* Pourquoi me cacher un fait aussi insignifiant ? Si ce n'est que la raison ne peut qu'être déplaisante.

CHAPITRE 58

Sur le chemin du retour, je rallume mon téléphone pour découvrir de nombreux SMS de Geoffrey… les premiers, adorables ; les suivants, inquiets ou énervés, très énervés… très inquiets… Je referme mon appareil et le range dans mon sac. Je tremble. Je dois d'abord m'entretenir avec mon père. Je dois comprendre. La sonnerie retentit. C'est lui. Je ne suis pas prête à lui parler sans avoir eu d'abord cette conversation avec mon père.

La sonnerie résonne encore et encore. La colère me gagne. J'ai besoin qu'il me laisse tranquille. J'ai besoin de réfléchir. *Connard arrogant* clignote furieusement sur mon écran… encore et encore… sa sonnerie… *Qu'il me foute la paix ! Merde !*

Je tape un message.

Je vais bien. Je suis juste trop
occupée pour répondre en ce moment.

Bien sûr, sa réponse ne tarde pas.

Occupée ?! Et moi, tu crois
que je ne le suis pas ?! DÉCROCHE
LE TÉLÉPHONE !!! G L.

Ce type est bouché ou quoi ?! J'arrive à l'appartement, la rage bouillonne en moi.

Pas maintenant ! Je ne suis pas
disponible !!!

Puis je mets mon téléphone sur silencieux. En entrant, je découvre mon père installé sur le canapé.

– Je suis rentrée… Tu as envie de boire quelque chose, Papa ?

– Un petit thé en ta compagnie me ferait très plaisir. Tu n'as rien de prévu ?

Pendant que je m'active à la cuisine, je lui réponds en criant que Laura n'avait pas besoin de moi aujourd'hui.

– Entre nous, je la soupçonne de m'éviter un peu, avoué-je en déposant le plateau sur la table basse.

– C'est assez compréhensible, lance-t-il avec un sourire. Tu n'es pas vraiment facile à vivre en ce moment… Depuis que Geoffrey est reparti en Chine, pour être plus précis.

Je sers le thé en songeant que la conversation prend la tournure que je souhaite.

– Peut-être… qu'il me manque un peu.

Pendant qu'il déguste son Earl Grey, je l'observe, je scrute son visage. Depuis que nous sommes installés ici, il va mieux. Malgré tout, je lui trouve toujours un petit air las. La perte de son usine l'a brisé, plus encore que je ne l'imaginais.

– Je crois que le terme est assez mal approprié, mon ange. Mais ce n'est pas une mauvaise chose !

– Je sais que tu ne le connais pas beaucoup, mais que penses-tu de ton futur gendre, Papa ? C'est une question difficile… Après tout, tu ne l'as rencontré que quelques fois au moment des transactions de rachat et de ces quelques repas, n'est-ce pas ?

Le visage baissé, il fixe sa tasse, ce qui m'empêche de déchiffrer son regard. Puis il s'enfonce dans le canapé, la tête reposant sur le dossier, les yeux mi-clos. *Merde !*

– Il y a des choses qui ne trompent pas un père. Appelle ça l'instinct paternel, si tu veux… mais je suis ravi que ce jeune homme devienne mon gendre.

Mon père a évolué pendant des années dans le milieu des affaires, et pour ce faire, il a dû développer de nombreuses capacités. Comme celle de répondre à une question, tout en évitant d'aborder le sujet épineux. Mais c'est la première fois que je le vois agir ainsi avec moi ! À moins qu'il ne l'ait déjà fait auparavant, et que je n'en ai pas eu conscience.

– Mais tu sais trop peu de chose sur lui pour porter un tel jugement, non ?! Au début, tu trouvais même que nous aurions dû attendre un peu avant de nous marier.

– J'estimais simplement que vous pouviez vivre ensemble avant de vous engager. Mais cela ne changeait pas la bonne opinion que je m'étais déjà faite sur lui.

Il pousse un soupir et caresse PussyCat en me souriant, puis me demande comment va Justine. Il esquive toujours le point principal et essaie de détourner mon attention. *Je n'en reviens pas !*

– Juju se porte comme un charme, dis-je en songeant qu'une approche plus directe serait sans doute plus payante. D'ailleurs, elle me faisait remarquer que, tout le monde se connaissant de près ou de loin dans le milieu des affaires, il était fort possible que tu connaisses le père de Geoffrey. Tu le connais ?

Bon, là… je ne vois pas comment il pourrait éluder la question ! Il me semble surprendre un léger tressaillement en lui. Il reprend sa tasse de thé, comme si de rien n'était, mais je devine qu'il cherche à gagner du temps.

– Tout est relatif. Ce milieu est bien plus vaste que vous l'imaginez, et à des échelles différentes, qui n'ont pas d'interaction entre elles.

Si j'avais le moindre doute, il vient de s'envoler. Mais je ne veux pas lâcher l'affaire.

– Certainement, Papa. Mais est-ce que tu as eu, au cours de ta vie, l'occasion de croiser le père de Geoffrey ? Est-ce que tu le connais ?

Là, je suis sûre qu'il s'est crispé.

– J'ai rencontré beaucoup de personnes tout au long de ma vie, dit-il en frottant son cou d'une main ridée. Et je ne me rappelle plus le visage et le nom de la plupart. Je vieillis, ma mémoire me fait défaut, parfois. Peut-être ai-je croisé son père…

J'ai envie de pleurer. *Il me ment.* Jamais, je n'aurais pensé qu'il pourrait me faire une telle chose.

– En parlant de Geoffrey, t'es-tu décidée à lui parler de Tess ? me demande-t-il en changeant habilement de sujet.

Je me raidis imperceptiblement.

– Je n'ai pas trouvé le bon moment…

– Le bon moment ?! me coupe-t-il interdit. Je n'ai jamais entendu une absurdité pareille, ma fille. Je n'ai pas insisté la dernière fois, mais j'avoue que je ne comprends pas tes raisons à vouloir lui cacher son existence.

Il m'observe avec attention. En quelques minutes, il a retourné la situation à son avantage. À présent, c'est moi qui ne veux pas répondre à ses questions et qui me retrouve sur le banc des accusés. Je suis sidérée par son habileté.

– Angeline ! As-tu une raison pour tenir ainsi ton futur mari à l'écart ? Une raison valable que je devrais connaître ?

Cette conversation est en train de prendre une très mauvaise tournure.

– Non, il n'y a pas de raison, je murmure. C'est simplement que je n'y arrive pas…

Ce qui est la vérité… en partie. Mais ça, il n'a pas besoin de le savoir.

– Comment est-ce possible ?

– Je n'en sais rien, Papa… mais… mais…

– Mais quoi ?! lance-t-il agacé, puis se radoucissant un peu, il ajoute : je sais que c'est difficile pour toi, mais tu dois lui dire… un mariage sans une confiance absolue est voué à l'échec. Il t'a donné des raisons de douter de lui ?

Je suis au bord d'un dangereux précipice. J'ai l'impression que je risque d'y tomber d'une seconde à l'autre.

– Non, je n'ai aucune raison de douter de Geoffrey, dis-je totalement sincère, car je suis certaine qu'il tiendra tous ses engagements… concernant le contrat. C'est plus compliqué que ça…

– C'est toujours cette culpabilité qui te ronge ?

– Oui, en partie. J'ai beau savoir que ce n'était qu'un accident, malgré tout, je n'arrive pas à le croire réellement. Je me dis toujours que je suis responsable de son état… la seule responsable.

– Tu sais bien que c'est faux ! Des accidents se produisent tous les jours où seul le destin peut être tenu pour responsable. C'est horrible, injuste, mais c'est la vie… simplement la vie.

– Peut-être bien, Papa. Il y a certains jours où je pense comme toi. Seulement, il y a aussi les autres jours… les jours où je ne supporte même pas l'idée de la savoir dans cet état. Les jours où j'ai un gouffre immense en moi et où je me demande si Tess ressent la même chose, quotidiennement depuis l'accident… ce vide horrible rempli de néant. Les jours où…

Je frissonne. J'ai du mal à respirer.

– Les jours où quoi, mon ange ?

– Ceux où je préférerais qu'elle soit morte, Papa. Ces jours où je me dis que je ne vaux pas mieux que Maman… Papa, ces jours-là, je me hais avec une force dont tu n'as même pas idée… lui parler de Tess, c'est aussi lui montrer cette partie de moi…

– Viens là, dit-il en m'ouvrant les bras. Ne crois pas être la seule à avoir des démons… nous en avons tous. Ils peuvent nous tourmenter, nous hanter et parfois se faire oublier, mais ils ne définissent pas ce que nous sommes intrinsèquement, seuls tes actes le font. Moi aussi, j'ai des jours sans et des jours avec… mon impuissance à aider ta sœur me désespère, comme toi. Il m'arrive aussi d'être en colère, épuisé… mais cela n'enlève rien à tout l'amour que j'ai pour Tess et pour toi…

Nous demeurons ainsi, dans les bras l'un de l'autre un long moment.

– Je vais me reposer un peu.

Il se lève et je ne peux m'empêcher de remarquer soudain ses traits tirés et son visage creusé.

Est-ce à cause de mes questions ? De mes réponses aux siennes ? De Tess ?

Je le regarde rejoindre sa chambre. Je suis… triste… chamboulée… en colère…

Je finis de boire mon thé, un œil sur mon téléphone qui n'arrête pas de clignoter, de vibrer. Je ne pourrai pas fuir Geoffrey indéfiniment…

– Oui… dis-je en décrochant.

– Bordel ! Qu'est-ce qui se passe ?! hurle-t-il.

CHAPITRE 59

– *Barbie* ? Tu vas me répondre…

– Connais-tu le sens du mot *indisponible* ?

J'entends un juron.

– Ne joue pas à ça avec moi ! Il me semblait avoir été clair. Tu dois toujours être joignable au téléphone. Je pensais qu'on était d'accord sur ce point, tous les deux…

– C'est pour cette raison que je t'ai envoyé un message, pour t'informer que j'étais INDISPONIBLE.

– Bordel ! Tu me prends pour un con ou quoi ?! Indisponible ? Explique-moi comment tu peux l'être pendant des heures, alors que tu ne bosses pas ! Ce qui est loin d'être mon cas !

– Alors c'est ça ! Sous prétexte que je ne travaille pas, je dois être scotchée H24 à mon téléphone, en attendant qu'il sonne selon le bon vouloir de *Monsieur* ?

– Ne me cherche pas, *Barbie* ! Tu sais que c'est faux…

Il s'interrompt quelques secondes.

– Explique-moi ce qui t'empêchait de répondre à mes messages et à mes appels, reprend-il sur un ton moins furieux. J'ai besoin de comprendre.

Moi aussi ! Mais je n'aurai pas cette conversation avec lui au téléphone. Ce sera face à face. Les yeux dans les yeux. Je veux pouvoir déchiffrer sur son visage le moindre signe m'indiquant s'il me ment. Et d'ici son retour, je ne perds pas espoir d'apprendre aussi quelque chose de mon père.

– Quelques heures où j'étais injoignable ne constituent pas un délit, il me semble. Aucune clause dans le contrat ne stipule que je suis dans l'obligation de te faire part de tous mes faits et gestes, et de t'en faire un compte rendu précis.

Je suis persuadée que Sarah a veillé à ce genre de détails, même si je n'ai toujours pas lu ce foutu contrat en entier.

– Tu ne veux pas me répondre ?!

Sa voix est vibrante de colère contenue.

– Je viens de te donner ma réponse…

Un bruit violent résonne dans l'écouteur, des portes, des voix. J'ai l'impression qu'il a dû balancer quelque chose contre le mur. *Son poing ?* J'avais donc raison concernant Sarah. Je ne suis pas tenue de tout lui raconter.

– Ne t'inquiète pas, dis-je. Je respecte les clauses du contrat, ce n'est pas parce que je ne veux pas te ré…

– ARRÊTE DE ME FAIRE CHIER AVEC CE PUTAIN DE CONTRAT !!!

J'inspire profondément.

– Je te conseille de ne plus me hurler dessus, parce que je ne suis pas certaine de ne pas te raccrocher au nez si tu continues sur ce ton. Je te donne des explications sur un ton calme et posé, même si je ne suis pas tenue de me justifier. Alors, tu es prié de faire de même !

– Tu sais quoi, *Barbie* ? Tu as beaucoup de chance de te trouver à plus de neuf mille kilomètres de moi, en ce moment, parce que je ne sais pas ce que je te ferais si nous étions dans la même pièce.

– Dans ce cas, je suis effectivement bien contente d'être là où je suis.

Nous restons quelques minutes sans parler. *Le souffle de nos respirations dans l'écouteur…*

– Je ne comprends pas, lâche-t-il soudain. Je ne voulais pas que cette conversation dégénère comme ça… mais j'ai besoin de savoir ce qui s'est passé. Quand je n'arrive pas à te joindre, ça me rend dingue… complètement. Tu es la seule femme qui me rend dingue, la seule à qui j'envoie des messages… la seule qui m'inspire un désir aussi fou. La seule que j'ai amenée dans mon refuge… Fais-moi confiance, ma puce… parle-moi, explique-moi ce qui s'est passé. J'ai besoin de savoir.

Lui faire confiance ??! Et pourquoi lui ferais-je confiance ? Parce qu'il le demande ? Parce que je suis la seule femme qui le rend dingue ? La seule qui a eu le privilège de pénétrer dans son refuge ? La seule qui lui inspire un désir aussi fou ?

Depuis mon enfance, la seule et unique personne en ce monde en qui j'ai une absolue confiance, c'est mon père. *Lui seul !* Même avec Justine et Sarah, il reste toujours une infime part d'incertitude et de peur. Et aujourd'hui, je sais que mon père m'a menti… Accorder ma confiance à Geoffrey alors que je le connais si peu… et qu'il ne m'a rien dit au sujet de nos pères ?! Quelle blague…

– Pourquoi ce contrat, Geoffrey ?

– Pourquoi toujours tout ramener à ce contrat ? riposte-t-il au lieu de me répondre.

Comme mon père, il évite et se dérobe.

– Tu m'as dit une fois que tu ne me mentirais jamais, est-ce exact ?

– Oui, c'est vrai, ma puce.

– Alors, dis-moi. Pourquoi m'as-tu proposé ce contrat ?

Le silence.

– Je ne parlerai pas de ça au téléphone, murmure-t-il enfin.

– Mais tu me le diras ?

Un autre silence. Long. Cruel et glacial.

– Tu me le diras ? Geoffrey, est-ce que tu me le diras ? Réponds-moi…

– Je t'ai dit que je ne te mentirais jamais…

Un interminable silence… Amer et déchirant…

– Et c'est la vérité, je ne te mentirai jamais, mais rien ne me contraint à tout te dire, lâche-t-il dans un souffle.

– Alors, n'espère pas que je te fasse confiance, asséné-je, la voix étranglée par les sanglots. Le mieux est donc de s'en tenir strictement aux termes du contrat…

– Ma puce, ne mélange pas tout !

Son interruption me permet de me reprendre et de poursuivre d'une voix plus ferme.

– Je remets les choses à leur juste place. Je peux t'assurer que je respecterai chaque clause, ni plus ni moins. Ce qui s'est passé aujourd'hui ne se reproduira plus jamais. Disponible chaque jour, chaque heure, chaque minute… quand tu en exprimeras le désir. Le fait qu'il y ait du désir entre nous est un bonus… les cinq prochaines années seront plus faciles ainsi, pour toi comme pour moi, tu ne trouves pas ?

Il ne répond rien, alors je poursuis sur ma lancée :

– Je vais même te faire un cadeau. Après tout, j'ai eu droit à une superbe bague, sans oublier le panda. Demain, j'appellerai Sarah et je ferai rajouter une annexe au contrat, te libérant de la clause de fidélité. Tu es peut-être fou de désir pour moi en ce moment, mais on sait l'un comme l'autre que ce n'est que passager. Et d'après ce que tu m'as dit…

– Fais comme tu veux ! me coupe-t-il, irrité. Mais ne t'attends pas à ce que j'accepte cette clause comme étant réciproque.

– C'est bien comme cela que je l'entendais, c'est mon cadeau ! Bon… je peux raccrocher maintenant ? À moins que tu ne souhaites ajouter autre chose ?

– Je rentre dans trois jours, mon chauffeur passera te prendre pour te conduire à l'aéroport.

– Très bien. C'est tout ?

– Oui.

Et il raccroche.

Comment ai-je pu espérer une seconde qu'il me dirait la vérité ? Ce n'est pas parce qu'on désire une femme et qu'on l'emmène dans son *refuge* qu'on lui doit la vérité, ou qu'on lui accorde sa loyauté. Il ne me doit rien du tout ! À part ce qui est stipulé sur le contrat. Et c'est pareil pour moi, point barre !

CHAPITRE 60

Trois jours !

Trois jours, à tenter d'en savoir un peu plus avec mon père, en vain.

Trois jours sans nouvelles de Geoffrey. Sans SMS. Sans appel. Après notre dernière conversation, je suppose que je ne devais pas m'attendre à autre chose. Malgré tout, quelque part tout au fond de moi, subsistait un infime espoir…

Le seul lien entre lui et moi, c'est cette petite carte que je reçois chaque matin. Celle d'aujourd'hui :

J – 23 !

Elle annonce non seulement que le mariage a lieu dans vingt-trois jours, mais aussi la date de son retour. Elle est accompagnée du seul SMS que j'ai reçu en trois jours… on ne peut plus laconique :

Le chauffeur passe te prendre
à 19 h 30.

Simple, concis et… déprimant… horripilant !

Pas un seul : « Barbie !!! » ou « Le chauffeur passe te prendre à 19 h 30 !!! »

Non, rien ! pas même sa signature… qu'il ne m'appelle plus *Barbie* me manque, même ses triples points d'exclamation me manquent…

Sarah m'a passé un savon monstrueux. Pas pour la clause de fidélité, mais pour mon état pathétique. D'après elle, le manque de sexe, mon désir pour lui et ma frustration perturbent sérieusement mes facultés mentales.

– Quelques bonnes séances de baise, et tu verras que tout rentrera dans l'ordre, Angie, m'a-t-elle dit sur un ton catégorique au téléphone, deux jours auparavant.

– Et si ce n'est pas le cas ? Si…

– Si quoi ?! Mumm… Eh bien, profite au maximum ! OK !? Merde, ce n'est pas tous les jours qu'un mec vous procure un orgasme à vous faire tomber dans les vapes… alors, fais-en une consommation abusive, excessive, jusqu'à l'écœurement total… comme avec le chocolat, quoi !

– Et après ?

– Ben, soit tu seras définitivement guérie ou complètement accro, et dans ce cas…

– Oui, Sarah, dans ce cas, je ferai quoi… ?

– Tu feras comme tu as fait avec… ta mère. Tu rangeras ça dans un tiroir que tu fermeras à double tour et tu jetteras la clé aux oubliettes. Mais… toi et moi, on sait pertinemment que tu ne lui feras jamais assez confiance pour en arriver à ce point-là. Ta mère… a brisé quelque chose en toi. Et depuis, pas une personne au monde n'a pu gagner ta confiance, ton cœur… pas même moi ou Juju… seulement ton père…

Je me suis mordu les lèvres au sang, mais ne lui ai rien dit à propos de la trahison de mon père. *À quoi bon ?*

Bien sûr, Justine n'est pas d'accord avec Sarah… Normal ! Mon adorable éternelle optimiste croit dur comme fer aux contes de fées. Sans doute Sarah n'a-t-elle pas tort pour le reste aussi : manque de sexe, frustration, trop de désir… *beaucoup* trop de désir ! J'ai donc décidé d'appliquer la consommation excessive et de me faire une orgie… de chocolat !

J'ai ensuite acheté une jolie petite laisse à PussyCat pour l'emmener à l'aéroport. Et à défaut d'une robe, je l'ai bombée de rose. J'avoue que le résultat est trop chou ! J'ai préparé une pancarte comme celle que certains affichent à l'arrivée des voyageurs. Je jette un œil sur ma montre, et normalement, la sonnette de l'entrée devrait retentir dans… moins de quelques secondes. *Bingo !* Et pour une fois, je suis dans les temps, moi aussi. Une grande première !

J'attrape PussyCat, la pancarte, mon sac… – pas facile, car la demoiselle n'a pas l'air d'apprécier d'être tenue en laisse. Quand j'ouvre la porte, le chauffeur a un infime sursaut de surprise, puis m'accueille avec un grand sourire :

– Bonsoir mademoiselle. Puis-je vous aider ?

– Bonsoir… je me rends compte que je ne connais pas votre prénom, dis-je tout en lui confiant la pancarte.

– Christian, mademoiselle.

Pendant que nous rejoignons la limousine, PussyCat manifeste son mécontentement à grand renfort de miaulements et feulements expressifs. Une fois assise, je la mets sur mes genoux et elle se calme aussitôt en ronronnant sous mes caresses.

– Christian, savez-vous où nous allons après l'aéroport ?

Dans le rétroviseur, j'aperçois ses yeux qui pétillent, et je devine le sourire qui s'affiche sur son visage.

– Je dois vous conduire chez Geoffrey. À moins qu'il n'y ait eu un changement de programme durant le vol.

Tant mieux ! Je ne me voyais pas allant au restaurant avec PussyCat.

– Appelez-moi Angeline. Franchement, je préfère mon prénom à ce « mademoiselle ».

Pendant le reste du trajet, nous papotons agréablement, et j'apprends qu'il est au service de Geoffrey depuis plus de dix ans. Qu'il est assez proche de lui pour l'appeler par son prénom, ainsi que Luke et Aïdan. Quand nous arrivons à l'aéroport, il se gare à l'emplacement réservé aux voitures de service.

– Je crois préférable de venir avec vous, m'annonce-t-il en ouvrant la portière.

Finalement, j'ai décidé de laisser mon sac dans la limousine et de m'en tenir juste à PussyCat et la pancarte. Ce qui est déjà pas mal, vu que mon chaton n'apprécie décidément pas du tout de se retrouver en extérieur.

– Ne vous inquiétez pas, Christian, dis-je en tentant de positionner PussyCat sur mon épaule et de tenir la pancarte. Je vais m'en sortir…

– Je n'ai pas de doute à ce sujet, lance-t-il en m'aidant malgré tout, et me désignant la pancarte. Simplement, je ne voudrais pas que vous soyez importunée.

Je relis le message inscrit en lettres roses sur fond blanc :

BARBIE & PUSSYCAT
RECHERCHENT DÉSESPÉRÉMENT
UN CONNARD ARROGANT
DE PREMIÈRE !

– Oui, vous avez peut-être raison, Christian, acquiescé-je avec un grand sourire. Qui sait combien de connards arrogants de première on peut trouver ici ?!

CHAPITRE 61

Bien sûr, j'aurais pu me douter qu'une fille dans une robe sexy, juchée sur des talons vertigineux, un adorable chaton rose sur l'épaule et une pancarte à la main, pouvait rencontrer un certain succès… mais qu'il y ait dans cet aéroport autant de prétendants au titre de connard arrogant de première ?!

C'est juste dingue !?!

– Finalement, je suis bien contente que vous soyez avec moi, Christian, marmonné-je après une énième tentative de candidature à ce titre. Vous pensez qu'on va attendre encore longtemps ?

– Non, ça ne devrait plus être très long maintenant. Et l'avantage avec les premières classes, c'est qu'ils sortent plus rapidement. Si vous permettez…

Il me confisque la pancarte et se positionne juste derrière moi.

– Vous la reprendrez quand Geoffrey arrivera, continue-t-il dans un sourire. Je pense qu'ainsi nous allons pouvoir échapper à un certain nombre de connards.

Je me retourne, et la tête penchée, je l'observe un instant.

– Vous avez raison, Christian ! avoué-je en pouffant. Je dois reconnaître que le spectacle d'un type, baraqué comme un videur de boîte de nuit, en costume sombre, portant un écriteau « Barbie et PussyCat recherchent un connard arrogant de première », en grosses lettres roses, c'est…

Pas besoin de terminer ma phrase, il éclate de rire avec moi.

Même si sa tactique porte ses fruits, ils restent encore des kamikazes ! Comme celui qui lui tend sa carte de visite en lui assurant qu'il se fera un plaisir de s'occuper de son Pussy… Devant son air effaré et consterné, je lui affirme qu'il est très chou avec cette pancarte, et comme il est aussi plutôt bel homme, ça peut prêter à confusion.

– C'est la première fois qu'un homme me fait des avances, bougonne-t-il. Et j'espère bien que c'est la dernière !

J'ai la respiration coupée quand j'aperçois enfin Geoffrey… chemise blanche, manches retroussées, pantalon sombre, cheveux en bataille… Visage crispé… pas rasé… *Merde ! Ce type est beau à couper le souffle !* Et sexy à… me consumer sur place.

Geoffrey balaye la foule jusqu'à ce que son regard croise le mien. Il avance sans quitter mes yeux un seul instant, presque agressif. On dirait un prédateur. Et chaque pas qui le rapproche de moi m'envoie un nouveau frisson de plaisir. J'ai la bouche sèche. J'aperçois dans un brouillard Aïdan et Luke à ses côtés. Ses yeux ne pétillent pas. Ils sont assombris… de colère ou de désir ? Je ne sais pas.

Trois jours sans nouvelles. Sans un SMS. Rien. Pas le moindre signe. Et à l'instant précis, il ne donne pas vraiment la sensation d'être heureux de me revoir… ce serait même plutôt le contraire. Je m'approche. Je sens l'énergie crépiter entre nous. La mienne n'est que du désir, *mais la sienne ?* Je n'arrive pas à lire en lui, à deviner ce qu'il ressent en ce moment, ce qu'il désire…

– Est-ce que Barbie et PussyCat ont trouvé leur connard arrogant de première ?

J'avance un peu plus. Je retiens mon souffle, impressionnée par sa présence magnétique, cette présence qui m'a tellement manqué, et son odeur familière. Je pose mon nez sur son torse… et j'inspire son parfum de tout mon être. Mes bras le long du corps. PussyCat s'est tranquillement endormie sur mon épaule.

Je le respire de toutes mes forces….

– Ton odeur m'a manqué, murmuré-je sans le toucher.

Il lâche un juron entre ses dents pendant que je frotte le bout de mon nez sur son torse.

– Quoi d'autre ? demande-t-il d'une voix basse et rauque.

– Ta voix m'a manqué, elle aussi.

– Quoi d'autre ? fait-il, plus insistant.

– Ta peau, tes mains, tes lèvres, ta bouche…

Je ne le touche toujours pas. Et pourtant, jamais je n'en ai eu autant envie…

– C'est tout ?

Le simple fait d'être si proche de lui me fait frissonner, me coupe le souffle, m'électrise…

– Non… ton goût m'a manqué aussi, le goût de tes baisers, de tes caresses…

Je voudrais glisser ma main sous sa chemise et sentir la chaleur de sa peau…

– Quoi d'autre ?

J'aimerais lever mon visage et plonger mon regard dans le sien pour m'y perdre. Mais j'ai peur de me briser si je fais le moindre mouvement…

– Toi… Tu m'as manqué, toi…

– Bon sang, ma puce ! Tu m'as filé plus d'insomnies en trois jours que j'en ai eues dans toute ma vie…

Quelque chose fond en moi lorsque j'entends ces deux petits mots : ma puce. Mon Dieu ! Tout ce qu'il peut provoquer en moi avec ces simples mots. Quand il me prend dans ses bras, mes poumons se vident d'un coup.

– Toi aussi… toi aussi, tu m'as manqué, lâche-t-il dans un souffle. Cette semaine loin de toi, c'était l'enfer… un putain d'enfer !

Un gémissement s'échappe de ma bouche. Ses dents mordillent le lobe de mon oreille. Je ferme les yeux en sentant contre moi son sexe en érection, dur et chaud. Je brûle de désir pour lui. Et lui, pour moi. Des toussotements de moins en moins discrets parviennent jusqu'à nous.

– Et si on rentrait ? lance Aïdan.

Je me détache à regret du corps de Geoffrey et m'aperçois avec horreur que PussyCat a disparu de mon épaule. Affolée, je tourne la tête dans tous les sens, pour la découvrir dans les bras de Christian. Je la récupère en le remerciant.

Pendant que nous rejoignons la limousine, mes doigts enlacés à ceux de Geoffrey, Christian leur raconte sa petite mésaventure. Mes trois BBS explosent de rire. Dès que nous sommes à bord, Geoffrey m'installe sur ses genoux et me souffle à l'oreille :

– Je suis vraiment dingue de toi.

CHAPITRE 62

Le désir qui couve entre nous menace de s'embraser à chaque minute, à chaque seconde, et le trajet de la limousine jusqu'à l'ascenseur est un exercice de survie à la tension sexuelle. Je nage dans un brouillard de sensualité qui me fait perdre pied avec la réalité. Je n'entends plus rien, à part lui. Je ne vois plus rien, à part lui. Je ne sens plus rien, à part lui… il n'y a plus que lui… J'entends une porte. On m'enlève PussyCat qui pousse un faible miaulement de protestation.

– Ton odeur aussi m'a manqué, dit-il d'une voix étranglée en enroulant une main autour de ma taille. Ta peau, ta bouche, tes lèvres… j'ai envie de goûter chaque parcelle de toi…

Il me fixe avec des yeux avides. Je vois son regard s'assombrir. J'entends sa respiration saccadée. Sa bouche capture la mienne et il m'embrasse, comme un prédateur vorace. J'adore sa façon de m'embrasser comme s'il devenait fou, comme s'il avait attendu ce moment-là toute sa vie. Je lui rends son baiser avec la même urgence, la même fièvre. Lorsque notre baiser prend fin, nous sommes à bout de souffle tous les deux. Il se mord la lèvre et secoue la tête.

– Bordel ! Il faut que je me calme… Ma sœur va certainement rappliquer d'un moment à l'autre. Je suis même étonné qu'elle ne l'ait pas encore fait.

Il se recule un peu et son sourire sauvage me fait perdre la tête.

– Argh… ta sœur.

Face à face, dans notre petit cocon, j'ai oublié que nous ne sommes pas seuls au monde.

– Oui, ma puce. Un repas doit nous attendre et…

Une voix féminine résonne soudain… *Barbara… Merde !* Je me crispe et tente de me dominer.

– Chéri, comment vas-tu ? le repas sera servi sur la terrasse. Tu devrais prendre une bonne douche et te changer. Pendant ce temps-là, Angeline et moi discuterons autour d'un verre…

Elle me fait un sourire et me tend la main.

– Oui, c'est une bonne idée, Barbara, dis-je en songeant que je suis quand même une sacrée menteuse et qu'à tout faire, j'irais bien prendre une douche moi aussi.

Geoffrey dépose un bisou dans mon cou et me souffle qu'il me rejoint très vite.

Pour la première fois depuis que j'ai mis les pieds chez lui, je prends conscience de son appartement. Apparemment, nous ne sommes pas allés plus loin que l'entrée, gigantesque, avant qu'il me plaque contre le mur. Barbara me précède dans le salon… *Waouh…* j'ai déjà eu l'occasion de voir de magnifiques appartements, mais jamais encore aussi luxueux et aussi vaste que celui-ci. Le parquet Wengé noir fait ressortir un ensemble de gigantesques canapés crème, et brusquement, sur la droite, non loin d'une immense baie vitrée, où les rayons du soleil le mettent en valeur, il me saute aux yeux…

– Mon panda… soufflé-je en le découvrant avec ravissement.

– Oui, je trouve qu'il est parfaitement à sa place, ici, souligne Barbara. Il apporte une touche de chaleur et de gaieté dans cet environnement très masculin.

Elle n'a pas tort, cette sculpture bigarrée et extravagante dénote avec bonheur parmi les nombreuses photographies, exclusivement en noir et blanc, exposées sur les murs, blancs eux aussi.

– J'adore vraiment cet artiste, dis-je en détaillant la sculpture sous tous les angles. Elle est magnifique ! Je ne me lasserai jamais de la voir…

Tout en disant cela, je pose une main dessus et apprécie avec bonheur les textures différentes qui la composent.

– Mon Dieu ! Mais, si je vais adorer la voir chaque jour, m'inquiété-je brusquement, je n'ose imaginer ce que doit ressentir Geoffrey de son côté…

– Il la verra à travers tes yeux, murmure-t-elle. Et ça fera toute la différence, crois-moi.

Je ne suis pas certaine qu'elle s'adresse vraiment à moi. C'est la première fois qu'elle me tutoie. Je l'observe et me dis que nous allons nous côtoyer pendant cinq ans. Je sais qu'elle porte une affection énorme à son frère, ce qui est réciproque, qu'elle a fait beaucoup de sacrifices pour lui… comme moi pour Tess. D'une certaine façon, nous nous ressemblons, elle et moi. Étrange réflexion qui me fait percevoir Barbara sous un jour nouveau. Je la suis sur la terrasse, divinement agencée entre coin bronzage avec des transats, dînatoire avec une table déjà dressée, et plusieurs autres espaces que je ne fais que deviner, entourés de plantes, d'arbustes et de fleurs.

– On a l'impression d'être à des kilomètres de Paris, dis-je, totalement sous le charme, alors que nous sommes tout juste à la limite du XVIe arrondissement.

Je sursaute quand la voix de Geoffrey murmure à mon oreille :

– C'est mon endroit préféré quand je rentre du travail.

Je me retourne et fonds littéralement en le découvrant, les cheveux encore mouillés, simplement vêtu d'un tee-shirt blanc et d'un pantalon fluide, au tissu très fin retenu par un lien sur les hanches.

– Tu ne le vois pas d'ici, continue-t-il avec un sourire ravi et coquin, mais un peu en retrait, il y a un jacuzzi.

Ces quelques mots parviennent à me mettre en transe en imaginant tout ce que l'on pourrait faire dedans. J'aperçois Aïdan et Luke qui nous rejoignent.

– Au cas où tu chercherais PussyCat, lance Luke en s'installant à table, elle pique un somme sur mon lit, emmitouflée dans ma chemise… Dis donc ! j'espère que ça ne risque rien ?! Ma chemise ne va pas devenir toute rose ?

En riant, je lui assure qu'il n'a aucun souci à se faire et nous prenons place autour de la table, Geoffrey à ma droite, Aïdan à ma gauche. Pendant que Barbara s'informe du résultat de leur voyage, un homme que je n'ai pas vu entrer commence le service. Je retiens difficilement un cri quand la main de Geoffrey se pose sur ma cuisse et y entame une lente caresse. Je lui jette un regard noir auquel il répond par un sourire sexy, tandis que sa main monte encore plus haut sur ma jambe.

CHAPITRE 63

Je n'arrive plus à réfléchir correctement, terriblement consciente de cette main qui s'est glissée sous ma robe. Je serre les jambes. Je bois mon verre d'eau fraîche d'une traite. Geoffrey discute avec ses amis, alors que sa main, sous la table et sous ma robe, tente d'écarter mes cuisses, que je presse l'une contre l'autre plus fort encore. Je l'entends lâcher un petit grognement. Quand la sonnerie de mon téléphone résonne dans le living, je pousse un soupir de soulagement.

– Excusez-moi, mon père était un peu souffrant aujourd'hui, dis-je d'une voix éraillée en me levant, je préfère prendre cet appel, au cas où ce serait lui qui cherche à me joindre.

Les jambes flageolantes, je file au salon et me laisse choir sur le canapé en attrapant mon portable : un appel en absence, numéro inconnu. Intriguée, j'écoute ma messagerie pour y découvrir la voix de Sasha m'invitant à la recontacter. Aussitôt, je me demande pourquoi… Que peut-elle avoir de plus à me révéler ? Je sursaute lorsque la sonnerie retentit une fois encore. *Merde ! C'est elle.* Je jette un œil vers la terrasse. Geoffrey m'observe. Il doit se demander pourquoi je ne réponds pas. Je passe mon portable en mode silencieux et le range dans mon sac.

Geoffrey se lève. *Merde !* Un sourire plaqué sur le visage, je le rejoins sur la terrasse.

– Tout va bien ?

J'ose à peine croiser son regard et me rassois.

– Oui, merci.

– Tu ne veux pas garder ton téléphone avec toi ?

Je me crispe légèrement en songeant que je viens de commettre une erreur. Si mon père est souffrant, comme je l'ai affirmé auparavant, je devrais vouloir garder mon portable avec moi.

– Non, ça va, mon père m'annonçait justement qu'il allait se coucher. Il n'y a aucune raison qu'il rappelle maintenant.

Il n'ajoute rien de plus, mais je vois bien qu'il n'est pas dupe. Je suis si tendue et perdue dans mes pensées que c'est à peine si je prête attention à ce que je mange… et encore moins à la conversation qui se déroule autour de moi.

– *Barbie* ?!

– Excuse-moi, je… tu disais ?

Geoffrey m'étudie une minute, et son regard acéré accentue mon sentiment de malaise.

– Je ne disais rien, *Barbie.* Mais Luke te posait une question.

Je me tourne aussitôt vers Luke avec un sourire.

– Oui ?

– Je te demandais des nouvelles de ton amie Justine.

Et là, j'ignore si c'est la tension déclenchée par l'appel de Sasha, le désir qui gronde en moi depuis des semaines, ou ce regard de prédateur que je lis dans ses yeux et qui soudain me fait peur pour Justine… mon adorable optimiste qui rêve du prince charmant… alors que Luke partage, aime les plans à trois et que sais-je encore… ?

Je recule mon siège. Je suis calme. J'inspire profondément. Je vois le vase avec des fleurs, des anémones blanches, au centre de la table. *Juste entre lui et moi.* De ma main droite, j'attrape mon couteau par la lame. Je me lève et le lance droit devant, entre les deux BBS.

Et j'épingle le cœur d'une anémone sur la nappe devant Luke.

Silence.

– Bordel ! Je l'adore, cette nana ! s'exclame Aïdan en vidant son verre d'une traite.

– Je tiens énormément à Justine, dis-je en me rasseyant. Je ne conseille donc à personne de la faire souffrir, mais en dehors de ça, elle se porte comme un charme, Luke.

Barbara, horrifiée, s'exclame que j'aurais pu le blesser.

– Aucun risque ! Je pourrais même le faire les yeux bandés, c'est un de mes talents cachés.

Luke décroche la fleur avec un grand sourire.

– Et tu en as beaucoup d'autres… des talents cachés ?

À aucun moment, il n'a eu peur. Je ne l'ai pas vu tressaillir une seule seconde. Lui aussi a l'habitude de jouer au lancer de couteau. C'est ce qui lui a permis de noter tout de suite que la trajectoire n'était pas dirigée sur son corps, mais plus bas, sur la table.

– Tu as envie de les connaître ?

– Tu lui raconteras ça un autre jour, interrompt Geoffrey en se levant. Il n'est de bonne compagnie qui ne se quitte, les amis…

Et, avant que je ne puisse réagir, il passe ses mains sous mes jambes, me soulève… et je me retrouve dans ses bras.

– Fais gaffe à ne pas la mettre en colère, lâche Luke alors que Geoffrey s'éloigne à grandes enjambées et que leurs rires nous poursuivent.

– Bon sang ! Tu étais tellement sexy quand tu as lancé ce couteau… une minute de plus, et je te sautais dessus…

Sa voix est rauque. Ses yeux brûlants. Je passe ma langue sur mes lèvres.

– C'est l'heure du dessert, murmuré-je en glissant une main dans ses cheveux.

– Je n'attendrai pas la nuit de noces, dit-il à voix basse et très lentement. Je n'attendrai pas une heure, pas une minute de plus. Je te veux ! Et je te veux cette nuit.

Je tremble de tous mes membres. Je peux à peine respirer en ressentant la puissance de son désir. Et du mien. Moi non plus, je n'attendrai pas une minute, une seconde de plus. *Je le veux… cette nuit.* D'un coup de pied, il ouvre puis referme une porte. Le clair de lune se reflète sur les draps blancs d'un lit king-size.

Il me dépose tout doucement sur le matelas.

CHAPITRE 64

– Je te veux, Geoffrey, chuchoté-je contre ses lèvres. J'en ai envie.

Il agrippe mes cuisses et ses mains remontent encore sous ma robe jusqu'à ce que ses doigts rencontrent l'élastique de mon string. L'un de ses pouces s'introduit dessous pour explorer mon intimité humide.

– Je t'ai à peine touchée, murmure-t-il en me couvant d'un regard brûlant, et tu es déjà prête à me recevoir.

– C'est plus fort que moi…

Quand ma main se referme sur son sexe, il pousse un grognement sourd et érotique. Je le serre doucement, tandis que je prends sa mesure. Il est aussi dur que la pierre, aussi brûlant que la lave d'un volcan. Je fais glisser ma main de sa racine à son extrémité, et mon souffle s'étrangle dans ma gorge lorsque je le sens trembler. J'aime le faire trembler, frissonner… J'aime être la source de son désir. Son pouce s'insinue en moi, et mon vagin se contracte autour de lui, irrépressiblement. Il se mord la lèvre. Ma peau est brûlante, mes seins gonflés. J'ai désiré cela dès l'instant où nos regards se sont croisés, dès la toute première fois. Une attirance et une envie irrépressible pour cet homme… Quelque chose qui ne dépend pas de moi, qui m'a ôté mon libre arbitre. Lui non plus ne peut rien contre ça. Lui non plus ne peut plus lutter.

– Qu'est-ce qui m'arrive avec toi, ma puce ?

Je suis tellement absorbée par ce qu'il me fait ressentir, bouleversée par son désir, que je remarque à peine que la dernière barrière de nos vêtements vient de disparaître. Nous sommes corps contre corps, peau contre peau… je ferme les yeux et me concentre sur cette sensation unique que son contact fait naître en moi. Il pousse un long soupir, comme s'il avait retenu son souffle trop longtemps. Depuis toujours… Je lève les yeux sur lui. J'ai le souffle coupé par son regard torturé… ce regard dévoré d'une soif ardente et d'une faim féroce. Il se passe la langue sur les lèvres. Je le scrute intensément. Pour cette nuit, et toutes les autres nuits, il sera à moi ! Je veux l'enfouir au plus profond de mon âme, et l'y garder jusqu'au moment fatidique…

Tendrement, je lui caresse la joue. Un éclair de surprise passe dans ses yeux. Il sourit.

– Tu me fais bander comme jamais, souffle-t-il.

Je n'ai pas le temps de répondre. Sa bouche fond sur mes lèvres, avide, vorace. Ses doigts bougent en moi, doucement, de haut en bas, caressants, ils font éclater une myriade de sensations dans tout mon corps, puis s'attardent sur mon clitoris en petits cercles très légers. Je tremble. Je suffoque. J'ai envie de le supplier.

– Je crève de désir pour toi… ça me dévore… ça m'obsède….

Il se penche et attrape le bout de mon sein, l'attire dans sa bouche, le suce avec avidité, le goûte longuement, le mord, le taquine de ses dents, tandis qu'il pince l'autre entre son pouce et son index. Je ne peux que gémir.

– Tu en as rêvé ?

– Oui… oui…

– Moi aussi, lâche-t-il dans un murmure haché. Si tu savais à quel point…

Peau contre peau. Soie contre velours. Douceur contre fermeté.

Je trace une ligne le long des muscles de son dos. Délicieux, et d'une puissance incroyable. J'adore le toucher, le sentir contre moi. Sous mes mains, il est tout en muscles, des muscles durs, très durs… avec une peau lisse et soyeuse. Tout à coup, il se soulève, glisse plus bas vers mon ventre qu'il couvre d'un sillon de baisers brûlants. Une avalanche sensuelle qui provoque un véritable incendie sur ma peau, partout où il se pose. Puis il s'agenouille entre mes jambes et les écarte doucement.

– Ça fait des jours que j'en rêve… de te goûter, de te dévorer, ma puce.

Je décolle littéralement du lit lorsqu'il enfouit son visage entre mes cuisses et passe sa langue sur PussyCat. Je suis secouée de tremblements violents. Il plaque ses mains fermement sur mes hanches pour me maintenir contre le matelas.

– Ohhh…

Sa bouche remonte vers mon clitoris pour le sucer avec une intensité croissante au fil des secondes. Je plonge mes doigts dans ses cheveux. C'est tellement fort… tellement bon… de violentes ondes de plaisir me traversent.

– J'en peux plus… Geoffrey…

Il s'écarte légèrement et souffle sur mon petit bouton, sensible et à vif.

– Moi non plus ! gronde-t-il d'une voix rauque.

Il glisse ses mains sous mes fesses, me soulève avec énergie et fait passer mes jambes au-dessus de ses épaules. Sa bouche se referme à nouveau sur PussyCat et recommence à me sucer. Plus vite. Délicatement. Plus fort. Moins fort. Plus vite… plus lentement… il parvient à me maintenir au bord du précipice… il me fait l'amour avec sa bouche… me dévore sans relâche… Je gémis. Je supplie. Encore et encore.

– J'ai adoré mon dessert, murmure-t-il. Un vrai régal.

Puis il m'embrasse avec toute l'énergie du désespoir, comme dévasté de l'intérieur.

Nos langues se cherchent passionnément.

Nos peaux nues pressées l'une contre l'autre.

Nos corps recouverts d'une fine couche de sueur.

– Je briserais toutes les règles avec toi, ma puce, gronde-t-il d'une voix étrange, si seulement…

CHAPITRE 65

LANCASTER

– Je ne veux pas attendre la nuit de noces, lâche-t-elle avec une lueur pétillante et coquine dans les yeux.

J'adore quand elle me regarde comme ça. J'adore qu'elle me parle comme ça. Dieu qu'elle est belle en cette seconde ! Mon désir pour elle est trop fort. Elle m'attire comme un aimant. Jamais aucune femme ne m'a fait ça. Je ne suis pas certain d'avoir la force, ni même la volonté, nécessaire pour résister à l'envie de la toucher encore…

C'est différent de tout ce que j'ai pu connaître avant… *Avant elle.*

– Pas une seconde de plus, Geoffrey…

Je ne bouge plus. Je me contente de la regarder, de l'admirer… et une spirale violente et intense de désir éclate en moi. Je dois m'arrêter. Il le faut. Absolument ! Ce désir, ce besoin que j'ai d'elle est si puissant que ça en devient flippant. Son corps fin et souple s'accorde si parfaitement au mien que j'ai l'impression qu'elle n'a été faite que pour moi. Qu'elle n'est qu'à moi ! Et un truc bizarre vibre au plus profond de moi.

– Bordel ! J'en ai tellement besoin moi aussi, ma puce, lâché-je entre mes dents serrées à m'en faire péter la mâchoire. J'en crève…

– J'aime que tu en crèves d'envie, murmure-t-elle à mon oreille.

Elle se cambre contre moi, noue ses bras autour de ma nuque et cherche mes lèvres avec avidité. Sa langue se mêle à la mienne, s'enroule autour avec une passion démesurée. Ses hanches ondulent avec sensualité et se pressent contre ma queue, dure comme un roc. Je sens son sexe humide et chaud… et je n'ai qu'une pensée, qu'un seul désir, m'y enfouir profondément… encore et encore…

Elle me fait perdre la raison !

– Viens, chuchote-t-elle.

Sa voix méconnaissable trahit un désir égal au mien. J'ai l'impression qu'elle pourrait tout exiger de moi, je serais incapable de lui refuser quoi que ce soit. Je dois me contrôler de toutes mes forces…

– Geoffrey, gémit-elle alors que sa main, entourant mon sexe, me caresse et me tire des grognements de plaisir.

Avec elle, c'est une expérience extrême… extrême ?! Bordel ! Et moi, je fonctionne… je carbure aux sensations extrêmes !

– Tu veux que je te signe une décharge ? demande-t-elle alors que sa main m'inflige un supplice à me rendre dingue. Ou est-ce que tu me fais assez confiance… ?

Elle me fixe, le souffle court. Les yeux provocants. J'ai envie d'elle comme un animal. Je ne me reconnais plus. Je ne maîtrise plus rien… rien…

– Fais-moi confiance, Geoffrey.

Jamais, je n'avais amené une femme dans mon refuge. Jamais ! *Pourquoi elle, alors ?!* Qu'est-ce qu'elle a de si particulier ? Qu'a-t-elle de plus que toutes les autres ? Merde !

Si par malheur, elle se joue de moi… si jamais… si je cède… Jamais, je n'aurais dû signer cette putain de clause qui m'interdit de lui faire l'amour avant la nuit de noces ! Son avocate a bien manœuvré. Si je succombe à mon désir, le contrat est caduc, sans compter la compensation financière qu'elle en retirera… pourtant, au fond de moi, je sais bien que ce n'est qu'une excuse. Je me fous de cette clause et de ce contrat. Je n'attends qu'une seule chose de sa part.

– Et toi, ma puce, est-ce que tu me fais confiance ?

Nous sommes au bord de l'explosion tous les deux. J'oscille dangereusement sur le fil du rasoir. Pendant quelques secondes, elle cherche de l'air. Ce désir fou qui crépite autour de nous… Nos regards sont scotchés l'un à l'autre. Mon cœur bat à une vitesse frénétique.

– Est-ce que tu me fais confiance, ma puce ? grogné-je encore, avant d'écraser ma bouche avide sur elle.

Mon poing se referme sur ses cheveux, sans douceur. Ma langue caresse la sienne avec une fièvre décuplée, et plonge encore et encore plus profondément pour la goûter avec voracité. Notre baiser est enflammé, déchaîné. Un grondement s'échappe de ma gorge pendant que sa main s'amuse avec mon sexe. Je la force à écarter les jambes pour lui caresser l'intérieur des cuisses, puis mes doigts s'attardent le long de sa fente humide. Pour moi… et seulement pour moi. Elle se frotte sans aucune pudeur contre ma main, et j'avale son gémissement quand mes doigts la pénètrent. Elle se cambre pour que j'aille encore plus loin, plus profondément. Ses gémissements se mêlent à mes râles de plaisir. *Oh bon sang !* Je veux être en elle la nuit entière. Une vie entière ! J'aimerais faire naître en elle un désir aussi violent que celui qu'elle m'inspire. Sa main glisse frénétiquement le long de mon sexe. Je me retiens de toutes mes forces… pour ne pas jouir… sur elle… en elle…

– Ma puce, dis-moi. Est-ce que tu me fais confiance ?!

Un gouffre sans fond…

Dans cette atmosphère chargée d'une terrible tension sexuelle, je vois défiler un florilège de sentiments dans ses yeux. Elle essaye de formuler une phrase, hésite un long moment. Je suis prêt à prendre tous les risques pour elle. *Mais elle ?* Elle n'a aucune idée du calvaire, du supplice que j'endure. Je suis en train de vivre l'enfer dans l'attente de sa réponse.

– Je suis désolée, dit-elle soudain avec un regard hanté et d'une voix si basse que j'ai du mal à l'entendre.

DÉSOLÉE ?!

Je reçois un uppercut en pleine tronche. Je reste sonné quelques secondes. KO.

Je ferme les yeux. Ses paroles me mettent dans une colère noire. Dans une rage folle. J'ai envie d'elle comme un malade. Elle m'obsède, m'enivre. Chaque rencontre avec elle est de plus en plus intense et augmente ma frustration. Elle me rend fou !

Fou au point de lui faire confiance ? Totalement ? Vais-je prendre ce risque ? Une nuit, qui peut foutre toutes les autres en l'air ? C'est peut-être ce qu'elle souhaite ? Peut-être a-t-elle tout calculé avec son avocate depuis le début avec cette clause supplémentaire ? Cette question dont je n'ai pas la réponse est en train de me démolir. Notre relation est basée sur un accord financier, et rien d'autre… malgré tout, je suis intimement convaincue qu'elle n'est pas comme beaucoup de ces femmes que j'ai eu l'occasion de fréquenter. Je veux croire en elle. Je veux lui faire confiance… j'en ai besoin ! Elle est tellement… différente. Et avec elle, c'est si facile d'être… heureux.

J'ai la tête qui menace d'exploser !

Je sens son souffle chaud sur ma peau.

– Geoffrey…

J'ai besoin qu'elle me fasse confiance, au moins un peu, rien qu'un peu… pour faire disparaître cette sensation de haine que je m'inspire face à la situation. Je reste allongé sur le dos, bras croisé sous la tête. Mon corps tout entier proclame haut et fort mon désir pour elle. Elle murmure mon prénom une fois encore et, tout en prenant appui sur mes épaules, se positionne à califourchon, en suspens juste au-dessus de mon érection.

J'ouvre les yeux… *Cette femme sera ma perte !*

– Les règles sont faites pour être brisées, chuchote-t-elle en s'inclinant vers moi. J'ai envie de te lécher partout… je suis brûlante et je rêve de te prendre en moi…

Tous mes muscles se tendent lorsqu'elle tente de descendre sur moi, de s'empaler de toutes ses forces, les mains toujours crispées sur mes épaules.

– Bordel ! Arrête ça ! je rugis en saisissant ses hanches pour la bloquer avec une rage décuplée, ce qui semble l'exciter davantage.

– Même si je le voulais, je ne pourrais pas m'arrêter. C'est plus fort que moi… je ne peux pas lutter…

– Je ne désire qu'une chose de toi avant de te donner tout ! Une seule !

En moins d'une seconde, je l'ai retournée sur le lit et me plaque contre elle. Et il me faut mobiliser toutes mes forces pour ne pas la posséder comme un forcené alors que mon sexe est désormais tout contre son mont-de-vénus.

– Je refuse de faire l'amour avec toi, si tu n'es pas capable de me faire confiance. Tu comprends ça, Barbie ?

Elle se cambre et accentue la pression de son sexe contre le mien. *Putain comme c'est bon !*

– Oui… gémit-elle.

– Quand je te prendrai, dis-je d'une voix râpeuse de désir. Je te ferai jouir encore et encore. Tu hurleras mon nom encore et encore, et ton corps s'en souviendra à tel point qu'il n'attendra plus qu'une chose : que je recommence ! Encore et encore, nuit après nuit, jour après jour ! Et c'est ce que je ferai… chaque jour, chaque nuit. Tu peux me croire, je n'attends que ça !

Elle suffoque et tremble.

– Pourtant je suis prêt à attendre des jours s'il le faut, même si j'en crève d'envie. Même si tu me rends complètement fou. Parce que ta confiance est primordiale pour moi… est-ce que tu comprends ça ?! Et pas seulement parce que, moi, je t'ai accordé la mienne, pleine et entière.

Elle embrasse chaque parcelle de ma peau qui se trouve à proximité de sa bouche.

– Il reste vingt-trois jours jusqu'à la nuit de noces, murmure-t-elle en mordillant mon cou. Ça va être sacrément long, tu ne crois pas… ?!

– Sale petite peste, je lâche dans un râle alors qu'elle se frotte toujours contre mon érection en gémissant. Tu n'as pas idée de tout ce que je vais te faire dans vingt-trois jours.

Je lui donne un puissant coup de rein qui lui arrache un long cri de plaisir et j'ajoute :

– Mais tu vas en rêver, chaque nuit… comme moi…

– Tu n'es vraiment qu'un connard arrogant de première.

Je la presse contre moi avec rage. J'ai la sensation de me fissurer intérieurement. Quelque chose en moi est à la limite de la rupture devant son entêtement à refuser de baisser sa garde pour moi… à me repousser dès que je m'approche un peu trop. Si elle ne me fait pas confiance, c'est comme si plus rien n'existait entre nous… alors que je suis prêt à tout pour elle.

CHAPITRE 66

J – 22 !

Mon visage enfoui dans l'oreiller moelleux, je m'accroche à son odeur, à son parfum. Je n'ai pas besoin d'ouvrir les yeux, je sais déjà que je suis seule. À travers mes paupières, je perçois la chaleur du soleil, elle s'étend doucement sur ma peau… *quelle heure peut-il être ?*

Après m'être rafraîchie et brossée les dents, je décide de partir à la recherche de Geoffrey. En sortant de la chambre, je prends le couloir et ouvre la première porte sur mon passage. Une chambre. Vide. Pieds nus, je continue et me retrouve dans le salon, vide lui aussi, que je traverse pour m'engager dans un nouveau couloir. Là aussi, je choisis d'ouvrir la première porte que je rencontre, et me retrouve dans la cuisine, baignée d'une délicieuse odeur de café.

– J'ai bien cru que tu ne te réveillerais jamais.

Je retiens un gémissement à sa vue. En jean déchiré et tee-shirt, c'est de lui que j'ai envie de faire mon petit-déjeuner. Il s'avance en silence et me soulève… mes jambes s'enroulent naturellement autour de sa taille. Ses mains sous mes fesses, ma poitrine contre son torse, bouche contre bouche. J'ai la sensation d'être à ma place.

– Bonjour ma puce, dit-il à l'instant de poser ses lèvres sur les miennes.

Son baiser, doux, plein de tendresse, contraste étrangement avec la fermeté avec laquelle il me tient contre lui et avec la puissance de ses mains qui malaxent mes fesses, et me laisse à bout de souffle.

– Tu as faim ?

– Je serais prête à dévorer un bœuf, rétorqué-je en mordillant son cou.

– Je parle de nourriture terrestre, dit-il avec un sourire si intense qu'il s'entend jusque dans sa voix. J'aime te voir dans mon tee-shirt… ça m'excite…

– C'est ce que se disait PussyCat à l'instant en remarquant cette étrange protubérance, murmuré-je en me frottant contre lui sans vergogne. Aïe ! Hey !!!

Sa main vient de claquer ma fesse droite dans un petit bruit sec.

– J'ai d'autres projets pour la journée, marmonne-t-il en me déposant sur une chaise haute. *Puis, retournant vers le coin cuisson, non sans avoir déposé devant moi une tasse de café* : Que prends-tu au petit-déj, des œufs, des pancakes, des toasts, des crêpes ?

Alors que je ne sais même pas comment on en fait la pâte…

– Des crêpes ? C'est une blague ?!

– Je t'ai déjà dit que j'adorais faire la cuisine. Le week-end est l'un des moments privilégiés où je peux me le permett…

– Putain, mais j'adore les crêpes ! m'exclamé-je en lui coupant la parole et en battant frénétiquement des mains. La dernière fois que j'ai mangé des crêpes remonte à… bien trop loin. Tu as du Nutella ? C'est encore meilleur avec du Nutella…

Il éclate de rire et sort avec une fierté non dissimulée un énorme pot d'un des placards. C'est définitif !… je crois qu'il n'y a rien de plus sexy qu'un homme en train de cuisiner… surtout quand cet homme est à tomber, et qu'il le fait avec un plaisir évident. *Je suis foutue !*

– Mmmm… c'était trop bon ! dis-je en engloutissant ma cinquième crêpe, une petite demi-heure plus tard. Un délice…

Je ne lui précise pas qu'au-delà du plaisir gustatif de mes papilles, s'est rajouté celui de mes yeux à goûter chaque trait de son visage, de son corps…

– Christian est passé à l'appartement et a rapporté quelques vêtements pour toi, m'annonce-t-il lorsque j'ai terminé. Tu n'as plus qu'à prendre une douche… et enfiler un jean.

– Pas de robe ?

– Si tu y tiens… mais on va prendre la moto, alors tu te sentiras certainement plus à l'aise en pantalon…

Avant qu'il change d'avis, je lui assure qu'un jean sera parfait et file à toute vitesse dans la chambre. Je rigole toute seule en découvrant les « quelques vêtements » qui m'y attendent. En fait, Christian a fait une razzia dans mes fringues, mes chaussures, mes produits de toilettes, de maquillage… et même mes sacs. *Ça, c'est un homme qui connaît les femmes !* Après une bonne douche, je me décide finalement pour une petite robe fleurie et évasée, sur une paire de Harley Davidson que je traîne depuis l'adolescence et que j'adore. Je me saisis en sortant d'un petit sac à dos et d'un blouson de cuir. En passant dans le salon, je transvase mes affaires d'un sacà l'autre et passe un coup de fil à mon père pour lui donner de mes nouvelles. L'appel en absence de Sasha me fait de l'œil. Je l'avais presque oublié. Que peut-elle bien me vouloir ? Je rejoins Geoffrey sur la terrasse et l'observe de loin en silence avant qu'il ne se retourne vers moi et s'avance à grands pas.

– Décidément, tu as la vocation pour faire toujours le contraire de ce que j'attends de toi, dit-il avec un sourire espiègle. Mais je serais bien idiot de me plaindre de ton excellent choix vestimentaire.

J'évite de préciser que ma décision n'a pour unique but que de sentir le plus souvent possible ses mains se poser sur ma peau…

Dans l'ascenseur, je me sens plus troublée que jamais par sa proximité, son parfum et sa main qui tient la mienne. Il est adossé à la paroi face à moi, avec nonchalance, sûr de lui, et sa chevelure brune en désordre lui donne un petit air à croquer, comme s'il venait de tomber du lit. Il est…

Sexy. Diablement sexy… Surtout lorsque, comme maintenant, ce petit sourire dont il a le secret étire ses lèvres…

À cette seconde, mon cœur joue du yoyo et tambourine violemment dans ma poitrine. Une chaleur familière court dans mes veines. Si forte. Si intense…

Vingt-deux jours de frustration intolérable se profilent à l'horizon…

Vingt-deux jours de désir à refouler…

Un trouble indescriptible, aussi physique qu'émotionnel me submerge.

Comment vais-je tenir jusqu'à la nuit de noces ?

CHAPITRE 67

Mes mains autour de sa taille glissent sous son tee-shirt, *à même sa peau*. Sa main droite est posée sur ma cuisse, *à même ma peau*… j'aimerais que cette balade à moto dans Paris ne s'arrête que dans vingt-deux jours, pour me conduire direct dans son lit.

– Tu n'as pas envie de savoir où nous allons ?

Sa voix rauque, en résonnant avec sensualité dans mon casque, me procure des frissons.

– Dans ton refuge ?

– Beaucoup trop dangereux, répond-il en caressant ma cuisse. J'ai envie de découvrir Paris avec toi… un peu comme des touristes. Ce que je suis toujours en réalité, je n'y vis vraiment que depuis deux ans.

– Tu étais où, avant ?

– À New York, et j'y retourne très souvent pour le boulot…

Il s'est arrêté et s'interrompt le temps de retirer son casque.

– J'espère que tu ne comptes pas sur moi pour te faire découvrir la capitale, marmonné-je un peu gênée en retirant le mien. En fait, je ne sais même pas où nous sommes.

Il attache sa moto puis passe son bras sur mon épaule. J'aperçois notre reflet dans une vitrine et suis surprise de découvrir le même bonheur éclatant sur chacun de nos visages. Brusquement, j'ai envie de capturer cet instant, cette bulle de bonheur…

– Attends, dis-je en sortant mon portable de mon sac.

Il se prête volontiers à mon caprice, et nous enchaînons les selfies… visages côte à côte et souriants, avec de vilaines grimaces de douleur, de dégoût, de singe, bouche contre bouche, moi sur ses épaules… à la fin de notre petite séance, d'un geste vif, il s'empare de mon téléphone. Il fait défiler les photos une à une et, alors que je suis persuadée qu'il va les effacer, il les envoie sur le sien.

Petit geste insignifiant, qui me procure un immense sentiment de plénitude.

– Je venais très souvent ici quand j'étais étudiant, dit-il en me désignant la bibliothèque François Mitterrand.

– Alors c'est pour ça que tu parles aussi bien notre langue ?! Mais grâce aux livres ou aux charmantes étudiantes ?

– Non, j'étais déjà bilingue avant de venir ici, réplique-t-il avec un petit rire. Mon père a tenu à ce que ma sœur et moi parlions correctement sa langue natale dès notre plus jeune âge. Il ne s'adressait à nous qu'en français, et nous avons eu droit à des cours particuliers tout au long de notre enfance.

C'est peut-être l'occasion d'en savoir un peu plus sur cet étrange secret qui lie nos pères… Toutes les tentatives avec le mien ayant échoué lamentablement, pourquoi ne pas tenter ici ?

– Ta mère aussi parlait cette langue ? Tu as de la famille en France ?

Nous flânons sur le quai François Mauriac le long duquel mouillent des péniches colorées, accueillant bars et restaurants. Moi, la Parisienne de naissance, c'est la première fois que je viens ici. Les terrasses où se côtoient poufs, transats et parasols multicolores ne sont pas encore bondées malgré la chaleur déjà étouffante.

– Non, ma mère maîtrisait à peine quelques formules de base…

Je sens une fêlure dans sa voix. Je peux comprendre qu'un père ait envie que ses enfants parlent sa langue de naissance, mais quelle idée étrange de l'entretenir à la maison, si la mère ne peut échanger aussi avec eux.

– Mon père aimait que ma mère ne puisse pas se mêler à nos conversations.

– Pourquoi ?

– Il y a longtemps que j'ai renoncé à savoir pourquoi il fonctionnait comme il le faisait.

– Et ta mère n'a jamais souhaité apprendre cette langue ? À sa place, c'est ce que j'aurais fait…

Jamais, je n'aurais laissé le père de mes enfants me mettre de côté. Il se crispe et inspire profondément. J'avais déjà compris que son père était un sujet de discussion difficile à aborder, mais c'est à l'évidence la même chose pour sa mère. Pourtant, la concernant, s'ajoute à la tension un sentiment de tristesse et de douleur.

– Tu ne sais rien de ce qu'elle a vécu, réplique-t-il enfin après un long silence et d'une voix étranglée. Tu n'as aucune idée de ce que tu aurais fait dans les mêmes circonstances…

Il a raison ! Et comme d'habitude, mon impulsivité m'a fait réagir et parler sans réfléchir. Je n'ai pas le temps de lui dire que je regrette qu'il continue avec rancœur :

– Tu as bien signé un contrat dans lequel tu acceptes de me laisser la garde exclusive des enfants que nous pourrions avoir, non ?

C'est vrai ! J'ai signé ça aussi ! Sauf qu'il n'y a pas la moindre chance que cette option se réalise un jour. C'est juste totalement impossible, mais il ne le sait pas. Pourtant, le fait de me balancer cet article à la figure est un coup bas… sûrement tout autant que moi avec sa mère…

– Je ne voulais pas te blesser et encore moins accuser ta mère à tort, dis-je en caressant sa joue. Tu as raison, je n'ai aucune idée de ce qu'elle a vécu… je suis désolée, vraiment.

Je ne veux pas me disputer avec lui. Je veux simplement profiter de cette journée en sa compagnie.

Ne me faire que des souvenirs heureux. Rien d'autre. Il prend ma main et dépose un baiser au creux de ma paume.

– Ma tante paternelle est morte, il y a quelques années, reprend-il d'une voix calme qui me prouve qu'il ne m'en veut pas. C'était la seule personne qui nous restait de ce côté de la famille. Je la connaissais très peu, en fait.

– Vous ne veniez pas en vacances en France, pour la voir de temps en temps ?

– Cela n'est arrivé qu'une fois ou deux, et j'étais si jeune que je n'en ai gardé qu'un très vague souvenir.

– Ton père devait avoir des amis ici, puisqu'il a fait ses études dans son pays, non ?

Une crispation, brève et involontaire, de sa mâchoire me confirme sa soudaine nervosité. Mais comme à son habitude, il recouvre très vite son sang-froid.

– Quand mon père est parti vivre aux États-Unis, dit-il en s'asseyant sur un banc et m'installant sur ses genoux, il a tiré un trait sur sa vie en France, et s'il avait des amis…

Les bras autour de ma taille, le nez dans mon cou, il laisse sa phrase en suspens.

– Si tu ne veux pas en parler, murmuré-je alors qu'il dépose de brefs et doux baisers le long de mon cou, ce n'est pas grave.

– Je n'aime pas parler de mon père, lâche-t-il. Et surtout, je n'ai vraiment rien d'élogieux à dire à son sujet. Si ce n'est que c'est un homme d'affaires hors du commun, néanmoins en dehors de ça, je ne lui reconnais aucune qualité. Aucune !

– C'est un jugement très dur.

Qu'a-t-il pu se passer entre eux pour que Geoffrey ressente une telle hostilité envers son propre père ?

– Qui est encore bien loin de la réalité, crois-moi. Mon père est un homme qui juge tout et tous avec sévérité, impitoyable et sans merci. Seuls le pouvoir et l'argent trouvent grâce à ses yeux… seul ce qui se monnaye a de la valeur pour lui. Tu comprends mieux pourquoi il lui est impossible d'entretenir des liens d'amitié ! En revanche, il a énormément de relations… des relations qui te diront toutes que c'est un homme des plus charmant et sympathique. Des femmes qui te diront que c'est un homme séduisant, cultivé, altruiste, drôle… un homme idéal. Il n'aime que lui et son fric !

– Et toi ?

– L'argent n'est qu'un moyen parmi tant d'autres pour atteindre un but que je me fixe, pas plus. Je ne sacrifierais jamais mon amitié pour Aïdan et Luke à la fortune et à l'ambition.

– Et penses-tu que ce soit réciproque ?

Il me fait pivoter légèrement, et mon visage se retrouve à quelques centimètres du sien.

– Ce qui nous lie tous les trois est et restera indestructible. Je regrette que tu ne partages pas cette confiance absolue avec tes amies…

– Qu'est-ce que tu en sais ?! répliqué-je, embarrassée par une telle perspicacité.

– Si c'était le cas, tu ne viendrais pas de me poser la question, ma puce, murmure-t-il avant de m'embrasser.

Ce baiser est différent de tous les autres qu'il m'a donnés jusqu'à présent. D'une tendresse et d'une douceur infinie, il m'enveloppe d'une chaleur bienfaisante qui efface l'immense tristesse que je ressens face à la justesse de ses paroles. Autour de nous tout est calme, seul le clapotis de l'eau se fait entendre. Des mouettes passent haut dans le ciel, on pourrait presque se croire au bord de la mer… on pourrait presque croire que nous sommes un couple d'amoureux comme ceux qui déambulent main dans la main aux alentours.

Oui, tout ça a l'air tellement réel, que je pourrais presque y croire… que j'ai envie d'y croire…

CHAPITRE 68

Il fait nuit noire quand nous rentrons à l'appartement. Toutes ces heures avec lui n'ont été que tendresse, rires, caresses et baisers furtifs entre deux portes cochères, sur un banc, un pont, à moto… et n'ont fait qu'augmenter mon violent désir pour lui, de minute en minute, un peu plus chaque seconde. Cette journée m'a aussi permis de constater, à mon grand désespoir, son étonnante et incroyable capacité à se maîtriser. À ne rien céder. À part ce qu'il désire. Juste ce qu'il désire… bien loin, à des années-lumière même, de ce que moi, je désire. J'enlève mes boots, dépose mon blouson dans l'entrée et le suis au salon où je jette mon sac sur l'un des canapés. PussyCat câline mes jambes nues en ronronnant, toute contente de me retrouver. Je la porte et frotte mon nez contre son museau humide.

– Tu as hérité d'une bien mauvaise maîtresse, dis-je. Je suis partie sans vérifier si tu avais à boire et de quoi manger…

– Heureusement pour elle, elle a un bon maître, me coupe Geoffrey en retirant son tee-shirt. Georges s'en est chargé ce matin.

Les yeux mi-clos, la bouche sèche, je l'observe. Torse nu, avec son jean qui descend un peu sur ses hanches, déchaussé lui aussi, il est l'image vivante d'une virilité masculine particulièrement torride. Un fantasme – mon fantasme ! – dans toute sa splendeur.

– Tu aimes la nourriture japonaise ? Parce que là, je n'ai pas tellement envie de me mettre aux fourneaux.

Je réponds que j'adore, et plus précisément, les sashimis de thon. Pendant qu'il passe notre commande, je me laisse choir dans le canapé.

– Nous serons livrés dans une heure. J'ai besoin de prendre une bonne douche…

Je frissonne rien qu'à l'idée de la prendre avec lui et me lèche les lèvres par anticipation, laissant défiler dans ma tête les nombreuses possibilités que cela m'évoque.

– Mais je vais la prendre seul, murmure-t-il avec sourire en m'attrapant par la main. Je vais te montrer la chambre d'ami, et si tu veux en prendre une aussi de ton côté, n'hésite pas.

– Est-ce que tu aurais un fax dont je pourrais me servir ?

Il est surpris par ma question mais ne me demande pas d'explication. Il me montre la chambre dont je peux utiliser la salle de bains, puis me conduit dans son bureau.

– Voilà, ici tu trouveras tout ce dont tu as besoin pour passer un fax.

– Tu n'as pas peur que j'en profite pour fouiller dans tes affaires ? demandé-je en lui tirant la langue. Si ça se trouve, je risque de déterrer des secrets honteux et monstru…

Il me coupe la parole en posant ses lèvres sur les miennes. Je me plaque contre lui, avide et déjà brûlante pour lui. Son baiser me laisse pantelante et à bout de souffle.

– Fouille autant que tu veux, lâche-t-il, la voix rauque. Tu ne trouveras aucun secret.

– Pourquoi ? Parce que tu n'en as pas ou parce qu'ils sont trop bien cachés ?

– À ton avis ?

– On a tous des secrets, murmuré-je. Je suppose donc que les tiens ne sont pas cachés dans ton bureau, ou alors dans un endroit qui me sera inaccessible.

– Et toi, tu as des secrets scandaleux et inavouables ?

Nous avons l'air de plaisanter, pourtant la question est sensible et sérieuse. Mais comme lui, je me dérobe et, avec un sourire, je réponds :

– À ton avis ?

Après une petite tape sur mes fesses, il fait demi-tour pour rejoindre sa chambre tandis que je pénètre dans son bureau. L'odeur des cigarillos qu'il fume, associée à celle plus subtile de son parfum, flotte dans la pièce, et je sais que j'en garderai l'empreinte olfactive à jamais. Tout comme celle de ma mère. J'ai oublié sa voix, son visage, mais pas son odeur… c'est le seul souvenir, impalpable, qui me reste d'elle. Le seul que je n'ai pas réussi à effacer. Et je devine qu'il en sera de même dans cinq ans avec Geoffrey. Une empreinte immatérielle, un désir fantôme, mais qui m'aura marquée à vie…

J'attrape mon portable et, pendant que les sonneries s'égrènent, je m'installe dans son fauteuil en caressant distraitement le cuir souple et tendre.

– Tu étais en train de bosser ou quoi ?! m'exclamé-je quand Sarah décroche enfin. Ne me dis pas que tu travailles encore un samedi ?

– Non, pour une fois, je ne bosse pas, riposte-t-elle. Je me préparais en vue d'un dîner avec un confrère… que je compte bien conclure en fin de soirée par une séance de sexe torride.

– Au moins, il y en a une de nous deux qui finira la soirée satisfaite, bougonné-je. Et avant que tu poses la question, ce ne sera pas moi… Ça ne risque pas de m'arriver avant la nuit de noces avec ta maudite clause.

J'entends son rire cristallin et j'imagine ses grands yeux verts, ses taches de rousseur juste devant moi. Il lui faut plusieurs minutes pour se calmer et que je puisse enfin lui expliquer ce que j'attends d'elle.

– Donc, si j'ai bien compris, tu n'as pas l'intention d'attendre une seconde de plus pour consommer ton BBS. Et tu souhaites que je rédige une annexe supplémentaire au contrat qui annule la clause d'abstinence et le libère des astreintes et pénalités qui y sont liées ? Et bien entendu, tout ça, maintenant !?

– Oui, tu as tout pigé. Est-ce possible ?

– Tu es d'accord avec moi que le fait que j'ai pu lui faire signer cette clause était un tour de force de ma part ? Sans oublier toutes les autres, évidemment.

– Je n'en reviens toujours pas. Tu as fait un travail remarquable et je suis certaine que tu prendras bientôt la place de tes patrons…

– Le plus tôt sera le mieux ! s'exclame-t-elle avec un sourire dans la voix. Et comme je suis de bonne humeur ce soir, grâce à ce qui m'attend dans les prochaines heures, et que je ne voudrais pas être tenue pour responsable d'un suicide par un manque de sexe qui atteint son paroxysme…

– Tu n'as pas idée, Sarah, la coupé-je en pianotant sur le bureau. Il me rend folle… je ne survivrai pas une nuit de plus sans lui sauter dessus. Je vais finir par le violer, si tu ne me viens pas en aide…

Pendant que je lui fournis le numéro de fax de Geoffrey, elle appelle Justine sur une autre ligne et nous discutons toutes les trois encore plusieurs minutes. Dans moins d'une heure, je devrais recevoir l'annexe. Je vérifie que le fax est bien chargé en papier. Puis je file prendre une douche.

Cette fois, il ne pourra pas me dire non ! Pas question !

Le fait que je fasse annuler cette clause est bien la preuve que je lui accorde ma confiance... non ?! Non !

J'aimerais le croire… vraiment… J'aimerais lui offrir ce qu'il désire. Seulement, je n'en suis plus capable. Je sais qu'il ne m'a pas tout avoué comme il l'affirme. Je sens qu'il me cache encore des choses sur l'origine de ce contrat… Oui, le fait d'annuler cette clause n'est que la manifestation de mon violent désir pour lui. Un désir insatisfait qui me brûle, me met à l'agonie et me consumera avant la nuit de noce si je ne peux l'assouvir.

CHAPITRE 69

Je suis douchée, parfumée, épilée… et nue. En pleine question existentielle sur le choix de ma tenue. Christian a fait une razzia dans mon dressing, mais vu le temps qu'il me faut pour trouver ce que je vais me mettre, sans doute aurait-il mieux fait d'en rapporter tout le contenu… Je glisse mes pieds dans une paire d'escarpins aux talons vertigineux puis je me regarde dans le miroir en pied. Si j'étais certaine de ne pas voir débarquer Barbara ou Luke dans le salon, je crois que je resterais en tenue d'Eve. Finalement, je retire mes chaussures et me décide pour un petit short noir tout en broderie et un haut en coton léger de la même couleur qui s'arrête juste au-dessus de mon nombril, laissant apparaître mon petit diamant. Simple. Sexy. Et malgré tout présentable, si sa sœur ou son ami déboulent à l'improviste. Avant de regagner le salon, je fais un tour dans le bureau dans l'espoir que le fax soit arrivé. Je grogne ma frustration en découvrant qu'il n'en est rien. Une heure est passée depuis ma conversation avec Sarah. Que peut-elle bien faire ? Je ne lui demande pas de me pondre un pavé quand même !

La terrasse est baignée par un éclairage doux et tamisé. La petite touche délicate de deux bougies sur une table basse apporte un sourire béat sur mon visage. Je suis fébrile, nerveuse. Impatiente. Les plats sont déposés sur la table et je ne peux résister à l'envie de déguster un sashimi en attendant Geoffrey. Puis un deuxième. Un troisième…

– Tu aimes ? demande-t-il en arrivant avec une bouteille de vin et deux verres à la main.

– Délectable, murmuré-je d'une voix étranglée.

Et je ne parle pas que des sashimis ! Torse nu, avec un short en jean… c'est lui que j'ai envie de dévorer. J'aperçois un tatouage sur son omoplate droite au moment où il dépose la bouteille et les verres sur la table. Des ailes d'ange, dont l'une est brisée et d'où s'échappent quelques gouttes de sang rouge.

– Je n'avais pas remarqué, dis-je en effleurant son épaule.

Le dessin est de toute beauté. Fin et délicat… Il dégage aussi un sentiment de tristesse.

En moins d'une seconde, son visage arbore une expression distante, glaciale et tourmentée. Je devine que ce tatouage dissimule une histoire douloureuse, dont il porte l'empreinte, autant sur sa peau qu'au plus profond de lui. Il s'est retranché derrière un mur invisible, me repoussant de toutes ses forces sans même me toucher, sans dire le moindre mot. Je me sens perdue. Impuissante.

Abandonnée… comme la fillette que j'étais à onze ans. Comme lui, ma mère s'est coupée de nous. De moi. Bien avant qu'elle ne nous quitte définitivement. Chaque jour, elle s'éloignait un peu plus, mais j'étais trop jeune pour en avoir vraiment conscience. Je n'ai pas su, pas pu la retenir.

Et maintenant, c'est la même chose. Je suis pétrifiée. Muette. Paralysée par cette angoisse de le voir s'éloigner, de le perdre lui aussi. Incapable de le retenir, de lui donner envie de rester. Parce que je sais bien que je ne le mérite pas. Je n'en vaux pas la peine… sinon, ma mère serait restée. Ou elle m'aurait emmenée dans ses bagages…

Ma respiration s'accélère, mes mains sont moites. Signes avant-coureurs d'une crise d'angoisse. Je dois me calmer. Les jambes tremblantes, je me laisse tomber sur une chaise, la tête entre les genoux. J'ai froid.

– Qu'est-ce qui se passe, ma puce ?

J'entends sa voix à travers un brouillard cotonneux. Je frissonne.

– Merde ! Dis-moi ce qui t'arrive… qu'est-ce que je dois faire ?

Je sens un linge humide sur mon front.

– C'est… rien. Ça… ça va passer. C'est juste une crise…

Il passe une main sous mes cuisses, me soulève et je me retrouve dans ses bras.

– J'ai… froid. Je suis glacée, murmuré-je en claquant des dents tandis qu'il me porte jusqu'à sa chambre.

Il me glisse sous les draps. Nos corps serrés l'un contre l'autre. Ses mains frictionnent mon dos. Sa bouche murmure des mots tendres à mon oreille, dépose des baisers sur ma joue, mon front, mon cou. Blottie contre lui et à l'abri, je me sens protégée. Tout doucement, ma respiration retrouve un rythme normal. Je me réchauffe à la chaleur de son corps et de son cœur.

– Tu veux un peu d'eau ?

– Oui… merci.

Il se dirige vers le meuble bas sur lequel repose un plateau avec une bouteille d'eau et deux verres. Mon regard balaye sa chambre à la décoration très masculine, nette et épurée de toute babiole. Cette chambre, qui bientôt sera celle où je passerai toutes mes nuits… Je bois l'eau à petites gorgées tandis qu'il s'assoit à mes côtés.

– Qu'est-ce qui a déclenché cette crise ? Il y a une raison particulière ou ça arrive comme ça…

Une envie de sentir son odeur me saisit, impérieuse, et je pose ma tête sur ses cuisses. J'aime son parfum, sa peau, chaude et douce… les odeurs sont comme les voix… quand les personnes disparaissent, elles emportent avec elles, leurs parfums, leurs musiques… ces petites choses impalpables, uniques, qui représentent tout un univers… notre univers. Ces petites choses qu'il est impossible de capturer, qui deviennent si vite indispensables, et sans lesquelles la vie n'a plus la même saveur…

– Ne me rejette pas, Geoffrey, murmuré-je dans un souffle. Garde-moi…

Je pense tellement fort « *Garde-moi toujours avec toi.* » Mais ça, je ne le lui dis pas.

– Ma puce… je ne t'ai pas rejetée, dit-il, la voix hachée. Mais ce tatouage…

Il me prend dans ses bras. Nos visages ne sont qu'à quelques centimètres. Une lueur torturée brille dans ses yeux.

– C'est mon passé… des moments que je souhaiterais ne jamais avoir vécu… un enfer…

– Tu n'es pas obligé d'en parler, dis-je d'une voix désespérée, tout comme je ne suis pas prête à me confier. Quand tu seras prêt, tu me parleras de ce passé…

– Jamais je ne te repousserai…

Sa voix rauque caresse ma peau et provoque des frissons.

– Je veux que tu ne doutes jamais de ça… je suis prêt à tous les sacrifices pour toi…

Sa bouche s'écrase contre mes lèvres. J'enroule mes jambes autour de sa taille et mes bras autour de sa nuque.

– Je suis prêt à tout pour toi, gronde-t-il, haletant entre des baisers torrides, le corps tendu par le désir. Ne l'oublie jamais…

Nos langues se mélangent avec passion. Passion accompagnée cette fois d'une tendresse surprenante.

Je me laisse porter par la magie de cet instant. Je brûle de désir pour lui. Un grognement s'échappe de sa gorge. Il me serre plus fort. Ses mains s'égarent sur mes fesses et les caressent. À travers la fine dentelle du short, je sens la chaleur de ses doigts, ajoutée à la douceur du tissu, qui accentue toutes les sensations sur ma peau nue, un peu plus à chaque caresse sensuelle. Quand sa main se faufile dessous, j'écarte les jambes. Il frôle l'intérieur de mes cuisses, puis mon sexe déjà humide.

– Tu es toute mouillée, lâche-t-il d'une voix rauque. Pour moi… tu es à moi…

Nos mains fébriles arrachent le peu de vêtements que nous portons. Et je pousse un cri de plaisir au contact de son corps nu. De sa peau contre la mienne.

Je suis prêt à tous les sacrifices pour toi.

Sa phrase résonne dans ma tête. Il est prêt à me faire confiance, malgré la clause du contrat et tout ce qu'il peut perdre. Le silence de la chambre s'emplit de nos soupirs, de nos gémissements et cris de plaisir.

Mon cœur tambourine si fort que je crois qu'il va exploser. Vraiment fort ! À plein volume, j'en suis certaine.

– Bordel ! C'est quoi ça, encore… lance Geoffrey alors qu'un éclair me fait cligner des yeux.

Il me faut quelques secondes pour prendre conscience que la source de lumière provient du couloir, pénétrant par la porte de la chambre, grande ouverte, et apercevoir un homme… torse nu… avec un drap autour des hanches…

Geoffrey est debout dans la chambre, totalement nu, et pour cause. Il me faut quelques secondes encore pour saisir que l'homme dans l'encadrement de la porte n'est pas un inconnu, mais… Luke ?!

Qu'est-ce qu'il fout dans notre chambre ? Presque à poil !

CHAPITRE 70

Je reste muette. Mon regard va de Geoffrey qui enfile son short, à Luke… et quand enfin, la raison de sa présence dans cette pièce parvient à mon cerveau, je bondis hors du lit en hurlant :

– NON ! NON ! ET NON !

Comme une furie, je parcours la pièce en tous sens pour retrouver mes vêtements. *Où sont passés mon short et mon tee-shirt ? Bordel de merde !*

– Si vous croyez que… que… je… nous…

Je suis si folle de rage que je bafouille. *Les salauds !*

– Du calme, *Barbie* ! me lance Luke.

Du calme ?! Cet enfoiré veut que je me calme ?! J'aperçois la bouteille sur le meuble bas, je l'attrape en moins d'une seconde et lui balance toute l'eau sur la tronche. Ça devrait le rafraîchir un peu et calmer ses ardeurs.

– Mais ça va pas ?! T'es malade ou quoi ?!

– C'est toi qui es complètement malade, grogné-je en posant brutalement mon doigt sur son torse mouillé. Oui, vous êtes deux grands malades ! Tous les deux !

– Bordel ! beugle Geoffrey en me présentant mon short. Tu vas te rhabiller, oui…

Je retourne à côté du lit et arrache le drap pour l'enrouler sur moi en marmonnant que je ne resterai pas une seconde de plus dans la même pièce que ces deux salauds, puis je pivote vers lui et sur un ton furieux :

– Ah bon ?! Pourquoi ? Vu ce que vous avez l'intention de faire, il vaut mieux être à poil, tu ne crois pas ?

– Mais de quoi tu parles ?!

Il a l'air étonné. *Ce connard arrogant à l'air étonné ?!*

– Ne me prends pas pour une blonde !

– Tu es pourtant blonde…

– La ferme, Luke ! hurlons-nous simultanément, Geoffrey et moi, puis j'ajoute : prêt à tous les sacrifices ! Ben voyons ! Tu parles d'un sacrifice… un plan à trois, et puis quoi encore !?

Je surprends le bond de Geoffrey, qui se précipite vers moi pour tenter de m'immobiliser. Pour l'éviter, je saute sur le matelas et passe de l'autre côté.

– Sale connard ! hurlé-je alors que Luke éclate de rire et se place devant la porte pour empêcher toutes tentatives de fuite de ma part.

– Ma puce, tu fais complètement erreur… tente Geoffrey pendant que nous tournons autour du lit. Ce n'est pas du tout ce que tu imagines.

Je remonte le drap du mieux que je peux pour ne pas m'emmêler les pieds dedans tout en surveillant l'autre enfoiré du coin de l'œil.

– Mais bien sûr ! Qu'est-ce qu'il fout là, alors ?! Hein ?! Dis-moi ce qu'il fout ici, si ce n'est pas pour que tu me partages avec lui ?!

– JAMAIS !

Sa voix a claqué comme un coup de feu. Il ne bouge plus. Il est fou de rage. Moi aussi.

– Jamais, je ne te partagerai avec Luke ou avec Aïdan. Ni avec aucun homme. Jamais, un homme ne posera ses mains sur toi, à part moi.

Son corps est tendu comme un arc. Il bouillonne de désir et de colère… *Putain, il est magnifique…*

– Ça n'arrivera jamais ! Même si tu en avais envie, jamais je ne tolérerai qu'un autre que moi te touche…

Je tremble… de fureur… et de désir…

– Alors, pourquoi est-il ici ? murmuré-je en le regardant droit dans les yeux.

– Tu le saurais si tu m'avais laissé le temps de t'expliquer, dit Luke d'une voix basse. Je ne suis pas venu pour un plan à trois, ma belle. Je suis là pour ça…

Il se tourne et nous offre une vue époustouflante sur ses épaules baraquées, ses jambes musclées et une partie de son postérieur – que le drap dévoile –… d'enfer… lui aussi ! Je déglutis pendant que Geoffrey pousse un juron, immédiatement suivi d'un petit rire moqueur. Je remarque que Luke a le même tatouage que son ami, mais sur le dos et beaucoup plus grand.

– Qui t'as laissé comme ça ?! ironise Geoffrey, subitement de bien meilleure humeur.

– À ton avis ? bougonne Luke, subitement de très mauvais poil.

Je ne comprends rien jusqu'à ce que j'aperçoive les mains de Luke, derrière son dos et… menottées ?!

– Tu as la clé ? demande Geoffrey.

Je m'assois sur le lit.

– J'espère qu'elle ne l'a pas balancée à la poubelle… j'ai cru qu'elle allait revenir…

Geoffrey explose de rire.

– Tu fais chier ! râle Luke en faisant tout son possible pour garder le drap bien placé sur ses hanches. Si tu pouvais m'aider au lieu de te bidonner comme un pauvre crétin.

– Tu ne devines pas quelle adorable chipie s'est amusée comme ça ?! m'interroge Geoffrey en déposant un baiser sur mes lèvres. Tu n'as pas une petite idée ?

Ce n'est pas possible…

– Justine ?!

Le regard noir que me lance Luke confirme l'exactitude de ma réponse.

– Elle est partie en te laissant les menottes aux poignets ?! Mais pourquoi ?

Là, Geoffrey est carrément mort de rire.

– Elle lui a fait un cadeau, lâche-t-il entre deux rires, et à mon avis, la nuit ne s'est pas conclue comme Luke l'espérait….

Je me lève brusquement en songeant que si Justine a fait une chose pareille, c'est qu'elle devait avoir une excellente raison.

– Qu'est-ce que tu lui as fait ? Je t'avais ordonné de la laisser tranquille, de ne pas t'approcher d'elle…

Geoffrey me saisit par la taille, alors que je continue à vociférer contre son ami.

– Du calme, dit-il en souriant et me tenant fermement contre son corps. Je crois que le plus mal dans cette affaire, c'est tout de même Luke. Où qu'elle soit, Justine doit bien rigoler en ce moment…

– Je n'ai pas forcé Justine à venir ici avec moi, crois-moi, marmonne Luke, grognon. Et elle avait même plutôt l'air enchanté…

– Vraiment ? le coupé-je, agacée. Explique-moi pourquoi elle t'a laissé menotté et dans cet état, hein ? À sa place, je t'aurais attaché au lit et bâillonné. Mais c'est du Justine tout craché, ça. Elle est trop gentille…

– Trop gentille ?! Tu trouves qu'elle est trop gentille ! lance Luke, furax pour le coup. J'aurais dû me méfier quand elle a insisté pour jouer… quel con ! Ça fait plus d'une heure que j'attends qu'elle revienne et me libère de ces putains de menottes. Sans compter que ça commence à me bousiller les poignets…

– Tant mieux !

Il me regarde longuement avant qu'un sourire n'éclaire son visage, puis il ajoute la voix plus calme :

– Ta copine et toi êtes vraiment de sales petites chipies, *puis en fixant Geoffrey,* bon, et toi… tu comptes faire quelque chose pour moi ou tu as l'intention de rendre ma nuit plus merdique encore qu'elle ne l'est déjà ?

– Relax ! Si ta nuit est merdique, ce n'est pas une raison pour pourrir la mienne…

– Je sais. Et ce n'était pas du tout dans mes projets de débarquer comme ça… désolé… vraiment…

– Je vais voir ce que je peux faire pour te libérer, dit Geoffrey en retournant vers le lit où il me dépose.

– Tu n'auras qu'à t'occuper de lui, demain, dis-je avec un clin d'œil et en nouant mes bras autour de son cou. Ou encore mieux, dans une semaine, ou même dans un mois…

Pendant qu'il rejoint Luke, je ne peux m'empêcher de l'admirer.

– Au fait, Luke. Il faut bien reconnaître que tu as un cul d'enfer, toi aussi !

– Barbie ! Je t'interdis de regarder son cul, me lance Geoffrey tandis que Luke pousse un juron.

– Dans ce cas-là, dis-lui de ne plus se trimballer presque à poil devant moi, riposté-je en pouffant.

CHAPITRE 71

Trente minutes plus tard, j'ai eu le temps de récupérer le fax, enfin arrivé, et de le glisser dans une enveloppe, que j'ai laissée sur le bureau, sur laquelle j'ai simplement écrit :

Pour toi
à consommer sans modération
Barbie

Quand Geoffrey refait son apparition dans la chambre, sa seule présence remplit tout l'espace. Aussitôt, mon corps réagit. Il ferme la porte derrière lui et donne un tour de clé. Il reste adossé contre le battant, le regard fixé sur moi. Je passe ma langue sur mes lèvres. À genoux sur le lit, nue, je l'attends. Je le désire de tout mon être. Nous restons ainsi à nous observer, à nous détailler, et pendant cet échange silencieux, un mélange de tension, de désir et aussi d'autre chose crépite autour de nous…

Le calme avant la tempête.

– Si j'étais raisonnable, je te dirais d'aller dormir dans la chambre d'ami…

Il avance d'un pas et retire son short. Je lâche un gémissement à la vision de ce corps magnifique. Je pourrais lui dire qu'il n'a pas à s'inquiéter pour le contrat, que j'ai tout réglé, mais aucun mot ne sort de ma bouche.

– Mais depuis que tu es entrée dans ma vie, je suis tout sauf raisonnable…

Sa voix basse, rauque, presque comme une plainte, me fait frissonner. J'ai la gorge sèche. Le corps brûlant. Il sourit avec tendresse. Un sourire renversant qui me fait trembler.

– Ma puce… lance-t-il d'une voix torturée et la mâchoire si crispée qu'elle semble prête à se briser à tout moment. Tu n'as pas idée à quel point tu m'excites à me regarder comme ça.

Il serre les poings et avance encore, lentement. Ma respiration se bloque dans ma poitrine. Je ferme les yeux avant de les rouvrir, l'estomac noué. J'ai tellement envie, besoin de lui…

– Avec ce désir qui brûle en toi, gronde-t-il avec dans les yeux une lueur soudain sauvage et affamée. Je ne veux pas te faire du mal, mais… bordel ! C'est tellement fort…

Sa respiration est saccadée. Son self-control habituel est visiblement mis à rude épreuve. Il semble prêt à exploser. Je tends la main vers lui.

– Geoffrey… murmuré-je, un vrai supplice dans la voix. Je n'ai pas envie de t'implorer… mais je me consume depuis des jours…

À la seconde même, il a franchi la distance qui nous sépare. Nos corps se heurtent avec une passion décuplée par le manque. Sa bouche s'empare de la mienne. Mes ongles s'enfoncent dans la peau de son dos. Il m'embrasse comme s'il n'avait jamais embrassé une femme avant moi. Comme si j'étais la seule, l'unique femme en ce monde pour lui. Nos lèvres se dévorent, se goûtent et se répondent avec la même fougue, la même urgence. Nos corps vibrent du même désir brûlant et inassouvi. Il enfouit sa main entre mes cuisses et je savoure le contact de sa paume. Il caresse avec douceur le sillon humide et sensible de mes lèvres, encore et encore… et quand je le supplie à nouveau, me pénètre d'un doigt, puis d'un deuxième. Lentement, puis plus vite, il commence à les bouger… il me pénètre puis les retire dans un rythme erratique qui me rend folle.

– Tu es trempée, brûlante… prête à me recevoir.

Un orgasme… je vais avoir un orgasme rien qu'au son de sa voix rauque et si sexy. Il plonge ses yeux dans les miens et son désir farouche me coupe le souffle. Une vague de plaisir intense explose en moi.

– J'ai besoin… tant besoin… de te posséder, continue-t-il d'une voix méconnaissable. Tu es à moi… je te veux, maintenant. Je ne peux plus attendre…

Geoffrey s'écarte légèrement puis baisse son visage jusqu'à la pointe de mon sein qu'il lèche, mordille, taquine longuement. Mon corps tremble, parcouru de longs frissons de plaisir.

– Alors prends-moi, murmuré-je la gorge nouée.

Un petit sourire sexy se dessine sur ses lèvres. Il retire ses doigts, pose ses mains sur mes hanches et me soulève pour enfin glisser son sexe entre mes cuisses. Nous restons immobiles, les yeux dans les yeux, savourant ce moment tant attendu, cet instant juste à nous. Un moment suspendu dans le temps. Au-delà de son désir flagrant, il me prouve encore sa tendresse dans sa manière de contenir sa violence passionnelle. Il tremble de tous ses membres, bandés dans l'effort surhumain de se contrôler pour ne pas me brusquer, pour ne pas me faire mal. Il veut me protéger. Moi. Son corps frémissant, et pourtant si puissant, déborde d'une douceur infinie qu'il laisse couler jusqu'à moi dans chacune de ses caresses, dans chacun des regards qu'il pose sur moi. Je me sens si fragile, et pourtant, jamais je ne me suis sentie autant à l'abri… et chérie. Grâce à lui. Je le trouve beau à couper le souffle. Mon cœur menace d'exploser.

– Geoffrey…

Tout doucement, il me pénètre de quelques centimètres à peine. Puis il plaque ses mains contre mes fesses et m'embrasse avec une passion féroce qui me meurtrit les lèvres. Il pousse un grognement de plaisir quand je l'incite à m'investir encore un peu. Son sexe prend tout doucement possession de moi, m'écartèle, me comble presque douloureusement. Je me crispe autour de lui en gémissant. Nos regards se verrouillent, assombris par le même désir, le même besoin. Mon corps vibre de partout. Le sien aussi. Puis il s'enfonce encore un peu plus. Et nous suffoquons à l'unisson dans un même cri. Il se retire lentement, glisse à nouveau en moi et continue ainsi, modulant sans cesse le rythme de ses hanches. Je suis si excitée que ça en devient intolérable. Je ne lui oppose plus aucune résistance.

– Je vais te faire l'amour toute la nuit… lâche-t-il d'une voix rauque. Toutes les nuits…

Je suffoque. La cadence devient insupportable. Nos grognements de plaisir s'élèvent dans le silence de la chambre. Je me cambre. Ses muscles puissants sont durs et lisses au toucher, se bandent sous l'effort. Je sens qu'il se retient encore. Ses mâchoires se crispent. Il se contrôle pour ne pas me faire mal. Mais je veux tout de lui. Sa douceur comme sa sauvagerie.

– Geoffrey… plus fort…

– Ma puce… je…

– Plus fort !

Et il plonge enfin profondément en moi.

Très profondément.

Son désir se libère enfin totalement. Il est comme possédé, brutal, frénétique et sauvage. Et tellement sexy… Un plaisir fulgurant déferle au-dessus de moi. Mes jambes autour de ses hanches l'enserrent avec une force inouïe. Mes ongles s'enfoncent dans sa chair.

– Tu me rends fou quand tu me griffes comme ça, grogne-t-il, ses lèvres contre les miennes.

Je le mords. Parce que je ne peux pas m'en empêcher. La sensation de sa peau contre la mienne. Chaque parcelle de mon corps qui s'embrase. Toutes ces sensations me plongent dans un abîme de plaisir presque douloureux. Je me tords d'extase et gémis plaintivement. Je crois que je vais mourir des vagues de plaisir qui ne cessent de m'assaillir.

– J'adore être en toi, chuchote-t-il d'une voix enrouée. J'adore te voir comme ça… déchaînée, passionnée…

Le rythme de sa voix est calqué sur celui de ses va-et-vient. Puissants. Violents. Je balbutie d'extase. Je me cabre sous l'assaut du plaisir insatiable. Je ne désire que cela depuis notre première rencontre.

– Je ne peux pas… c'est trop… bon…

Sa cadence est impitoyable. Je suffoque. Nos corps sont trempés de sueur. Il accélère ses coups de reins. Sans relâche. Encore. Plus fort. Son corps juste animé par un besoin primaire. Il m'emmène toujours plus loin alors que je crie son nom, emportée par des vagues violentes. Je le serre étroitement alors que ses dernières ondulations l'entraînent irrésistiblement lui aussi vers la jouissance. Il renverse la tête en arrière et lâche un cri féroce…

Il se laisse aller contre moi. Frémissant. Pantelant. Murmurant mon prénom… J'absorbe le choc de cette connexion fabuleuse avec lui. Je m'abandonne, dans les brumes du plaisir. Il semble abasourdi… comme moi. Je suis émerveillée par l'intensité de ce que nous venons de vivre. Je l'étreins jusqu'à ce que nos souffles s'apaisent. Nous restons ainsi un long moment jusqu'à ce que la tempête qui nous a emportés se calme enfin. Aucun homme avant lui ne m'a porté jusqu'à un orgasme aussi…

– Mmmm… ma puce… c'était… waouh !

Silencieux, nous nous sourions dans un pur moment de complicité. Ses lèvres se posent délicatement sur les miennes.

CHAPITRE 72

Le soleil inonde la chambre quand je me réveille. Je suis seule. Les souvenirs d'une nuit torride, qui ont fait de notre lit un véritable champ de bataille, m'assaillent. Je me lève et regarde l'heure sur l'ordinateur portable posé sur le meuble bas. Il est presque treize heures… Mince ! Depuis quand est-il levé ? Je file dans la salle de bains prendre une douche puis me glisse dans une petite robe en coton à fines bretelles. Mon estomac me rappelle brusquement et avec véhémence que le repas japonais de la veille est passé à la trappe. *Mais entre des sashimis au thon et Geoffrey…*

Définitivement conquise par cette nuit torride, PussyCat ne jure plus que par lui et me chuchote suavement quelques idées – interdites aux moins de 18 ans ! – pour occuper cette belle journée de dimanche.

En passant par le bureau, je découvre que l'enveloppe n'y est plus. J'ai un sourire en songeant que mon conseil : *à consommer sans modération*, a été suivi à la lettre et m'a laissée à plus d'une reprise pantelante. Je ne le trouve pas dans la cuisine non plus. Pas plus que dans le salon où je récupère mon téléphone au passage. Tout en me dirigeant vers la terrasse, je vérifie ma messagerie. Justine me demande de la rappeler, car elle a *plein de choses* à me raconter et que *je ne vais pas en croire mes oreilles*… je pouffe en pensant que moi aussi j'ai *plein de choses* à lui raconter et qu'elle, c'est sûr, ne va pas manquer d'être surprise. Je suis étonnée de découvrir un message de Diane – après notre dernière rencontre, je ne pensais pas qu'elle chercherait à me joindre à nouveau –, qui me demande de lui laisser une chance de s'expliquer en toute sincérité… *N'était-ce pas ce qu'elle a déjà fait ?* Perplexe, j'arrive sur la terrasse et oublie aussitôt Diane et sa sincérité tardive, en découvrant la brochette des trois BBS. Aïdan et Luke sont confortablement installés sur des transats et Geoffrey s'active derrière un gigantesque barbecue. Des odeurs de viande grillée parviennent jusqu'à mes narines et font hurler mon estomac.

Brusquement gênée, je reste immobile. *Pourquoi suis-je subitement mal à l'aise ?* Nous avons passé une nuit… une nuit fantastique, merveilleuse, plus belle encore que tout ce que j'avais pu rêver. Alors, pourquoi suis-je embarrassée ? Au point de ne pas savoir comment me comporter avec lui. Dois-je faire comme si rien ne s'était passé ?

Bonjour, tu as bien dormi ? Et je lui claque une bise comme à un vieux pote…

Hier, c'était... waouh... ! et j'ai encore envie de plein de waouh... ! avec toi, et toi ?

Coucou les BBS ! Alors quoi de beau prévu pour la journée ?! Et je m'installe ensuite dans un transat pour faire bronzette...

– Ma puce, tu comptes nous rejoindre ? Ou le cul d'enfer de Luke te paralyse et t'en empêche ?

D'accord, il gagne... j'avoue que j'avais occulté cette entrée en matière.

– Fais gaffe, riposte Luke pendant qu'Aïdan éclate de rire et me demande si cette vision ne m'a pas plutôt filé des cauchemars.

Geoffrey s'avance vers moi avec un sourire sur le visage. Je reste figée à le dévorer des yeux. Qu'est-ce qu'il est craquant dans ce jean déchiré, une chemise noire aux manches retroussées et les cheveux en bataille... pas rasé... le regard assombri...

– J'espère que tu as gardé d'autres souvenirs de la nuit dernière, murmure-t-il tout contre mon oreille en me soulevant comme une plume. J'allais venir te réveiller...

J'oublie tout... sauf sa langue qui joue avec la mienne, ses mains qui me serrent fort contre lui, ma poitrine qui s'écrase contre son torse dur et musclé, son odeur qui m'enivre, mes jambes qui s'enroulent autour de sa taille, mes mains qui se glissent frénétiquement sous sa chemise pour sentir sa peau...

– C'est pour ça que je ne suis pas venu te réveiller, grogne-t-il à bout de souffle quand notre baiser prend fin. Je ne t'aurais jamais laissée quitter le lit...

– Le repas est en train de cramer, les tourtereaux, lance Aïdan.

– Tu sens comme j'ai envie de toi, dit-il d'une voix rauque en pressant ses mains sur mes fesses de telle façon qu'il m'est impossible de ne pas sentir son sexe gonflé et dur. J'ai envie de toi à en crever.

– Je suis toute mouillée, chuchoté-je en mordillant le lobe de son oreille, alors que mon estomac émet des gargouillis sonores et intempestifs.

– Bordel ! Tu vas me tuer. Mais je t'ai déjà fait rater ton repas d'hier soir… Il vaut mieux que tu prennes des forces pour supporter tout ce que j'ai l'intention de te faire.

Il se détache de moi et me dépose lentement au sol. Pendant qu'Aïdan se lève et me dit bonjour à sa façon : un petit smack, Geoffrey retourne précipitamment vers le barbecue. Luke, PussyCat ronronnant dans les bras, s'approche de moi avec hésitation. Je fixe en souriant la trace rouge sur ses poignets.

– J'ai encore la marque, oui ! Autant te le dire tout de suite, c'est la première fois qu'une nana me fait un coup pareil, et ces deux crétins ne vont pas se gêner pour se foutre de moi pendant des mois…

– Tu rigoles ou quoi ? Pas des mois ! Des années plutôt, riposte Geoffrey en me faisant un clin d'œil. Tu peux être certain qu'on a pas fini de bien s'amuser avec ça.

– Ça, c'est clair, ajoute Aïdan en me tendant un verre de jus d'orange pressée. Tu en entendras parler jusque dans tes vieux jours.

– Comme tu peux le voir, mon agonie ne fait que commencer. Et je présume que Justine et toi allez en faire des gorges chaudes…

– Sans oublier Sarah, le coupé-je avec un petit rire.

Il hausse les sourcils.

– Son avocate, répond Geoffrey à sa question muette. La demoiselle des clauses et annexes supplémentaires… une chipie à n'en pas douter, elle aussi.

– Donc, si j'ai bien compris, je vais avoir deux crétins, reprend Luke, mais aussi trois chipies pour me rappeler à vie cette mémorable soirée…

– Sans oublier PussyCat, dis-je en lui désignant l'adorable chaton toujours rose blottie dans ses bras. Elle aussi fait partie du gang.

– Non, cette demoiselle m'a assuré de son soutien indéfectible. D'ailleurs, au cas où tu ne l'aurais pas encore remarqué, elle est tombée sous mon charme et ne me quitte plus.

Il a raison, cette petite boule d'amour l'a adopté et apprécie visiblement le confort de ses bras musclés. Tu m'étonnes !

– Décidément, tu es un vrai tombeur, dis-je en lui faisant un petit smack. Encore une proie innocente à épingler à ton tableau de chasse. Bien qu'encore trop jeune et inexpérimentée pour émettre une évaluation objective. Donc, ça ne compte pas !

Il éclate de rire pendant que je rejoins mon BBS préféré derrière les fourneaux.

CHAPITRE 73

Geoffrey glisse une fraise dans ma bouche. Je la déguste avec un soupir de bonheur, blottie dans ses bras. Une place que je n'ai pas pu quitter de tout le repas, pendant lequel Luke n'a cessé d'être chahuté par ses amis. Mais le BBS n'est pas resté sans se défendre, répondant du tac au tac à Geoffrey que, si lui avait fini la nuit menottes aux poignets, il avait quand même évité de la passer au poste de police, sans parler d'un arrosage à la tequila et d'un panda à 850 000 euros qui trônait dans notre salon ! Ce qui ne lui laissait donc que la seconde place sur le podium des victimes. Le seul à s'en tirer encore indemne, provisoirement épargné par *le gang des chipies*, comme les trois BBS ont décidé de nous appeler, Justine, Sarah et moi, est Aïdan.

– Tu es rassasiée ?

– Oui, c'était délicieux. Tu as vraiment de multiples talents.

Pendant qu'il me présente une nouvelle fraise, j'observe Luke à la dérobée. PussyCat n'a pas quitté ses bras de tout le repas, elle aussi. Le tableau de ce petit chaton rose, qui paraît encore plus minuscule contre ce torse large et musclé, est surprenant, tout autant que touchant. Je comprends totalement pourquoi Justine a craqué pour lui. Ses cheveux noirs jusqu'aux épaules, cette petite barbe de trois jours qu'il affiche perpétuellement, ses yeux aussi sombres que du charbon… et ce corps… Oui, lui aussi est un putain de BBS !

Ces trois-là forment un trio étonnant. Soudés par une profonde amitié… mais aussi par quelque chose de beaucoup plus fort et sombre, j'en suis certaine…

Je ne peux m'empêcher de penser que le tatouage que Geoffrey et Luke ont sur leur corps, à des endroits différents, est une réponse à ce *quelque chose de beaucoup plus fort et sombre.* Aïdan a-t-il le même ? Ses bras dégagés par un tee-shirt n'en laissent rien deviner. Mais que cache-t-il dessous ? J'attrape une fraise que je plonge dans la coupe remplie de chantilly pour l'offrir à Geoffrey.

– Mumm… je me demandais… dis-je, la voix éraillée, pendant que Geoffrey me suce les doigts avec un regard coquin. Je me demandais si toi aussi, tu avais des tablettes de chocolat Aïdan. Tu parais un peu plus gringalet que tes potes, non ?

Les deux autres explosent de rire. Comme je l'avais prévu, Aïdan enlève aussitôt son tee-shirt pour me prouver qu'il n'a rien à envier à ses amis. *Stupide ego masculin !*

– Alors, qu'est-ce que tu en dis ?

– Hum… plutôt pas mal, rétorqué-je, en ne voyant rien sur son torse, alors j'ajoute : tourne un peu pour voir…

– *Barbie* ! gronde Geoffrey contre mes doigts en comprenant brusquement ce que je cherche.

Et là, je découvre sur son dos le même tatouage que ses amis. Des ailes d'anges, dont l'une brisée, mais là, il y a beaucoup plus de sang…

Geoffrey, le regard soudain féroce, prend mon visage en coupe entre ses mains.

– Arrête ça tout de suite, *Barbie* ! lâche-t-il d'une voix basse, afin que je sois la seule à l'entendre. Tout de suite !

Dans son regard, au-delà de sa rage, je vois aussi une supplique muette.

– D'accord, murmuré-je. J'arrête…

Sa bouche s'écrase sur la mienne, sans aucune douceur, pour me punir… Je réponds à son baiser avec la même fureur, mes ongles s'enfonçant dans sa chair. Ses mains empoignent mes cheveux et tirent fermement dessus, plaçant mon visage de façon à ce que sa langue s'enfonce encore plus profondément. Nos dents s'entrechoquent… son baiser est avide, sauvage, animal… et…

– Waouh ! dis-je, haletante, quand il s'écarte de moi.

Il me regarde un long moment, et un sourire apparaît enfin sur son visage.

– Oui, c'était waouh ! *puis en s'adressant à Aïdan,* dis donc, tu ne comptes pas nous faire un strip-tease intégral, hein… parce qu'avec Luke, on a déjà donné hier…

Aïdan renfile son tee-shirt, ouvre une mallette d'où il retire une enveloppe qu'il dépose sur la table.

– Pour le strip-tease, une prochaine fois peut-être, parce que là, j'ai d'autres projets, réplique-t-il en me faisant un sourire à tomber, puis soudain plus sérieux, et en désignant l'enveloppe : avec ça, on est certain d'obtenir l'accord tel que nous le souhaitons. Range les papiers au coffre, ce sont les originaux.

L'enveloppe dans une main, Geoffrey émet un sifflement admiratif. Quelques minutes après le départ d'Aïdan, Luke nous informe que lui aussi a des projets. Bien qu'il ne mentionne rien de plus, j'ai ma petite idée.

– Ton projet ne s'appellerait pas Justine, par hasard ?

PussyCat toujours dans les bras, il hausse nonchalamment les épaules avec un sourire taquin et sexy.

– C'est elle, j'en suis certaine !

– Justine est une adulte, dit Luke. Et qui sait parfaitement ce qu'elle veut et n'a pas peur d'assumer ses choix et ses désirs.

Il se penche et m'embrasse sur le front, puis ajoute :

– Je ne ferai rien qu'elle ne désire.

– Tu…

– *Barbie* ! grogne Geoffrey en posant son index sur mes lèvres tandis que Luke s'éloigne. Tu peux lui donner ton avis, mais ce n'est pas à toi de décider pour elle. C'est à elle seule de faire ses choix, et ensuite, en tant qu'amie, ton devoir est de la soutenir. Tu n'es pas d'accord avec moi ?

Je reste silencieuse un moment, énervée. Pourtant, je sais qu'il a raison.

– Mais Justine est tout le contraire de l'image de la femme qui collectionne les hommes et les aventures sans lendemains. Je ne dis pas qu'elle n'aime pas s'amuser… Elle ne voit que le positif… je ne veux pas qu'il la fasse souffrir…

– Tu ne pourras pas toujours la protéger.

– J'aimerais pouvoir le faire.

– Oui, c'est que nous voulons tous pour les personnes que nous aimons. Les préserver du mal…

La douleur et la souffrance transparaissent dans sa voix.

Quelle est donc cette personne ? Celle que tu n'as pas réussi à protéger du mal, Geoffrey ?

CHAPITRE 74

LANCASTER

Repenser au passé provoque, chaque fois, cette intolérable souffrance, et toujours, ce regain de colère… involontairement, ma main se porte sur ma joue, sur ma cicatrice, souvenir de cette nuit…

Mauvaise idée !

Le bourdonnement dans mes tempes s'estompe enfin. Les images s'éloignent peu à peu… pour ne laisser place qu'au tatouage… qu'à notre ange brisé…

Au prix d'un effort incroyable, je retrouve une contenance à peu près normale.

Une bouche se pose sur la mienne. Ce baiser me trouble jusqu'au fond de l'âme. Il porte une telle passion qu'il chasse à lui seul le froid glacial qui a envahi mon cœur, et me ramène dans le présent… à elle… ma Barbie, mon adorable petite peste…

Je m'écarte d'un pas.

– Tu m'as intoxiqué, ma puce. J'avais pourtant pensé qu'une petite balade à moto…

Oui, mais là, pour l'instant, je n'ai qu'une envie : elle ! Mes doigts me démangent de ce besoin insatiable de toucher sa peau, son corps.

– Mmmm… moi, j'ai d'autres idées en tête, avoue-t-elle en me prenant par la main.

J'attrape l'enveloppe au passage et me laisse entraîner jusque dans ma chambre. De ma main libre, je retire l'un des triptyques accrochés au mur, derrière lequel est dissimulé le coffre. Elle tente de se dégager, probablement pour ne pas être indiscrète, mais je la retiens et la fixe avec intensité.

– Je te fais confiance. Merci pour ce cadeau, murmuré-je en désignant l'autre enveloppe, celle que j'ai trouvée le matin même sur mon bureau et qui se trouve maintenant sur le meuble bas devant nous. Je compte en abuser encore et encore…

Je compose alors la combinaison à sept lettres : B A R B A R A, suivies de trois chiffres : 666. J'ouvre le coffre et y dépose les documents fournis par Aïdan, à côté de l'annexe rédigée par son avocate, qui me libère de toutes astreintes et pénalités, et me permet d'abuser des charmes qu'elle ne demande qu'à m'offrir, puis je repousse le battant qui se ferme dans un claquement sec.

Sans un mot, je l'attire à moi et parcours son corps de caresses. Le souffle court, je lui retire sa robe. En quelques secondes, elle se retrouve devant moi en culotte et soutien-gorge. *Putain, mais qu'elle est belle !* Je la dévore des yeux, immobile pendant qu'elle se charge sans douceur de m'enlever ma chemise et mon jean…

– Tu as pris un peu d'avance sur moi, lâche-t-elle dans un gémissement, quand elle découvre que je ne porte rien dessous.

J'adore la voir me regarder ainsi. Me dévorer… déjà toute frissonnante, comme si elle ne pourra jamais se rassasier de moi.

– Je compte bien y remédier très vite, murmuré-je la voix rauque en m'approchant d'elle. Tu as bien écrit : « à consommer sans modération », n'est-ce pas ?!

Elle hoche la tête avec un sourire coquin.

– Alors, ne perdons pas de temps, ma puce.

Je la dépose sur le lit défait. De son pied, elle caresse doucement ma jambe, je l'attrape et le porte à mes lèvres, embrasse sa voûte plantaire, si douce.

– Ça chatouille, chuchote-t-elle en se trémoussant lorsque ma barbe de deux jours frôle sa peau sensible.

Je m'amuse encore un moment à l'entendre glousser à chacun de mes baisers, puis me penche sur son corps, embrasse le côté de sa cuisse. Ses rires se transforment en gémissements, soupirs de plaisir. Le bout de mon index vient se poser sur son sein à travers la dentelle de son soutien-gorge, et son regard, aussi vorace que le mien, me comble de bonheur. Elle réagit avec passion à la moindre de mes caresses. Maintenant à califourchon sur moi, elle se penche en se frottant contre moi, doucement.

Son visage est tout proche du mien. Ses cheveux longs caressent mon torse. Je lâche un soupir, mordille ses lèvres, la taquine du bout de ma langue. Elle retire son soutien-gorge en continuant à se frotter contre mon sexe dur et gonflé. Je sens la chaleur de son désir. Je porte mon index à sa bouche. Nos yeux soudés, elle prend mon doigt dans sa bouche, le lèche, le suce… et l'image de sa bouche qui va et vient sur mon sexe en érection me rend dingue. Elle gémit quand ma main se pose à nouveau sur son sein. La tête penchée en arrière, cambrée et offerte, sa chevelure atteint mes cuisses et me fait trembler.

– Tu as envie d'être en moi ? murmure-t-elle d'une voix rauque en caressant mon torse du bout des doigts.

– À en crever…

– J'ai besoin de toi, chuchote-t-elle plus pour elle que pour moi. Je ne veux penser qu'à ce moment et oublier tout le reste…

Elle se redresse sur les genoux et mon sexe réagit aussitôt en se dressant entre ses cuisses. Elle retire sa culotte et descend lentement vers moi. Je me passe la langue sur les lèvres.

– Putain ! C'est tellement bon… tu es faite pour moi.

Elle ajuste sa position et, tout doucement, glisse et s'empale sur moi… je crois apercevoir quelques larmes au coin de son regard, mais déjà, elle a fermé les yeux. Elle se redresse et me laisse presque ressortir avant de me reprendre tout entier en elle.

Encore et encore. Mon corps se cambre à la rencontre du sien dans une même ferveur. Elle glisse le long de mon pénis, la bouche ouverte, si sexy… son souffle brûlant s'accélère. Ses ongles s'enfoncent dans ma chair tendre. *Putain ! J'adore ça !*

– Je n'ai jamais ressenti un désir pareil. Je veux tout de toi, ma puce…

Elle me domine et m'impose son rythme fou, inégal, incontrôlable… Une sensation de fierté jamais éprouvée me submerge à la vision qu'elle m'offre, ivre de plaisir par la force de mon désir. Mes doigts effleurent son clitoris humide. Elle gémit plus fort encore et s'abandonne à ma volonté. Quand je l'entends crier mon nom, je perds la tête. J'attrape fermement ses hanches, la retourne sous moi et m'enfonce un peu plus encore en elle. Profondément. Je pousse un grognement. J'adore la faire jouir. J'adore ce pouvoir que je détiens sur elle. *Mais elle détient le même sur moi.* Je chasse ses larmes de mon pouce et l'attire contre moi. J'aime quand elle se blottit ainsi contre mon torse. Je ne supporte pas de la voir pleurer. J'ai envie de lui demander ce qui ne va pas, si je peux faire quelque chose pour elle… mais cela reviendrait à m'imposer dans son intimité. Je crains qu'elle ne se reproche cet instant de faiblesse, et surtout, qu'elle ne me reproche de l'avoir surprise aussi. Si je lui fais confiance aveuglément, je suis certain que ce n'est pas réciproque. Pas encore…

Bon sang ! Je ne supporte plus le poids de ce contrat entre nous. Je voudrais qu'elle soit ici, avec moi, librement, ne pas avoir à me demander si elle y serait sans ce foutu papier. J'aimerais qu'elle m'accorde sa confiance. Pleine et entière, sans aucune restriction. J'observe son visage dans l'espoir de trouver dans son regard l'ombre d'une réponse. Je suis incapable de la quitter des yeux, les siens sont fermés, sa respiration encore irrégulière. Je craque complètement pour elle. Elle a le don de faire fleurir quelque chose au plus profond de cet abîme de cendres qu'est mon cœur, au plus profond de moi… quelque chose de beau… de précieux…

Elle est un cadeau. Elle a le pouvoir de m'apaiser, de chasser mes démons. Je suis prêt à tout pour la garder. À tout ! Elle bouge légèrement, je pose mes lèvres dans le creux de son épaule. Elle noue étroitement ses bras autour de ma nuque, les yeux toujours fermés.

– Regarde-moi, dis-je tout bas en la serrant très fort contre moi. Tu as fait de mon monde le plus bel endroit de l'univers…

Elle m'obéit et ouvre des yeux… brillants de larmes et assombris par le désir qui renaît déjà en elle. Je la veux, putain, *elle* et uniquement *elle*, de toutes les fibres de mon corps. Ce sentiment est si puissant que j'en tremble. Une colère farouche m'inonde, et une peur irraisonnée me broie la poitrine à l'idée de ne pas être capable de la protéger… à l'idée de la perdre…

Plus tard, alors que la nuit est tombée depuis longtemps déjà, nous regardons un film en grignotant ce que j'ai bien pu trouver dans le frigo et les placards de la cuisine, blottis l'un contre l'autre.

– J'aime t'avoir chez moi, dis-je en déposant un baiser sur le bout de son nez.

Elle me donne un petit coup d'épaule et, après une seconde d'hésitation, elle souffle :

– Chez nous…

– Oui, ma puce, chez nous !

CHAPITRE 75

Il fait à peine jour quand je m'éveille. Allongée sur le lit, je regarde Geoffrey s'habiller. Il porte un costume gris sombre et une chemise blanche. Un sourire des plus sexy éclaire son visage.

– J'ai un dîner d'affaires ce soir, soupire-t-il au moment de partir, alors que je l'agrippe par les revers de sa veste. Je ne sais pas à quelle heure je vais rentrer.

– Ce n'est pas grave. Il faut que je rentre à l'appartement de toute façon, et mon père sera content de me voir…

– Tu ne comptes pas passer la nuit avec moi ? me coupe-t-il, les sourcils froncés. Il me semblait évident que tu t'installais ici à partir d'aujourd'hui, et…

– Dans deux semaines à peine, je serai là jour et nuit, le stoppé-je à mon tour. Ce sont les derniers jours que je passe avec lui…

Je lui caresse la joue. Il inspire profondément.

– Après le mariage, il va se retrouver seul pour la première fois, et…

– D'accord, dit-il d'un ton bourru qui me ravit. Mais je ne sais pas si j'arriverai à tenir…

– Je n'ai aucun doute là dessus ! Tu m'as déjà démontré la maîtrise exceptionnelle dont tu sais faire preuve.

– Pas avec toi, ma puce.

Son ton grave et son regard ardent me font frissonner.

– Georges est là. Si tu as faim ou pour quoi que ce soit, n'hésite pas à faire appel à lui.

Ses lèvres frôlent une dernière fois les miennes avant de me quitter. Je m'allonge et, le nez enfoui dans les draps, je m'imprègne de son odeur. Je pousse un soupir en constatant qu'il me manque déjà et ferme les yeux à la recherche de son image. Lorsque je me décide enfin à prendre une douche, les rayons du soleil commencent à peine à réchauffer la chambre.

Une heure plus tard, les cheveux encore humides, et habillée, je file au salon récupérer mon sac et mon téléphone. Je ne vois aucune trace de PussyCat dans les environs, j'en déduis qu'elle doit dormir avec Luke. Je suis dans l'entrée, la main sur la poignée, prête à sortir, quand une voix masculine retentit dans mon dos :

– Bonjour mademoiselle. Que puis-je vous préparer pour le petit-déjeuner ?

– Oh ! Bonjour Georges. C'est très gentil, mais je n'ai pas faim…

Son air déçu m'attriste un peu, mais je n'ai aucune envie de croiser Barbara de bon matin. Même si nos relations semblent s'améliorer, je ne veux pas tenter le diable. Avec un sourire, il me tend un trousseau de clés de l'appartement, avant de me souhaiter une bonne journée.

– Merci Georges. Bonne journée à vous aussi.

Dans l'ascenseur, je me dis que Sasha, elle aussi, dispose encore de ses clés, et qu'il faudrait que j'informe Geoffrey de ce petit… *détail* ?! Mais comment lui en parler sans lui avouer que je l'ai rencontrée ? Je ne suis pas certaine qu'il apprécie le scoop.

Quelques minutes plus tard, après un arrêt à la boulangerie pour faire provision de viennoiseries pour mon père, j'ai la chance de trouver un taxi. Quand j'arrive à l'appartement, il est à peine huit heures du matin… *j'en connais un qui va être sacrément surpris de me voir débarquer de si bonne heure,* me dis-je en ouvrant la porte.

– Papa ?! Papa, je suis rentrée ! m'écrié-je en jetant mes chaussures dans le vestibule.

Je file dans la cuisine.

– Tu as un rendez-vous, mon ange ?

Je l'embrasse en pouffant, puis dépose le sachet de viennoiseries sur la table où traîne le journal du jour. L'odeur du café qu'il vient de préparer embaume toute la pièce.

– Non, je n'ai rien de prévu. C'est à cause de Geoffrey…

– Rien de grave ? demande-t-il avec sollicitude, en replaçant une mèche derrière mes oreilles.

– Non, c'est juste qu'il se lève aux aurores. Remarque, il m'avait prévenue qu'il n'avait pas besoin de beaucoup de sommeil… et en l'occurrence, ce n'était pas une blague.

Ma réponse le soulage visiblement et un grand sourire éclaire son visage d'incorrigible gourmand à la vue des croissants, pains aux raisins et petites brioches que je dispose sous ses yeux, dans une corbeille d'osier.

Mon père m'observe attentivement et je hausse un sourcil devant cet examen muet.

– Quelque chose ne va pas, Papa ?

Il pose son journal. Un air que je ne lui connais que trop bien apparaît sur son visage. Ce petit air qui signifie : *Nous avons à parler tous les deux !* et qu'il affichait quand j'étais adolescente… pour me sermonner.

– Hoho, je n'aime pas quand tu as cette tête-là, Papa. Ça me ramène des années en arrière, et j'ai l'impression que je vais passer un mauvais quart d'heure…

Il avale une gorgée de café en riant, puis lève ses yeux sur moi, soudain bien plus sérieux :

– Non, je suis simplement heureux…

– Eh bien, on ne dirait pas !

Mon interruption déclenche le froncement de sourcil habituel, et je riposte par un sourire auquel il répond.

– Je ne sais pas si tu en as conscience toi-même, mais tu irradies de bonheur… Geoffrey te rend heureuse. Moi, je le vois et ça me comble de bonheur.

J'irradie de bonheur ?! Sa remarque me percute de plein fouet. Je désire Geoffrey comme une malade. Soit ! Il est absent depuis à peine quelques heures et je ressens déjà un manque intolérable. OK ! Faire l'amour avec lui… c'est… waouh ! C'est un fait ! Derrière son arrogance et une maîtrise de soi hors norme, j'ai aussi découvert un homme tendre, délicat, attentionné et surtout passionné… Des facettes de sa personnalité qui me touchent profondément. Mais je sais aussi que cela ne durera qu'un temps. *Cinq ans !* Peut-être même se lassera-t-il de moi avant !? D'ailleurs, il ne me fait aucune fausse promesse. Il peut y avoir du désir, beaucoup de désir, entre nous, mais pas d'amour !

– D'ici quelques jours, tu emménageras avec ton mari, continue-t-il, sans se douter du tumulte intérieur que ses mots ont déclenché. Tu commenceras une nouvelle vie… TA vie. Et moi, je poursuivrai la mienne…

Je n'aime pas la tournure que prend soudain la conversation. Brusquement, je réalise que mon mariage sonne aussi le glas de notre vie à deux. Il va se retrouver seul…

– Je serai toujours là, Papa. L'appartement de Geoffrey est très proche et tu me verras souvent, crois-moi…

– Vivre seul ne me pose aucun problème, me coupe-t-il avec un sourire. C'est le cours normal de la vie, l'oisillon quitte le nid parental… et va construire le sien.

– Qu'est-ce qui t'ennuie, Papa ? Je vois bien que quelque chose te tracasse, alors si ce n'est pas mon départ, qu'est-ce que c'est ?

– Maintenant que tu as trouvé l'homme avec qui tu vas partager ta vie… Un homme qui sera toujours là pour toi, pour t'aimer, te protéger… je… je pense aller m'installer en Suisse, lâche-t-il d'un trait, pour être plus proche de Tess.

Silence. Un gémissement s'échappe de ma bouche. Une sensation de froid glacial s'insinue en moi. Je frissonne.

– Tu… tu vas partir… me quitter…

Je suffoque. Mon père se lève, attrape un sac en papier qu'il me donne.

– Je ne t'abandonne pas, dit-il en ne choisissant pas ce terme au hasard. Mais maintenant que Geoffrey est entré dans ta vie, j'aimerais pouvoir voir ta sœur tous les jours…

Inspirer. Expirer. Calmement. Pendant qu'il me frictionne le dos et continue d'une voix douce à m'exposer ses raisons… des raisons contre lesquelles je ne peux rien… que je finis même par comprendre… à défaut d'apprécier…

– C'est juste… que… dis-je, enfin calmée et en le fixant, les yeux pleins de larmes. C'est juste que je n'avais jamais imaginé être aussi loin de toi. Mais je suis heureuse pour Tess…

Je me jette dans ses bras.

– Je serai toujours là pour toi ! Et puis, la Suisse… ce n'est pas non plus le bout du monde. Vous pourrez me rendre visite en week-end, toi et Geoffrey, et… tu pourras en profiter pour voir ta sœur.

Je ne réponds rien. J'ai déjà un mal fou à accepter que mon père me quitte pour s'installer en Suisse, alors…

– Quand ?

– Après le mariage, répond-il.

J'ai un sursaut.

– Si vite ?

Il a un petit rire avant de me répondre.

– Je ne pense pas que ce sera ta préoccupation première à ce moment-là. Tu auras d'autres choses auxquelles penser.

Et comme pour lui donner raison, un bip m'annonce l'arrivée d'un message. Tout doucement, il m'écarte un peu de lui puis, d'une petite poussée, me force à m'éloigner encore. Pendant que j'attrape mon portable, il m'informe qu'il va faire une petite promenade et me laisse seule dans la cuisine. Je baisse mes yeux pleins de larmes vers le message.

Tu me manques trop !!! 2 semaines…
ça va être un enfer !!! G L.

J'éclate en sanglots en me traitant d'idiote. Mon père a raison, la Suisse, ce n'est pas le bout du monde. Suis-je égoïste au point de vouloir le garder pour moi seule ? Qui sait les bienfaits que sa présence quotidienne pourrait apporter à Tess. Finalement, je ne vaux pas mieux que ma mère. Je ne pense qu'à moi…

La sonnerie de mon téléphone retentit alors que je suis toujours perdue dans mes pensées.

– Ma puce ?

Sa voix… j'aime entendre sa voix, ce timbre un peu rauque et avec un très léger accent…

– Ma puce, est-ce que ça va ?

L'inquiétude que je perçois dans ses quelques mots me remue profondément. Pourquoi est-il si… si…

– Oui, ça va…

– Ne me mens pas, me coupe-t-il aussitôt. Je sens dans ta voix que ça ne va pas du tout. Dis-moi ce qui se passe.

Oui, pourquoi est-il si… si…

– Il va me quitter, lâché-je en retenant un sanglot. Il va partir…

Pendant quelques secondes, il ne dit rien. Un silence étrange. Puis il pousse un juron et hurle dans le téléphone.

– Qui ?!

– Mon père ! Tu n'as pas besoin de me hurler dans les oreilles !

– Ton père ?!

– Oui, mon père. Il veut partir après le mariage…

J'entends un profond soupir.

– Qu'est ce que tu croyais ?! continué-je.

– Tu me rends fou, lâche-t-il. J'ai… j'ai cru que c'était un homme qui te mettait dans cet état… Bordel !

– C'est le cas. Mon père est un homme !

Son rire me fait du bien.

– S'il a envie de s'installer dans un autre appartement, où est le problème ? Rien ne t'empêchera de le voir quand tu le souhaites.

– Oui, bien sûr. Mais il ne pense pas rester sur Paris.

– Et alors ? Qu'il soit en banlieue ou dans la capitale, c'est du pareil au même, ma puce, non ?

Sauf que là, on est bien loin de la banlieue, pensé-je. Mais je n'ai pas envie de lui parler de la Suisse et… de Tess.

– J'ai été surprise. Je suppose que je n'avais pas encore vraiment appréhendé… tous les changements qui surviendraient après… le mariage.

– Je comprends, murmure-t-il. C'est une situation… pour le moins étrange. Mais aussi étrange qu'elle soit… je ne regrette rien. Tu entends ?! Rien du tout ! Et j'aime t'avoir avec moi… chez nous.

– Moi aussi, lâché-je dans un souffle, avant de raccrocher.

CHAPITRE 76

Les journées se succèdent, que dis-je, défilent…

J – 10 !

Plus que dix jours avant le mariage. Dix jours avant que mon père ne parte s'installer en Suisse. Dix jours avant de partager ma vie avec Geoffrey…

Depuis notre dernière nuit, une semaine plus tôt, nous avons échangé une tonne de SMS, une multitude d'appels téléphoniques, mais passé très peu de temps ensemble. Quelques minutes volées entre deux rendez-vous d'affaires ou d'organisation de mariage, et quelques secondes grappillées le matin, quand il passe en coup de vent avant de se rendre au bureau… mais rien qui ne puisse combler ce besoin de l'autre intolérable que nous éprouvons tous les deux. Même le plaisir de profiter des derniers jours avec mon père et l'arrivée de Sarah ne m'aident pas. Rien… Je pense sans cesse à Geoffrey. Jour et nuit. Je suis nerveuse, irritable, frustrée – en manque, quoi… – et chacun y va de sa petite analyse.

Pour Laura :

Une future mariée à la veille du grand jour.

Pour Justine :

Une nana raide dingue de son BBS.

Pour Sarah :

Une nymphomane en manque de sexe.

Pour mon père :

Une femme amoureuse.

Pour moi :

Une bombe prête à exploser.

Je me prépare pour ma séance de jogging matinale. En dehors du fait que courir est bon pour la santé, je n'ai pas trouvé de meilleure façon d'évacuer toute cette tension, cette rage, cette frustration qui bouillonnent en moi. Mes deux séances journalières suffisent tout juste à me calmer. Le casque sur la tête, la musique déjà à plein volume, je fais un petit signe de tête à Jacques, le gardien de jour, et sors de l'immeuble. J'entame mon parcours habituel à petites foulées puis, dès que j'ai dépassé les jardins du Trocadéro, j'accélère. Une heure plus tard, en sueur et les muscles douloureux mais toujours aussi tendue, j'entreprends le trajet du retour. À une centaine de mètres de l'immeuble, je m'arrête pour envoyer un message à celui qui ne cesse de me hanter.

Je vais prendre une douche…
Dommage que tu ne sois pas là !!

J'avale une grande gorgée d'eau, puis reprends ma route en marchant jusqu'à ce que mon portable m'annonce sa réponse.

Bientôt, je te ferai l'amour
sous la douche… Partout… partout…
partout… G L.

***

J'ai la sensation de perdre la tête. De devenir folle. Tout est flou autour de moi, j'évolue dans un brouillard. Dans une ronde étrange, les jours se sont enchaînés les uns à la suite des autres jusqu'à… maintenant.

J – 1 !

Je me marie demain… *DEMAIN !?!* Je pose une main tremblante sur mon ventre et baisse à nouveau les paupières. J'inspire profondément pour tenter de calmer cette tension qui bouillonne en moi depuis des jours. Ma peau luit sous une fine couche de sueur. À cause de… de…

De mon mariage… demain… demain…

C'est pourtant ce que je veux, non ?! De toute manière, il est trop tard pour reculer maintenant. Alors, pourquoi cette peur ? Pourquoi cette douleur ? Je porte la main à mon front. Chaud ? Froid ? Je ne sais pas. J'ai peut-être attrapé un virus… quelque chose comme ça. Ce n'est quand même pas le fait de me marier demain qui me met dans un état pareil ?!Surtout quand je pense que je vais me marier avec LE BBS dans toute sa splendeur, un fantasme ambulant… des images prennent forme devant mes yeux : de larges épaules, une haute stature, des cheveux bruns, des yeux bleus… une bouche sensuelle… La sonnerie de mon téléphone retentit.

– Hello, fait gaiement la voix de Sarah. Prête pour vivre tes dernières heures de femme célibataire, Angie ?

– Je crois que je suis malade… vraiment malade, dis-je d'une voix plaintive. Je ne me sens pas bien du tout…

Elle éclate de rire.

– MAIS NON ! TU *FLIPPES* JUSTE COMME UNE MALADE ! hurle-t-elle dans mes oreilles, puis elle ajoute en baissant le volume : on arrive dans une heure avec Juju. Bouge-toi ! Bisous.

Je file dans la salle de bains et me débarrasse de ma nuisette que je jette dans le panier en osier. Quelques secondes plus tard, l'eau chaude ruisselle sur ma peau, et je profite de cet instant pour faire le vide, puis émerger totalement. Le dos contre le carrelage, je décide de me laver en prenant tout mon temps. Une fois ma douche terminée, je retourne dans ma chambre, enfile un jean moulant – pas de robe – et un tee-shirt noir décolleté en V. À partir de demain, Geoffrey aura un droit de veto sur mes tenues vestimentaires. C'est ma dernière journée de femme libre… et je compte bien en profiter avec mes meilleures amies. Quand la sonnerie de l'entrée retentit, j'enfile des talons, et attrape mon sac au passage.

Dès que j'ouvre la porte, des cris hystériques résonnent dans l'appartement. Un sourire se dessine sur mes lèvres, et j'éclate de rire quand mes deux folles adorées se jettent carrément dans mes bras.

– Ça fait un bail que je ne suis pas sortie avec vous deux pour faire la fête, s'exclame Sarah. On t'a concocté un programme… Mmmm… Tss tss tss ! je n'en dirai pas plus pour le moment.

Le poids dans ma poitrine diminue en quelques secondes. Je me rends compte à quel point Sarah m'a manqué, elle aussi. Le fait de les avoir toutes les deux avec moi me rend plus forte. Je claque la porte de l'appartement et nous nous mettons en route en babillant gaiement comme lorsque nous étions adolescentes, nous coupant sans cesse la parole l'une l'autre, riant aux éclats. En quelques minutes, nous atteignons la Mini Cooper, mal garée comme d'habitude, de Justine.

– Alors, on attaque par quoi ? Quelle est la première surprise, les filles ? demandé-je en battant des mains, tandis que Justine s'engage dans le flux de la circulation. J'avoue que je suis curieuse.

– Cette surprise-là est surtout destinée à ton futur mari, pouffe-t-elle.

Sarah ajoute à son tour :

– Oui, pour celle-ci, nous avons pensé à lui. Mais toutes les autres seront uniquement pour toi…

spécialement la dernière ! Mais il faudra attendre quelques heures avant de la déguster celle-là…

***

La première surprise était clairement destinée à améliorer la qualité de vie de Geoffrey, surtout quand on connaît mes talents culinaires – tellement proches du zéro absolu… – mais aussi un peu – beaucoup ! – pour moi, quand on connaît ma terrible gourmandise. Deux heures plus tard, je ne sais toujours pas faire la cuisine, mais maintenant je suis au moins une pro du fondant au chocolat… exquis ! Un chef expert dans ce domaine nous a guidées, conseillées et donné pleins de petites astuces. Et, ô comble du bonheur, après l'effort est venu le temps du réconfort : la dégustation de notre pénible labeur, surtout pour moi ! C'était une grande première qui fut, comme il se doit, accompagnée de champagne.

Une surprise sucrée, douce et exquise… Réussie ! mais à hauts risques caloriques !

Pour la deuxième étape de notre après-midi – l'inventeur du GPS nous a encore sauvé la vie aujourd'hui… –, Justine a réussi à nous conduire dans le nord de Paris, près de la porte de la chapelle. Dans l'hypothèse où je devrais un jour faire face à la violence de mon mari, et comme mes amours de copines ne veulent pas me laisser convoler sans prendre un maximum de protections… cette surprise m'était exclusivement destinée ! Encadrée par des professionnels – et il y avait plutôt intérêt, on n'était pas vraiment à la fête foraine ! –, j'ai eu le choix d'apprendre à manipuler un *Smith & Wesson*, un *Magnum*, un ou un *Glock*... Bien sûr, j'ai choisi... comme dans les films !

Après une mini formation, pour avoir une posture correcte – exercice complexe sur des talons de plus de douze centimètres, mais pas irréalisable –, apprendre les mécanismes du pistolet – gâchette, chien, sécurité, chargeur et munitions –, arrive le moment fatidique, le plus excitant. Presser la détente ! *Et là, je dis... waouh !* De la prise d'adrénaline pure, en direct à la pompe ! Face à une cible – *La garce de Sasha* dixit Sarah, *la garce de belle-sœur,* dixit Justine –, à plus de vingt-cinq ou cinquante mètres, lunettes et casque de protection en place, on tire ! Comme dans les films ! Ça fait tout drôle de plomber avec un vrai *Gun*. Cerise sur le gâteau ? *En plein dans le mille, Angeline !*

Une surprise excitante, étonnante et détonante... Réussie ! mais à hauts risques pour le futur mari !

Pour la suite de la balade à travers ma dernière journée de célibataire, nous repassons par l'appart de Justine où elle dépose sa voiture. Une limousine nous attend... *idée un tantinet « m'as-tu vu » ?* Oh oui, mais tellement fun ! Une promenade de deux heures dans les rues de la capitale, durant lesquelles nous nous sommes goinfrées de toasts, tous plus délicieux les uns que les autres, et avons profité du toit ouvrant, debout, hurlant comme des folles, musique à fond et coupe de champagne à la main.

Une surprise bling-bling, pleine de strass, de paillettes, avec ficsta on board. Réussie ! mais à haut risque alcoolique !

CHAPITRE 77

Il est plus de vingt-deux heures. Nous attaquons la dernière étape de cette folle après-midi. La fameuse surprise pour nous trois !

– Enfin, s'exclame Sarah en s'installant confortablement dans son fauteuil. On va pouvoir se rincer l'œil devant de beaux mâles frétillants…

– On va même pouvoir toucher, pouffe Justine. Enfin, pas toi, Angie…

– Maudite clause de fidélité ! Mais dis-moi, Sarah, *toucher*, ça veut dire tromper ?

Sarah secoue la tête quelques instants. Ses boucles rousses virevoltent dans tous les sens, pendant qu'elle semble en pleine réflexion.

– Hum… c'est un cas de figure que j'ai omis de préciser, lâche-t-elle enfin, presque horrifiée. La clause de fidélité sous-entend l'acte sexuel… mais pour ce qui est de simples caresses… de simples attouchements…

Justine et moi nous penchons un peu plus vers elle pour entendre sa conclusion, masquée à cause de la musique, pendues à ses lèvres.

– Tu peux toucher à ta guise sans enfreindre le contrat, décide-t-elle dans un sourire éclatant.

Justine et moi hurlons un cri de victoire pendant que le serveur dépose devant nous le seau à champagne et des coupes.

– Génial ! Je vais pouvoir me rincer l'œil et vous ne serez pas les seules à tâter du fessier en béton… Heu… j'imagine que de son côté, Geoffrey va faire la même chose… dis-je en me renfrognant, quelque peu refroidie.

Le serveur remplit nos coupes, et chassant mes pensées négatives, je trinque avec mes deux complices.

– Angie… juste pour te rafraîchir la mémoire, me lance Sarah. Il n'y a plus de clause de fidélité pour lui.

Brusquement, je regrette cette décision prise, comme d'habitude, sur un coup de tête.

Il fait peut-être beaucoup plus que regarder et toucher en ce moment même, me dis-je, envahie soudain par une bouffée de colère à la simple idée qu'il se rince l'œil sur une danseuse qui se trémousse devant lui en petite tenue.

J'avale une longue gorgée de champagne en me traitant en silence d'imbécile. *Il est en manque à cause de toi et tu le lâches dans la nature sans clause de fidélité, bravo ma grande !* Sarah m'observe avec attention, un drôle de petit sourire sur les lèvres. Je suis soulagée d'entendre l'annonce de l'entrée en scène des Chippendales, qui m'évite ainsi de subir son examen plus longtemps. Immédiatement, l'ambiance dans le club grimpe en flèche. La table réservée par mes amies est on ne peut mieux placée : en première ligne !

– Je suis peut-être au régime, susurre Justine l'œil coquin, mais là, je ne vais pas me gêner pour bouffer des tablettes de chocolat.

– J'espère qu'ils en ont, riposte Sarah avec son cynisme habituel. Parce que c'est de plus en plus rare de no… Ohhhh putain ! Ceux-là, c'est clair qu'ils en ont…

Les sept spécimens masculins qui viennent d'entrer en scène sont… *waouh !* La température dans la salle explose. Des cris hystériques fusent de toute part. En tenue de pompier, veste en cuir noir, bottes de cuir et casque doré à la visière baissée sur la tête, ils avancent en se déhanchant et en parfaite symbiose. La bouche desséchée, j'avale une longue gorgée de champagne bien frais. Justine et Sarah ne les quittent pas des yeux. Comme toutes les femmes présentes dans le club… Quand ils ouvrent leurs vestes simultanément tous les sept et nous dévoilent des abdos… des abdos… la matière grise qui nous sert de cerveau vient de se transformer en soupe où flottent quelques rares neurones totalement déconnectés.

– Ma petite culotte va être fichue dans moins de deux minutes, murmure Justine.

Le DJ augmente encore le volume. Une folle enlève son tee-shirt, le fait tournoyer au-dessus de sa tête et le lance dans leur direction.

– La mienne est déjà bonne à jeter, réplique Sarah qui hurle dans la foulée au serveur de nous apporter une bouteille de vodka.

– J'y crois pas ! râle Justine alors que le serveur dépose la bouteille devant nous et que c'est la folie totale dans la salle. Moi aussi, je peux lui expédier mon tee-shirt…

– T'as pas de tee-shirt, riposte Sarah en se bidonnant. Tu ne vas quand même pas lui envoyer ta robe, et finir la soirée en slip et soutif, non ?

Justine remplit nos verres de vodka.

– C'est une éventualité… mais j'attends d'en voir un peu plus avant.

Comme en réponse à sa question sous-entendue, les pompiers sur scène retirent leur veste simultanément… et nous sifflons nos shoots de vodka, simultanément, avant de lâcher :

Justine :

– Putain !

Sarah :

– What the Fuck !

Moi :

– Oh My God !

Trois d'entre eux avancent lentement vers nous, focalisés sur NOTRE table… et je ne peux empêcher PussyCat de faire un triple salto en me rappelant que : *toucher* n'est pas *tromper* ! Et si ça se trouve, de son côté, Geoffrey fait bien plus que simplement *toucher*…

Jamais je n'aurais dû le libérer de cette putain de clause de fidélité.

Quelle abrutie !

Ils sont à moins d'un mètre de notre table et nous bavons… littéralement. D'un même élan, ils se retournent, bougeant en rythme tout en faisant rouler leurs muscles dorsaux… De dos, ils sont à tomber, et quelques secondes plus tard, de face, le constat reste le même. *Ils ont des corps de malades !* Pendant ce temps, les quatre autres Chippendales retirent leurs pantalons et finissent en boxer noir… Là, je crois qu'on frise le délire total dans le club, sans parler de notre petite compagnie. Justine et Sarah sont carrément debout sur la table. J'ai peur que Justine ne retire sa robe quand j'aperçois la folle de la table voisine qui pose son soutif… heureusement, l'un des employés intervient, et elle le remet.

Très sensuellement, les trois pompiers se caressent longuement sans cesser de fixer notre table à travers leurs visières toujours baissées. Justine leur hurle de suivre, illico presto, l'exemple de leurs collègues et de retirer leurs pantalons. Ce à quoi, ils répondent tous les trois avec un petit signe négatif de la main.

– Dommage parce que vous avez des culs d'enfer ! s'exclame Sarah, en les détaillant sous toutes les coutures, si fort que s'ils n'ont rien entendu, c'est qu'ils ont impérativement besoin d'un appareil auditif. Y a rien à jeter !

– Allez, faites pas les timides ! lance Justine avec un grand sourire. C'est votre première fois ? Je suis certaine que vous n'avez rien à envier aux autres, ajoute-t-elle encore en jetant un œil gourmand sur les autres Chippendales en boxer.

La salle scande en chœur :

– Les casques ! Les casques ! Les casques !

Oui !!! Moi aussi, je veux voir les visages qui se cachent derrière ces visières dorées. Alors, je crie les mêmes mots à mon tour, aussitôt suivie par Justine et Sarah.

– Les pantalons ! Les pantalons ! rajoute Justine hilare.

Il y a une petite minute de silence, durant laquelle seule la musique résonne, et enfin, ils les retirent. Lentement…

BORDEL !

C'est l'explosion totale. Une hystérie collective à la vue de leurs gueules d'enfer.

SAUF pour Justine et moi, qui restons muettes. Carpette… et pour cause…

– C'est quoi ce truc, Justine ?! T'étais au courant qu…

Ma voix s'éteint quand je croise SON regard.

– Ce n'est pas du tout les Chippendales que j'ai retenus, bafouille-t-elle, alors que Sarah nous demande ce qui se passe. Je ne comprends rien du tout… enfin, si… je comprends mieux pourquoi ces trois-là n'ont pas fait tomber le pantalon…

Justine se laisse choir dans son fauteuil et avale cul sec un shoot de vodka. Je l'imite sans le quitter des yeux, tandis que les trois… Chippendales s'approchent lentement de nous.

– Tu as aimé, ma puce ? murmure Geoffrey en s'agenouillant devant moi, torse nu. Le spectacle en valait la peine ?

Sa voix rauque, ses yeux brûlants qui me dévorent m'achèvent littéralement. Quel mec serait capable de faire un strip-tease, enfin presque, avec ses deux meilleurs potes, pour l'enterrement de vie de jeune fille de sa copine ? Hein ?!

– T'es dingue, complètement dingue, murmuré-je en passant ma langue sur mes lèvres, toujours incapable de bouger. Mais j'ai adoré le spectacle et…

Je n'ai pas le temps de finir ma phrase. Il me soulève, me plaque contre lui et sa bouche affamée s'écrase sur la mienne. Cette rage intense, ce manque intolérable, qui me dévorent depuis des jours et sont source d'une douleur sourde, se transforment peu à peu en une overdose de désir. Mes mains s'agrippent à ses épaules. Mes ongles s'enfoncent dans sa chair. J'enroule mes jambes autour de sa taille. Il presse ses mains sur mes fesses pour me souder à lui plus encore.

Oh My God ! Je vais mourir... de plaisir...

C'est l'intervention, délicate, d'un des employés qui met fin à notre baiser sous une salve d'applaudissements et de *hourra*. Puis Geoffrey disparaît avec ses amis pour revêtir une tenue plus décente, bien qu'aucune des femmes présentes dans le club ne songe à porter réclamation de celle qu'ils arborent actuellement. Toute tremblante, je me laisse choir dans le fauteuil.

– Putain ! lâche Sarah en s'éventant. Je comprends mieux pourquoi tu ne pouvais pas attendre la nuit de noces.

CHAPITRE 78

– Angeline… Angeline…

Une voix… celle de mon père, de plus en plus insistante, parvient jusqu'à mon cerveau. Je cligne plusieurs fois des paupières avant d'ouvrir les yeux. Une très faible clarté filtre à travers les volets roulants.

– Il est temps de te lever, si tu veux être à l'heure pour ton mariage, dit-il d'une voix douce. Allez debout ! Je t'ai préparé un bon café. Bien fort. Je pense que tu en as besoin.

Je bâille à m'en décrocher la mâchoire. La tête toujours dans le brouillard, je referme mes yeux lourds de sommeil tandis que les souvenirs de la veille commencent à se frayer un chemin jusqu'à ma réalité… mon enterrement de vie de jeune fille… fondant au chocolat… tir à balles réelles… champagne… limousine… vodka… et… et… mon pompier… qui m'a mis le feu… rien que d'y songer…

Oh My God !

Et aujourd'hui, c'est…

Je me lève d'un bond et file dans l'entrée. Ma carte ! Où est ma carte journalière ? Cette putain de carte journalière ! Je ne trouve rien sur la commode, ni dans les tiroirs. Ma température corporelle chute de moins dix degrés. *Pourquoi n'ai-je pas reçu ma carte ? Pourquoi n'est-elle pas là comme chaque matin ?* Mes jambes se mettent à trembler. Et dans un hurlement :

– PAPA ! PAPA !

Il sort de sa chambre et arrive en courant, affolé.

– Que se passe-t-il ?! Qu'est-ce qu'il y a…

Je me laisse glisser le long du mur.

– Où est-elle ? Je n'ai pas trouvé ma carte, lâché-je dans un souffle. Pourquoi je n'ai pas ma carte… ?

Mon cœur menace d'exploser. *Et s'il avait changé d'avis ?* En a-t-il le droit, la possibilité ? Bien sûr qu'il en a le droit ! Il peut faire ce que bon lui semble. Il aura des pénalités, de lourdes pénalités, mais avec ses moyens financiers…

– Angeline ! Si tu n'as pas reçu ta carte, c'est simplement parce qu'aujourd'hui, c'est le grand jour, pas besoin d'une carte ! Il a sûrement d'autres choses plus importantes à faire…

Je secoue la tête.

– Ce n'est pas normal, murmuré-je dans un gémissement, envahie par un affreux pressentiment. J'aurais dû avoir ma carte…

Il jette un regard sur sa montre et fronce les sourcils.

– Debout, ma fille ! me sermonne-t-il. Et va boire un café pour t'éclaircir les idées… tes demoiselles d'honneur et mademoiselle Roch ne vont pas tarder à arriver. Ta coiffeuse et ta maquilleuse aussi…

Devant mon inertie totale, il saisit ma main et me force à me lever, puis il ajoute sur un ton fortement agacé :

– Ça suffit maintenant ! Reprends-toi, Angeline !

Je me détourne de lui en marmonnant comme une litanie qu'il n'est pas normal que je n'aie pas reçu ma carte et retourne aussi sec dans ma chambre. Je vérifie mon téléphone à la recherche d'un message de Geoffrey… Rien ! Je frissonne.

Pourquoi n'ai-je pas ma carte !

Soudain, la pièce se met à tanguer. Je ferme les paupières. Le temps que tout s'arrête de tournoyer et que le sang remonte à mon cerveau. La main plaquée sur ma bouche, je me précipite dans la salle de bains, la tête penchée au-dessus du lavabo, le cœur au bord des lèvres. Je lutte plusieurs minutes. Les nausées finissent par diminuer peu à peu. Lentement, je me redresse et m'asperge le visage d'eau froide. Un tas de scénarios, tous plus horribles les uns que les autres, envahissent mon esprit. Mon téléphone émet le bip d'un message. Je me précipite à nouveau dans ma chambre et me jette dessus.

Si tu as des larmes,
prépare-toi à les verser.

Pas de signature. Rien. Numéro inconnu. Je reste pétrifiée. Incapable du moindre geste, de la moindre pensée cohérente. Combien de temps ? Aucune idée. Le temps s'est brusquement figé. Soudain, ma porte s'ouvre dans un fracas terrifiant. Je vois débouler, dans un joyeux brouhaha, mes deux demoiselles d'honneur, Justine et Sarah, ma wedding planner, Laura, la maquilleuse, la coiffeuse, et mon père…

– Bonjour Angeline, s'écrie Laura. Il est temps de commencer à vous préparer…

– Hey, Angie, qu'est-ce que tu fais à bayer aux corneilles…

Leurs voix forment un amalgame bruyant et incompréhensible. Mon regard se perd dans le vague. Mes yeux me piquent. Je sens que je vais fondre en larmes…

Si tu as des larmes,
prépare-toi à les verser…

Et là, j'éclate en lourds sanglots.

– Sortez tous ! hurle Sarah, puis d'une voix plus douce : vous aussi, Charles. Justine et moi, on va s'occuper de remettre Angie sur les rails. Ne vous inquiétez pas.

Brusquement, le silence… seulement interrompu par mes pleurs. Le visage flou de Sarah apparaît devant moi. Je sens ses mains se poser sur mes épaules et me secouer, un peu, beaucoup…

– Calme-toi, Angie ! Et explique-nous ce qui se passe.

La voix hachée et entrecoupée de sanglots, je parviens à lui raconter les événements pendant que Justine me masse le dos et les épaules.

– Putain, Angie ! Tu n'as aucune raison de flipper comme ça ! Je ne vois pas pourquoi il aurait envoyé une carte aujourd'hui, puisque le décompte est terminé.

– Depuis qu'il a commencé cette plaisanterie, m'obstiné-je, pas un jour n'est passé sans que je reçoive ma carte…

Elle fronce les sourcils.

– Très bien. Et qu'est-ce que cela pourrait signifier à ton avis ?

– Qu'il a changé d'avis… que le mariage n'aura…

– Impensable ! me coupe-t-elle, pragmatique. Surtout quand on sait combien cela lui coûterait…

– Et alors ?! D'accord, ça lui coûterait une petite fortune, mais il a bien dépensé sans sourciller 850 000 euros pour un panda… ce n'est pas ça qui l'arrêtera s'il ne…

– Eh bien, dans ce cas, ce sera tout bénef pour toi, continue-t-elle, imperturbable. Tu pourras vivre ta vie comme tu l'entends, t'occuper de Tess et de ton père. Franchement, je ne vois pas où est le problème ?!

J'ai envie de la tuer ! Retenez-moi, ou je vais la tuer !

– Merde Sarah ! Tu ne comprends donc rien ?! s'exclame Justine, fort à propos, ce qui m'évite de trucider l'une de mes deux meilleures amies. Angie ne pense plus du tout au contrat, là, à l'instant, *puis en plantant son regard dans le mien :* n'est-ce pas ?

– Oui, Justine a raison… je me moque bien du contrat, en ce moment. C'est la dernière de mes préoccupations, en fait. Je ne supporterai pas qu'il… qu'il m'abandonne maintenant…

– Tu es amoureuse de lui… conclut Justine avec un sourire. Même si tu ne veux toujours pas l'avouer.

Je ne réponds rien. Tout ce que je sais, c'est que le simple fait d'imaginer qu'il ne sera pas là me remplit d'angoisse et me bouleverse.

– Tu n'as aucune raison de douter, continue-t-elle. Surtout quand on voit ce qu'il a fait pour toi hier… il est dingue de toi !

Je respire un peu mieux. Je tends mon téléphone en désignant le message anonyme.

– Une ex jalouse qui veut te faire flipper et qui y réussit très bien, la garce ! affirme Sarah. Et qui aimerait être à ta place aujourd'hui.

– Certainement Sasha, ajoute Justine. D'après ce que tu m'as dit, c'est le genre de femme capable de tout pour arriver à ses fins. D'ailleurs, elle ne s'en est pas cachée… Pas de quoi te mettre dans des états pareils et de risquer d'arriver en retard à ton mariage, Angie. Tout va bien se passer ! Bon, on s'y met ? Laura va nous faire une syncope derrière la porte…

J'acquiesce d'un hochement de tête, avant de les enlacer toutes les deux, et je murmure :

– Je ne sais pas ce que je ferais, si vous n'étiez pas là…

CHAPITRE 79

Pendant les heures qui suivent, je me laisse emporter par le tourbillon d'activité qui règne autour de moi. Après un petit-déjeuner vitaminé sur ordre de Laura, on me pousse sous la douche, et ensuite, telle une poupée, je suis parfumée, maquillée, coiffée et habillée. Je me retranche dans ma bulle et réponds machinalement, parfois à côté et j'ai alors brusquement droit à des froncements de sourcils, des soupirs, et parfois à bon escient, et là, des sourires éclairent les visages qui valsent autour de moi.

– Le chauffeur sera là dans moins de dix minutes, lance Laura tel un sergent-major, oreillette et micro en activité, et sa tablette à la main. Le timing est parfait ! Tout est bon de votre côté ?!

Pendant qu'on lui répond de toute part, elle me pousse vers le miroir. Mon père entre dans la chambre, vêtu d'un costume gris irisé, une rose blanche à la boutonnière. Mes demoiselles d'honneur, habillées et coiffées, le suivent de près. Elles sont superbes toutes les deux, magnifiées dans leurs robes fourreaux de soie, gris perle pour Justine et jade pour Sarah.

– Tu es époustouflante, lâche mon père, la voix enrouée et les yeux humides, en déposant un baiser sur mon front.

– Toi aussi, Papa.

Puis je pose les yeux sur l'image que me renvoie la psyché. Je me souviens du temps qu'il m'a fallu pour trouver la robe, non, *la création* dixit Isa, que je porterais le grand jour. Je me souviens aussi de l'impatience que je ressentais à l'idée de Geoffrey me découvrant dans cet écrin… et maintenant, j'ai cette angoisse horrible à la pensée qu'il ne sera peut-être pas là.

Pourquoi n'ai-je pas reçu ma carte ?!

Pourquoi ne répond-il pas au téléphone, depuis ce matin ?!

Angeline Beaumont, abandonnée le jour de son mariage…

– Angie… Angie !

La voix de Sarah me fait sursauter.

– Oui…

– Regarde-toi, me dit-elle, tout émue et souriante. Tu es tellement belle !

– Oui, elle a raison, murmure Justine, des larmes dans les yeux. Tu es tout simplement divine…

Je ne voulais pas de chignon, ni de coiffure trop sophistiquée. La coiffeuse a donc laissé mes cheveux libres, mais artistiquement bouclés et agrémentés de minuscules petites fleurs blanches et de brillants qui scintillent. La maquilleuse m'a fait un regard de sirène et mes yeux n'ont jamais paru aussi verts et lumineux qu'aujourd'hui.

Quant à la robe… la couleur ivoire met admirablement en valeur ma carnation. Le bustier ouvragé s'ouvre tel un écrin de toute beauté, rehaussant ma petite poitrine pour la mettre en valeur. Et si la jupe, plus courte devant, dévoile mes jambes, sa traîne vaporeuse dévale depuis le bas de mes reins jusqu'au sol. Tout cela dans une soie sauvage si délicate, si légère qu'on la sent à peine plus qu'une caresse, judicieusement ajourée à certains endroits pour laisser deviner ma peau…

– Tu es l'ange de la tentation, Angie. Une putain de tentation !

– Justine ! s'exclame mon père. Surveille un peu ton langage… mais je dois dire que tu as raison, même si l'expression n'est pas celle que j'aurais choisie.

Laura surgit dans la chambre et nous informe qu'il est temps de partir. J'attrape ma pochette et glisse mon téléphone à l'intérieur. Dans l'ascenseur, je ne prête aucune attention à ses dernières recommandations.

– Ce n'est pas la voiture de Geoffrey, lui dis-je avec inquiétude, avant de prendre place dans la limousine qui m'attend devant la porte. Ni son chauffeur.

– Tout à fait, Angeline, répond-elle en s'asseyant à son tour entre mon père et Justine. C'est ce qui était prévu. Tu ne te souviens plus ?

Je marmonne une vague réponse. Sarah s'installe à mes côtés et me serre la main. Elle me souffle de ne pas me faire de soucis. J'aimerais bien, mais pour une raison que je ne comprends pas, je n'y arrive pas. Cette boule qui oppresse ma poitrine depuis le réveil refuse de disparaître. J'entends vaguement Laura donner des ordres, poser des questions. La sonnerie de mon portable annonçant un message me fait sursauter.

Je me jette littéralement dessus.

J'arracherai ton cœur,
toi qui me l'as volé et le découperai
jusqu'à ce que tu en meures.

Je lâche un cri de terreur. Justine m'enlève l'appareil des mains et lit le texto à haute voix.

– Cette nana est complètement malade, dit-elle d'une voix froide en passant le téléphone à Sarah.

– On s'en occupera plus tard, dit cette dernière en le rangeant dans sa pochette. Je vais garder ça avec moi, maintenant, tu n'en as pas besoin. Concentre-toi sur ton mariage, Angie. C'est tout ce qui compte aujourd'hui. Rien d'autre.

Je ferme les yeux. J'essaie de ne penser à rien. Et surtout pas à Geoffrey. Nous arrivons bientôt devant la mairie du XVIe arrondissement. Une foule nous attend et acclame notre arrivée. Quand je sors de la limousine, j'ai les tempes bourdonnantes. Tout est flou autour de moi. Mon père pose mon bras sur le sien et recouvre de sa paume rassurante ma main tremblante. Je le suis comme un automate. Justine et Sarah sont juste derrière moi. Ma poitrine est serrée dans un étau, mon regard perdu sur une marée de visages souriants, mais tous inconnus. Mes talons claquent sur le marbre du grand hall, bondé lui aussi. Partout des fleurs, au parfum enivrant, entêtant… Quand nous entrons dans la salle, les conversations cessent aussitôt. Je me crispe et ferme les yeux. L'assistance se lève. J'ai peur de les rouvrir…

– Tout va bien, mon ange, murmure la voix apaisante de mon père.

– Tu es sûr… ?

– Regarde par toi-même Angie.

Mes paupières se soulèvent sur une marée de larmes contenues. Et là, par-delà cette foule de regards anonymes, je le vois, enfin. Mon cœur fait un tel bond dans ma poitrine que je crains qu'il ne se brise en mille morceaux. *Il est là !* Avec son petit sourire si sexy. Mon BBS. Ses cheveux coiffés/décoiffés, en jean et chemise noire parce que je lui ai dit hier que j'adorais le voir comme ça… qu'il me rendait dingue habillé comme ça…

Je ne vois plus que lui. Tout se résume à lui, et à lui seul. Tout le reste disparaît d'un seul coup. Mon père, Justine, Sara, Aïdan, Luke, sa sœur, les invités, le maire…

Je suppose que je réponds : oui, au moment de l'échange des consentements. Je suppose aussi que je signe le registre à la clôture de la cérémonie. Je le suppose seulement. Je ne me souviens de rien…

Mais là, sur le parvis de la mairie et sous une pluie de confettis, je sens le bras de Geoffrey qui glisse autour de ma taille, son corps contre le mien. Et je reviens à la vie.

– Madame Lancaster, murmure Geoffrey. Êtes-vous prête pour faire la fête ?

Madame Lancaster ?! Ça y est... Je suis Madame Lancaster ?! Oui ! Oui ! Oui !

Il tient mon visage entre ses mains. Ses yeux brûlants me dévorent.

– Tu es là… soufflé-je tout bas en caressant son visage. Vraiment là…

– Ma puce, je serai toujours là pour toi. Toujours !

CHAPITRE 80

J'aperçois Justine et Luke en pleine discussion. Je ne sais pas ce qu'ils peuvent se raconter, mais Luke ne semble pas ravi, alors que Justine affiche un sourire éclatant. Ma petite Juju serait-elle en train d'attraper dans ses filets cet animal sauvage ? Sarah, quant à elle, a disparu depuis déjà un bon moment. *Avec qui, et où ? C'est toute la question.*

Jamais de ma vie, je n'ai distribué autant de sourires, autant de remerciements et autres formules de politesse… Et tout ça, pour de parfaits inconnus, hormis quelques visages, croisés lors de la vente aux enchères, mais dont je n'avais gardé qu'un vague souvenir. La rencontre avec Diane et sa famille m'a quelque peu prise au dépourvu. Je ne pensais pas que Geoffrey leur avait envoyé un carton d'invitation, mais j'ai appris que l'initiative en revenait à sa sœur, le père de Diane ayant déjà été invité de nombreuses fois aux ventes privées qu'elle organise. Le monde est vraiment petit… en tout cas, celui des affaires et de l'art.

Et bien sûr, Barbara est là… Bon… même si elle et moi ne sommes pas encore les meilleures amies au monde, au moins, ne nous sommes-nous ni insultées ni étripées. J'ai même eu droit à ses félicitations… Étaient-elles totalement sincères ? Aucune idée. Je ne parierais pas dessus, mais aujourd'hui, je préfère oublier ma rancœur. Mon père a croisé quelques connaissances, et le voir discuter et se divertir me remplit de bonheur.

Pourtant, même si tout semble parfait… je ne rêve que d'une chose. Me retrouver dans les bras de… de mon mari.

Oh My God ! C'est fait ! Nous sommes mariés !

Oui, je n'ai jamais désiré qu'une chose : être dans ses bras, comme en ce moment. Et voir ce sourire éclatant sur son visage me ravit. Il est comme une lumière dans mes ténèbres. J'ai tellement envie de lui depuis des jours que c'en est physiquement douloureux. Il se presse doucement contre moi au rythme de la musique.

– Tu sais que dès que tu es entrée dans la mairie, je n'ai plus eu qu'une envie, une obsession, c'est t'arracher cette robe.

Il attrape ma main, la porte à ses lèvres, mordille mon index, puis dépose un baiser sur le doigt qu'il vient de mordre avant d'y passer sa langue. Sensuellement. Son regard se braque sur moi d'une manière si indécente que j'ai l'impression de prendre feu.

– Je fantasme à l'idée que tu l'arraches et te jettes sur moi.

Je me frotte contre lui en gémissant.

– Un peu de tenue, Madame Lancaster, gronde-t-il en me pressant encore plus fort contre son évidente érection. Tu sens comme je suis dur pour toi ?

– J'adore quand tu m'appelles *madame Lancaster,* murmuré-je en levant les yeux vers lui.

– J'adore que tu sois *madame Lancaster* et que tu me regardes de cette façon.

Je me mords la lèvre inférieure. À cette seconde, mon cœur bat frénétiquement. Mes seins sont tendus, douloureux.

– Je n'ai pas de petite culotte… monsieur Lancaster.

– Tu n'as… pas de petite culotte ?! Vraiment ?

J'acquiesce d'un signe de tête.

– Bordel ! Tout ceci a assez duré !

Sa voix est rauque comme je l'aime, pleine de promesses et de caresses. J'aime sentir les tremblements de son corps qui se répercutent dans le mien.

– Il est plus que temps que tu perdes le contrôle, Geoffrey. Complètement. Pour moi. J'ai tellement envie de toi… je suis trempée… brûlante… pour toi…

Il pousse un grognement… trop sexy. Me soulève si rapidement que j'en ai le souffle coupé. Et les yeux dans les yeux, au vu et au su de tous les invités – dont je me fous royalement –, nous traversons la salle de réception. Au passage, il attrape ma pochette et son téléphone sur notre table. J'entends quelques rires et applaudissements, les sifflements de Luke et Justine…

– Le trajet jusque chez toi risque d'être long, soufflé-je à son oreille en la lui mordillant. Beaucoup trop long…

– Chez nous, ma puce, lâche-t-il en plantant ses dents dans mon cou. Mais le trajet sera bien plus rapide ce soir, parce que je nous ai réservé une suite… ici…

– Idée géniale, *monsieur Lancaster*, sans quoi je crois que je t'aurais violé bien avant d'arriver… chez nous…

Il me tient toujours dans ses bras quand nous pénétrons dans l'ascenseur. Un couple âgé nous y suit et nous jette un petit regard outré, auquel nous ne prêtons aucune attention.

– *Madame Lancaster*, je préfère t'avertir tout de suite que j'ai l'intention de t'envoyer au 7e ciel… encore et encore jusqu'à ce que tu cries grâce, chuchote-t-il, la voix rendue râpeuse par le désir. Et lorsque ce sera le cas, je te ferai encore l'amour…

– *Monsieur Lancaster*, j'espère pour toi que ce ne sont pas de vaines promesses…

Il sort de la cabine comme un fou furieux, mes doigts s'acharnent déjà sur les boutons de sa chemise. En quelques secondes, nous sommes devant la porte de notre suite qu'il ouvre avec une carte magnétique et referme d'un coup de pied. Ma pochette et son téléphone s'écrasent quelque part sur le sol. Je ne vois rien de ce qui nous entoure. Je ne vois que lui.

Et le lit. Il me remet sur mes jambes et s'écarte un peu. Sa respiration est forte. Irrégulière. Je tremble. Je suffoque.

– Oh… je… je…

La force de mon désir est si puissante que je n'arrive plus à parler.

– J'ai… j'ai atteint le point de non-retour. Je te désire tellement que j'en deviens fou.

Il serre les poings. Je vois qu'il tente de retrouver son contrôle. Alors que je souhaite tout le contraire. Il est magnifique. Les muscles bandés. Les yeux assombris par une faim qui le ronge depuis des jours. Comme moi.

– Tu me rends fou… mais je ne veux surtout pas te faire mal…

– Je n'ai pas peur. Et j'aime te rendre fou… j'aime te voir comme ça à cause de moi…

– Tu es… certaine ? Non, il faut… que j'arrive à reprendre le contrôle… juste me laisser un peu de temps…

C'est terminé ! Plus jamais un jour supplémentaire… non… même plus une seule heure sans lui… sans pouvoir le toucher…

– Je te veux, Geoffrey. *Ma voix claque, impérieuse et brûlante. Je hurle :* Maintenant !

Un sourd grondement s'échappe de sa gorge. En un éclair, il est sur moi et, des deux mains, déchire ma robe. Je gémis.

– Bordel ! Tu es magnifique !

Je me retrouve nue sur mes talons. Ses lèvres fondent sur les miennes dans un baiser féroce, sans douceur, ni tendresse. À la hauteur de notre rage d'avoir été si souvent seuls. Cette colère indomptable chez lui m'excite terriblement. Nos langues se mêlent dans une lutte intense, plongent plus profondément l'une vers l'autre, s'enroulent dans un combat où ne règne plus que notre désir irrationnel. Mes mains s'acharnent sur sa chemise. Sans quitter ma bouche, il la retire. Sa peau brûlante contre la mienne me procure une sensation inouïe. Il s'écarte de mes lèvres. Et en moins d'une seconde, baisse la fermeture de son pantalon et se retrouve nu.

– Je n'ai pensé qu'à ça pendant des jours, gronde-t-il en inspirant violemment. Tu sais que je ne vais pas être tendre…

– Je n'en peux plus, moi non plus. Si tu savais à quel point j'ai envie de toi… à quel point j'ai besoin de toi, de te sentir en moi…

Son regard est embrasé, comme possédé. Je le désire de toutes mes forces. C'est quelque chose d'irrationnel. De totalement inconnu. Un besoin primaire, et que je n'ai jamais ressenti de toute ma vie. Il a un tel pouvoir sur moi et sur mes sens. Il me jette sur le lit, glisse son sexe entre mes cuisses ouvertes, fait une pause imperceptible en me suppliant du regard, puis les mains agrippées à mes hanches, me pénètre d'un long et puissant coup de reins.

– Oh… c'est… trop bon…

Je reconnais à peine ma voix. Il ne bouge plus. Ses mains remontent et empoignent mes cheveux. Je le sens pulser en moi. Je le sens de toutes les fibres de mon corps. Au plus profond de moi. Son visage est à quelques centimètres du mien. Sa bouche frôle la mienne.

– Jamais je n'ai ressenti ça…

Il me donne un coup de reins. Je pousse un cri de plaisir.

– Tu es la seule qui me bouleverse comme ça…

Encore un, il glisse plus profondément encore. Je gémis.

– Je veux tout de toi. Tout. Je te veux comme jamais je n'ai voulu une femme…

J'aime son ton possessif. Comme si j'étais totalement et irrévocablement à lui. Mon corps tremble sous de longs frissons. Je brûle. Je me consume à chaque va-et-vient. Il me possède avec une fièvre désespérée. Je gémis plus fort à chacune de ses poussées. La force du plaisir monte en spirale, encore et encore, incendie chaque veine, chaque cellule… une sensation exaltante me propulse au-delà de tout…

– J'aime tout en toi… murmure-t-il d'une voix enrouée, qui me fait basculer.

CHAPITRE 81

J + 1
TOI MOI
=
NOUS

Nous n'avons pas quitté la suite nuptiale depuis que nous y sommes entrés, trop affamés l'un de l'autre. Son désir insatiable n'est que l'écho du mien, et me nourrit autant qu'il me dévore. Il dort à mes côtés, son corps serré contre le mien. J'ai une conscience aiguë de son souffle régulier et chaud sur ma nuque, son bras sur ma taille, nos jambes entremêlées…

– Si seulement je pouvais te haïr…

– Qu'est-ce que tu as dit ? murmure-t-il, la voix rauque de sommeil en ouvrant brusquement les yeux. Tu sais qu'il faudrait dormir un peu avant de prendre notre avion…

– Je n'ai pas sommeil…

Il me force à me tourner vers lui. Ses lèvres se posent sur les miennes et tout ne se résume plus qu'à ce brasier ardent qu'elles déclenchent toujours en moi. Mes jambes, mes bras, mes mains s'enroulent, s'accrochent et s'attachent autour de lui, semblables à des lianes, dans l'espoir fou de ligoter, de capturer l'irrémédiable fuite des secondes, des minutes, des heures… jusqu'à suspendre le cours du temps. Arrêter la ronde incessante des saisons. Je désire de tout mon être faire de cet instant avec lui mon présent, mon avenir, mon éternité… Pourtant, je sais que c'est un rêve inaccessible. Le manque insoutenable que j'aurais de lui dans cinq ans s'infiltre déjà sournoisement, et tel un rat pernicieux, me ronge.

– Vous me faites perdre la tête, *madame Lancaster.*

– Vous aussi, *monsieur Lancaster*…

– Tu es à moi, lâche-t-il dans un souffle en prenant mon visage entre ses mains, son front collé contre le mien. Je te veux comme jamais je n'ai désiré, voulu une femme dans ma vie. Et toi, qu'est-ce que tu veux ?

– Je veux…

Je frissonne. D'une main, je caresse sa joue, ses lèvres. Pourrais-je oublier son corps, sa peau, sa voix, son odeur… ? Avec lui, tout est différent : ma peau est plus sensible, mon corps plus vivant, je suis directement connectée aux moindres de ses mouvements, jusqu'aux plus infimes. Pourrais-je oublier toutes les petites attentions – parfois surprenantes, il faut bien le dire ! – comme ses cartes journalières, son exhibition – pour mon enterrement de vie de jeune fille, sa tendresse, sa force… ?

– Qu'est ce que tu veux *vraiment*, ma pucc ?

– Je veux…

« Ne rien désirer du présent, ne rien espérer du futur, et ensuite, tout oublier... »

Mais pourrais-je l'oublier dans un an ou même dans cinq ? Non ! À la minute où je l'ai vu, j'ai su. Je prends une grande inspiration pour calmer l'angoisse que je sens monter en moi face à la décision que je m'apprête à prendre. Pour lui, pour le garder, je suis prête à tout.

– Je veux tout ce que tu ne peux pas – ou ne veux pas donner – à une femme.

Dans le silence de la suite, mes paroles flottent entre nous. Il tressaille et sa respiration s'accélère.

– Je te fais confiance, Geoffrey. Tu voulais que je t'accorde ma confiance, c'est ce que je fais, maintenant. Je te l'offre… car si je veux tout de toi, c'est parce que je veux aussi tout te donner. Tout !

Ai-je raison de croire en lui, en nous, au point d'être enfin prête à lui offrir mon cœur et mon âme ? Sera-t-il différent de ma mère ? Une sensation glaciale m'envahit à la pensée que je me trompe peut-être. J'ai un poids énorme posé sur la poitrine.

– Tu n'as plus rien à prendre, parce que je t'ai déjà tout donné, même ce que je pensais ne jamais désirer partager avec une femme. Et ce, depuis bien longtemps déjà… Je suis totalement et irrévocablement *à toi*.

Dans son regard, je vois passer tout un florilège d'émotions où se côtoient la joie, la surprise et autre chose… quelque chose d'indéfinissable.

– Si j'ai signé ce contrat, ce n'est pas seulement pour l'argent… enfin, pas de la façon dont tu peux l'imaginer en tout cas. Nous avons besoin de cet argent pour… Tess…

J'inspire profondément. Mes mains sont glacées. C'est la première fois que je parle de ma jumelle hormis avec mon père, Justine et Sarah. Et encore ! Même avec eux, les conversations sont des plus succinctes.

– Je n'en parle quasiment jamais, continué-je alors qu'il est entièrement concentré sur moi. Parce que, malgré les années, c'est toujours aussi difficile, aussi insupportable…

– Alors tu n'as pas besoin d'en parler… murmure-t-il en m'enlaçant.

– Je sais. Je n'ai pas besoin mais envie de le faire… avec toi. Pour toi, pour nous…

Je reste silencieuse durant de longues minutes, noyée dans la chaleur de son corps. Je jette un œil vague dans la chambre et me retourne pour me lover plus encore contre lui. Les derniers rayons du soleil de cette fin de journée passent à travers les voilages blancs de la baie vitrée et diffusent une lumière poudreuse dans laquelle voltigent des milliers de grains de poussière. Un énorme bouquet de roses rouges est déposé sur la table où traînent les vestiges de notre dernier repas. Par la porte entrouverte qui donne sur le salon, j'aperçois nos valises. La mienne, préparée dans le plus grand secret par Justine et Sarah, les seules autorisées à connaître la destination de notre lune de miel… une surprise de Geoffrey. Je dépose des petits baisers sur ses bras. J'inspire son odeur. Chaque parcelle de mon corps nu est en contact avec le sien et je pourrais rester ainsi une éternité. *À ma place.*

– Tess est plus qu'une simple sœur, c'est ma jumelle, dis-je d'une voix éraillée. Chaque été, comme souvent pendant les vacances scolaires, nous allions nous installer dans une demeure héritée par mon père, en région bordelaise. Ces séjours resteront parmi les épisodes les plus heureux de ma vie… nous étions ensemble, tous les quatre. J'ai des souvenirs merveilleux de promenades dans la forêt landaise, de chasses aux champignons… j'ai encore des images de ma mère en robe fleurie, avec un chapeau de paille… riant aux éclats… de nous en train de dîner, et de nous disputer car nous étions trois à vouloir une des cuisses du poulet, Tess, Papa et moi… en train de faire une partie de cartes…

Il me serre fort, mon dos se colle à son torse puissant, ses bras et ses jambes m'encerclent. Des larmes coulent sur mes joues. Il ne dit rien, il se contente de m'écouter et me berce doucement contre lui.

– Une fois, Tess et moi nous sommes perdues dans la forêt. Mes parents avaient rameuté tous les voisins, parmi lesquels se trouvaient des chasseurs. Grâce à eux – et surtout à leurs chiens –, ils ont fini par nous retrouver à la tombée de la nuit… Tess était terrifiée… moi, je trouvais qu'on avait vécu une aventure fabuleuse. J'ai même regretté que nous n'ayons pas passé la nuit dehors, à la belle étoile… tout ça parce que j'avais encore voulu tenter quelque chose de complètement fou. Je ne me rappelle même plus quoi exactement ! J'étais comme ça… c'était plus fort que moi, il fallait toujours que j'aille voir là où je ne devais pas, faire ce que l'on m'interdisait… et ce, toujours sans réfléchir aux conséquences… Tess réfléchissait, moi jamais…

J'entends à peine les bruits de l'animation de la rue qui parviennent jusqu'à nous par la baie grande ouverte. Mais je perçois parfaitement la musique des battements de son cœur et le souffle de sa respiration qui forment une mélodie apaisante à mes oreilles.

– On dit que les jumeaux ont un lien très particulier. Je ne sais pas si c'est exact pour tous, mais pour Tess et moi… c'était vrai. Nous avions un langage que nous étions les seules à comprendre. Quand je souffrais, elle souffrait… ce qu'elle ressentait, je le ressentais… jusqu'à ce jour… c'était encore une de mes idées…

Je me dévoile. Je lui raconte tout. Pendant combien de temps ? Aucune idée, mais quand je m'arrête, la gorge et les yeux secs, il fait presque nuit dans la chambre. Je suis dans ses bras. Protégée. Et toujours cette sensation merveilleuse d'être enfin à ma place.

– Tu sais… nous vivions dans une bulle de bonheur, comme ces boules de verre où la neige tombe quand tu les retournes… le jour de l'accident, c'est comme si quelqu'un avait projeté la nôtre contre un mur. Elle a explosé en mille morceaux… et après, il n'est plus rien resté à part la douleur, la souffrance… la culpabilité…

Je sens le poids de toute sa tendresse dans la manière dont il m'enlace, dans chaque baiser délicat qu'il dépose sur ma peau, dans chaque parole réconfortante qu'il me murmure à l'oreille. À cette seconde, je suis certaine que lui faire confiance est la meilleure idée que j'ai jamais eue.

CHAPITRE 82

LANCASTER

Je la berce contre moi, le souffle court et les yeux clos. Elle est tout ce que je désire, et depuis quelques heures à peine, elle est ma femme. Elle est à moi… et un bonheur suffocant a déferlé en moi quand elle m'a enfin offert son bien le plus précieux : sa confiance ! Pleine et entière. Sans restriction.

– Geoffrey…

Mon prénom dans sa bouche. Elle dans mes bras… *Putain ! J'adore ça !* Je ne devrais ressentir que du bonheur, pourtant je sens déjà les prémices d'un orage à l'horizon.

– Tu es avec moi… ? Avec nous ? interroge-t-elle d'une voix douce, mais brusquement, je me demande si elle ne m'a pas déjà percé à jour. Tu m'as tout donné, dis-tu… alors, dis-moi tout… pourquoi m'as-tu proposé ce contrat ?

Quand elle est entrée dans ma vie, je ne savais rien d'elle sinon qu'elle m'offrait, involontairement, le moyen de m'acquitter de ma dette. Un moyen séduisant et désirable qui plus est. Alors, pourquoi ne pas joindre l'utile à l'agréable ? Comment aurais-je pu imaginer qu'elle deviendrait la pire de mes obsessions ? Et que le lien qui allait m'unir à elle causerait probablement ma perte ?

– Pourquoi, Geoffrey ?

Elle s'est tournée pour me faire face. Ses yeux me scrutent, me fouillent, à la recherche du petit indice qui… Elle est la seule, à part Barbara, qui me devine ainsi, qui sache lire en moi. Tout simplement parce qu'elle est la première et la seule femme qui m'inspire des sentiments aussi puissants, aussi violents. Je veux me perdre en elle, tout oublier… pour qu'il ne reste qu'elle. Juste elle. *Juste nous*. Elle retient son souffle. Je repousse une mèche blonde de son visage pour mieux la contempler. Je la revois sur moi quelques heures plus tôt, la tête penchée en arrière, le corps luisant de sueur, ses lèvres gonflées de désir, en extase.

– Quand je suis avec toi, je perds la raison, dis-je en m'efforçant de contrôler cette impression horrible d'être au bord d'un gouffre et de devoir m'y précipiter. Je ne veux pas te perdre… Je te veux dans ma vie, ma puce. Pas seulement à cause de ce foutu contrat ou de ce mariage. Pas seulement pour cinq ans…

– Alors fais-moi confiance toi aussi, chuchote-t-elle. Explique-moi…

Si je lui dis la vérité, me rayera-t-elle de sa vie ? Cette simple idée me rend fou. Pour elle, je suis prêt à tout, capable de tout… Du meilleur comme du pire. Prêt à briser toutes les règles. Toutes… sauf une ! Lui cacher la vérité est un supplice, mais la lui révéler dans sa totalité serait plus détestable encore. Je n'en ai pas le droit…

– Tu avais raison… nos pères se connaissent depuis des années, mais pendant très longtemps mon père me l'a caché. La première fois que j'ai rencontré Charles, je venais tout juste d'avoir dix-huit ans…

Je me lève et j'enfile un jean à la va-vite. Mon humeur s'assombrit et mon angoisse monte de seconde en seconde. Des images s'imposent à moi… je n'aime pas repenser au passé. Cela ne provoque rien de bon chez moi, en dehors de ces crises de rage incontrôlable… Je marche de long en large dans la chambre pour tenter de garder mon calme, pour ne pas me laisser submerger par cette vague de violence, de haine que je ressens chaque fois que je pense à eux… à elle…

– Aïdan et moi nous connaissons depuis le jardin d'enfants, dis-je. *Mon corps se crispe et je serre les poings en remarquant soudain qu'Angeline, elle aussi, s'est rhabillée et m'observe de ses grands yeux, assise sur le lit et les mains posées sur les genoux... Bordel ! Je ne veux pas la perdre avant même d'avoir commencé.* Nos mères se voyaient de temps en temps, nos pères fréquentaient le même club de golf, faisaient des affaires ensemble. Bref, tu vois…

Je me dirige vers le bar et me sers un verre de whisky que j'avale d'une traite. La chaleur de l'alcool s'insinue doucement en moi. J'attends un peu en espérant qu'elle chasse le froid glacial que je ressens.

– Nous étions comme deux frères, je t'en ai déjà parlé, je continue d'une voix basse en plongeant dans son regard. Au collège, Luke a fait irruption dans notre vie. En moins de temps qu'il n'en faut pour le dire, il s'est intégré dans notre groupe de copains, mais surtout dans le duo qu'on formait, Aïdan et moi… On était les trois mousquetaires…

– Ils étaient quatre, non ? demande-t-elle après une hésitation, voyant que je reste perdu dans mes souvenirs.

Il me faut plusieurs minutes avant de reprendre la parole.

– Oui, ils étaient quatre… le quatrième… c'était… elle, dis-je en lui désignant mon tatouage. Emily… la sœur de Luke, sa cadette d'un an. Elle suivait son frère partout, donc nous aussi par la même occasion, un vrai pot de colle… nous l'adorions… et puis un jour, je l'ai vu différemment… avec les yeux d'un garçon de seize ans, tu vois ? Elle était magnifique, intelligente, sensible, douce… je suis tombé amoureux d'elle – fou amoureux –, comme on aime quand on est adolescent. Mais je n'étais pas le seul à être tombé sous son charme, Aïdan aussi…

– Oh… je suppose que ça s'est mal passé entre vous trois…

Comment résumer à de simples mots notre bonheur… ? Comment expliquer quelque chose d'inexplicable, et qui a fait de nous trois ce que nous sommes maintenant ? Comment décrire l'horreur…

– Ma puce… Je ne sais pas si j'arriverai à te faire appréhender ce que j'ai moi-même toujours du mal à comprendre, lâché-je dans un souffle. Nous l'aimions tous les deux, et elle aussi… ça peut sembler étrange, insensé même, mais c'était juste merveilleux… beau…

– Et Luke ? demande-t-elle doucement, embarrassée et déstabilisée par ce qu'induisent mes paroles. Je présume que… qu'il… enfin, tu vois ce que je veux dire…

Comment pourrais-je lui expliquer que ce que nous avons vécu n'avait rien de sale, de dégoûtant ou de pervers… Comment ?!

– Aïdan et moi n'étions pas au courant quand Emily a décidé de tout raconter à son frère. Nous n'avons jamais su ce qu'elle lui avait dit, mais il a compris. Nous étions vraiment fous d'elle, on aurait donné notre vie pour elle… et il l'aimait tellement lui aussi… qu'il a accepté. Aussi étrange que ça paraisse, ça nous a encore plus rapprochés tous les trois.

Je me sers un autre verre. Je la vois inspirer profondément, fermer les yeux une fraction de seconde avant de se redresser. Je n'ose pas faire le moindre geste, et pourtant j'aimerais me laisser tomber à ses genoux et la serrer dans mes bras, sentir son odeur, sa peau… j'en ai la tête qui tourne.

– Continue, lâche-t-elle dans un souffle.

Alors, je continue. Je lui raconte les dix mois de bonheur pur que nous avons vécu, Emily, Aïdan et moi… dix mois qui resteront à jamais gravés en nous. Jusqu'à la nuit, cette nuit tragique, la seule où elle n'était ni chez elle ni avec nous ou avec son frère… la nuit où elle s'est perdue dans un quartier pourri de New York, où sa voiture est tombée en panne, cette nuit infâme où la batterie de son téléphone était à plat… et où sa route a croisé celle de quatre mecs d'un gang… cette nuit où ils l'ont violée à plusieurs reprises et laissée pour morte au fond d'une impasse sordide… cette nuit où nous avons perdu notre ange… une nuit d'horreur… cette nuit-là… cette putain de nuit !

Et puis le reste… les semaines d'hôpital pour Emily. L'enquête et l'identification des suspects. Ce putain de procès qui n'a été qu'une torture de plus pour elle. Les témoins véreux qui affirmaient que les accusés étaient bien avec eux. Et les autres, clean, qui ne sont jamais venus. Par peur. Ou ceux qui ont brusquement disparu. Leur acquittement. Et son suicide…

Mon sang se met à bouillir, littéralement. Je me secoue mentalement pour tenter de chasser les images qui me submergent. Et enfin, je lui raconte comment pendant des mois, nous nous sommes entraînés tous les trois aux sports de combats, au tir, au couteau. Comme il est facile grâce à l'argent de trouver des adresses, d'organiser des filatures, de tendre des pièges… le piège ultime…

– Pour nous, la justice n'avait pas fait son travail alors nous avons décidé le faire à sa place. Nous étions jeunes et remplis d'une haine viscérale à leurs égards. On ne pensait qu'à la venger, à les punir… je ne nous cherche pas d'excuse…

Son visage se décompose, et d'une voix blanche, elle me demande :

– Vous les avez… tués… ?

Ma respiration se bloque. Je me sens si mal à cet instant que mes poings se serrent avec une violence inouïe. J'ai le corps engourdi. Sera-t-elle seulement capable de surmonter une telle confession ? De la gérer et de… l'accepter ?

– Pas tous… mon père était en contact avec un haut gradé dans la police. C'est comme ça qu'il a appris que les flics avaient des soupçons. Autant tu ne trouves pas de témoins pour accuser les membres d'un gang, autant, quand il s'agit de fils de bonne famille… ça devient tout de suite beaucoup plus facile. En plus, nous n'étions pas beaux à voir tous les trois. Difficile de cacher ça… Surtout moi, avec ma cicatrice…

Elle est pétrifiée, le visage livide, les yeux éteints et privée de toute énergie. À deux doigts de s'effondrer. Comme assommée par ma révélation. Quelque chose monte lentement en moi et explose avec une force si foudroyante que je ressens l'onde de choc dans tout mon corps. Et il ne me reste que ce vide terrible et glacial qui m'envahit. Puis elle cligne plusieurs fois des paupières et reste silencieuse, incapable d'émettre le moindre son. Ses mains tremblent.

D'une voix lasse, je lui explique que nos parents ont alors pris les choses en main. Pendant qu'Aïdan était envoyé en Angleterre et Luke en Espagne, mon père m'expédiait en France pour un an, chez un ami… chez Charles Beaumont.

Elle secoue la tête et me fixe intensément. Elle assimile chacun de mes mots dans une brume de confusion… et sans doute également de peur… Sa respiration est saccadée, ses joues toujours aussi pâles. Elle s'applique à respirer profondément comme pour conjurer l'horreur que je lui inspire. C'est un cauchemar. Un putain de cauchemar !

– Ce que tu viens de m'avouer est tellement… tellement…

Sa voix n'est qu'un faible murmure. Elle me regarde comme jamais elle ne m'a regardé. Avec une intensité farouche et troublante qui m'ébranle. Une violente déception me submerge que je refoule brutalement. Bordel ! Qu'est-ce que j'avais espéré… Comment ai-je pu croire une seule seconde… et je sens la colère gronder en moi. Mais me laisser aller n'arrangerait pas les choses après ma confession. Une douleur intense brouille mon esprit.

– Chez moi ?! Ton père t'a envoyé chez moi… mais… mais…

Elle fait une pause, inspire, et reprend d'une voix voilée qui me remue jusqu'au fond de l'âme :

– Mais je ne t'ai jamais vu, jamais croisé…

– Tu ne te souviens pas cette année passée en pension ? dis-je sur un ton amer. Ton père venait te voir certains week-ends, et les autres, tu les passais chez une amie…

Ses épaules s'affaissent. Elle semble soudain se résigner et laisse la vérité venir à elle. Comme si brusquement toutes les pièces du puzzle se retrouvaient à leur place. Je sais, au plus profond de moi, que nous aurions fini par arriver dans cette impasse, que ce soit dans un mois, dans un an… J'avais juste espéré avoir plus de temps… beaucoup plus de temps… peut-être même avais-je espéré ne jamais lui révéler ce secret… mais comment pourrait-elle m'aimer si elle ne sait pas qui je suis vraiment ?

– Alors c'est pour ça que tu m'as proposé ce contrat, n'est-ce pas ? affirme-t-elle brusquement en me foudroyant du regard. Tu te sentais redevable. Tu voulais régler ta dette ! C'est bien ça ?! Et mon père… Comment mon père a-t-il pu ne pas y penser ? Comment a-t-il même pu croire à toute cette mascarade ? Comment a-t-il pu croire que… que…

Bordel ! Ça y est, elle vient juste de comprendre. La souffrance que je lis dans ses yeux m'atteint en plein cœur. Je m'approche d'elle, mais lorsque je veux la prendre dans mes bras, elle hurle :

– Ne me touche pas !

Elle recule et me fixe. Son visage est blanc. Ses yeux, pleins de larmes.

– Ce n'est pas toi… C'est… c'est lui qui est venu te voir, n'est-ce pas ? C'est lui… Oh mon Dieu… après ce qu'il avait fait pour ton père et toi, et vu la situation financière désastreuse, tu étais la solution idéale. Tu ne risquais pas de lui dire non. Pas après ce qu'il avait fait pour toi…

– Laisse-moi t'expliquer, ma puce…

– Ne m'appelle plus *jamais* comme ça ! Tu m'entends ?! *Jamais* ! As-tu la moindre idée de ce que cela fait de venir tous les jours mendier un rendez-vous au créancier de son père ? As-tu la plus petite idée de la honte ressentie quand on explique à une secrétaire qu'on est prête à tout ? Imagines-tu seulement le dégoût qu'on a de soi quand on reçoit une proposition pareille, parce qu'on sait déjà qu'on va l'accepter ? Parce qu'on sait qu'on a pas d'autre solution que de l'accepter… et maintenant, m'apercevoir que mon père… l'homme en qui j'avais toute confiance… Mon Dieu, c'est un cauchemar…

– Bordel ! Non, ton père n'est pas venu me voir pour me proposer de t'épouser ! J'ai une équipe qui ne s'occupe que des acquisitions de sociétés en faillite mais avec un bon potentiel. Quand je me suis rendu compte que l'une d'elles appartenait à ton père, il était déjà trop tard pour l'aider, je n'étais pas son seul créancier… Il n'y avait plus rien à faire. Et de toute façon, il n'aurait jamais accepté que j'éponge ses dettes. Il m'a juste demandé de prendre soin de toi… et de Tess.

– Et pourquoi, devrais-je te croire ?!

Mon cerveau carbure à toute allure. Il faut que je fasse attention au moindre mot désormais. Je lui ai dit tout ce qu'elle pouvait savoir – ce qui n'engageait que moi –, mais je dois absolument garder le reste pour moi. Elle ne *doit* pas savoir. Elle ne le supporterait pas. Il m'a fait promettre…

– Parce que c'est la vérité, tout simplement. Alors, oui c'est vrai, je me sentais redevable. J'avais une dette envers lui. Mais surtout il a été là pour moi alors que je sombrais… comme un père… comme j'aurais aimé que mon père le soit ne serait-ce qu'une seule fois dans sa vie. Pour cela, je lui serai éternellement reconnaissant. Jour après jour, je t'ai vu venir au bureau et attendre pendant des heures, et je ne savais que faire… Ton père m'avait emmené en Suisse… alors j'étais déjà au courant de l'état de ta sœur…

Elle se crispe et me lance un regard froid. Mais elle ne dit toujours rien… Je tends la main, mais elle se raidit. Tout en elle me hurle : Ne me touche pas !

– J'avais promis à ton père de veiller sur toi, alors peu à peu, l'idée du contrat est venue. Pour moi, c'était la seule manière de t'aider à payer les soins pour Tess et de tenir mes engagements vis-à-vis de ton père sans que tu le saches. J'aurais pu essayer de provoquer une rencontre entre nous… mais ça ne garantissait rien. Le contrat était la seule option…

Je m'arrête, à bout de souffle. Je veux apaiser sa douleur. Je veux qu'elle pleure dans mes bras. Dans ses yeux, je vois toute sa souffrance, sa colère, sa honte, son humiliation… Je veux trouver les mots qui pourraient nous sauver. Me sauver.

Mais rien… je ne trouve rien.

Alors, je ferme les yeux.

Ses doigts courent maintenant sur ma joue, ma mâchoire, mon front, en une douce caresse. L'espoir… puis ses paroles.

– Je dois voir mon père, murmure-t-elle. Je ne sais pas encore si je reviendrai…

Quand j'ouvre à nouveau les yeux… Dehors, il fait nuit… le monde continue de tourner… le mien s'est arrêté.

Elle n'est plus là.

Je ne sais pas si je reviendrai…

Comment peut-elle même envisager une seule seconde mettre fin à notre histoire ? À nous ? Pour la garder, je suis prêt à tout, capable de tout. Du meilleur comme du pire.

Je n'ai pas d'autre choix.

Je suis Geoffrey Lancaster et elle est ma femme…

La femme que j'aime.

FIN

Composition et mise en pages
Nord Compo à Villeneuve-d'Ascq